撑住！进度条君

喂小饱◎著

北京时代华文书局

图书在版编目（CIP）数据

撑住！进度条君/喂小饱著.—北京:北京时代
华文书局,2021.2

ISBN 978-7-5699-4088-6

Ⅰ.①撑… Ⅱ.①喂… Ⅲ.①长篇小说－中国－当代
Ⅳ.①I247.2

中国版本图书馆CIP数据核字(2021)第032767号

撑 住 ！ 进 度 条 君

CHENGZHU! JINDUTIAO JUN

著　　者 ︱ 喂小饱

出 版 人 ︱ 陈　涛
选题策划 ︱ 页行文化
责任编辑 ︱ 周连杰
装帧设计 ︱ 创研设
责任印制 ︱ 刘　银

出版发行 ︱ 北京时代华文书局　http://www.bjsdsj.com.cn
　　　　　北京市东城区安定门外大街 136 号皇城国际大厦 A 座 8 楼
　　　　　邮编：100011　电话：010-64267955　64267677
印　　刷 ︱ 北京兰星球彩色印刷有限公司　　13331117790
　　　　　（如发现印装质量问题，请与印刷厂联系调换）
开　　本 ︱ 880mm×1230mm 1/32　印　张 ︱ 10.25　字　数 ︱ 305千字
版　　次 ︱ 2021 年 5 月第 1 版　　　印　次 ︱ 2021 年 5 月第 1 次印刷
书　　号 ︱ ISBN 978-7-5699-4088-6
定　　价 ︱ 39.80 元

爱人啊，你是我最初的劫数，也是我最后的定数。

目 录

Contents

楔子

时间是晚上九点二十五分。

目击者众多。

自西南方向，一团火球遽然亮起，耀如白日，如同烟头烫穿了城市的夜空。

人们从各个角度目击了这场奇观：天台上求婚成功的恋人，街道上边开车边吵架的中年夫妻，写字楼内加班修改文案的职员，还有刚在视频里含泪说分手的女大学生……火球的光源愈加灼日，它身后拖出一条金色弧形的尾巴，夹杂着猎猎风声，以迅疾的速度俯冲而下！

这处院子其实不大，却精心做了视觉延伸，近处的花叶层层簇簇、摇摇曳曳，空气里浮动着蔷薇和洋桔梗的幽香，任谁都想不到大株的巴西木后便是热闹的小区街道，那里不时传来居民打招呼和孩子们嬉闹的声音。

一双纤细的手将散开垂落的头发束起，顺时针拧了几圈，又拿起搅拌咖啡的长柄铜勺将发髻固定好，露出一段雪白颀长的颈子。

梅好坐在椅子上，身子微微前倾，眼睛专注地盯着电脑屏幕。

屏幕被剪辑软件分成了四块，左下角的素材库挤了满满当当的影视片段。梅好将其中一段拖到右下角进行剪辑，去掉多余画面，选择倍速，匹配音乐，整个过程一气呵成，毫不拖泥带水，最后在右上角点击播放。

客厅内，电视上播着紧张的剧情，主角闯进天台，从包里取出狙击枪，然后瞄准远处目标。丁鹿边在瑜伽垫上保持着高难度的动作，边神情专注地看着，屏幕投出的光影不时在她脸上变化着。

算到今，两人已经在这里住了半年。

当时丁鹿在校友群发了合租信息，梅好联系上她，两人一起看了房子。跟房东在电话里描述的相去甚远，上世纪九十年代初的塔楼，没电梯，从外面看朴素又风雨飘摇，算是典型的老破小。好在房子是一楼，租金也合理，适合她们这种刚毕业的穷大学生。丁鹿本想着再砍砍价的，梅好却欣喜地从小花园里逛出来，连声说我们就住这里好不好。丁鹿也没二话，便同意下来，谁叫她喜欢这个一脸朝气的女孩子呢。

这座城有着超过3000年的历史，你脚踏的方寸许是古代一对男女定情的所在，高楼林立的商圈曾是鱼虾丰沛的野湖，承载过无数人世悲欢和沧海桑田的城市，就在今晚迎接来了一位天外来客。

它不知起源，历经星际间的奔波，在急速的行驶中已经变得支离破碎且面目全非。所幸的是在大气摩擦下最终没有化为灰烬，于是它带着最后的一丝决绝和招摇，横冲直下。

剪辑的视频中赵慧臣迎面走来，身上的衣服不断变化着，随着音乐的加快，赵慧臣走路的速度也越来越快，他终于来到了一脸期待的梅好身边，笑着朝她伸开了双臂——梅好瞬间清醒过来，刚才不过是她的幻觉，视频里的男人根本不是赵慧臣，那个女人也不是自己。

梅好轻轻吐了口气，看着影视片里的男人将女人拥入了怀中，心里不免有一丝苦涩，心想要是现实中，赵慧臣的行动也受自己支配那该多有意思。她总有许多奇奇怪怪天马行空的念头冒出来，有些自己都觉得好笑。生活已经够苦了，做做梦总可以的吧，于是梅好继续双手合十自言自语："希望我能成为未来男朋友的人生进度条！"

话音刚落，尖利的响声在她耳边划过，紧接着一颗玻璃弹珠大小的东西就嵌进了电脑屏幕。伴随着"砰"的一声闷响，液晶屏幕碎裂开来，金属背面鼓起了一个大包，几乎同一时间，客厅电视里的主角扣动了扳机，子弹喷射而出。

空气里有股灼热的气流在涌动，白色烟气摇晃着向上冲去，又在头顶上尾巴一甩袅袅遁入夜色。梅好坐在原地，维持着之前的姿势，她睫毛翕动着，眼睛里满是不可思议和惊恐。好一会儿，一口气才排出来，梅好像一只脱水已久的鱼，开始大口大口地呼吸。

sweet u

第一章 — 失控人生的前奏

memory

× 1

梅好从没想过有一天自己会穿成这样在大街上狂奔，接受满大街人的目光洗礼，她恍惚有种自己正出演古装言情剧的错觉，但一想到那个自己心心念念已久的东西就要到手，心想干脆豁出去算了，于是脚下发力，加快了速度。

一切要从几个小时前说起。

大清早，她和丁鹿坐在客厅地板上，围着那块陨石看了好一会儿。

它半个身子牢牢嵌在碎裂的笔记本屏幕里，灼烫的身体经过一夜的时间已经慢慢冷却，乍看上去如同一个黑乎乎的煤球，体积要比玻璃弹珠稍大些，上面遍布坑坑洼洼的细碎痕迹，在清晨阳光的照射下异常明显，透着说不出的神秘。

梅好心有余悸，用拇指和食指比画着，"昨晚上就差这么一丢丢，砸坏的就不是电脑而是我的大脑。"

丁鹿供职于一家知名健身工作室，工作时她是个有腹肌的健身教练，生活中又是个外形反差很大的御姐，因此买她课的人总是很多，毕竟健身辛苦，有个颜值高的教练陪着会更有动力。丁鹿看着梅好，有点憋笑。每回她这样，梅好就知道等着自己的准没好话。

果然，丁鹿说："好事儿呀，最近一直高温，陨石落你头上砸出来的水够北京下一场特大暴雨了。"

梅好又气又笑，扑过来要跟她闹，丁鹿赶忙做了个打住的手势："你再不走可就迟到了！"

梅好拿起手机一看时间，低低"啊"了一声，"饶你一命！"然后起身趿拉着拖鞋急步朝门口走去。

大学毕业一个多月了，等待入职的日子里梅好做过不少兼职：在商场里打扮成不倒翁娃娃向过往顾客发过传单，在地铁口当日结的群众演员，还在售楼处的休息区做过服务生……今天是她最后一份兼职：为一家汉服设计室当写真模特。这活儿原本是丁鹿接下的，但健身工作室临时有消防演习，老板不允许任何人请假，于是梅好只能临时被派去救场。

拍摄地点在百子湾的一处棚内，长相粗犷的摄影师留着一头长卷发，平均摁五次快门就会撩一次挡住眼睛的头发，说起话来也轻言慢语，处处想拿捏出一股超然的大师范儿，怎奈油腻到家了。

拍摄还算顺利，大师情绪饱满，不停在地上摸爬滚打，直到快收工时才显露出商人的奸诈本性。当时梅好正在拍最后一套服装，有个女生气冲冲闯进来嚷："说好只拍3小时，还临时收手机，你们把时间播慢一小时算怎么回事啊！"

梅好朝墙上的投影挂钟看去，心里一沉。

摄影师也不急："姑娘，我们家工作室叫什么？"

"从前慢？"模特说。

摄影师一拍手又摊开，表情无赖又欠揍："还有问题吗？"

绝了，模特被气到无话可说。

摄影师转回身，"OK，我们继续——"。随即他发现刚才还站在背景板前的梅好不见了。

季忆正开着那辆Panamera（保时捷轿车）行驶在国贸路段。这是个好看的男人，肤色白皙，尤其是那双眼睛天然多情，黑亮如浸了水的葡萄，不说话时还好，几句话下来便觉得他眼波勾人——尽管眼睛的主人压根不是刻意为之。此外，这人还生得宽肩细腰，手臂线条在白衬衣的包裹下仍隐隐可见，一双大长腿卡在下面，稍一挪动就给人一种空间不够舒展的错觉。最绝的要数他的鼻子，如同陶然亭公园的大雪山滑梯，精巧又挺直，有种说不清道不明的贵气。如果硬要挑剔点什么，就是整个人的气场有些冷，仿佛有张"生人勿近"的黄符贴在他脑门儿上。

柏辽兹的《幻想交响曲》在车内响彻，季忆细长轻盈的手指跟着节奏在方向盘上弹跳，起伏间像是弹奏某种音符，叫人赏心悦目。这首曲子他已经听了月余，小提琴、竖琴、单簧管的衔接，以及何处从A大调变成F大调，已然太过熟悉。他享受这种掌控事物的感觉，小到一首曲子，大到自己的人生，他都要拥有绝对的控制权。

这也养成了他极度自律的性格，凡事务必做到最好，不允许出差错，因为他根本不会给自己出错的机会。在他看来，人生苦短，没有那么多试错的机会，如果连自己的人生都掌控不了，就是彻头彻尾的失败者。

距离PIKO经典款盲盒哼哼猪再版发售已经过去了半个小时，梅好深知，如此抢手的盲盒晚到门店一分钟，买到手的概率就会大打折扣。

盲盒作为一种新型零售商品，外面的纸盒包装完全一样，里面却放置着不同造型的卡通手办，通常由6-12个组成一个系列。由于手办内容层出不穷，定价不高，近年来盲盒经济迅速崛起，在年轻人里拥有着相当高的热度。

梅好第一次拥有盲盒，不是买的，而是别人送的。那时候她还在读大二，有一天从别人手中接过一个方形纸盒，看上去像一盒包装花哨的牛奶屋。她按捺着激动，回到宿舍才悄悄拆开。她从没有那样激动和期待过，一点点将那个梦露造型的哼哼猪从盲盒里抽了出来。它可爱又俏皮，像是拥有某种魔力，只通过固定的神情和动作，就和梅好建立了某种直抵内心的沟通，温柔地给予了她抚慰。

从那以后，梅好就爱上了这个小东西，前前后后购入的盲盒少说也有近两百个。要说遗憾也不是没有，她还差一款就集齐了哼哼猪整个系列，可惜一年前这个系列突然停产。梅好先后加过很多盲盒置换群，还搜遍了各种二手物品交易平台，始终没找到那款手办。所以PIKO公司重新发售这个系列对梅好来说简直是大喜事，她从一个月前就开始每天关注公众号的动态，计算着门店抢购的时间，可还是来晚了。

车子缓缓停了下来，紧靠前面的私家车。

"不应该啊，这才几点。"滴滴司机嘀咕。

车后座的梅好探了探身子，朝前望去，一眼望不到头的车流把长安街堵得严严实实。

"师傅，要堵到什么时候？"

"这可不好说。"司机回复。

不能再等下去了，从这儿到商场至少也要两公里，梅好决定跑过去。

迅速结了单，她推开车门，就开始脚底生风。那件苹果绿色的齐胸襦裙一接触到车外的空气，仿佛有了生命一样怦然绽开，这是它在方寸室内所不能展示的淋漓尽致的美。

一身古装的少女在繁华都市街头奔跑着，有种莫名的穿越之感，引来过往行人和司机的注目，像一团跃动的果绿，燃亮了大家的眼睛，为这个炎热的午后带来了一丝视觉上和心理上的清凉，搅活了沉闷的空气。也不知是谁先起的头，按响了喇叭，不是起哄，更像是为她助阵，一辆车接一辆车，梅好所经之处都会陆续响起一声有节奏的鸣响，一路簇拥着她前行。

梅好发现手机落在车上已经是二十分钟以后了，此时拥堵的车流已经疏通，她也气喘吁吁来到了商场门口，这时候再回去找手机同样麻烦，横竖先做成一件事再说，于是她一头钻进了商场。

在地下停车场停好车子后，季忆迈进了电梯。电梯上升到一楼时打开了，外面并没有人等候，朝外望去能看到某家轻奢品牌的箱包店一隅。季忆刚收回视线，轿厢门正要缓缓关闭，就见一团花花绿绿的东西横冲直撞涌了进来。季忆当即被吓了一跳，心想什么鬼啊这是。

梅好脚下一个磕绊，整个人朝着轿厢里面扑了进去。她低头喘着粗气，感觉整条气管被人两头捏住，心脏狂乱地跳动着，随时都有背过气去的可能。

"请问现在是什么时间了？"梅好上气不接下气。

季忆铁青着脸："公元 2021 年。"

梅好一听当下来气，这回答摆明了玩儿她呢。她拧眉抬眼，人随即哽住——对方也正望着她。梅好秒变星星眼，口水顺着嘴角哗啦啦流出来——当然这只是她瞬间的心理活动，表面的矜持她还是有的。

说实话，眼前的男人五官实在太出众，书里说的剑眉星目大概就是如此了，射向她的目光中还含着两分愠怒。

长得帅了不起啊，会不会好好说话。梅好在心里狂翻白眼，正准备板起脸开口回击，季忆又开口了，话里透着一种不耐烦和戏谑："你摸够了吗？"

嗯？梅好随即视线下移，刚才她被愤怒蒙蔽了视线，到此刻才惊觉自己两手正摁在对方结实的胸部上！难怪对方开口就这么不客气，她飞快把手抽回来，两只手像被狂风吹晕的树枝一样拼命摇动，"对不起！对不起！"

季忆不打算继续纠缠下去，目光越过她头顶，望向楼层键，都懒得回应她一句。他一向惜字如金，在不相干的人面前沟通能省则省。梅好自知理亏，转身挪着小碎步，跟季忆并排站在了一侧，又不自觉往边上靠了靠，中间尽量隔出了最远的距离。

她竭力平复自己呼吸发出的声响，希望不要再打扰到对方。虽说自己刚刚行为失误，但对方也没必要这么高冷吧，这么想着，梅好又生出一点不满，目光带着敌意忍不住又开始偷瞄这个男人：双腿颀长，脚上一双纤尘不染的高档黑色皮鞋，白衬衣上没有一丝褶皱，袖口上配了精致的白珠母贝袖扣，左手腕上隐隐漏出一截表盘，愈发衬得手修长。再往上就是轮廓好看的胸部，梅好快速地回味了一下刚才的 Q 弹触感，禁不住打了个哆嗦。她又大着胆子移动视线，悄悄观察对方的侧脸，优越的鼻子，肉肉的耳垂，头发打理得一丝不乱，面部线条虽是舒展着，却透着不易接近的距离感。

也许是感受到了投射而来的目光，季忆的嘴角微微颤动了一下，似乎是某种非礼勿视的警告。梅好迅速收回了目光，重又屏住一口气：对方一定把她当成行为不端的坏女人了吧？管他呢，反正这辈子只打这一回照面，随他怎么想好啦！好在这时五楼到了，电梯门敞开，梅好见到救星一样冲出了轿厢，紧走两步才长吐了一口气，转身疾步朝前走去。

这家 PIKO 门店面积不大，却极具人气，南北两面玻璃墙上陈列着上百款盲盒系列，中间立着几个自选柜台和货架，店员热情亲切，迎来送往。看着迎面走过的客人手里拿着买到的盲盒，梅好越看心越凉，门前的排队护栏空空荡荡，处处显示着就在不久之前，这里刚经历了一场粉丝哄抢恶战。

梅好跑进店里，直接拉住一个店员劈头就问："哼哼猪盲盒还有没有了？"

店员忙得有些晕头转向，停顿一下才朝着某个货架的方向欠了欠身子，然后一指："还剩一个。"

她顺着店员小姐姐手指的方向看过去，中间货架上还孤零零地摆着一个盲盒，像是发着光一样。梅好心里顿时注入了新的力量，几年前第一次买盲盒时那种激动的感觉又回来了，心里急叨叨念着："宝贝儿，我来替你赎身啦！"

梅好三步并作两步走到了货架前，伸手就要去拿，几乎是同一时间，另一个人的手也落在了这只盲盒上。

洁白的袖口上，是闪着光泽的白珠母贝袖扣——她抬眼看去，竟然又是刚才电梯里遇见的男人！

梅好来不及细想，原本想趁机手上一用力率先将盲盒抢到手，哪想到季忆半握着一端，毫不相让。梅好气不过，一个眼刀飞过去，季忆还是那副冷冷的表情，仿佛对方不存在，见招拆招，顿时将梅好的进攻化于无形，一场抢夺战迫在眉睫。由于身高差距实在明显，梅好总觉得那家伙在用鼻孔瞪着自己，这样一来她就更气了，梗起脖子怒目而视。

门店一角的高处悬着一台液晶显示器，上面正在播放新季度的广告：男孩和女孩在门店里相遇，两人同时拿起了一款盲盒，暧昧的情愫在两个人之间弥漫。女孩先松了手柔声说："你要吧。"男孩见状，赶忙又把盲盒塞给了女孩："不，还是你要吧！"于是女孩手里拿着盲盒，羞怯地笑了，男孩也笑了，两人开始眉来眼去……

梅好全程目睹了这则广告，迅速受了启发，于是调整策略把盲盒推向季忆，娇声说道："你要吧！"

"好的，谢谢。"季忆干脆利落接过盲盒，转身朝收银台走去。

梅好收起脸上刚才矫揉造作的余韵，愣在原地，手还在悬空着。这男人的骚操作，真的是叹为观止啊，梅好反应过来后，顿时一腔怒火。

季忆付了钱，拎着纸袋准备离开。在他即将踏出门店的时候，梅好喊住了他："请等一下！"

季忆转身，用眼神回她："有事吗？"

梅好指了指纸袋："你一定是新玩家吧？"

这话成功引起了对方的好奇，他好像没那么急着想要离开了。梅好趁机卖弄："如果不是初次购买的玩家，百分百会现场拆盒！这可是盲盒玩家的社交礼仪第一条，所以你是不是也应该入乡随俗呀？"

季忆点头："说的有道理。"

梅好也对着他频频点头，眼看着有戏，季忆却一个转身又要走。

梅好紧走两步，直接挡了他的去路，然后双手合十可怜兮兮说道："你就现在拆开吧！让我看看是哪款造型的哼哼猪，就一眼！然后好让我死心……拜托拜托！"

季忆不想再费口舌，伸手从袋子里掏出盲盒，刚要卜手拆，又被梅好喊停："等一下！"

"又怎么了？！"

"盲盒社交礼仪第二条！我们要先给它来一个360度的全身SPA！"说着梅好取过对方手里的盲盒，贱兮兮地上手开捏，指法娴熟。等她再看向季忆的时候，眼神吓了季忆一跳，此刻的她分明化身成了讲师——梅好小课堂开课啦！

梅好倾囊相授："SPA的同时不要忘记拆盲盒前的动作三要素！它们分别是拿在手里摇一摇，放在手上掂一掂，搁在耳边听一听。"

梅好一脸虔诚地做完了这三个动作，又把盲盒还给对方："因为看不到里面的手办，大家希望通过这几个动作增加买到心仪盲盒的概率，这是种仪式感，就像我们扔纸飞机前，都会对着飞机吹一口气，是会带来好运气的！"

季忆捏住开口处，将盲盒拆开，里面是一个印满LOGO的不透明袋子。季忆掏出袋子，随即从盒底翻出了一张小卡片，上面印着一只水手服造型的哼哼猪。

梅好眼睛立刻就亮了，直勾勾盯着卡片几秒钟后喊出了三个字，"隐藏款"。

隐藏款就是跟同一系列其他几款手办造型完全不同的一款，需要极好的运气才可以抽到。门店仅剩的一只盲盒，居然被抽出了隐藏款，这下梅好没办法死心了。

"我还没看过隐藏款哼哼猪的实物呢。"梅好的意思是鼓励对方把封好的袋子也拆开。季忆手一松，袋子重新滑进了盒子，他走出了门店。

梅好跟上去，想办法继续搭讪，奈何季忆的大长腿健步如飞，梅好几乎要小跑着才能跟上。

"我是猪哼哼第一批玩家！"

季忆没理她。

梅好继续："我已经集齐了11款造型！剩下一款造型大不了我重新再买一整套，总可以凑齐的，但是隐藏款就没那么幸运了。"

季忆依旧大步流星。

"你可以把它卖给我吗？我可以出高价！"

季忆终于停了下来，问她："你出多少钱？"

随着这句话，梅好心里一个谜团终于解开了，她一直在猜测对方的身份，原来如此。

梅好凑近一些，冲他挤了挤眼，小眼神很到位："哥们儿，我没猜错的话，你是黄牛吧？"

季忆一愣，细微表情恰恰被梅好抓住，她以为对方被说中了，神色不禁得意起来，便开始了推理："拆盒不拆袋，这样的盲盒才能卖出去高价，典型的黄牛囤货做派。不熟悉玩家社交常识，拆盒三要素都不知道，就像在饭圈卖演唱会门票的黄牛，只知道艺人有多火，但要问他艺人都有什么作品，一首歌名都说不出来。"

她继续攻克对方心理防线，开始套近乎："你看，这个隐藏款要是挂在二手交易平台上，现在最高喊价500，我也不跟你讨价还价了，550我拿走怎么样？不能再多了！"

季忆没说话，梅好并没注意到他眼神愈加冷峻起来，大有爆发之意。

"差不多行啦！"说着她又打量着对方一身不菲的行头，"黄牛现在这么赚钱的吗？"

"我不是黄牛。"季忆说。

"骗谁呢——"梅好原本想继续说下去，但看着对方严肃的表情，瞳仁中有强压着的一息怒火，她忽然意识到也许对方没在开玩笑。

"黄牛在我讨厌的人里排第二。"季忆直勾勾看着她，这让她眼神有点闪躲。

"第一呢？"

"怀疑我是黄牛的人。"

"对不起啊，冒犯了……"

"你已经不是第一次冒犯我了。"他说。

梅好瞬间想到了电梯里自己"袭胸"的一幕，立刻又有点无地自容。

"盲盒我是不会卖给你的，无论你出什么价格，不要再跟着了。"

季忆转身离开，徒留梅好站在原地，眼巴巴看着他步入了电梯间，一身朝气的颜色似乎失去了精气神。直到对方彻底消失，她的气才上来，张牙舞爪对着空气一通乱挥："眼长了不起啊！"

× 2

每个女孩学生时代都有过一个喜欢的人。

他通常在你毫无防备的情况下出场，只一眼，顷刻间就席卷了你的心。要想逃出这场风暴，需要旷日持久的煎熬和跋涉，有的人用了几个月，好几年，也有人足足用了一辈子的时间。

赵慧臣就是梅好心里的那个人。

梅好清楚记得第一次见赵慧臣那天，学校刚下过一场雨，满眼的潮湿和葱翠。她从校外上实践课回来，行到操场边上，就看到六七个男生嬉闹着走来，其中一个穿球衣带些少年气息的人就是赵慧臣。或许刚刚冒雨踢了一场球赛，他的衣服已经湿透，额前一绺碎发微微颤动，又格外抖擞，如同他蓬勃的生命力，笑容也明亮极了，一瞬间让梅好想到了某种美好，像夏日在教室窗帘上拂过的风，像秋日从枝叶间垂下的暖光，有着春风化雨的力量。她在毫无防备的情形下初遇了赵慧臣，也在毫无防备的情形下陷了进去。从那之后，她在心里给赵慧臣起了个独有的称呼：未来的男朋友。

后来梅好总说忘了两人怎么认识的，其实她是不好意思。有一次在学校碰见了，梅好偷偷跟着赵慧臣去上了大课，通过老师点名才知道了对方的专业和名字，悄悄坐在离他不远的地方，时刻准备着。有天赵慧臣转头问后排的她："同学，有耳机吗？"他一笑，世界都跟着可爱温柔起来，让人舒服的笑容在两颊盛开，美不胜收。梅好把耳机给对方，赵慧臣又笑着指了指梅好的手，梅好这才发现自己还捏着耳机线的另一端，于是赶紧松开。赵慧臣回声"谢谢"转过头去，留一个浓黑的后脑勺给她，梅好的脸紧跟着烧起来，烫烫的。两人就这么认识了，这时候距她初次见他已经过去了半个学期。但她觉得值得，陷入某种情绪的女生大都如此，会自己生产甜蜜，一点点糖分的供给便可以让她们开心许久，在后续的路上开足马力。后来赵慧臣才知道，这个每星期都来上大课的女孩居然是低自己两届的学妹。

再后来赵慧臣毕业，两人却没疏于往来，联系甚至比大学时代还要频繁，彼此也都坦然，更是从没有过逾矩的事情，赵慧臣更是直接把她的微信备注改成好兄弟。

毕了业的赵慧臣开了家动漫创意工作室，他全身心地投入其中，创作的都是自己喜欢的作品，也为此惹怒了家里一众长辈。赵父最大的心病就是这个"不孝子"，想不通世代经商的家族里为什么出了他这么一个不务正业的东西。

两人坐在奶茶店里，梅好把今天的遭遇统统说给了赵慧臣听。

"打扰你了吧？"梅好问。

"怎么会，我工作室离这儿近。"赵慧臣说话总是带笑，很少见他对人不耐烦的样子。

梅好已经换了身新衣服，一旁的手提袋里，那身着实风光了一把的汉服隐隐露出一角。

"你说巧不巧，平时陌生电话打进来我都不接的，今天也不知道怎么就接了，结果还是你打来的！"他眼睛亮亮的，像水底闪现的钻石。

梅好喝了口奶茶："你都不知道借陌生人手机有多难，找了好几个人都以为我是骗子，躲我远远的。后来我灵机一动去了服装店，先挑了这身衣服，又跟导购借了手机，让丁鹿加对方微信把钱转了过来，最后又给你打了个电话。"

"你就为了买一个盲盒下车跑了那么远的路？"赵慧臣还是觉得难以置信。

梅好点头。

"盲盒真就有那么大的魅力吗？"

"我第一个盲盒还是你送的呢。"梅好想要告诉他，或者说是隐晦地提醒，好让他知道盲盒对她的意义。但是她没有说，她害怕看到他眼中一闪而过的迟疑，因为他确实早已不记得，自己曾在岁月里送过她这样一份礼物。尽管她一早便知道，那个盲盒是别的女生送给赵慧臣的。他总是那么招女孩子喜欢，哪怕什么都不做，就是几句清浅的聊天，也容易让人动了心。

他更不会知道她收到礼物那天，正巧是她的生日。两人在校道上遇见了，赵慧臣随手把盲盒给了她，笑着说："送你了，丫头。"

梅好听到心里一声轻微的叹息，对面的赵慧臣还在等着自己的回答。

她反问："你不也痴迷摩托车嘛！我这点爱好跟你比，那就是小巫见大巫，你一辆车都够我买一集装箱的盲盒了。"

赵慧臣点头："我懂了！"

大男孩的思维就是如此，不能往太深里说，简单直白最有奇效。

"梅好，你找我是不是还有别的事？"

"我之前跟你说的音乐会你还记得吗？"

赵慧臣想起来了："就是那个用来帮助自闭症儿童的慈善音乐会？"

"对的。"梅好取出两张票放在桌上，"附近就有一个取票点，幸亏只需要提供姓名和手机号后四位，不然票都取不出来。明晚 8 点开场，你有时间吗？"

赵慧臣拿起一张门票，抓在手里看着她，算作回答。

两人都笑了。

"你费这么大劲买的盲盒呢？快给我看看。"赵慧臣勾了勾手指。

"别提了，没买到！"梅好一想到那个被抽走的隐藏款，心就隐隐作痛。

"为什么啊？"

梅好不禁皱起了眉头："都怪那个男人！"

这里是 PIKO 盲盒公司总部，位于本市最繁华的商业地段。公司的整体设计极具潮流感并且充满生机，门口竖立着两个庞然大物——PIKO 版哼哈二将，胖嘟嘟的脸人见人爱，走廊两侧的玻璃罩内展示着历年来出品的各种造型的可爱手办，企业文化更是渗透到公司的方方面面。

季忆匆匆回到公司，前台立即起身问候："季总好！"

迎面走来的员工们也纷纷说着"季总好！"。

季忆穿过走廊，两侧的各部门正上演着公司的激烈日常：为数据吵得不可开交的市场部，在电脑前疯狂做着 3D 图的设计部，与客户洽谈资源置换的商务部……

季忆来到总裁办公室前，张发奎迎面走了过来。这是个 30 多岁的男人，个子不高，目光里却蕴含着不小的能量。

"他在里面。"张发奎压低声音。

季忆迅速跟对方交流了一个眼神，推门走进去，张发奎紧跟其后。戴一副眼镜的憨厚男人，正只身站着，他表情拘谨，如刀剑悬顶，见季忆进来胖硕的身子跟着一颤。

季忆打招呼："郑经理，坐啊。"

郑经理谦卑说道："不用不用。"

季忆坐下来，看向他，那目光似乎有股蛮力，像一只手硬生生捏住郑经理的下巴，将他回避的眼神拧了过来，与自己对视着。

"郑经理为什么不坐？难道说犯了什么错误吗？"季忆话里有话。

郑经理一听赶忙坐下来。

季忆将那个盲盒摆在了桌子上，又从盲盒里将密封的袋子取了出来，然后当场撕开，里面的手办露了出来。

"这是我刚从集英百货门店买回来的，哼哼猪隐藏款。PIKO 的系列盲盒 12 个为一组，抽出隐藏款的概率是 144:1，也就是说，门店每售出 12 组，才可以抽出一个隐藏款。本次发售，市场部一共向集英百货门店供货 132 组，并且全部售罄，理论上可以抽出 11 个隐藏款，但门店在整个发售期间只抽出了三个隐藏款，包括我手上的这一个。

郑经理，我是不是很幸运？"

郑经理立时如坐针毡，回道："季总，您确实幸运。"

季忆玩味着对方的回答，"你说，其他那些隐藏款去了哪里呢？"

"不、不知道。"郑经理声音越来越虚弱。

"我来告诉你，它们都在二手交易平台上，被黄牛炒到了500一个的价格，而我们门店的售价只有55元一个，足足涨了8倍多。"

郑经理慌忙拿出手机查看，季忆打断他："别看了，哼哼猪隐藏款一挂出来就被疯狂的买家们买走了。"

郑经理稳住情绪，"季总，我不知道您这么说是什么意思……"

"你是陪我打江山的老部下了，公司近三成的盲盒生产都是你在对接工厂，将隐藏款私自拿去跟黄牛交易，会受到什么处罚？"季忆问。

"开除，全行业公开其违规行为。"张发奎在一旁接话。

"这还只是一家门店的抽查结果，我们在全国可是有近两百家门店。郑经理，需要我把黄牛叫来公司对峙吗？听说他们可都有你妻弟的电话呀。"

"季总，我错了！"郑经理从座位上弹起来，"我再也不敢了！我有一家老小要养活，老婆也没工作，您不要开除我啊！"

郑经理一副欲哭无泪的衰相。

此刻，生杀大权握在自己手上，季忆瞳仁射出的光足以将对方生吞活剥，他愣愣看着，良久没有说话。

几分钟后，办公室里只剩了季忆和张发奎两人。

"季总，你怎么还敢把他留下来？"张发奎不解，他一激动嗓门就有些大而清亮。张发奎是PIKO新升上来的副总，依旧分管营销部，大家还都习惯地称呼他经理。

季忆边看桌上那叠文件边说："郑经理是PIKO的功臣，这是他第一次犯错，应该给一次机会。他是个聪明人，这次我没有选在董事会上公布他的事情，已经给足了面子，相信他以后会踏实做事。况且现在行业竞争激烈，像他这种人才，分分钟会被别家公司抢走，何必呢。"

张发奎觉得有道理："也对，世德现在天天对咱们虎视眈眈。"

季忆问他："哼哼猪的版权已经到期了，跟大春老师的合作有进展了吗？"

张发奎面露难色。

"怎么？"季忆眉梢一挑，他不喜欢自己吩咐的任务得不到确切回复。

"本来大春老师松口了，愿意和我们谈谈后续授权的事情，结果因为黄牛高价卖隐藏款的事情，大春老师很生气，认为是我们公司在背后做手脚坏他口碑，无论如何都不肯跟我们继续合作。而且——"

"说。"

"世德老板魏佳桥约了大春老师去看明晚的慈善音乐会，过了明晚，哼哼猪的版权很可能就在世德那了。"张发奎愁眉不展。

季忆听着，隐隐的交响乐声在心里响起，一点点清晰起来，又要面临新的战斗了，任何计划外的状况对他来说都是挑战，他却每次都有绝对的把握扭转局面，掌控一切。

"那可不一定。"他脸上闪现一抹转瞬即逝的笑容，带着些许邪气，特别是细长的眼角不经意往上一吊，好看又富有侵略性。

这细微的表情被张发奎成功捕捉到，便料定对方有了应对之策，心里便有了底，正准备离开，又被季忆叫住了。

张发奎回身看着他，嘴巴紧闭朝两边咧起，眼睛一眨一眨静候差遣。

季忆走到张发奎跟前，稍作展示："我的气质像黄牛吗？"

"嗯？"

"算了，我一看你这表情就想起一句歌词。"季忆挥挥手作罢。

"哪句？"

"小朋友，你是不是有很多的问号？"

× 3

第二天晚上。

剧场位于前门附近，久负盛名，建筑上中西结合，透过高达十几米的透明玻璃门，可以看到里面那座雕梁画栋的巨型门楼。

梅好一直站在最显眼的地方等着，赵慧臣还没来。夏日晚上，光线强的地方蚊虫肆虐，梅好站在那跟傻子似的，一心只想着赵慧臣来的时候可以一眼看到自己，全然不顾腿上被叮了好几个包。

工作人员举着扩音器例行提示："亲爱的观众们，距离演出还有15分钟，请您掌握好时间，有序进场观看。"梅好左等右等还不见人来，心想赵慧臣手里有票，自己进去等着也是一样的，索性拿定主意，过安检走了进去。

剧场分三层，凭票选择入口，里面已经乌压压坐了很多人。梅好买的是靠近舞台区域的第二排，循着夜光指示灯，她一级一级台阶下到内场，很快找到了自己的位子。

本次演出的团体全部是非专业人员，演奏者们多来自社会各行各业，为着一个无私的目的汇聚于此，演出的全部收益都将无偿捐献给关爱自闭症儿童的公益机构。

著名漫画家大春和世德盲盒总裁魏佳桥正坐在第一排热聊，知道大春热心于公益事业，魏佳桥特意通过这种方式来增进彼此的关系。

"这次 PIKO 盲盒做的实在太过分了，网上现在骂声一片。"魏佳桥留着一撮小胡子，整个人精致且精明，一双眼睛不经意间便流露出狡黠和贪欲。

"我也是没想到，太失望了。"大春带着金丝眼镜，是个很一本正经的男人。

梅好原本就无事可做，无意中听到"盲盒"两个字，八卦的小雷达立刻"嘀嘀嘀"飞速转动，注意力一下就被前排两个男人的对话吸引了，身子禁不住朝那个方向移过去一点。

"这种恶意炒高盲盒价格的行为，对整个行业生态都是一种破坏，要知道购买盲盒的主力就是年轻人，一旦伤害了他们的购买热情，后果不可想象。"

"枉我以前这么看好 PIKO。任何行业，一旦失去了公平，就会迅速变质。"大春叹气。

说到这，两人本想目光交流一番，一扭头都吓了一跳——梅好整个脑袋架在两人中间听着，她眉头微锁，边听边在很认真地思考着。

她并没觉得尴尬，很自然地加入了讨论："这次 PIKO 出品的隐藏款被黄牛炒出高价确实存在，但也不能说这件事就是公司在后面主导的，除非把证据摆出来，不然我是不会相信的。PIKO 是个有良心的好公司，我相信这件事与他们无关。"

说罢梅好又安慰大春："您也是 PIKO 粉丝吧？我这次也没买到，不过没关系，别灰心，只要坚持，喜欢的盲盒最后总能得到的，加油！"

越说越激动，梅好做了个握拳的动作。魏佳桥看着这位不速之客，嫌恶地道："这位小姐，我们好像没邀请你参与聊天吧？"

梅好这才意识到不妥，一吐舌头："你们聊！你们聊！"

魏佳桥刚要说话，梅好又扑过来对着大春补了一句："PIKO 加油！"说完又快速坐回了自己的座位上，目视舞台，不再跟二人有任何互动。

魏佳桥气了个半死，原本的好心情全部让对方搅乱了，他重又调整好情绪，微笑着对大春伸出了手："老师，预祝我们这次合作愉快！"

一只手伸过来，强有力地握住了魏佳桥的。魏佳桥抬头，季忆不知何时来到了身边，正俯身望着他。

"魏总，好久不见。"

魏佳桥着实没想到在这里遇见对方，但到底是老江湖了，他迅速收敛起眼中诧异的神色，换上一副笑模样寒暄道："季总好呀！"

季忆抽回手，又跟大春打招呼："老师，好久不见。"

大春虽对 PIKO 颇有微词，但表面的客套还是要的，于是也跟季忆打了招呼。季忆两手抻着西装外套，优雅地靠着大春坐定。至此，两个业界大佬将合作方包围，一场争夺战已然打响。

从季忆走过来，梅好就发现了他。她下意识地低下头，以防对方发现自己。两只眼睛在暗处滴溜溜一转，梅好又觉得实在没这个必要，自己没做什么亏心事，何必怕他，于是又挺直了腰板，发现季忆正好坐在自己的前面。

魏佳桥说："刚刚你后排那位小姐一直在说 PIKO 的好话，你们也许是一起的？"

季忆听罢，回头看过来，梅好赶忙又把头低下。季忆看不真切，于是回道："我一个人来的。"

"对了老师，一会儿我为您准备了一份礼物。"季忆看向大春。

"哦？那我就等着了。"大春说。

魏佳桥目光移向舞台，语带双关："好戏开始了。"

舞台灯光渐亮，一道光柱垂下，钢琴家侧对着观众，随着一声清脆的琴键音响起，演出正式开始。

梅好没带手机，摸不清具体时间，于是只能在心里估算着：二十分钟过去了，半小时过去了……赵慧臣依然没有出现。她多希望在某个时间点上，赵慧臣于黑暗中悄然而至，呼吸有些急促地告诉自己："对不起，来晚啦。"那微喘的声音比舞台上的乐声还入耳，那黑暗中跃动的双眸比舞台上的灯光还要动人。可他始终没有来，梅好无心欣赏，良辰美景与她无关，渐渐地，内心的期待变成了愤怒和委屈。

"讨厌！"

梅好拍了前排座位一下，拍完她立刻就后悔了。头顶忽然出现的震颤让季忆把头转了过来，梅好再次把头埋进座位后面："对不起！"

季忆乍一听到这声音，似曾相识又一时想不起，正迟疑着忽然台上一曲结束，台下掌声四起，于是季忆的注意力被牵引，对着舞台上鼓掌。

演出已近尾声，舞台上灯光再度转暗，有人在往舞台上搬动座椅，人头攒动，看样子接下来是个大阵仗。

"季总，演出眼看就结束了，您这礼物什么时候端出来啊？"魏佳桥自是没有好意。

季忆并不着急回答，对一旁的大春说："老师，您最爱的《幻想交响曲》第二乐章，送给您。"

说罢，季忆起身，朝后台的方向走去。

已经有工作人员候在后台的走廊，见了季忆，赶忙迎上前。季忆一边脱下身上的西装外套，一边接过了对方递来的燕尾服。他将燕尾服抖开，飒飒生风，穿衣入袖，处处都透着讲究和精致，再看时，他手中又多了根指挥棒。

继续朝前走，穿过嚷闹的演职人员，季忆来到了舞台入口处。他停下脚步，闭眼，开始深呼吸，仿佛全世界都安静了下来。再睁眼时，他微微冲一侧工作人员颔首，汹涌的幕布拉开，旌旗一样飘荡，季忆信步走了出去。

他在舞台前站定，面向全场，立刻引来了全场的欢呼声。现场的观众们大概都没想到，指挥居然长得这么帅，简直是今晚的意外之喜。灯光下，这男人精致地如同一件艺术品，即便什么都不做，只需要展露微笑和迷人的仪态，都可以在这个晚上为大家带来无尽愉悦的好心情。

梅好当然搞不明白这男人到底在干什么，她也没心思细想，今天所有的好心情都在过去两个小时的苦等中被耗得一干二净，她甚至没有注意到舞台两侧巨大的液晶屏幕上打出的字幕，指挥：季忆。

季忆对着全场鞠躬，转身站上了指挥台。

他逡视乐团全员一遭，一个眼神给出去，大家全部接收到他的讯息，纷纷点头微笑，显然已经是老相识了。季忆身子向前微倾，气息下沉稳住，两手摆在胸前，随着指挥棒银光一闪，小提琴和中提琴的声音率先开道，竖琴的波动紧随其后……这个乐章主要讲述一场幻想中的舞会，倾泻的水晶灯灯光，玻璃杯中摇曳的红酒，以及始终等不到的心上人，一切如痴如醉，又暗含感伤。

大春脸上的惊喜显而易见，魏佳桥看后心里不禁开始后怕：自己还是大意轻敌了，他应该想到的，在抢单这件事上，季忆是出了名的不择手段。季忆很清楚，一曲结束后，大春的态度会有明显改变，PIKO 即将扳回局面，重获授权的胜算大大增加。任对方投其所好请看演出，远不如现场指挥一曲来的真诚有意义，即便背对着观众席，季忆也能分明感受到魏佳桥眼中朝他投射而来的怒火。

梅好并不知晓这曲子背后的故事，只听了一会儿，心里便禁不住地伤感，在黑暗中，她悄悄叹了口气："唉，演出快点结束吧。"

下一秒，奇怪的事情发生了。

先是一双手，季忆那双修长骨节分明的手忽然加快了速度。原本是轻快舒缓的节奏，那双手像是接受了什么指令一样，足足加快了一倍的速度。

紧接着，现场的每个乐手都注意到了指挥的提速，于是全员加速，乐章瞬间更加欢快起来，听上去像是一群人喝醉了无拘无束地跳起篝火舞来。然而，这指令并非来自季忆，严格说，并非来自他的意志，自始至终他的大脑中都没有想要加速的想法。

　　观众席上并没有太多人发现问题，突然的加速反而增加了听觉上的愉悦。梅好表现得尤为明显，她忍不住偷偷笑了，尽管刚刚她还在为别的事烦恼。仅仅因为自己的一句感叹，舞台上的演奏就加快了速度，实在是猝不及防的笑点。

　　舞台像是一块屏幕，全员加速的景象，让她仿佛看到了"×1"倍速的字幕特效在乐团头顶飘过。尽管明知道是巧合，梅好还是忍不住又做了一次试探，她说道："再快一点儿？"

　　怪事再次发生。

　　季忆的双手猛的一抖，幅度大到自己都被吓了一跳。紧接着两只手好像不再属于他，整个身体也不再属于他，全部又加快动了起来。成员们不得不再次加快各自的演奏速度，但显然已经是曲不成曲，调不成调。

　　台下已经开始有人发出笑声，有的小孩子伴着魔性的节奏开心地原地转起了圈圈。这回，全场唯一笑不出来的人变成了梅好，她靠在椅背上，用手捂住了嘴巴，惊愕地望向舞台——她的指令再一次起了作用！或者说，再一次出现了巧合。想到这里，她甚至感到了一丝害怕，"×2"倍速的特效字幕仿佛又在眼前飘过。

　　先是一个小提琴手出现了失误，连带着其他小提琴跑偏，随后又有单簧管进错了点，直接导致演奏忽然一片混乱，各种乐器争鸣，毫无美感，像剧场外伺机捕食人血的蚊子，嗡然作响，硬是让一首名曲沦为噪音。

　　季忆竭力想让自己停下来，及时终止这场闹剧，但他两倍速的身体完全不听正常运转的大脑使唤。已经很多年了，他没有过这么失控的时刻，他一直引以为傲的把控一切的能力，在此刻变成了活生生的笑话。

　　终于，一曲奏毕，所有乐器瞬间归于沉寂，季忆手中的指挥棒甩了出去，在强光下一闪，继而落地。一个脖子憋得通红的圆号手因为缺氧而朝后仰了过去，幸好被身边人及时扶住。

至此，季忆行动不受控制的局面才宣告结束，他打量着自己来回翻转的手掌，话却说不出来，完全将身后的人潮遗忘。梅好夹在退场的观众里，忍不住回头望，舞台上，那个瘦高的背影还立在原地……不知是不是自己的错觉，他似乎有些挫败。

十分钟后，季忆追了出来。

大春老师的脸色很不好看，他感觉自己被结结实实地戏耍了一次。

"这就是你送我的礼物？"大春怒不可遏。

季忆想要跟对方解释，刚才舞台上实属突发状况，乱成一锅粥的演奏绝不是自己的本意，可是要怎么说呢？就说自己的身体忽然不受大脑控制，才导致双手在空中自由飞翔？大春会相信吗？他或许会说："看来你需要进的不是剧院，是精神病院。"

即便自己都难以置信，他还是决定如实地告诉对方。然而就在这时，又一件奇怪的事情发生：季忆忽然一动不动了。

他像一尊雕塑，立在了大春面前，人还是原来那个，只是被抽去了灵魂，目光空洞，毫无生命迹象可寻。

开始大春还有点吃惊，很快他的脸色变得更加难看起来："季总，你觉得连续耍人很好玩吗？"说罢，他气愤地调头离开了。

这种毫无意识的静止行为持续了足有一分多钟。季忆在某个瞬间重又恢复了意识，身子微微晃动，如同灵魂归位对身体带来了撞击，了无生机的眼睛重又灵动起来。大春老师已经走了，对于刚刚发生了什么，季忆一无所知，意识在他想要对大春开口说话时便戛然而止。

生命中好像有一小段时间不翼而飞了。

这让季忆有些怅然，甚至有点恐慌。

晚上，梅好一进门，丁鹿就指着桌上的包裹说："那司机真不错，把你手机都给快递到家里了！"

说完丁鹿才注意到梅好有点闷闷不乐，问她："怎么了？"

梅好垂着眉眼，丧丧的有点想哭，但还是硬撑着回答："赵慧臣没来音乐会。"

"啊？一定是你没带手机，他联系你不方便。"

说着丁鹿就帮着把快递给拆了，取出手机交到对方的手上。

"没电了……"梅好接过来插上电源，自己给自己打气，"一会儿一开机，赵慧臣的微信和电话就都进来了！"

"肯定的！"丁鹿附和她。

手机屏幕一亮起来，梅好就把手机拿了起来，好像沦落荒岛的人拿着最后一根火柴，但慢慢地她眼中的火苗又微弱下去——条赵慧臣的微信和未接电话都没有。

梅好有点不好意思，尬笑着继续找理由："刚开机，信号估计不太好。"

"对，有延迟，咱们再等等……"丁鹿有点心疼地看着她。

五分钟后，依旧没有对方的消息，屋内弥漫着让人窒息的尴尬。

梅好两手局促地在腿上摩搓了两下，又默默起身，回了自己房间，剩下丁鹿一脸的忧心忡忡。

又过了一会儿，房间门开了，梅好刚要开口说话，就见丁鹿已经守在了门口，手里捧着笔记本电脑。梅好那台依旧摆在客厅桌上，碎裂的屏幕上嵌着那颗外星陨石。

"知道你还要工作，先用我的吧。"丁鹿说。

梅好再也忍不住了，抱住丁鹿，声音里尽是委屈和哽咽："谢谢你啊，丁鹿。"

丁鹿拍拍她的背："明天还要正式入职，早点休息。"

当《倩女幽魂》中聂小倩回眸凄别宁采臣，当《花样年华》里苏丽珍站在巷口回望周慕云，当《仙履奇缘》中紫霞思及至尊宝，当《胭脂扣》中如花笑问十二少，当《倚天屠龙记》中赵敏跨马回眸张无忌……影视剧中总有一些这样的瞬间，让人每每回味起都觉得惊艳，称得上是一眼万年。

梅好有个爱好，就是把有意思的影视剧片段以主题的形式进行剪辑，然后上传到网上。最开始的时候全凭一时的兴趣，没想到受了好评，于是梅好干脆把视频做得更加精细，后来喜欢她的人越来越多，梅好就歪打正着成了一个视频剪辑类的 UP 主（投稿人）。经过两年多的积累，梅好已经在网站上拥有了超过 100 万的粉丝，订阅量一直处于上升态势。

　　她给自己起了个名字，叫"不吃香菜的猪小姐"，并以这个身份在网络上活跃着。她喜欢这种反差，网络上意气风发的猪小姐，现实中是个普普通通的女孩子，会为了保持身材煞费苦心，会为了就业问题而焦虑，也会因为求而不得的感情而身心俱疲。说到底都是肉胎凡身，是人就会有苦恼，就会有解不开的心结，无论过着怎样的生活，都需要面对各自人生的难题。

　　这期的视频主题叫"当男朋友朝你走来时"，梅好从几十部爱情剧集素材中，精挑细选出男主向女主走来时的情景。看着那些笑靥如花的帅男人大步朝自己走来，再配上甜到齁的BGM（背景音乐），让人看了只想谈恋爱。

　　我也想拥有这样甜甜的恋爱，梅好心里声嘶力竭地哀号，今夜注定难眠。

　　夜里，同样还没睡的还有季忆。

　　他靠在巨大的沙发上，神色虽然镇定，却不难看出有心事。家里安静极了，没有一点多余的声音，他独自住在这幢独栋别墅里，已经习惯了这样冷清的氛围。

　　今晚奇怪的事接二连三发生，却不是他思考就可以得出答案的，也许是最近工作行程安排得太紧张了，他劝说自己不要把舞台上的失控太当一回事。

　　然而，当他喝了口牛奶，一个不好的预感忽又生了出来：这不是结束，而是一个开始，自己的人生即将彻底失控。

sweet

第二章 —— 不吃香菜的猪小姐

memory

× 4

这城市的早高峰闻名全国，头回经历的人肯定大呼不可思议，但对那些习以为常的年轻人而言，不过是一天的序曲。拿一号线的拥挤程度来说，能挤上车就算是胜利。

梅好背靠一个大胖子，一脸平静地戴上耳机，用两倍速开始刷一部最新电影——如此，90分钟的剧情只需要一半时间就可以搞定。她经常会有一个不切实际的幻想：人生其实是一场电影，而她就是这场电影的进度条，自己可以看到人生过去和未来所有的剧情，任意控制剧情的进度，决定剧中人物的倍速，喜欢的剧情就缓慢下来，不喜欢的剧情就快速略过。

梅好在车厢中被挤到双脚快要离地时，季忆正开车行进在同样拥挤的车流中。季忆当然不会注意到，这天早上他与梅好的最短直线距离不过十几米——那班地铁在辅路左上方疾驰而过。

一番奔波后，梅好站在了公司楼下，巨大又醒目的公司LOGO让她心里涌起一阵期待。

"PIKO，我来啦！"她心雀跃。

公司总面积近千平方米，占了整层楼，初来乍到梅好看什么都倍感新鲜，她从未像现在这样觉得自己离梦想这样近，近一个月的等待是值得的。

营销部位于公司东南角，采光通风绝佳而且紧挨总裁办公室，足见公司对它的重视。梅好怯步走进去，就看到里面别有洞天：方形的办公环境，中间聚拢着6张工位，梅好喜欢这种办公环境，莫名觉得很聚拢人气。

她上前两步，带着新人特有的热情，脆生生说道："大家好，我是新来的，我叫梅好！"

"美好？这名字好呀。"离她最近的是个体态丰满的姑娘，脸圆圆的，很喜相。

"我叫邱秋，你叫我球球就行。"球球自我介绍。

球球自来熟，当下拉着梅好走向大家："我来给你介绍一下！这位是芳姐，我们的组长大人！"

芳姐二十七八岁的模样，有着南方女性特有的娇小身段，她笑着给了梅好一个鼓励的眼神。

"还有他！"球球拍了下一个男生的肩膀，"你自己介绍！"

"我是小东，营销部的表格小王子！"梳着油头的男生也很热情。

见梅好对他桌上的一堆头发养护产品好奇，球球说："他呀，一句话概括就是个有家族遗传性脱发自己并没有脱发仍担心自己脱发的人，什么洗发水好用，你问他，比咱们女同胞都专业！"

最后介绍的黑眼圈女生叫艾琳达，年龄与梅好相仿，早她一年进入公司，那双总是提不起精神的眼睛只在自己嗑的CP（人物配对）发糖时才绽放出光亮。一番简短交流下来，梅好心里松了口气，她预判同事们都是很好相处的人。

球球又指着不远处一间独立房间说："这是咱们经理的办公室，这会儿不在。"

经理张发奎，梅好对他是了解一点的，他曾经是一名大学老师，后来机缘巧合下进了公司。

梅好被安排在一个工位上，光秃秃的什么都没有。

"你还没领办公用品吧？"芳姐虽然寡言，却很细心，"球球，你带她去后勤那领一套回来。"

"行嘞！"球球听令，当下拉着梅好走出了营销部。

……

PIKO的企业文化真的是无处不在，连办公用具上都印着公司的各种经典形象，梅好把它们揽在怀中，越看越喜欢。平时商场搞活动，购物满800元也就是送个PIKO冰箱贴，像这样的周边有钱也难得到。

两人正走着，忽地听到前面有同事说了声："季总好！"

梅好循声望去，只见一个身形挺拔的男人正快步朝自己的方向走来，强盛的气场让周遭黯然失色。

她的心跟着一紧，迅速认出对方就是在商场里跟自己抢同一款盲盒的男人！他们刚才都喊他什么？季总？还是个领导？梅好顿时方寸大乱，心想情况不妙。

季忆已经近在眼前，球球大声问候："季总好！"

"好。"季忆匆匆走了过去。

球球似乎意犹未尽，朝季忆离开的方向看着，嘴里激动着："真的好帅啊……"

没得到回应，球球急忙扭头，发现梅好不见了。

"梅好？"

"我在这儿呢！"梅好眼见对方走了，才从角落里走出来，装作不经意地问，"刚才那是谁呀？"

"季忆，季总，我们的老板啊，整个PIKO都是他的！"球球告诉她。

梅好假装坚强，原来不光是领导，还是最大的领导！她转身就要走，球球说："你不是让我带你到处走走吗？"

梅好一抚太阳穴："哎哟，头晕，赶紧回去吧。"

她着急回到营销部，那里暂时是安全的。

已经在桌前呆坐了20分钟，梅好还是无法接受季忆就是自己老板的事实，与其这么说，不如说她无法接受自己得罪了对方的事实。

"听说了吗？哼哼猪的合作没谈成。"小东开始八卦，"季总为了昨晚的演出，跟乐团排练了一个多月，也不知道什么原因就搞砸了，把大春老师气走了。"

"你又从哪听来的？"球球问。

"我可是PIKO万事通好不好，没什么是我不知道的！"小东说。

梅好虽然心里不承认演出搞砸的事情跟自己有关，但心里总觉得愧疚，因为自己也没办法证明这事儿跟自己没关系。

过了一会儿，梅好来到小东工位前："东哥，能不能帮我填张表格啊？"

"可以啊。"

梅好环顾下四周，小声说："就是季总每天在公司的作息时间表。"

"你要这个做什么？"小东不解。

这时，艾琳达不知何时幽幽地飘到了梅好身后，两眼依旧无神，但却洞悉一切。

"你就给她做一个嘛。"艾琳达说，梅好吓得一个哆嗦。

随即艾琳达把梅好拉到一边，老前辈一样："小女生对高富帅总裁的迷恋，我懂！"

梅好赶紧否认："不是的！"

艾琳达一笑："还不承认？球球说你刚才见了季总就晕头转向的。"

大家一听都笑了。梅好心里一声哀叹，行吧，解释不清了。

总裁办公室里，季忆正看着手上的报表，一旁摆着一份新入职员工的简历，是人事部刚刚拿过来的，听说还是个 PIKO 盲盒的粉丝。他拿起简历，刚要掀开，手机响起来。季忆随手又把简历扔了回去，起身去接电话了。简历的一角微微翘起，露出了梅好的一寸工装照，照片里的她眼睛笑盈盈的，对这个成人的世界满是热情。

表格在小东的手上迅速成型，上面详细地记录了季忆在公司的活动范围和出没时间。伴随着小东娓娓道来，梅好仿佛看到季忆在早上9点钟准时进入公司，10点之前会在办公室处理事情，10点半左右会步入公司休息区，自己冲一杯咖啡。关于老板没有助理这件事，梅好及时表达了疑问，小东的回答是老板不喜欢跟别人走得太过亲近，所以就不需要助理，对此公司的人都已经习以为常。

梅好把对方的作息时间表记了个滚瓜烂熟，相关时间点和地点自动在脑海中标记成雷区，她坚决不会出现。凭着这张表格，梅好还真的顺利避开了与季忆的两次见面，硬生生在公司里玩出了猫鼠游戏的刺激感，一上午的时间就这么过去了。

楼顶天台是季忆的独家去处。这里视野开阔，空气里都带着一股自由的味道，站在边缘远眺，城市的繁华景象揽入眼底。只要有时间，午饭时候他都会上来站一站，这已然成了习惯。他喜欢独处，可以让他更加清醒地思考，很多关于公司的重大决定都是在这里做出的。

公司附近的某家餐厅，营销部的同事们在吃饭。

"梅好怎么没来？"芳姐问。

"午休时间在公司外遇到季总的概率只有20%，所以才不会来。"小东说。

"这孩子，脑袋里都在想什么啊。"芳姐感慨。

"啊！"小东忽然停下手中的筷子，把球球吓得够呛。

"你想吓死我啊？"球球吼他。

"有个季总经常去的地方，我忘了告诉梅好！"小东说。

已经晚了。

此刻，梅好正躲在天台的一处墙后瑟瑟发抖，她原本想找个没人的地方透透气。距离她几米远的地方就站着季忆，她还从没见过有人这么喜欢发呆，一愣神半小时都过去了。梅好蹲得腰背酸痛，现在就只有等着老板离开，自己才能脱身了，可就在这时，梅好的手机噼里啪啦响了起来。

季忆正准备离开，忽然听到一阵炸响，他朝着声源走了还没几步，就看见梅好打着电话从容不迫地从另一面墙后"浪"了出来。

"喂，爸！这儿信号不太好，有事儿您给我发微信吧！"梅好说着挂了电话。

季忆马上认出了她，那个在商场里对他围追堵截的女生。

梅好又装着刚看到季忆，继而大大方方问候一声"季总好"，转身就想溜之大吉。

"等等。"季忆叫住了她。

梅好只好站住，心里暗叫不好，缓缓转过身来。

"你在这干什么？"季忆问。

"我是新来的员工！"梅好回道。

"公司不是门店，没有盲盒可以抢。"季忆的回答很不客气。

"季总您真会开玩笑——"梅好原本想笑着蒙混过关，一撞到对方枪口一样的目光，就秒怂起来。

季忆朝她逼近，让她不得不往后瑟缩着身子，他目光所及的地方就像平地起了钢筋护栏，将她死死困在了原地，无处可逃。

她听到那个磁性又带着一丝厌恶的声音问道："哪个部门的？"

"营销部。"她想抬起眼皮，又被对方的目光压制回去。

天台上原本流动的微风也像是被冻结了一般，梅好耳边只有那男人若有似无的呼吸声响，她感觉自己随时会被对方吞掉。

这时手机又响起来，季忆用手指了指，意思是让她接。

"不了，工作时间不方便接私人电话。"梅好解释。

"现在是午休时间。"季忆手指又点了点她的手机，动作幅度很小，却分明有种不容抗拒的力量。她若是不照做，摆明了过不了这一关，于是梅好心一横，接了电话。

手机里传来小东大咧咧的声音："梅好，我是小东，不是你爸！你记得一定要去公司天台，可以偶遇季总！"

梅好把电话挂了，深吸一口气抬头迎向季忆的目光，对方的目光除了不屑还有让人尴尬后的快感隐现。季忆心里也跟着一紧，如此精准地被人从眼神里截获自己这小小的恶趣味，这个叫梅好的新职员还是第一个。这细微的情绪让梅好想摔掉手机把眼前的家伙打一顿，但是她不敢摔手机，因为还在分期还贷；她更不敢揍他，因为这是他的地盘。唉，人在屋檐下哪能不低头。梅好这回算是栽了，真不知道这个魔鬼接下来会怎么招待自己。

× 5

张发奎刚从外面回到公司，还没去营销部，就被叫来了总裁办公室。

梅好的简历正躺在桌子上，季忆的表情让人琢磨不透："这人是你招进来的？"

张发奎翻过简历又合上："是我。"

"找个理由开了。"季忆轻描淡写，这种事本不应该浪费他的时间。

张发奎听清楚后，马上问："为什么？"

"不喜欢。"

"这女孩儿名校毕业，专业成绩优异，技能全面，几乎没有短板，我好不容易才招进来的，您必须给我一个理由。"张发奎实在舍不得人才。

他又道："这两天咱们公司因为隐藏款炒高价的事情饱受舆论指责，这个时候我们把人开了，万一人家闹到网上去，对公司的声誉更加不利。"

对方说得在理，季忆没再坚持："营销部有没有什么工作，是不需要天天来公司的？"

"诶？"

"就是隔三岔五需要外出，反正不用天天在公司里见到就对了。"季忆解释。

"还真有这么一个岗位。"张发奎想到一个。

"就它了。"季忆决定。

"我还没说什么岗位呢！"

"不需要知道，总之越少见到越好。"后半句，季忆加重了语调。

张发奎妥协："好的，我去办。"

从刚才回来，梅好就一直坐在工位上发呆，任谁过来问都提不起精神来。就在刚才，她自以为瞒天过海的演技被老板亲自戳穿了，季忆只对她说了一句话："你走吧。"

梅好仿佛看到法庭之上，自己一身囚服，法官模样的季忆高高在上，他看过来："本庭宣判梅好死刑，立即执行！"然后敲了一下小槌子。

梅好随手翻着日历，当她翻到今天的日期时，心里禁不住一声惨叫，只见上面写着：今日不宜入职。唉，流年不利呀。梅好两眼呆滞，完了，刚来就得罪了顶头上司，以后哪还会有好日子！

正胡乱想着，张发奎回到了营销部，梅好见他，赶忙站起身。

"经理好，我是梅好，新来的。"

张发奎打量她，看着挺好一姑娘，到底是怎么招惹老板了？他不及细想："从现在起，营销部的VIP顾客售后服务就由你来负责了。"

名字听上去还挺洋气的，来不及细想，梅好对着张发奎就是一鞠躬：“谢谢经理，我会好好工作的！”

所谓的VIP顾客售后，就是针对一部分实力买家制定个性化服务，以及定期组织户外活动。丁鹿在微信上听完介绍，回道："听着很不错，实际上跟你的专业不太对口啊少女。"

梅好却不这么认为：能进来PIKO就已经胜利了，没关系，自己还年轻，以后有的是机会！微信发过去她又不禁想到季忆，如果没有入职前的那一出，自己在公司里兴许还有前景，眼下都成眼中钉了，前途实在渺茫。

下午亦无事，同事们都在忙，梅好也不好打搅，于是翻出部门过往的营销案例来学习，不觉时间过得飞快。将近十六点的时候，赵慧臣的微信挤了进来：**对不起，昨晚加班，把音乐会的事情彻底给忘了。**

终于有了解释，可梅好依旧开心不起来，特别是一想到昨晚的煎熬，索性又把手机放回了口袋。晾一晾他，梅好想起丁鹿分享给她的恋爱心得，对付男人千万不能上赶着，这是大忌。梅好自然能体会几分其中的玄妙，但就跟小偷一样记吃不记打，有时自己都发狠骂自己贱。

没一会儿，微信又来了：**晚上有空吗？请你吃饭赔罪。**

梅好还想忍住不回复，试了好几次，她还是放弃了，回了对方两个字：**几点？**

发完她就特想抽自己几个嘴巴子，回回好了伤疤忘了疼，前脚刚说下豪言壮语要"挥霍我自己的青春，然后放弃爱情的王位，去做铁石心肠的船长"，后脚又给自己找出一万个理由去见对方。

"梅好。"芳姐隔着桌子叫她，梅好忙把手机拿到桌下，以为自己上班时间聊私事被抓包了。

"你跟我去一趟盲盒陈列室。"芳姐说。

那个房间与其说是陈列室不如说是盲盒博物馆，公司出品的所有手办都能在这里看到，按年份和系列陈列着，简直是梅好的梦想之地，她此刻的感受已经不能用惊叹来形容了。芳姐用钥匙打开一面玻璃柜，从里面抱出一款60厘米的哼哼猪手办。梅好只隔着门店的橱窗欣赏过这款定制的巨型手办，还是第一次亲手触摸到，竟然足足有二十多斤的重量。

芳姐又嘱咐她："现在就去地下车库，把它交到季总手上。"

"我?"梅好一时犹豫。

"没时间了，快去吧!"芳姐催促。

梅好只好提着东西下楼。

季忆已经等在地下车库了，身子靠在车前，偶尔低头看一眼腕表上的时间。梅好看见他的车闪了下尾灯，就朝这边小跑了过来。

见来的是梅好，季忆心里把张发奎骂了一千遍，咬牙切齿想，这家伙可真是会安排工作啊。

"你跟我一起去。"他命令。

"我就不去了吧……"梅好想到下班后的约会，于是婉拒。

"难道你要我在人前抱着它?"季忆给出的理由十分充足，堂堂总裁，抱着一个过分可爱的巨型手办，画面确实有点不和谐。

梅好还在犹豫，谁知季忆的态度秒变温和，他上前两步打开了副驾的车门。

"上车吧。"他语气也温柔起来。

难道是他意识到对一个女孩子冷言冷语实在过分，所以良心发现借此表达歉意?这个理由瞬间说服了梅好。更夸张的是，他竟然接过了重重的巨型手办，这样一来倒把梅好弄得有点不好意思了："不用不用，我自己来就可以!"

车子发动了。

季忆扭头，对一旁柔声说道："出发。"——副驾驶上摆着哼哼猪手办，季忆还细心地为它系上了安全带。

梅好坐在后车座上，身体左右颠簸着，一脸的生无可恋。

另一边的办公室里，张发奎悔不当初："你找谁不行啊，非要让梅好去给季总送东西!"

芳姐反问道："有问题吗?"

张发奎想说点什么，又放弃："我一下子跟你解释不清楚……"

到了约好的法式餐厅，季忆在前面带路，他倒是轻装上阵，腿又长，一步恨不能顶别人两步。这可苦了身后的梅好，当众抱着一个巨型手办摇摇晃晃跟随在老板身后，头重脚轻感觉自己随时会一头栽地上。她一边气喘吁吁一边对着季忆的背影咬牙切齿："冷酷，无情，渣男！"

再说这季忆，因着手长腿长，走起路来不经意间就露出那么点风流的体态，随意又不造作，这样浑然天成的风流想必是天生的。换做平时，梅好是很吃他这一挂的，眼里看着嘴里馋着：人家是怎么长的呢，这腿是腿腰是腰的。可这种时候她怎么看都觉得自己老板面目可憎，恨不能抬腿踢他一脚。

穿过小花园，季忆弯弯绕绕终于来到了一张餐位前，梅好拼尽力气才抱着手办跟了上来，当她看到眼前的男人和他的女儿时，顿时愣住了。原来哼哼猪之父大春就是那晚在音乐会上遇到的男人。梅好心里叫苦连连，怎么就这么巧呢！梅好尽量收起目光，好在大春似乎没认出她。

对面的大春和女儿一看就是亲父女，两人都有点严肃，绷着一张脸。梅好很快就看出，小女孩似乎跟其他的孩子不太一样，她一直沉浸在自己的世界里，脸上挂着淡淡的哀伤。

季忆指了指手办："这是公司定制的60厘米版哼哼猪，只有五个，其余四个在各大门店里用作镇店之宝。"

梅好赶忙将手办放在椅子上推向小女孩，怎奈她看都看不一眼，完全不予理会。对于女儿的反应，大春习以为常，板着脸说："季总如果是来谈合作的，就免了。"

"我是来道歉的。"季忆的手指摩挲着玻璃杯，"昨晚在舞台上我突然行动加速，从而导致乐团乱成一片，我不是有意这样做的，而是行动突然不受意志支配，大脑像是被什么东西劫持，它控制了我的身体。"

大春听着，脸上显出鄙夷神色："你觉得这种解释我会相信吗？如果这就是你所谓的道歉，我不想听。"

大春一手牵住女儿的手，起身要离开。

"我自己也不相信，可它真的发生了！"季忆并没看向大春，目光久久落在某个虚无的焦点上。

大春顿住了脚步。

梅好担心有些激烈的气氛会吓到小女孩，于是对着她做了一个很丑的表情，想逗对方开心，结果还是一样，小女孩木然地望向别处，梅好自讨没趣。

季忆看着小女孩："孩子今年多大了？"

"六岁。"大春说。

"我们也认识四年多了。"

"没错，我女儿一岁半时被查出患有自闭症，我们就是那时候认识的。"

"那时候你告诉我，你创造哼哼猪的目的就是希望它能够给女儿带来欢乐。"季忆回忆。

"你被我和女儿的故事感动了，甚至在没签合同的情况下预付了版权费。我很感谢你当年的知遇之恩，我才由一个名不见经传的小画手，有了今天的成就。"

季忆话里话外都透着不舍："我们曾经惺惺相惜，可又从什么时候起，我们之间不再有信任了？"

大春的眼神在躲避："PIKO 是家好公司。"

"又或者，你心里自始至终都相信 PIKO 没有恶意炒高盲盒价格，你只是需要一个借口，借此结束跟 PIKO 的长期合作。"季忆一针见血，"世德给了你更好的条件吧，是 PIKO 所给不了的。"

大春情绪陡然激动，脸色决绝："你别再说了！"

季忆已经全部了然："我明白了。"

梅好在一旁听得窝火，心中大叫："你还道哪门子歉嘛，人家这是摆明了不念旧情想另攀高枝，你就有话快说，说完好走人！"

心里的声音刚落下，倍速事件再次发生了。

只见季忆全身的动作瞬间加快，他一开口，梅好直接惊呆了。只见季忆用两倍速的声音对大春说道："可我还是要告诉你，我刚才所说都是真的——"

季忆猛地停下来，他显然也被自己的声音吓了一跳，快速又下意识地摸了一下自己的嘴巴。

稍稍平复了一下心情，他继续说下去，仍旧是两倍速的语速："我当时根本控制不了自己的行动。我知道这么说你可能会觉得我精神有问题，但我真的没有故意要你，而且你也看得出来，我现在状态是正常的，意识也是特别清醒的，你看我像是精神有问题的人吗？！"

话一口气全部说完了，现场鸦雀无声，大春老师的表情看上去更加阴沉了。

这时，一直沉浸在自己世界里的小女孩看着季忆，忽然咯咯地笑了起来，带着孩子独有的天真无邪，像一朵粉嫩娇俏的花朵。

季忆看向梅好，试着说："走吧。"——这时他已经恢复了正常。该说的都已然说尽，实在没有再谈下去的必要，人心如水，成人的世界向来如此。

出来餐厅，梅好走在季忆身旁。

就在这时，大春追了出来，"等等！"

大春上前，脸上透着显而易见的激动："我其实知道，你为了准备那首曲子，跟乐团的人排练了一个多月，我从没怀疑过 PIKO 的诚意。"

大春的眼眶隐隐泛红，有些语无伦次："真的……太久太久没见女儿笑过了，就像你说的，任何时候都不要忘了是为什么开始的，我们，继续合作吧！"

……

回去的路上，两人依旧默默无言，来时是因为尴尬，此刻是各怀心事。

谁都没提起刚才的倍速事件，如同把秘密封存在了那个空间里。

如果说，之前自己还将这一切称为巧合，那么现在，这样的解释已经无法令梅好信服。就在刚才，她心里想着让季忆抓紧时间把话讲完，下一秒他就迅速接受了自己的"指令"，以标准的两倍速讲完了一连串的心里话。

这么看来，梅好愈加觉得自己像是进度条一般的存在，可以随意控制对方的人生进度。她再次回想起陨石坠落的那个瞬间，自己刚刚许下一个心愿：希望自己能够成为未来男朋友的人生进度条。然而"未来男朋友"在她看来明明指的是赵慧臣，为什么却在季忆的身上起了作用？

难道，季忆才是自己未来的男朋友？这个想法一出，梅好立刻看向开车的英俊男人，失声惊叫："不可能！"

季忆扫了她一眼："你在说什么？"

"我是说季总把不可能的事情变成了可能，真的厉害！"梅好赶紧竖拇指拍马屁。

在此之前，梅好还觉得有些愧疚，因为自己乱下指令，导致季忆错失了合作机会。现在来看，刚刚发生的倍速事件，让季忆把小女孩逗笑，触碰到大春老师心底的柔软，从而成功挽回局面。"现在我可不欠你啦。"梅好心里想着，看了眼手机，约会时间已经临近，梅好透过车窗向外张望，"季总，已经到下班时间了，我就近在路边下车可以吗？"

季忆没反应，梅好看了过去。

"季总？！"梅好提高嗓音。

驾驶座上的季忆正一动不动看向前方，两只手搭在方向盘上，整个人完全处于静止状态。

梅好意识到不妙，登时紧张起来。

车子开始然失去了控制，朝着路边撞去。

梅好当即解开安全带，身子离开了座位，她猛打方向盘，车子与迎面驶来的一辆车擦身而过，朝着路边撞去。就在她准备猛踩刹车的时候，车身瞬间减速，惯性作用下梅好后背撞到了方向盘上，整个人弹回来趴在了季忆腿上。

车子在距离路边仅20厘米的地方停了下来，避免了一场交通事故。

季忆这时才恢复了常态，刚刚发生了什么他一无所知，眼前混乱的局面更是让他迷惑。他视线下移，发现梅好正趴在自己身上，一动不动。

"你没事吧？"季忆紧张问道。

随着几声干咳，梅好抬起头来，发现自己正趴在老板身上，两只手还紧紧抱着对方，赶忙强忍着酸痛挣扎着坐回了副驾驶，她还是头一回发现老板也会有紧张的情绪。

"你胳膊受伤了。"季忆提醒。

梅好抬起左手，这才发现上面有剐蹭导致的伤口，洇出血来。刚经历一场惊吓，梅好反应还有些迟钝，见了血也没多害怕。她刚试着去触碰，手指就被季忆攥住了："会感染的。"

"坐好。"

"没关系，我还要——"

梅好很快意识到他的话是命令，并不是跟自己商量。她还有点懵呢，就见季忆身子朝她移了过来，梅好靠在椅背上，一动也不敢动，那张帅气精致的脸离她很近很近，近到可以听到对方的呼吸声。

季忆迅速为她系好安全带，又重新给自己系上，随即发动车子，赶去最近的一家三甲医院。

傍晚临近，看病的人依旧多。等号的时候，两人坐在诊室外面的长椅上。

"车上有自动刹车系统。"他说。

"哦……"

像是下了很大的决心，季忆对她说："很奇怪吧，今天发生的事情。"

梅好知道，他指的是餐厅里的倍速事件，以及随后的静止事件，于是点了点头。要知道，总裁跟刚入职的员工讨论这种事情，是需要那么一点点勇气的。

"能告诉我，在车上都发生了什么吗？"

"您忽然就一动不动了，是真的一动不动。"梅好边说边做了一个开车静止的动作。

"就像手办一样，保持着一个开车的动作。"梅好又做了一个开车静止的动作。

季忆看得脑仁疼："你可以直接用语言表述，不需要连说带比画，我听得懂。"

"好的。"梅好问，"您当时是怎么了？"

"不知道，我对静止的那段时间完全没有记忆。"

"季总，您说倍速事件发生时您无法控制自己。可之前在餐厅里，您说话突然开启了倍速模式，说完第一句话后，您分明停顿了一下，还摸了摸自己的嘴巴，这说明您是可以控制自己行为的啊。"梅好感到好奇。

"那个停顿……"季忆端正身体，如实告诉她，"其实是咬到了舌头。"

咳咳……

梅好又继续试探："季总，真要是查出来这事儿跟某个人有关，您会怎么做？"

季忆的目光一下将她钳住，像雄狮在跟一只鬼祟的小老鼠交谈，他斩钉截铁："有仇报仇，有冤报冤。"

"请0833号梅好就诊！"人工喊号的声音响起，梅好趁机起身走了进去，她觉得身后的男人目光有刺，她刚刚小臂上蹿出来一层鸡皮疙瘩。

十几分钟后伤口包扎结束，医生坐在电脑前开单子，一边勾选药品一边叮嘱："洗澡时不要沾水，近期不要吃辛辣油腻的食物。"梅好应着，盼着对方快点把单子列出来，自己好早点拿药走人。

季忆这时走了进来，眼睛盯着电脑屏幕，仔细查看着，梅好不知道他要干什么。医生也纳闷，这人跟院领导视察一样，什么话都不说，直接盯上了自己的电脑。梅好在心里念叨："你以为这是在公司啊，事事都归你管。"

"一起的吗？"医生问。

季忆好像没听到一样，扭头说："医生，麻烦您开一些外敷的药，要最好的。"

梅好正纳闷，又听到他对医生解释："不要留疤。"

呆呆看着他认真说话的样子，梅好讲不清那一刻是什么感受，既惊讶于对方的细心，又觉得暖心，这个看上去冷冰冰的老板，嘴上不说，其实什么都看在眼里。她忽然为刚刚自己的吐槽感到害羞，实在有点小人之心了。

从医院出来，天快黑透了。

"季总。"

季忆原本要离开的，听到梅好说话，停下了脚步。

"刚才谢谢你。"梅好说。

梅好原本是想缓和一下关系，季忆却上来就开始拆台："我这么做是为了不让你影响到工作，希望你不要把心思用到一些不切实际的事情上。"

梅好忽然反应过来，联想到早前在公司里的误会，梅好心里一声惨叫：季忆真的以为自己喜欢上他了！

不切实际？你是有多优秀啊！梅好心里嗷嗷咆哮着，心里实在憋屈，她两只大眼睛瞪得圆圆的，奶凶奶凶地对他说："你站住！"

哟呵，季忆原本要转身，又回头看着她。

眼神触到的那一刻，梅好败下阵来，她把一袋药品提到眼前，尽量用它隔开两人视线，声音陡然软糯起来："季总，我这算是工伤吧？公司能给报销吗？"

原本想看她雷声大作的，没想到是个青铜。他收起眼中的一丝玩味，回道："算。"

"谢谢季总！"梅好"卑躬屈膝"恭送老板离开。她再抬头时，脸上已不见笑意，取而代之的是苦大仇深。季忆的背影融进初起的夜色之中，在斑驳光影中那股风流体态若隐若现。说起来梅好都有些难以置信，她竟然从那背影中品出了对自己的无情戏谑。

"梅好啊梅好，咱能不能有点骨气，说话能不能硬气一点？"她简直对自己恨铁不成钢。

……

倒了三次地铁，梅好才赶到了约好的餐厅。

赵慧臣已经到了，见梅好推门进来就朝她招手，梅好想起昨晚对方的爽约，板着脸在对面坐下来。

"还在生我气呀？"赵慧臣哄她。

"没有。"梅好不肯承认。

"还没有呢，脸跟达利那幅画似的。"

"哪幅画？"

"就那个融化的钟表呗，你脸都拉到桌子上了。"赵慧臣说着比画了一下，终于把梅好逗笑了。

季忆坐在金束的办公室里，办公桌上摆着一摞天文相关的专业书籍，一侧墙上挂着一张巨幅的高清蔷薇星云图，暗红的云气中缭绕着十余颗高温恒星以及无可计数的暗星，如同宇宙间一朵盛放的玫瑰，这张照片可是金束花了十几个小时才拍出来的。

季忆把这两次发生在自己身上的怪事告诉了金束，他们是大学时代的朋友，用金束的话说，除了自己，没人愿意跟季忆这种奇怪的家伙做朋友。

"你最近是不是工作太累了？"金束问他。

"我就猜到你会这样问。"季忆语气平缓，"我甚至怀疑自己的身体出了状况，但我的意识却很清醒，明确知道自己的行动加速、声音失真，却无法让这一切停下来。"

"也可能是精神出现了问题呢？"金束一本正经分析，"行动加快时，你体内同时存在两种人格，新的人格控制了你的行动，而原有的人格被完全架空。"

金束忽然不说话了，季忆表情严肃地看着他，他吐了吐舌头，把没说完的话咽了回去。

餐厅里，这时候赵慧臣注意到了梅好的胳膊。

"你受伤了？"

"不小心剐蹭了一下。"梅好轻描淡写，又忽地想起了早前在车上发生的事情，她突然决定做点什么。

梅好看着赵慧臣，眼中有莫可名状的情绪在翻涌，赵慧臣被她突然的郑重其事搞得有点不知所措，问她："梅好，你没事吧？"

"我未来的男朋友，"梅好心里默念这个称呼，随即嘴里蹦出几个字，"行动加速！"

赵慧臣喝了口啤酒，又把瓶子放下，无动于衷。

另一边的季忆，原本正打算喝口水，吞咽速度却突然瞬间加快，只见他喉结上下滚动，以极快的速度喝光了一瓶水！

他很快又恢复了正常，由于喝得太快，被呛得直咳嗽。

"就在刚刚，我又发生了倍速事件。"季忆说。

金束也被眼前一幕惊到了，却仍旧不信："跟我闹着玩儿呢，是不是？！"

季忆似乎放弃了，起身边走边说："我回去了。"

金束跟上："不是哥们儿不相信你，但凡谁头一回听到这种事儿，他都得一脸懵——"

正说着金束撞到了季忆身上。

"你说是不是？"金束继续说着，绕到季忆跟前，他忽地愣住了。只见季忆一动不动，身子还保持着向前走路的姿势，右脚后脚跟抬起稍稍离地，目视前方，如同时间静止。

"没完了？"金束伸手在他眼前晃晃，季忆的眼珠虽有神采，却动都不动，像是被谁摁下了暂停键。

他忽地一笑，伸手去挠季忆的腰部——他知道季忆的痒痒肉长在这里。

季忆仍旧毫无反应。

"你可别吓我。"金束脸色骤变，忐忑起来，以季忆的性格断然不会跟他开这样的玩笑。

金束试着推了他一下，对方全然不动。

"你怎么了季忆，你说话啊，你是不是又开发出了第三种人格了？"金束说着说着悲从中来，"不管你是哪一种人格，你都是我最好的朋友，我会跟每一个你都好好相处的，虽然我最爱的还是你的主人格。不对，我在瞎说什么，你精神一点问题都没有，你确实遇到了很难解释的状况，你快点恢复过来，我们一起想办法解决！"

见季忆还是一动不动，金束更加难过了，伸出手抱住了对方："我舍不得你……"

肌肉瞬间松弛下来，灵魂仿佛再度归位——季忆再次恢复了正常，他低头，看见金束在抱着自己哭哭唧唧，伸手把紧贴着自己的脑袋推开。

"你醒过来了？！"金束开心坏了，"我这次彻底相信了！"

季忆知道就在刚刚，倍速后遗症又一次发生了。

"跟大春的合作会继续下去，哼哼猪的盲盒会继续由公司设计生产，网上连日米对 PIKO 的各种质疑也会迅速解决，这应该是一件值得高兴的事情。"季忆跟念稿似的说着。

"怎么突然说这个了……"金束不明所以。

"但合作有了转机是因为倍速事件的突然发生，我是被动的，整件事都不在我的控制中。我的生活已经开始失控了，这种感觉很讨厌，让我无法忍受。"季忆语速越来越快。

"你在说什么啊？"金束担忧。

他终于不再自言自语，语速也恢复常态，看着金束用斩钉截铁地语气说道："我要调查清楚整件事的来龙去脉！"

梅好打量着赵慧臣："你一点感觉都没有？"
赵慧臣莫名其妙，摇摇头。
"什么行动加速啊？"对方一头雾水。
梅好只得随便编了个理由："这是我们公司最近很流行的一个小游戏，对方下达指令后，你就要以最快速度把手头的事情完成。"
"哦……"
这时，赵慧臣的手机响了，他看看来电显示，眉头皱起，似有厌烦，干脆将手机翻扣起来。
梅好试探着问："不接也没关系吗？"
"家里打来的，不想接。"赵慧臣说，"又给我介绍一个相亲对象。"
当年赵慧臣还没大学毕业，家里就开始给他介绍各种相亲对象，这些女孩有一个共同特点，就是家里有钱。梅好深知，这是一条难以逾越的鸿沟，自己出身普通家庭，好像也很难一夜暴富。
换做是以前，听到这话梅好心里肯定是又酸涩又有所期待。酸涩的是他又有了相亲对象，有所期待的是这并非他本愿，梅好就觉得自己总还有希望。可现在，她更多的是平静，一种想要放弃这段暗恋的思想准备和接受命运安排的某种释然。
"梅好，这次有些不一样，我爸妈很喜欢那女孩，我很可能要订婚了。"
梅好安静地听着，她不是没有想过，勇敢一点，告诉他这些年自己的心情，让他知道自己的那些委屈，可她没有这么做。
"挺好的。"梅好面上带笑，"你也该收收心了，以后有个人管着你，在家里等着你，是件好事。"
"你也这么觉得……"赵慧臣喃喃说，刚才那话本是他的试探，以为她会说点什么，但现在看来，似乎是自己想多了。
"我晚上还有事，先走了。"梅好准备起身。

"梅好！"赵慧臣叫住她。

"我们会一直都是好朋友吗？"他问。

"当然。"她给他一个笑脸，然后转过身眼眶就幽幽地红了起来，眼泪悬在里面。

她不敢让眼泪掉出来，因为知道他在身后一直看着自己，她要走得若无其事。这是最后一次为这个人哭了，从今往后她要开始新的人生，以后也不会经常见面了，希望彼此都保重。为这人痴痴傻傻做了场大梦，她是该醒来的时候了。

这晚回到家，梅好如期发布了最新一期的混剪视频。粉丝们一片狂欢，点击量不断刷新着，没意外的话，这很可能又是一个爆款。粉丝们纷纷在底下留言："啊，续命的药来了！""妈妈，看看您的女儿吧！爱你哟！"……看着这些可爱的留言，梅好觉得安慰，都说她治愈了大家，大家的爱又何尝不是在给予她继续下去的力量。她回复那位粉丝："我们总会把某个人当成续命良药，因着他／她的赠与而让自己保持活力，那不过是错觉，一个人真正的续命良药从来都是你自己呀，那个在爱情里受了伤，在工作中被不公对待后仍旧跌跌撞撞愿意热爱这个世界的你自己呀。"

这漫长又变幻的人生，不只有爱情，还有为之拼搏的事业。

季忆穿着睡衣，靠在卧室床头，他用手机刷着一段叫"当男朋友朝你走来时"的影视混剪。这次的作品在技术上更娴熟了，今天的BGM 也格外好听，是让人看了很舒服的剪辑作品。

他关注这个叫"不吃香菜的猪小姐"的 UP 主已经很久了，对方的视频风格很对自己的口味。每天刷一遍她的视频，顺便打赏催更新已经成了他的睡前习惯。有时看底下评论，他偶尔也会想象一下猪小姐的样子：矮矮胖胖的，爱好美食，或许已经结婚有了孩子，丈夫是个憨憨的公务员，一家人在城市的某栋房子里过着幸福的生活。

深夜，世德公司的办公室内，一个高瘦的年轻助理推门走了进来。

魏佳桥刚要拿起醒酒器，瘦助理便有眼色地接了过来，为他倒了一杯。

"打听到了？"魏佳桥声音慵懒。

"大春老师今天见过季忆后，突然决定跟 PIKO 继续合作。"

"果然是他。"魏佳桥似笑非笑。

"魏总，我们怎么办？"

魏佳桥轻轻晃动酒杯，沉睡的单宁已经苏醒，红酒散发出原本的色泽和芬香，绸缎一般拂过杯壁。

"不急，慢慢陪他玩下去。"

× 6

持续数日，整个城市都在讨论天降陨石。

出来遛弯儿的大爷大妈从"吃了嘛您"，变成"听说了吗？昨儿晚上天上掉下来一大石头，嚯，砸出一巨坑，跟足球场似的那么大！"。

网络上，关于陨石坠落的话题占据热搜第一。

地铁里，车载电视上播放着关于陨石的最新进展。

陨石在瞬息间照亮了人们世俗琐碎的生活，让成年人残存的人生热情有了统一的投射物。梅好一路感受着人们的集体狂热，也明白这样的狂热很快又会退去，烟消云散，像所有红极一时的人和事，总有归于平静的一刻。尽管这样，她还是有点不适应，除了丁鹿，她暂时不能再分享给任何人，就像一个怀揣着巨大秘密的人，孤独行走在这辽阔的世间。此刻，她觉得自己跟别人一样，又跟别人不一样，陨石赋予了她新的意义。

一到公司，梅好就见同事们凑在一起聊天，热闹非常，见梅好走近，球球赶忙招呼她："你来得正好，陨石的事情你知道了吧？"

梅好点点头。

"我们刚才在讨论，捡了陨石那人，是不是传说中的遭天谴啊？"

梅好一个哆嗦："不算吧，又没砸中。"

"你怎么知道没砸中？"艾琳达好奇。

"我猜的！"梅好解释。

"安静一下！"张发奎从办公室走出来拍拍手，"10点钟我们正式开会，季总也会参加。"

会议室就在季忆办公室隔壁，长桌椅子大白板，典型的公司标配。桌上摆着一组名为外星人的系列盲盒手办，特别之处是外星人的头部是一块陨石造型。

"什么？把宣传片内容删减到10秒？"张发奎以为自己听错了。

季忆目光投向他，表示对方没听错。

"季总，我们组从策划到出宣传片盯了几个月，而且后天就是新产品发售日，怎么突然就要删减了？"芳姐不解。

"历年来，这个时间段发售的新品销量都很一般，而且这次宣传视频的成片本身就存在问题，已经可以预判到最终销售结果。与其这样，不如换一种全新的形式。"

"您意思是说？"张发奎问。

"相信大家也听说了我市天降陨石的事情。"季忆环视全场，大家纷纷点头，梅好眼中闪过一丝紧张的情绪。

"我提议将那些陨石坠落的视频剪辑到一起，呈现出陨石坠落的完整过程，最后引出10秒钟左右的精彩盲盒宣传片，直接将本次发售的外星人系列作为陨石的周边产品进行宣传。"

这个提议很快得到所有人的认可。

"季总，那您来安排下工作吧。"张发奎说。

"小东，球球，艾琳达，你们以最快速度拿到网友的视频授权。张经理负责对接宣传视频。祝芳跟我去采访当事人。"

季忆安排完工作，唯独没有梅好的份，但她的注意力全部落在了当事人三个字上。

"难道……季忆这么快就发现我是当事人了？他怎么知道的？"梅好快速推理着，"正因如此，他才没给我安排任何工作。"

"当事人是陨石的发现者吗？"艾琳达提问。

"对。"季忆说，"我们已经约好了见面。"

"见面？不是我？！"梅好愈加疑惑。

季忆看着梅好，一脸的问号："有事吗？"

梅好这才发现自己竟然站了起来，于是又坐下说："我还没分配到工作……"

"下次吧，这次人手够了。"季忆准备散会。

这时芳姐说："视频是我一直在盯，这次的外包制作团队也是首次合作，所以我得跟经理一起去沟通。"

张发奎有点为难，季忆又看向其他几人："谁跟我一起？"

球球建议："我们三个一起行动惯了！还是让梅好跟您一起去吧！"

其他两人配合着点头。

季忆看了眼梅好，没再说什么，走出了会议室。梅好很快明白了同事们的好意，赶忙鞠了一躬："谢谢大家！"

大家显然没把她的事放心上，季忆刚走，几人就开始嘀咕起来。

"你们不觉得奇怪吗？"球球说，"营销部的事，以前季总从来都是分配任务，像今天这样亲自去见陨石坠落当事人的事情，还是头一回。"

"你这么一说还真是，季总那么忙还要亲自执行。梅好，你说这是为什么呢？"小东问。

梅好边说边往外走："我也不知道，可能是对陨石好奇吧，我先过去啦！"

咖啡馆就在公司楼下，环境有点糟糕，内部在搞装修，不时传来一阵嗡嗡的声响，让人听得烦躁。

季忆和梅好的对面坐着一个约莫四十来岁的男人，留点络腮胡，目光里透出藏不住的狡黠。

"王先生，"季忆问他，"东西带来了吗？"

"带来了，带来了。"男人说着从身上掏出一个方形的红色盒子，摆在了桌子正中。

梅好看得心里发紧。

中年男人亲自把盒子打开，又转向了两人这边。

这是一颗通体焦黑的小石块，单丛体积上看，跟梅好家里那块差不多大，看着也更为美观。她也有点迷惑了，昨晚有可能不止一颗陨石坠落？

"怎么样？"中年男人期待着反馈。

"哪儿找到的？"季忆的目光不曾离开过石头，声音更暴露不出他此刻任何的心理状态。中年男人感觉无从下手，这在一场交易谈判中是最棘手的。

"就掉我家里了，差点儿就砸到我了！"中年男人这么说的时候，梅好一度怀疑他亲临了昨晚小花园的陨石坠落现场。

"这可是目击陨石！价值连城！"中年男人又说。

季忆问他："你住哪儿？"

"花苑小区。"

"王先生，按照我们事先谈好的，只有买下这颗陨石，你才会配合视频访问。"

"没错儿！"中年男人声音透着兴奋，似乎是觉得这桩生意要谈成了。

"那你开个价。"

中年男人亮出一个巴掌，底气十足："五十万。"

梅好腾地站起身："五十万！这玩意儿值五十万？！"

这突然的举动让季忆也颇感意外，随即眼里又迸出鄙夷的神色。显然，她这种没见过世面的举动在他看来实在掉价。

"你们继续……"梅好坐下来，心里止不住地嘀咕，"我那块看来也不便宜……"

季忆刚要继续，梅好一想到自己也要发财了，又忍不住"噗"地笑出声来，对面的中年男人不满地看着她，梅好赶快恢复严肃。

"她说的没错，你这是狮子大张口，这不过是一块人工熟铁。"季忆忽地说道。

梅好一惊，就看见季忆将目光从"陨石"上移开，射向了中年男人。

对方的表情登时一慌，又呵呵一笑，想要稳住险些崩盘的局面："你、你在说什么啊？"

"表面有人工切割痕迹，还有因为铁水杂质所产生的气泡，以及花苑小区位于城西，根据陨石轨迹，它会降落在东北方。"

中年男人愤怒了："你可不要乱说！有证据吗你？"

"骗子还要证据？"季忆见对方还嘴硬，"那我就给你证据。"

季忆起身走到一旁的装修区域，简单跟装修师傅说了两句，便戴上了护目镜和手套，摁下开关，齿轮钻极速转动，开始发出尖厉啸叫。他淡定地用钳子将"陨石"凑上去，顿时火花四溅，梅好和中年男人都看傻了。

季忆合上开关，走回来重新坐定："陨石在真空环境下形成并不含铁，所以如果是真陨石，就算把这齿轮磨秃也不会起一丁点儿的火花，而你这块——"他把手中的"陨石"随手丢进了垃圾桶。

"你到底是干吗的？怎么会知道那么多关于陨石的东西？"中年男人实在诧异。

"从一位老朋友那里学到的。"他随口相告，难辨真假。

中年男人彻底认栽，偷偷摸摸起身就要走，季忆冷冷从嘴里吐出两个字："等等。"

对方身子一支棱，缓缓回身看着他，眼里带着一丝怯意。

"把你的垃圾带走。"

中年男人赶紧从垃圾桶里翻出那块"陨石"，灰溜溜地走了。

座位上现在只剩下两人，梅好和季忆依旧并排尴尬坐着，彼此都感觉到了某种不适，特别是不远处还有情侣坐在一起互相喂食，你一口我一口地看着就欠揍。

"梅好。"季忆目视前方。

"嗯？"梅好也目视前方，似乎一直在等对方先开口。

"你现在坐到对面的话是不是比较好？"

梅好心领神会迅速坐到了对面，季忆轻轻"嗯"了一声表示满意，还礼貌地点了点头，梅好这才松了口气。

不一会儿，金束就跑进了咖啡馆。

这个戴眼镜的帅哥，头发微卷，眼神轻松活泼，浑身洋溢着一股子自由热情的气息，跟之前梅好脑补的天文馆工作人员形象相去甚远。梅好忽然能明白这两人为什么能成为朋友了，性格方面实在互补。

互相介绍后，金束就开始检讨："哥们儿对不住啊，我也没想到丫居然是个骗子。我看他发帖说自己捡到了陨石，就通过私信联系上了。"

金束又转向季忆："这事儿泡汤了，你接下来怎么办？"

"那块陨石至关重要，宣传片中没有它，整个过渡就不具有说服力，我们主打陨石周边的说法就不能成立。"

"嘁，我当多大事儿呢，这有什么难的！你家里收藏了那么多块陨石，随便挑一块出来，反正都是独一份儿，谁会知道真假啊？你说是吧，梅好？"

金束突然提到自己，梅好慌忙中不知作何回答。她心里当然是有点赞成这说法的，作为真正陨石当事人的自己肯定不会说出实情，她实在怕季忆顺藤摸瓜发现陨石与两人之间的秘密。到那时，自己铁定不能留在公司了，会第一时间被老板开除。

"我知道。"季忆话一出，金束只好打住。

"诚信是 PIKO 的企业精神，任何时候都不可以违背。"

"那怎么办，不是说大后天就发布新品了吗？"金束问。

"如果不能实施最完美的方案，我宁可不做。"季忆继续说，"梅好，你现在就告诉大家，取消新品发布，将外星人推迟到下季度跟其他系列一同推出。"

对于这个突然的决定，梅好犹豫不决，季忆见她还没行动，遂说道："我跟金束还有事要谈，你先回去吧。"

回公司的电梯上，梅好心烦意乱，她弹开营销部的微信群，刚准备将季忆的决定告诉大家，就看到球球兴冲冲在群里说：我这边已经联系上了三个视频拍摄者，有两位已经同意签视频使用许可协议。

很快，艾琳达和小东也相继送上捷报，纷纷把联系的视频拍摄者拿下。

梅好正想着该怎么通知大家，这时候球球艾特她了：梅好，你那边进展的怎么样了？

梅好犹豫了一下，把刚才打出的几个字删掉，回道：回去再跟大家说。

梅好一回营销部，就看见小东和艾琳达站在球球身后专注地盯着电脑，球球正在写宣传视频策划案。

"讲真，季总这个创意好，我已经好久没这么兴奋过了！"球球边打字边说。

小东说："虽说之前的宣传视频要被精简，但好在项目还是我们营销部负责，我这月可就等着这个项目奖金还房贷了！"

"还有我！"艾琳达说，"最近粉上的 CP 要开见面会，门票超级贵，反正我是无论如何都要去的，辛苦这么久就等着这笔奖金了。"

"梅好，你回来了？"芳姐从身后走了过来，大家一看梅好，都拿期待的目光看着她。

"梅好，群里问你事情谈的怎么样了，你还卖关子，非要见面说！"球球笑着嗔怪。

"就是呀，季总那边谈的怎么样了？"小东问。

梅好心里突然责怪起季忆来，这种泼冷水的事情何必要让自己来转达。眼前一张张可爱的面孔，让她如何开口。这些她一到新环境就给了她温暖的同事，这些不争不抢把工作机会让给自己的同事，她又如何做得到用一句话浇灭大家的热情？她甚至都还没有做点什么来回馈他们的好。

她心里知道，自己是可以改变这种局面的，只要她做出那个决定，就可以让同事们几个月来的辛苦付出免于打水漂的结局。只是这样一来，季忆距离那个秘密的真相又近了一步，她的处境也就更加危险。

"你怎么不说话呀？"艾琳达疑惑地问。

梅好没回答，转身走出了营销部，留下其他人面面相觑。

几分钟后，梅好再次走进了公司楼下那家咖啡厅。季忆已经跟金束聊完，两人正准备起身，就见梅好大步走了过来。

她在两人的座位前停住，带着显而易见的紧张，季忆被她的再次出现弄得有点莫名其妙，问道："有事吗？"

"季总，我就是真正的陨石坠落当事人。"原本激动的情绪，随着这句话说出来反而平复了。

季忆有些始料未及，他和金束乍一听到都有点没反应过来。

"你再说一遍。"金束怀疑自己听错了。

梅好忽然抓起季忆那杯不知动没动过的咖啡，仰头一口气喝了个精光，然后她把马克杯往桌上一放，随着那一声响，梅好的底气被彻彻底底激发出来。

"我说陨石落在了我家里！"梅好迎着季忆的目光，语气无比坚定。

家中客厅。

梅好转动电脑屏幕，那颗陨石呈现在季忆和金束面前。

"太美了……"金束情不自禁蹲下来，凑近它，仔细地打量着陨石表面的纹路，一脸的痴迷。

季忆在一旁看着，神色清冷，许多年前的一幕在眼前闪现。

那是一间朝北的侧卧，被改造成了收藏室，三面墙都立着木头柜子，里面整整齐齐码放着各种陨石。它们大小不一，结构不一，坠落的地点不一，最后全部来到了这里——成了陨石藏品。

一个小男孩的声音响起："我长大了，你就会变老，所以我才不想长大，你也就不会变老了。"

一个成年男人的声音："你会长大，我也会变老，总会有离开你的一天。"

男孩："那我就见不到你了？"

成年男人："会再见的，想你的时候，爸爸会变成一颗陨石，回到我们的城市。"

回忆戛然而止，没人注意到季忆脸上一闪而过的哀伤神色。

梅好从冰箱里取了饮料，递给两人："需要的话，可以现场鉴定真假，我不介意。"

金束挥挥手："不用不用，假的早就被我一眼看出来了，这可是货真价实的天外陨石。"

做出这个决定，几乎就是一瞬间的事，她想要为营销部的几位同事做点什么，她在心里说服自己，就只是让季忆知道陨石的存在，至于两人之间的神奇关联，只要她不提，季忆就很难发觉。而且她已经打定主意，为了能让自己踏踏实实留在公司，今后她再不会随随便便就在心里对季忆"发号指令"。

"要不要去事发地点看看？"梅好发出了邀请。

季忆点点头，两人抛下独自观摩的金束，来到了葱葱郁郁的小花园。正值中午，光线强烈，栅栏边的蔷薇开得正艳，巴西木的大叶子泛着光，随风轻摆，即便身处绿意盎然中，两人仍被一团热气包裹。

"当时我就坐在这里。"梅好走到花园左侧，指着遮阳伞下一把椅子说。

季忆也走进伞下，看到遮阳伞上破了一个洞，不用问便知道是陨石造成的。季忆问她："陨石坠落时有什么特别的现象吗？"

梅好想了想："没有，如果没发生这件事，就是再平常不过的一个晚上。"

一进楼门，丁鹿就翻包把钥匙找了出来。早上走的急，她把一份策划案忘在了家里，只好趁午休的时间回来取。

刚要开门，她手就猛地一哆嗦——房门是虚掩的。早上明明上过锁的，难不成……想到这儿，丁鹿把耳朵贴过去，听了听里边的动静，然后悄无声息走了进来。

来到客厅，她就看见一个男人背对着自己，正专注地看着桌上的那颗陨石。果然是招贼了！没想到这么快消息就传了出去，丁鹿顺手从包里取出了随身携带的哑铃，朝那人走了过去。

这边梅好跟季忆忽然听到客厅里传来"啊呀"一声惨叫，两人赶紧冲进屋，就看到丁鹿正挥舞着哑铃，追着金束满客厅跑。

"来人！抓小偷啊！"丁鹿一边打一边尖叫。

"丁鹿！"梅好叫她。

丁鹿见梅好也在场，这才停下来，又看看一旁的季忆，有点搞不清楚状况。

梅好说明情况后，丁鹿仍不忿："我以为家里进小偷了。"

金束为自己辩解："我哪里像小偷了？"

丁鹿指出来："你都不知道自己看陨石的表情有多么贪婪！"

"大姐，我那叫专注！"

"你叫谁大姐呢！"丁鹿作势又要拎起哑铃，金束灵活地往梅好身后一躲。

梅好又是一顿好劝，丁鹿才罢手，用眼神狠狠剜了金束："老娘不跟你一般见识。"

互相介绍过后，丁鹿把梅好拉到一边，显得心事重重。

"我担心陨石有辐射。"

"你听谁说的？"

"网上好多人都这么说。"丁鹿言之凿凿，梅好也隐隐地有些担心。

季忆和金束在一旁收拾器材，听到了两人的对话。

金束开始科普："陨石大致分成三类：石陨石，铁陨石，石铁陨石，主要成分是二氧化硅，只要不含铀、钍、镭这样的放射性物质，就不会对人体产生有害辐射。我初步判断这只是一块最常见的石陨石。"

"就你知道的多。"丁鹿怼他，"那你干脆把它带走得了！"

金束两眼一亮："真的吗？我就是这么想的。梅好，这陨石我能先带回去研究吗？"

见梅好犹豫，金束又说："我保证不对它进行任何破坏，就是例行研究，检测它的构成，推断它的来历。"

"那你要照顾好它。"

金束开心地点头："谢啦！"当即小心将陨石从电脑屏幕上取了下来，装进了随身的透明袋子里，还不忘摇头晃脑地向丁鹿示威，气得丁鹿一口白牙咬得咯吱咯吱响。

"我下午安排人去你那拍一段陨石视频，剪进宣传片里。"季忆叮嘱金束。

"没问题！"

几人出来楼门，金束先上了车，季忆对一旁的梅好说："实在担心的话，就去做个体检，毕竟不是谁都会遇到这样的事。"

对方突然的体谅让梅好觉得意外，更让她意外的是季忆居然看出了自己的忧虑。

"不啦不啦，应该没什么事儿，再说公司那么忙，我哪能随便离开。"梅好婉拒的同时，还不忘把自己拔高一下。

季忆停下来，煞有兴致地打量她，似笑非笑道："费用公司报销。"

"好嘞！"梅好说完就后悔了，这话接的也太快了点，一点都不矜持。想想自己这又是何必呢，季忆刚才的眼神分明已经识破了她心里的小九九，唉，失败，对方只用一句话就让她破功现了原形。不过，奇怪的是，这次她心里好像并不觉得气，反而有点开心，季忆在她眼里好像也没那么可恶了，于是鼻子是鼻子眼是眼，腿是腿肩是肩，嗯，这人客观来说当得起秀色可餐四个字。

这时负责锁门的丁鹿走了过来："刚才他跟你说什么了？"

"没什么……"她慌忙打发了闺蜜的疑问。

丁鹿凝眸看过去，季忆正跟金束在车前交代事情，她感叹："姐妹儿，你不地道啊。"

"我怎么了我？"

"之前听你描述，我还以为你老板是个十恶不赦的丑八怪，哪知道长得这么帅。"

"是挺帅的……就是人不太讨人喜欢。"梅好嘴硬。

"那是你没看到更让人讨厌的。"说着，丁鹿目光射向不远处的金束，两人正好目光碰上，丁鹿抬手做了个抹脖子的动作，吓得金束一个哆嗦，灰溜溜钻进了车里。

车子开动了，季忆朝这边看了一眼，不知道为什么，梅好觉得这一眼是看她的。她很快又为自己的这个想法感到难为情。

季忆随着金束去了趟他的办公室，一进门，季忆就从桌上拿起一瓶纯净水，然后把自己手机塞给了对方。

"干吗？"金束问。

"计时。"季忆脱掉外套，拧开了瓶盖。

金束虽不知他葫芦里卖的什么药，也只好照做。只见季忆微微仰头，开始喝水。瓶中的水在匀速减少着，金束手中的计时器在分秒流逝。

终于，一瓶水完全见底，金束随之摁下计时器的终止键。

"我用了多长时间？"季忆擦了擦嘴角。

"40秒。"金束看着时间。

这个数据似乎在季忆预料范围内，他问："记得之前我在你这儿发生的那次倍速事件吗？"

"当然记得，幸亏我房间里有监控，我前两天不是还把当时的视频给你了嘛。"

"我反复看过了，事发时我喝下同样一瓶550毫升的水只用了20秒，也就是说倍速状态下我做一件事只需要正常状态下一半的时间。而且，我那次倍速后遗症的持续时间也正好是 20 秒。"

"倍速事件和倍速后遗症持续的时间居然是一样的。"

"你不觉得吗？倍速和静止都在遵循某种时间守恒，也就是说，同样一件事，按照我平时的节奏大概需要两分钟时间，但发生倍速事件后只需要一分钟，也就是说我节省了一分钟时间。但是随后又会以静止的形式将这一分钟浪费掉，整体上维持了时间的恒定。"

"你手上不是还有其他两次事发当时的监控视频吗？"金束又问。

"我计算过了，以和大春在餐厅谈合作那次举例，整个倍速事件持续时长为 10 秒左右，后来我又从行车记录仪的声音记录里进行了出事前后的时间截取，同样为 10 秒左右。第一次音乐会上，由于我是连续两次出现加速情况，经过计算，倍速后遗症的持续时间同样吻合。"

"这件事真的越来越有意思了……"金束感叹，"你说到底是什么原因呢？"

季忆也给不出解释。

他目光落在那块刚被带回来的陨石身上，隔着玻璃罩，它神秘地继续沉默着。季忆很难形容第一眼看到它时的感受，陌生又熟悉，伴随着那句"想你的时候，爸爸会变成一颗陨石，回到我们的城市"，让他恍若隔世。

晚上，他回到家中。

进门，就看见那个熟悉的背影在忙碌着，家里已经被打扫得一尘不染，连垃圾桶都更换了新的垃圾袋。

母亲见季忆回来，上前问道："才下班吗？"

这是个年届五旬的妇人，保养得当，身高中等，即便这个年纪仍称得上是不折不扣的美人，只是看上去颇为严肃，不苟言笑。她当了一辈子的音乐老师，去年刚退休。

"嗯。"季忆用几不可闻的声音作为回答。

母亲眼中因为见到他而亮起的光又暗自灭了下去。

不过很快她又调整好情绪："我给你把衬衣都熨好收进了衣橱里，绿植也都浇过水了，还有回家后记得多开窗通气——"

"不是说过不要来了吗？"季忆打断她的话，虽然声音很轻，但语气足够冷硬坚决。

母亲的语气有些卑微："我就是想来看看你。"

季忆本想说出"我过得很好，不需要你来看"这样的话，但他忍住了没说，于是转过身进了卧室，把门轻轻关上了。

过了一会儿，季忆听到门口有脚步声，母亲的声音传进来："有时候，我总觉得，当年离开的人是我就好了。"尽管母亲在克制着，季忆还是能辨出微微哽咽的声音。

他起身进了一旁的侧室，这里面整齐摆放着几个巨大的木头架子，玻璃柜中陈列着各式各样的陨石，一切都保持了多年前的样子。这个房间母亲是从来不进的，这是母子间的默契，也是雷区，从不会打破。

又过了一会儿，外面传来了关门声，声响不大，季忆却听得心惊。他打开卧室门，发现母亲已经走了，又来到窗边朝下望着，母亲的纤细背影在夜色中忽的一下，很快便不见了。

季忆怅然若失，他拉开冰箱，发现里面整整齐齐码放着各种食物，上面写了食物名称和保质期，都是母亲亲手制作的。母亲已经到了需要戴老花镜的年纪，他能想象到她握着笔小心翼翼标注食用日期的样子。

季忆忽然有种钻心的疼。

梅好没把陨石带来的波折告诉同事们，大家都以为整个过程都进展顺利，继续忙着各自手头的工作。

紧接着营销部又迎来了新的难题，之前的宣传片制作团队因为需要大量精简内容的事情，跟公司闹得很不愉快，张发奎数次出面沟通，对方仍旧不作让步。眼看着新款盲盒的发布日期越来越近，张发奎很是头疼。

"视频制作团队多的是，至于这么难找吗？"球球纳闷。

芳姐解释："我问过经理，是因为我们的时间太紧张了，后天就要做出来，有些知名团队不肯接这种急活。再者，这次的宣传文案要高度保密，不熟悉的团队也不敢跟他们合作啊，再像上回那样让世德把创意抄了去，我们谁都脱不了责任。"

梅好坐在工位上，浏览着电脑上的宣传策划案，她起身走到张发奎办公室门口，敲了敲门。

"请进。"

梅好进去："经理，宣传片的剪辑要不让我试试看？"

"你？"张发奎意外，"你还会剪辑啊？"

"懂一点点……"

见张发奎还在犹豫，梅好又说："您那边可以继续找专门的团队来制作，我呢，就先按照自己的理解剪一版出来，好歹还能给别人做个参考。"

"行吧，既然你有这个热情，就来做吧。"张发奎鼓励道，言下之意梅好当然听得出来，这种时候也只能死马当活马医了。

"谢谢经理！"梅好依旧满心欢喜，开开心心地投入了工作中。张发奎那边压根没把这事放在心上，梅好的毛遂自荐甚至在他看来连备选都算不上。

距离新款发布会还有一天的时候，公司例行验收，这几天跟新的制作团队加班加点的工作和沟通，张发奎终于还是做出了新版宣传片。尽管这样，他还是忐忑，要知道老板是个如此挑剔的人，想得到他的肯定更是难上加难。

果然，季忆在看过宣传片后，迟迟没有回复。他对这版宣传片不是不满意，而是觉得它可以做得更好，无奈时间有限，必须做出取舍。张发奎站在季忆的办公室里，等待着最后的决定。

"就它了。"季忆声音有些疲惫，"明天准时投放广告。"

梅好上班迟到了，昨晚她通宵未睡，对宣传片进行最后剪辑，这才导致她在地铁上睡着坐过了站。

赶到公司后，梅好被告知经理在老板那，于是又拿着移动硬盘火急火燎赶了过去。梅好刚到总裁办公室门口，就见张发奎神色轻松地走了出来。

见她慌里慌张，张发奎便问："怎么了？"

梅好上气不接下气，想把硬盘递给对方。张发奎这才想起来那天的事，于是摆摆手："不用了，宣传片已经定下来了。"

梅好愣了一下，她不肯轻易就这么放弃，毕竟硬盘里的宣传片是她苦熬了几个通宵才做出来的。她绕过张发奎，直接闯进了总裁办公室。

"季总，这是我剪的宣传片！"她把硬盘递了上去。

张发奎也跟进来："你怎么回事？不是跟你说了宣传片已经定了吗？这里是你随随便便就来的地方吗？"

梅好也觉得自己莽撞了，她仍在僵持着。

"放这儿吧。"季忆的视线掠过硬盘。

老板发话，张发奎自然不好再多言语。梅好开心地把硬盘摆在了办公桌上，然后郑重鞠了一躬，退了出去。

张发奎发起牢骚："这小姑娘太不懂事了，我当初就是为了鼓励她，才同意她剪一版宣传片的，哪知道她当真了！她一个业余的剪辑爱好者能有专业团队剪的好？"

张发奎说话的间隙，季忆已经连接硬盘，双击打开了文件夹，表情由最初的漫不经心开始变化，似乎是被什么东西狠狠地撞击了情绪。

季忆勾了勾手，张发奎急忙上前，凑到电脑前一同观看。

随着快节奏的背景音乐炸响，张发奎的表情瞬间呆住了。

……

半小时后，整个公司都传遍了，新品盲盒宣传片出自营销部一名新职员之手。

张发奎亲自把这个消息告诉了梅好："想不到啊，咱们营销部卧虎藏龙！"

梅好想到点什么："经理，这是季总的决定吗？"

"当然！"张发奎说完又找补了一下，"不过，也离不开我的极力推荐嘛！"

梅好听了，心里莫名开心，如同打了一场胜仗。她内心本就是骄傲的，即便是老板与员工的关系，也不允许自己被对方轻视，因此心里铆着劲儿，这回就是她的漂亮反击。

事实证明，季忆的判断是正确的，外星人系列盲盒发布当日，凭借风格独树一帜的宣传视频，迅速在线上线下卷起了一股抢购风潮。新品上线不过三天，市场部就已经决定增加订单，成为年中销售的一个爆款。

同事们围坐在会议室，投影仪上放着宣传片：先是各种陨石目击现场的视频剪辑，从家庭录像背景到行车记录仪，从寂静湖面到巍巍山巅，从楼宇之间到胡同深处，勾勒出一条陨石坠落的震撼轨迹，节奏非常好，而且配乐震撼人心，最后切进新款盲盒的高能片段，让人欲罢不能，刷了一遍又一遍。

"经理，你看怎么奖励我们吧？"小东说着向大家使了个眼色，小声起了个头，"请客——"

大家都开始跟着起哄："请客！请客！"

张发奎也很痛快："今晚老地方。"

于是大家一通欢呼。

sweet

× 8

　　会议结束后，梅好回到工位上，左看看右看看，趁大家没注意又把之前小东做的那张表格打开了。表格上写着：上午十点半，季总会准时去茶水间，为自己冲制咖啡。

　　"希望他可以表扬我"的声音在心里响起，这个想法一出来，梅好自己都吓了一跳，不知道自己为什么会有这种奇怪的念头。

　　梅好看了眼时间，还有几分钟就到点了，还是忍不住拿起自己的杯子就去了外面的茶水间。十点半刚过，季忆准时走进了茶水间，兴许是没想到会在这里碰到梅好，眼里闪过一丝意外。

　　"季总好。"梅好问候。

　　"你好。"季忆淡淡回复，开始摆弄咖啡机。

　　"外星人系列卖得很好啊。"梅好主动把话题往"表扬"上引导。

　　"是。"

　　见对方不上道，梅好干脆更直接一些："主要是您的创意好。"

　　季忆没理她，他不擅长夸别人，更不擅长夸自己，依旧只字不提梅好剪辑的宣传视频。

　　梅好暗自来气："你夸我一下会死吗？这么大一老板，情商跟幼儿园没毕业一样。"

　　"季总，晚上我们营销部举行庆功会，您也来吧？"梅好说完又觉得唐突，赶忙解释，"我是说大家都很期待您也能参加。"

　　"我不喜欢热闹的场合。"季忆拒绝。

　　梅好有点失望，端着杯子准备出去，走到门口的时候她忽然转身对他说道："我不明白。"

季忆疑惑看着她。

"为什么您可以为了工作和别人接近，而不愿意跟自己的员工亲近？还有，为什么总是冷冰冰的样子，因为是领导就必须这样吗？偶尔也跟员工开一下玩笑不行吗？是因为都是自己人，就不需要费心思呵护跟鼓励了吗？这算什么道理？"

季忆有点被激怒了，他脸上的变化让梅好有些害怕。很快，他又恢复了平静，克制着自己说道："我说过了，我不喜欢热闹的场合。"

梅好也不知哪来的勇气，当即反问："是真的不喜欢吗？"

说完，她便匆匆转身离开了，心跳得厉害，知道自己又闯了祸。季忆独自站在茶水间里发呆，不知道为什么，她最后那句话触动了自己，也从来没有人像她一样对自己说过这样的话。许多年了，他将自己层层包裹，拒绝了太多的好意，这其中挡掉了一些居心叵测，也辜负了许多真心实意。他不知道这是好是坏，总之，与人建立起亲密的关系，对他来说是个难题。

晚上下班后，营销部全员在一家老北京炙子烤肉店集合了，这里离公司不远，开在一条闹中取静的小街上。店面算不上大，统共十几张桌子，装修也不显豪华，但是生意奇好，如果再晚来些时候，就要在门口的长凳上坐着等位，一盘原味瓜子见底也不见得能叫上号。

大家在靠墙的一张桌前坐下，店员麻利地摆上了炙子，又很快上了菜品。

新鲜的厚切牛肉一接触铁板，就发出了滋滋的声响，并且有节奏地律动，在上面跳起了舞，混着金针菇和生菜的香气，引得人食指大动。

张发奎举杯："这次新款盲盒的成功离不开各位的辛苦付出，敬大家！同时借此机会欢迎我们的新同事梅好！"

梅好起身："谢谢大家，我会好好表现的！"

她喝了口啤酒，情绪更加激动："我大学时代就喜欢上了PIKO，能来这里工作已经很开心，更难得的是碰到了你们这么好的同事！感谢张经理一直鼓励我。花姐，谢谢你把跟季总外出的机会让给我；球球、东哥、艾琳达，谢谢你们关键时刻拒绝了季总，让我可以参与到工作中来！"

这话一说完，气氛就微妙起来。同事们都笑得有点尴尬，芳姐先开口了："梅好，我们是很喜欢你，但并不是你想的那样为了照顾你而把工作机会让给你……"

"什么意思呀，芳姐？"梅好纳闷。

球球干脆说了："我们的出发点并不是为了你，而是我们自己，我们就是单纯地不想跟季总独处。"

球球的话立刻得到大家一致响应。梅好心想，原来是自己自作多情了，不过又转念，能在职场上遇到如此坦诚的大家更加难能可贵，于是心里小小的失落转瞬即逝。

"你肯定觉得奇怪吧？季总长得帅，又那么成功，按说我们都巴不得跟他亲近才对，但实际上，公司里没有谁真的想跟他单独相处呢。"艾琳达说。

"为什么？"梅好问。

球球想说点什么，又有些顾忌地看向张发奎。张发奎倒是不介意："想说什么就说，这里又不是公司。"

球球这才继续："他人太冷淡了，很难靠近，你永远不知道他心里在想些什么。对于我们来说，他是遥不可及的，远远崇拜着就好，但千万不要走近，很容易憋出内伤。"

"季总从来都不会夸奖别人，就算做的再好，他都不会表扬你哪怕是一句。"艾琳达拍了拍胸口，"有时候真觉得心寒，我们也是为公司做了贡献的人呀，把青春奉献在了这里。"

"我们的季总确实是这样的性格，会有很多人不理解，他是个很好的领导者，但生活中挺难做朋友的，因为根本找不到走进他心里的那条路。"张发奎感叹。

"咱们经理都这么说了，更何况别人了。"小东说。

艾琳达忽然拍着梅好的肩膀，拿出前辈的样子："所以说，你还要继续爱下去吗？"

梅好抖了一下，忙解释："你们误会了，根本不是大家想的那样，我是想跟季总错开时间才让东哥做了那份表格的。"

"谁信啊！"球球嚷道。

"真的！"梅好百口莫辩，只得向张发奎求救。

"据我所知，季总好像不太喜欢我们梅好。"张发奎替她解围。

"你们看，我没骗你们吧！"梅好顺着张发奎的话往下说，却不知怎的，即便自己知道季忆对自己抱有成见，但当自己从别人口中得到确认时心情还是沉了下去。

"原来是这样……"大家总算信了。

"还是我们私下里聚会更自在一些！"小东感叹，刚要举杯，忽然愣住了。

众人顺着小东的目光看过去，只见季忆走到了桌前，整个人往这一站，跟烤肉店内的市井氛围堪称强烈对比。

季忆在桌前落座，大家全部端坐，个个毕恭毕敬，看上去根本不像是聚餐更像是在公司开会。

张发奎拿了双公筷，为季忆夹了烤肉："季总，您怎么来了？"

顿了顿又觉得不妥，他改口道："我是说，您怎么知道我们今晚聚餐？"

"梅好告诉我的。"季忆如实回答。

"哦……"同事们若有所思回应着，然后纷纷看向梅好。梅好不敢跟大家对视，低头快速拿起一片生菜，包了烤肉就往嘴里塞："这家烤肉太好吃了！"

"如果不是梅好告诉我，我不会知道大家这么期待我来参加聚会。"

季忆话一出口，梅好就被嘴里的食物呛到了，咳个不停，她喝了口水，意味复杂地冲大家一笑。

"所以，为了满足大家的期待，我来了。"季忆郑重宣布。

"好！"张发奎率先鼓掌，大家跟着一起，冷冷清清。

季忆为自己开了一罐啤酒，接着说："这次新款盲盒上市大获成功，营销部功不可没，我向大家表示感谢。"

众人再次安静下来。

季忆好奇大家的反应："我是不是说错什么了？"

球球鼻子一酸，有点想哭，"我来公司快 3 年了，居然得到了老板的表扬……"

一旁芳姐给她递纸巾："我来 5 年了，也是头一回。"

"什么都不说了！一切都值了！"小东对季忆做了个敬酒动作，一仰头把整罐啤酒都喝了下去。

张发奎也很动情，"季总，请你以后也多鼓励这些孩子们吧，他们都很喜欢你。"

季忆没想到，自己的一点点改变，能如此触动大家，可见平日里的关心太少太少。梅好在一旁安静地看着，她这才明白，这些看上去对季忆满腹牢骚的同事，放在心里的不是抱怨，而是敬重和爱戴，因为总是得不到想要的肯定，只好把这种心情埋在心里。

"我会的。"季忆答应，他想活跃下气氛，"我们营销部的聚餐，有没有什么固定的节目吗？"

艾琳达举手："最后一个来的，给大家讲笑话！"

说完，艾琳达就后悔了，眼睛沉了下去。

"没关系，我来讲个笑话。"没想到季忆一口答应。

人人一脸期待，能亲眼看到老板讲笑话，可是前所未有的待遇。季忆拼命在脑海中搜索了一遍信息库存，愣是一件好笑的事情也想不起来，如此干耗了一会儿，他尴尬地笑了一下。

其他人也晓得这有些太为难对方了，于是纷纷表示理解。

"这样，我给大家讲一个笑话！"张发奎主动替季忆解围。

"等一下。"季忆问，"讲笑话的目的是为了让大家开心，所以不管做什么，只要能让大家开心就可以是吗？"

其他人都点头表示同意，不知他为何提这样的问题。

只见季忆拿起自己手机，低头开始操作。很快，张发奎的手机率先响起微信提示音，接着是球球、芳姐、艾琳达和小东，一个个手机都响起来，随即球球发出一声惊叹："我的妈呀！"

梅好正好奇，想要凑过去看到底是什么情况，就见自己的手机屏幕也亮了起来。梅好看一眼对面的季忆，赶紧低头去看自己的微信，居然是 5000 元的转账提醒！

"既然是庆功会，就要有点庆功的样子，我提前把本次的项目奖金发给了大家。"季忆晃晃手机。

小东突然拉着张发奎的手说："答应我经理，以后聚餐不要再讲什么笑话了，就像季总这样直接打钱好不好？"

张发奎嫌弃地把手抽开，朗声道："来吧，我们是不是也要表示一个？"

于是所有人举杯，一个个满面红光，同声道："谢谢老板！"

梅好也跟着说了，这回她是真心的。

结账的时候，季忆偶然发现柜台角落里摆着一小叠传单，上面用俏皮的字体和内容对 PIKO 的 VIP 顾客业务进行了介绍。于是跟店员打听是谁将它们放在这里的，店员指了指门口说，一个穿小熊图案 T 恤和牛仔裤的小姐姐硬塞给他的。季忆一听便知道是梅好，走时给了那店员小费，又顺手将那些传单摆在了更显眼更容易被人看到的地方。

季忆出来，在门口跟大家道别，众人各自寒暄后散开。梅好着急离开，毕竟白天在茶水间顶撞过老板，担心对方这会儿清醒了会找自己算账，刚要悄咪咪地闪人，却被季忆叫住了。

"你剪的宣传片非常棒，我很喜欢。"季忆告诉她。

梅好没料到对方会这样说，当下愣了神。

"希望这个对你的表扬没有太迟。"他说之前又想了下措辞。

"谢谢季总……"

"你的剪辑风格跟一位网上我欣赏的 UP 主特别像。"季忆说。

"那个阿婆主叫什么呀，回去我也关注一下。"梅好还沉浸在被夸奖的喜悦中。

"不吃香菜的猪小姐。"

梅好的心一下收紧，全身的血都在往头上涌，心脏扑通扑通乱跳，然后她猛地打了个很响的嗝。

"你知道她？"季忆问。

"知道……"梅好的声音有些颤，随即又佯装硬气地说，"她是大 V 嘛，我当然知道啦。嗝～"

她没想到现实中头一次有人提到网络上的自己，而且对方还是自己的老板。

"你喜欢她的作品？"她问。

季忆似乎来了兴致："她所有的作品我都会第一时间观看打赏，视频中能看到她对生活的热爱和真诚，虽然素未谋面，却感觉她像个老朋友一样。"

梅好听着，心绪激动，匆匆说了声"季总再见，嗝~"，便转身朝着地铁站的方向走去了。季忆看着她离去的背影，有点失神，以为是女生觉得打嗝难为情，才着急离开。

　　梅好一边打嗝一边摸自己的脸，烫烫的，不知道刚才季忆有没有发现，再晚走一会儿，她脸上的"异常"一定会被对方发现。老板竟然是自己的粉丝！想到这儿，梅好忍不住偷乐。

　　这时有个人迎面匆匆而过，梅好回头瞥了他一眼，没太看清楚长相，但对方身上似乎凝着一股杀气，让人望而生畏。梅好低头又走了几步，忽地停住，她猛地回头朝那人离开的方向看去：这才想起来，那不就是之前卖假陨石的骗子嘛！

　　他这是要去做什么？

　　梅好心里开始升起隐隐的不安，于是马上掉转头，悄悄跟了上去。中年男人脚步特别快，梅好穿了高跟鞋，在后边几乎是一路跌跌撞撞地小跑跟着。中年男人快速经过了那家烤肉店，又继续朝前赶去。

　　这边，季忆刚接了一个工作电话，正准备回公司取点东西，他身后不远处突然闪出一个黑影。

　　中年男人凶神恶煞地盯着季忆的背影，手里不知何时攥了根粗重的钢管——梅好追过来，恰好看到这一幕，惊得张大了嘴巴。季忆并没发现危险正朝着自己靠近，中年男人脸上露出狰狞的邪恶，他大步朝季忆冲了过去。

　　眨眼间，中年男子已经来到了季忆背后，他高高举起了手中的钢管，狠命地劈了下来。

　　梅好的心跟着悬空，她大声喊道："季总小心，快走！嗝~"

　　紧接着倍速事件又发生了，梅好话音刚落，季忆的脚步忽然不受控制地加速了，整个人向前快速移动，并且完美地躲过了身后钢管的暴击！

　　中年男人全身的蛮力扑了个空，一个趔趄身子险些跌倒。季忆回头发现了他，立刻警觉起来，但此时他仍处于倍速状态中，动作神态都跟视频中的两倍速人物一模一样：中年男人挥舞着钢管，再次发动了袭击，季忆一个侧身轻巧躲过，绕到对方一侧，握起拳头直捣中年男人腹部，又快又准，一个反应两倍速的人跟一个正常状态下的人对打，简直是降维打击。中年男人吃痛，骂骂咧咧站直了身子再次冲过来，季忆一个过肩摔就把对方摔在了地上，然后死死把他摁在了地上。整个过程，梅好都好像看到一个大大的"×2"倍速标签飘在季忆头顶，动来动去。

钢管落在一旁，中年男人伸出手拼命够着，眼看就碰到的时候，梅好冲上来稍作犹豫，便用高跟鞋狠踩了对方的手，中年男人吃痛惨叫，梅好趁机捡起了钢管，发现季忆正喘着粗气望着自己。

做完笔录的时候，已经过了晚上十点，两人一前一后从警局里走了出来。

"季总，那我先走了。"梅好再次道别。

"等等。"季忆留她。

梅好心虚，眼睛滴溜溜一转："这些都是我应该做的，不用谢！"

她又要走，却见季忆挡在了面前，眼睛似一汪深潭，不只温柔，更是凶险。

"刚才我又发生了倍速事件。"他在观察她，捕获猎物般随时准备伺机而动。

"我看到了。"梅好尽量让眼神不去闪躲。

"就在你喊出快走之后，倍速事件就发生了。"季忆语速不急不缓。

梅好装傻充愣："好像还真是这样，巧合，一定是巧合！"

季忆并不打算轻易饶过她，声音里带着该死的磁性诱惑："是不是巧合，你再说一次不就可以了？"

梅好感觉自己掉入了对方的陷阱中。这种时候，不按照他说的做就摆明了心里有鬼，照他说的做吧，自己就彻底暴露了，梅好进退两难。

季忆又向前逼近一步，两人离得实在太近了，梅好看到地上他的影子快要将自己吞没。梅好大气都不敢出，也不敢跟他对视，希望这时候有个外星飞船能把自己接走就好了。

她听到一声清浅鼻息，紧接着便听到他说："怎么会和你有关系。"

他的目光柔和起来，不像之前那般咄咄逼人，梅好心内大出一口气，谢天谢地，总算是逃过一劫。

她试探着："所以您刚才说那样的话是……？"

"开玩笑。"

"开玩笑？！"

季忆认真地解释："你不是说过，我也需要偶尔跟员工开一下玩笑吗？难道你没看出来吗？"

一点都不好笑！梅好敢怒不敢言，皮笑肉不笑："看出来了……"

正说着，季忆的动作忽然间静止了，脸上还带着之前的情绪，整个人矗立在梅好面前，一动不动。

"季总？"梅好伸手在他眼前晃了晃，确认对方再次陷入了倍速后遗症。

就在这时，一只胖胖的小柯基跑了过来，一条腿搭在季忆身上"欲行不轨"，梅好赶忙把它给赶走了。

看着全然静止的季忆，梅好忍不住就开始了吐槽："拜托大哥！您那是开玩笑吗？你是在讲恐怖故事，刚才差点没把我吓死好不好！幸好我临危不惧，没有乱了方寸，要不这会儿就要被你发现了！我就是想好好待在 PIKO，你能不能好奇心不要那么重，就算弄清楚了又能怎么办？我也想跟你解除神奇关联啊！一天到晚都跟猫捉老鼠似的，可你什么时候见过汤姆战胜过杰瑞？答应我，我们以后和平共处好不好？"

"好。"

梅好乍一听到回答，险些要跳起来，全身的鸡皮疙瘩直往外冒。

季忆的眼中重焕光彩，正在看着她，目光温和，他又把梅好的话重复了一遍："我们以后和平共处。"

梅好傻傻看着眼前这个男人，心里有种异样的感觉在瞬间蠢蠢欲动，她的目光无法从他好看的脸上移开。

街灯下，世界呈现出无比温柔的模样。

两人就这么静静互相对视着，梅好又猛然想起什么，试探着问："季总，您刚才还听到什么了没有？"

"就听到这一句。"他答。

梅好这才稍稍放心。

"不过……"季忆忽然嗅了嗅鼻子，"你有没有闻到什么奇怪的味道？"

梅好只好告诉他："刚才你不能动的时候走过来一只柯基。"

他猛看向自己的裤脚，问："然后呢？"

"我把它赶跑了。"

"再然后呢？"

"好像是尿了。"

她头一回见季忆的情绪如此失控，他将目光慢慢收回绝望地看着她，尽管浑身微微颤抖，他还在坚持着，维护一个总裁最后的风度。

"梅好。"

"嗯？"

"你可以先走吗？"他拜托道。

直到那辆网约车在路边停下，梅好坐进去离开，季忆才挪动了一下那条站麻的右腿，强忍着嫌弃和恶心，他看了眼上面湿漉漉的一片，他恨不能当街脱裤子走人。可随即他又笑了，想起刚才自己初恢复意识，目光聚焦的第一幅画面就是梅好的那张小脸，仰头看着她，眉头似蹙非蹙，一双黑白分明的大眼睛忽闪忽闪看着自己。那一刻，他竟有种想将她揉进怀中的冲动。

× 9

晚上，季忆回到家中。

偌大的房子里，又是他一个人。兴许是聚餐时喝过酒的缘故，又或许是刚经历了一场打斗，他还有些亢奋。他当然察觉到了，这样的亢奋中还有一丢丢的甜蜜，像晚风中蔷薇的味道，丝丝缕缕，若有似无。

他抱着电脑靠在沙发上，处理一些白天的工作。有个邮件引起了他的注意，是主办方发来的慈善音乐会上季忆演出的完整版视频。这段视频是季忆主动要求主办方发给他的，它是从整场演出的正式视频中删减掉的。

季忆将视频下载后，点击进行观看。因为是专业团队拍摄，镜头十分清晰稳定，灯光下季忆脖颈的细小绒毛都分明可见。

他第一次动作加速后，镜头切到了观众席，季忆也被大家的笑声感染了，就在此时，他的目光忽然锁定了某个角落。季忆又退回去，重新点击暂停键——他看到了梅好。梅好正坐在第二排，脸上挂着笑意。

梅好从未跟季忆说过，她也出席了那场慈善音乐会。对于她不说的原因，季忆很快就为她找了个很能说得过去的理由：谁都不会主动跟老板提他的糗事。

他不是没有怀疑过，接连几次发生倍速事件时，她都在场。就像今晚他对她开的那个"玩笑"，也是有当真的成分在。只不过最后他还是选择相信，因为第三次倍速事件发生时，只有季忆和金束两个人，梅好并不在场。以常规的思维来看，她跟这件事一点关系都没有。

梅好最近有些愁眉苦脸。

已经入职快一个月，自己的 VIP 顾客售后业务仍没什么进展，问询电话倒是接了一大堆，梅好都轻声细语跟对方解释："这位小姐，手办隐藏面的瑕疵判定标准为大于等于 70mm 的直线距离，观察发现时间小于等于 3.5 秒，如果不影响审美，不作为瑕疵问题处理哦！"

"这位先生，我们产品外包装有明确提示，因为有些手办配有精巧道具，所以禁止儿童使用，13 岁以上人群才可以拥有哦！"

除了要忍受一些人的坏脾气，有时一天下来口干舌燥，下班回去的路上梅好也会产生怀疑："我一个名牌大学市场文秘专业的高材生，怎么就沦落为电话接线员了呢？"

再看看身边的同事们，都是从早忙到晚，自己一个"接线员"坐在他们中间，压力可想而知。她虽然对自己的工作岗位不是很满意，但也绝不想在公司里划水，再怎么说也要对得起这份薪水。

所以当张发奎告诉她"PIKO 运动会"全国巡展回到本市的时候，梅好立刻来了精神。"PIKO 运动会"是公司的重头宣传活动，每年会在全国 16 个重点城市巡回举办，地点全部选在当地最繁华的商场一层大型空地，活动分为比赛区、PIKO 经典盲盒手办展览区、拍照区和售卖区等等。当一个个巨型盲盒手办和运动场主题乐园拔地而起，进入商场的人们无不为之疯狂和着迷，即便是成年人，也需要有人来为他们造梦。

每次"PIKO运动会"都会有许多VIP顾客参加，因此需要梅好从一开始就参与场地搭建，并做好客户登记和维护工作。在了解了具体流程后，梅好主动申请过去参与场地搭建。

但是她把这份工作想得有些简单了，因为考虑到商场营业和顾客安全问题，搭建团队通常在商场打烊后才开始作业，也就是说，梅好需要通宵工作，从VIP顾客休息区墙面颜色的挑选到伴手礼的准备，从传单的印制到联系意外情况发生时的医护团队……然而这些对梅好来说都不算什么，熬夜是当代年轻人的基本功，唯一难克服的就是上厕所。

白天好说，商场里人来人往，但是打烊后，二楼以上除了洗手间都是断电的。黑灯瞎火，那些白日里好看的橱窗模特都变得诡异起来，赶巧了还能跟搭建团队的男同事们一起结个伴，不赶巧时就只能硬生生憋着。

幸好丁鹿体谅自己，大半夜会过来探班，梅好见了她准没别的事，奔上去拉起她的手就直奔主题："走，陪我上厕所！"两人爬上已经停运的电梯台阶，穿过走廊，大有学生时代要好的女同学课后手牵手上厕所的样子。

梅好在厕所里还不放心，时不时喊一嗓子："丁鹿你在吗？"

"在，在，在！我不在这儿陪你干吗来的？"丁鹿一边练习下蹲一边说，她这身曲线可是后天努力才得来的，胸型完美，腰线迷人，双腿细长。

梅好从里面出来，边洗手边看她锻炼。

"你老板这都给你安排的什么工作啊，女孩子半夜三更还在商场里搬砖，再说你都把陨石的事告诉他了，他怎么还揪着以前那点破事儿不放啊！"丁鹿一肚子气。

"这份工作其实挺有趣的。"梅好说。

"骗谁呢。"丁鹿越说越气，"你呀，就是太好欺负了。"

梅好擦干手，过来拍她屁股一下："手感不错嘛！"

丁鹿一被人赞美，马上来了兴致："臀部、脸蛋胸部和屁股，美人三要素。老娘这可是正经八百的蜜桃臀，走大街上也绝对是万里挑一的极品！你有空就照我说的来练习，吸气，臀部肌肉绷紧，幻想屁股是一颗娇嫩的水蜜桃，猛地摆脱地心引力从树上落下来！"

梅好一边听一边偷笑，每回只要想哄丁鹿开心或者想要转移话题，就跟她聊健身，屡试不爽。

"好啦，走了！"梅好抱住丁鹿。

"你今天是不是还没洗澡呢，臭死了，不要碰我！"丁鹿嫌弃。

梅好抱得更紧了，"我偏不！"

两人跟连体婴似的往外走，空旷的走廊里留下一连串嬉闹的声音。

隔天上午，公司会议室。

季忆正在开财报会，下面坐着各部门的负责人，他俨然是这里的王，一呼一吸都能在这掀起巨浪。上半年 PIKO 盲盒总销量 300 万只，较去年同期增长了 70 万只，市场总占有率 28.33%，位列同行业第二。

"谁都想当第一，但第二名能常年坐稳也不容易，说明还有上升空间。上半年的成绩称得上可圈可点，我个人感到满意，各部门都做出了极大的贡献，下半年我们再接再厉。"

任谁都没料到，一向只做事封赏、从不嘴上鼓励的老板破天荒地夸奖了所有人。只有一旁坐着的张发奎脸上一副了然的神态，率先鼓起了掌，其他人都一脸振奋，掌声跟上。

会后，张发奎留了下来。

"PIKO 跟世德现在最大的差距就是自主 IP 储备，我们的销量增长主要是靠不断开发新系列来维持，但同时库存和积压问题也越来越凸显，而世德在这方面显然比我们做得好，经典盲盒手办的销量占总销量的 67%，而我们只有不到 39%，尤其是经过上次哼哼猪手办权续约的事，更让我意识到，公司必须独立打造出自主开发的爆款手办，才可以应对接下来的市场。"

张发奎深有体会："确实是这样，长期以来，我们公司都是靠与知名漫画家、潮流人士设计的动漫形象 IP 来捆绑合作，如今盲盒市场越来越大，资本市场涌进来，合约到期后对方难免另栖高枝，会给我们的业绩稳定带来很大困扰。就像这次的外星人系列，IP 的永久使用权也不在我们手上，怕是最后还是给别人做了嫁衣。所以，公司内部推出爆款形象的事必须要推进了。"

"设计虽难，出爆款更难，都不是一蹴而就的事，提上日程吧。"

"好，我回去先出策划。"张发奎正准备离开，又被季忆叫住了。

"季总，还有事吗？"

季忆脸上掠过一丝的不自然，他把目光偏向窗外，装作不经意地问："你部门的梅好，这几天好像一直没看见。"

"她呀，去万鹤城施工现场了，都过去好几天了。"

"哦……"

"季总，我可是按您的要求，把她支得远远的，省得您天天看到她心烦。"张发奎说，"开玩笑的，其实我们都挺喜欢这孩子，去那边工作也是她主动申请的。"

季忆这会儿有点哑巴吃黄连："我知道了。"

正值中午，梅好在 VIP 顾客接待室里贴墙纸，里面被她布置得温馨又充满童话趣味，处处都可见小小的心思，还特意网购了一款北欧风情的精油，滴在房间的加湿器里。

"梅好，吃饭啦！"工作人员在门口喊。

"来啦！"梅好走出来，从对方手里接过一份盒饭。

她在一处台阶上坐下来，一边吃一边打量着进进出出的商场顾客，梅好有种幸福的感觉，好像自己坐在大大的还未竣工的城堡里，流连着别人的生活。

此时，二楼玻璃护栏边上一家网红甜品店里，赵慧臣正跟一个年轻漂亮、打扮得贵气时尚的女孩儿坐着吃东西。

女孩谈兴正浓，不停说着下午的计划，打算两人休息得差不多了就接着去逛老佛爷，再去 SKP，柜姐刚给她发微信，说某个牌子的新款到了，很难买，需要配货才能入手的。

赵慧臣显得心不在焉，这是他跟对方第四次见面了，如果硬要用四个字来形容自己的感受，那就是鸡同鸭讲，两人的兴趣爱好相隔十万八千里不说，三观也一言难尽。可就是这个精致的女孩，已经成了赵慧臣父母眼中的未来儿媳人选，不出意外的话，下个月两人就要订婚。

赵慧臣觉得自己可能要认命了，强强联手的婚姻，才能让两家的财富更加牢靠，家族里的哥哥姐姐们，后来无一例外也都走了这条路。他的设计师身份，被整个家族都视为异类，逢年过节连家中的长辈们都不想多看他两眼。类似的感受太多了，他觉得自己也许不适合做一个艺术家，做一个游戏人间的富二代才是他这辈子最适合的人设。

　　女孩对他倒是颇为钟意，后续的几次约会都是对方提出的。严格来说，她也是个漂亮的女孩，但骄横又霸道的性格实在让他头疼。

　　"你在听我说吗？"女孩拿出镜子，补了口红。

　　"在听。"赵慧臣说，"吃完东西接着逛商场。"

　　得到答复，女孩满意地继续补妆。

　　赵慧臣觉得有点气闷，不知是不是在商场里待了太久的缘故，他漫无目的地透过玻璃护栏朝下张望，商场空地上正在搭建超有人气的"PIKO 运动会"。当他的视线再下移，落到一个女生身上时，赵慧臣一愣，全身的精力变得充沛起来。

　　他站起身就走，把对面的女孩落在了原地。

　　女孩在身后喊："赵慧臣，你干吗去？"

　　赵慧臣下了电梯，径直来到了活动搭建现场。梅好正在扒拉着盒饭，就看见一双脚闯入了视线。她不经意抬头，就看到了赵慧臣。

　　这个相遇着实有点狼狈，刚才干活儿出汗妆都花了，衣服也是昨天的，看上去有些皱巴巴，她把盒饭放下，起身看着他，一时不知怎样开口。虽说她真的已经开始了新的生活，但这么猝不及防再遇上，她还是没有一点心理准备。

　　赵慧臣倒是全然没在意，兴冲冲就问："梅好，你怎么在这儿啊？"

　　梅好立刻整理情绪："我在工作。"

　　"你之前说的新工作就是这个？"赵慧臣打量一下场地环境。

　　"对。"

　　"难怪你最近都不联系我了，原来是忙着这个。"赵慧臣恍然大悟。

　　这个大男孩啊，想法永远都是单线条，一个人若想联系你，工作忙成狗也会来见你。

　　"赵慧臣，她谁呀？"女孩从后面跟了过来，语气里明显带了敌意，她拿眼睛从上到下晃了一遍梅好，珠光宝气的打扮自是让此刻的梅好相形见绌。

"这是我好朋友梅好！"赵慧臣介绍。

随即他又说："这是……冯潇韵。"

他省去了两人关系的词汇，梅好自然明白，对方就是那个家世、地位都跟他门当户对的相亲对象。

"你好！"梅好打招呼。

冯潇韵目中无人："赵慧臣，真想不到你干什么的朋友都有呢。"

这话不着痕迹地表达了冯潇韵的不屑，梅好本可以反击的，但又觉得没意思极了，何必呢，就算吵架自己都没个合适的身份。

"梅好。"声音从另一边传来，季忆一身笔挺西装，来到了身边。

不等梅好开口，季忆便说道："你不知道自己现在对公司来说多重要吗？像这种小事是不需要你亲力亲为的。"

梅好没想到这种时候，季忆会及时现身搭救，愣愣看着他话都说不出。

"哥，你怎么在这啊？"赵慧臣开心说道。

季忆指了指现场："这是我公司的活动，我当然要来了。"

说着，他有意无意瞥了眼提着购物袋的冯潇韵，继续对赵慧臣说："倒是你，精神空虚就知道逛街买东西。"

冯潇韵气得不行，这男人骂人不带脏字，上来就替自己人出了口恶气。

看得出来赵慧臣跟季忆关系不错，他压根没往心里去，又问梅好："敢情你去的是 PIKO，怎么不早说呀！"

梅好回他："你也没问过。"

这下换赵慧臣尴尬了，只好傻笑，一旁的冯潇韵气不过拽他胳膊："哎呀，走啦！"

赵慧臣只好随她去，边走边回头："梅好，忆哥，我先走了啊！"

两人走后，梅好从一旁取来一对鞋套，递给季忆，邀请他到 VIP 顾客接待室里面坐。

季忆进到里面参观："色调不错，客户一进来，很容易心平气和。"

他又逛到角落里，指着窗帘："公司的 LOGO 都印上去了，细节很好。"然后又指着头顶的云朵灯，"摆设也很让人舒服。"

"这些家具都是搭建团队带过来的，之前那些城市站里就用过了。"

"是吗？"季忆装作才知道。

"季总……谢谢您刚才维护我，我会努力做到最好，争取成为您口中所形容的那样。"梅好忽然郑重地说。

"好。"他亦郑重答道。

"您跟赵慧臣认识？我们是校友。"她说。

一句校友，便隐去了太多的信息，却没有逃过季忆的那双眼睛。只是你不说，我便不问，成年人交际的基本礼仪他自然是懂的。

"我跟他父亲有生意上的来往，跟他也认识挺多年了。他爸一直希望他继承家业，谈生意都带着他，我们第一次见面就在高尔夫球场，他做他爸的球童，可是他生性不喜欢被束缚，想要做个艺术家。"

梅好默默听着。

"请问是 VIP 顾客服务点吗？"一个挂着双拐的少女来到门口。

"是的。"梅好迎上前。

少女说明来意后，梅好有些为难："抱歉啊，我们 PIKO 运动会没有专门为行动不便的朋友们准备活动，而且你所说的那个项目必须是情侣共同报名才能参加呢。"

少女显得失落，低下头去，这让她原本挂在拐杖上的身子显得更加瘦小单薄，整个人就像是一片秋风中的柳叶，飘忽又沉默。

"可是，我真的很想得到那盒初版的水果超人盲盒手办……"少女喃喃道，"我试过各种途径，总是无法集齐。"

这话触动了梅好，她又想起自己那套未曾集齐的哼哼猪盲盒手办。

"很抱歉，必要要和喜欢的人一起参加才可以。"梅好还是重申活动规定。

"我有喜欢的人。"少女抬头看着梅好，"但是他不知道，两周后他就要出国了，我想把那套盲盒作为礼物送给他，因为初版水果超人发售那天，是我和他认识的日子。"

少女说完，似乎也不抱希望，冲梅好笑笑便要转身。

"你是 VIP 顾客？"季忆问。

少女点了点头。

"根据我们公司规定，VIP顾客如果因故不能参与各项活动，是有权指派别人代替参加的。"季忆告诉对方。

少女眼中的兴奋一闪而过："因为身体的缘故，我总是独自一人，朋友也没有，明天第一场比赛就开始了，没人会愿意帮我的。"

"我。"

少女抬头看着梅好，有点不敢相信。

"我愿意帮你！"梅好说。

"谢谢姐姐，必须是两个人才行……"少女又小心翼翼看着季忆，"那哥哥也愿意帮我吗？"

季忆说："我愿意。"

说完，两人微笑看向少女。

× 10

少女离开后，两人立刻回到VIP顾客接待室，坐在桌前开始了讨论。

"先说说你这边的优势吧。"季忆提出。

"常年运动，身材性感，耐力强！"梅好自信满满，"你那边呢？"

"思维活跃，脑洞巨大，反应快！"

"运动会又不是参加奥数比赛。"梅好提出异议。

"运动会也是要带脑子的好不好。"

"所以，我们推荐的人选是——"梅好胳膊肘往桌上一放，决定摊牌，季忆胳膊肘也随即搭在了桌上。

"丁鹿！"

"金束！"

两人同时脱口而出，眼波交流一番后，似乎都比较满意，然后各自点了点头。

这天丁鹿一进门，就看见梅好准备了一桌的晚餐乖乖等着自己。丁鹿过来看了一眼："都是点的外卖吧？"

"鸡蛋汤我做的！"梅好特别乖巧，"谁叫我不会做饭嘛，只能这样表达对你的爱喽。"

"你那边的事忙完了吗？就有心情回家张罗晚饭。"丁鹿尝了口糯米粉藕。

"今晚正式搭建完毕，PIKO运动会很好玩的，你也来参加吧？"梅好趁机说。

"没兴趣。我又不喜欢收集那些盲盒手办。"

梅好决定另辟蹊径，突然大赞一声："哇！"

丁鹿被吓了一跳，看着一脸兴奋的梅好。

"鹿鹿，你现在身材越来越好了！"梅好色咪咪看着她，"瞧瞧你那性感的身材，再瞧瞧你那完美的小脸蛋，德芙都没你丝滑，你简直是我们朝阳区维纳斯！"

"少来啊！"丁鹿把筷子放下，"要不我给你看下最近的健身效果？"

没等梅好回答，她就自己站起来开始展示："你看我手臂的线条，有肌肉但不粗壮，再看我的A4纸腰，我是有腰窝的好不好！大学那会儿去洗澡，同学都说我身材这么好不去裸贷可惜了。"

"哈哈哈哈哈，神经病吧？"梅好快要笑死。

丁鹿继续折腾，梅好示意她暂停："可惜啊，有人永远没机会像你一样健康美丽。"

"谁呀？"丁鹿凑过来。

街边二楼一家西餐厅内，季忆和金束共进晚餐，餐厅主打二十世纪八九十年代纽约风格，不只外国服务生的装束，连暖黄的灯光都透着一股旧日风情。

"一个双腿行动不便的女孩。"季忆说。

"我知道了。"金束眼神倏忽猥琐起来。

"你知道什么？"

"你爱上她了。"

"并没有。"季忆耐心解释，"我希望你可以帮她去参加PIKO运动会，赢得奖品。"

"还说你没爱上她。"金束又说。

季忆又有种想打死他的冲动："你就一句话,告诉我行还是不行。"

金束看着他,欠欠地说道:"拜托你不要用你那充满魅力的眼神看我,再这样下去我怕我会爱上你啊混蛋!"

"滚。"季忆说。

金束赶忙切换回正常状态:"好啦好啦,答应你! 不过,你刚才说过,需要两个人以情侣身份参加?"

"对。"季忆说到这,似乎有些犹豫,"那个人我已经替你找到了。"

"谁啊?"

梅好家中,丁鹿义正严辞:"绝对不行!"

她像一台蹦蹦跳跳的路面打桩机,梅好担心自己再一个不小心说错话,丁鹿就会失控弹跳起来,把天花板戳一个大窟窿。

"你没看他上回那态度,一副小人嘴脸! 你不提还好,一提我就来气!"

餐厅里,金束同样怒不可遏,态度坚决:"你也看到了,她上回拎着哑铃追杀我,太恐怖了吧!"

"人家不知道你是客人。"季忆说。

"那她也没给我道歉!"金束越说越委屈,"我发现你一点都不珍惜我这个你唯一的朋友,那是运动会吗? 我去了那就是我的追悼会!"

就这样,梅好和季忆各自努力了一晚上,都没能让那两人答应合作,在两人异口同声的"绝对不可能"中,劝说计划宣告失败。

第二天,梅好特地回了趟公司,借故进了季忆办公室。还没说话,两人简单地对了一下眼神,就知道了事情进展得并不顺利。

"季总,我已经尽力了,昨晚一提金束的名字,我也差点被打。"梅好表示遗憾。

"我这儿也没好到哪去,一提丁鹿名字,差点吃成了散伙饭。"季忆告诉她。

"我们鹿鹿有那么恐怖嘛,来都不敢来。"梅好维护自己人。

"我们金束也不是傻子，随时可能挨揍的事儿他能答应嘛。"季忆更是护犊子。

"实在不行，能不能送那小姑娘一套水果超人盲盒？钱我来出。"

"公司也没余粮了。"

"那怎么办呀，十一点半运动会就开始了。"梅好彻底没辙。

季忆一副事不关己高高挂起的姿态："自己想办法，当初是你先提出帮助那小姑娘的。"

"那还是您跟人家小姑娘解释 VIP 顾客权限的呢，没你那番操作，哪有后来这些事……"梅好嘴上也不饶人。

两人话赶话，都有点闹情绪。

梅好的目光忽然落在季忆身上，胳膊的肌肉紧绷，胸肌透过衬衫隐隐可见。季忆不经意撞上梅好的目光，被她的"恶魔"眼神吓了一跳，不禁往后缩了缩胸："你往哪看？"

梅好的目光甩离肌肉，孤注一掷看向季忆。

"季总，你可以参加比赛的！"

"开玩笑！我可是你老板！"季忆说着，又忍不住问，"另一个人呢？"

"我。"梅好人义凌然。

季忆心想：这人是不是想造反？！

"痴心妄想！绝对不可能！想都别想！"季忆一口气拒绝三连。

然而两小时后，他准时出现在了万鹤城"PIKO 运动会"的比赛现场。季忆身穿白色运动 T 恤，配一条蓝色运动长裤，脚上一双防滑袜，整个人看上去清爽又挺拔，与平日的职场装束完全是两种感觉。

他看了眼身旁的梅好，同样穿着白色 T 恤，配一条红色运动长裤，两人以情侣的身份与其他几对恋人并排站在了跑道上，他们相邻的左右腿被缚上了一条红丝带，紧紧绑在了一起。

现场围满了人，连同二楼三楼的围栏边都挤满了观看比赛的人们。少女何叶正拄着双拐站在一侧为两人加油，两人看到她，纷纷给予了笑脸。

"季总。"梅好忽然低声叫他名字。

"干吗？"季忆似乎还在生她的气。

"我有点紧张……"

季忆侧脸看着她："你把我喊来，然后告诉我你紧张？"

梅好自知理亏，只好傻笑。

按照规则，情侣们要并肩走过十米赛道，然后进入"弹跳区"做完一系列任务后，男生将女生抱起，或走或跑，围着整个外场的指压板行进一周，第一对到达终点的情侣获胜，奖品就是初版水果超人盲盒一套。

裁判一声令下，选手们迅速冲出起跑线。梅好还没反应过来，自己的手就被季忆抓了手里，两人追了出去。他的手细长却有力，稳稳握住她的手，在众目睽睽之下，霸道又果决，她甚至能感受到他掌心传来的温热。两人先后经历了弹跳气垫，海绵方块泳池，最后穿上"粘贴服"跳起来把自己黏在了墙上，然后各自伸出一只胳膊比出"一颗心"后，才算通过。

最后一关，也是最考验男生耐力的地方，两人赶到时，前面两对已经开始了。梅好只觉得身子一倾斜，整个人已经被季忆抱了起来！

季忆踩上了指压板赛道，看表情就知道他此刻的生理感受。

"你还好吧？"梅好问她。

季忆没说话，快走了几步，前面的男生终于不堪脚上的刺痛摔倒，季忆咬牙超过了对方。尽管如此，两人还是明显落后于第一的那对情侣。那男生高高壮壮，胳膊上的肌肉又黑又亮，女朋友偏又小小的一个，看上去胜券在握。

尽管梅好发誓不在季忆面前"下达指令"，可想到人群里瘦弱的何叶，她还是准备豁出去了。

"加快速度！"她默念。

心里的声音一出，季忆便感觉自己脚下生风，迈开了两腿朝前奔走起来！尽管脚底有着一言难尽的刺痛感，但他已经控制不了自己的行动，他像是一台被设定了指令的机器，开启了狂奔模式。

突然的加速引起了在场所有人的惊呼，季忆已经超过了原本在他前面的肌肉男，两组人马慢慢拉开了距离。他的速度实在太快了，快到让人觉得不真实，单人走在指压板上已经会有刺痛感了，更别说怀里还抱着一个。

梅好就这么被他公主抱着，随着身体的颠簸，仰视着他棱角分明的侧脸和已经汗涔涔的油亮喉结。"再坚持一下，我们胜利在望！"梅好鼓励他。

就在这时，梅好忽然觉得身子震荡了一下，围观的人群里也猛地安静下来。只见原本快速奔走的季忆突然停了下来，在距离终点红线还有不到 40 厘米的地方静止不动了。

梅好随即反应过来，季忆的倍速后遗症发作了。

就差这临门一脚了，怎么突然就熄火了呢？梅好用余光看身后，那对肌肉情侣已经追了上来，两组人马的距离不停地在拉近。

梅好试着在心里再次下达指令："速度加快！"

季忆依旧纹丝不动，原来在静止状态下下达这样的指令是丝毫不起作用的。季忆保持着一个向前奔走的姿态，抬起的双臂里抱着梅好，左脚踩地，右脚跟离地，整个人看上去在维持一个相对的平衡，却又摇摇欲坠。

关键时刻，梅好想到了丁鹿的蜜桃臀修炼秘诀。她深吸一口气，臀部肌肉收紧，然后她幻想自己是一颗肥美的水蜜桃，拼命想要摆脱地心引力，啪嗒从树上掉下来！

梅好这边猛地发力，静止中的季忆重心发生了变化，于是整个人向前扑了过去。倒下的过程中，梅好注视着对方的眼睛，看着他从毫无感知到忽然间恢复了灵气——他醒了过来。

终点红线被梅好抢先触及，红绸飘舞的瞬间，两人一齐倒地，嘴巴紧紧贴到了一起！

两人的眼睛瞬间瞪大，看着对方。

× 11

季忆换好衣服从隔间里走了出来，临时搭建的更衣室里，不时有参赛者进进出出，一派忙乱的景象。

他走到镜子前，看着里面的自己，忍不住又回想着刚才的一幕。他第一次如此近距离地看着她，近到能看清自己在对方眼中的投影，那双大而清亮的眸子将他牢牢囚禁其中，无所遁逃。

世界于顷刻间安静下来，只有自己怦然的心跳，他甚至害怕这心跳声太过横冲直撞，惊扰了对方。

镜中的他终于还是露出了藏都藏不住的笑意。

突然，一阵绞痛从胸口处传来，季忆觉得心脏像是被一只有力的大手粗暴地攥紧。疼痛让他险些招架不住，身子踉跄着前倾，一只手猛撑住洗手台才避免整个人跌倒在地。

那只大手没有很快放过他，手心像是长出成千上万根针，心脏被它紧紧包裹住，肆意挤压，痛感瞬间席卷全身。季忆咬紧牙，全身在颤抖着，一会儿过后疼痛才慢慢消退。他缓缓抬头，镜中的他眉头紧锁，额头遍布着细密的汗珠，一口气终于通上来，他大口大口地喘息着。

此刻，梅好对隔壁的状况一无所知，她在女更衣室里面来回转圈，边走边不停说着"怎么办？怎么办？"，还险些撞到别人。

显然，她对刚才那个突如其来的吻耿耿于怀。怎么就这么巧呢，季忆早不醒来晚不醒来，偏偏在两人亲上的时候清醒过来。刚刚自己那颗心就像一只有力的小拳头，怦怦怦，险些要冲破胸口，要是挨的再近一些，击碎对方一根胸骨也说不定。

梅好让自己冷静下来，心想："反正季忆也不知道这件事是我造成的，我只要假装什么都不知道就好了。"想是这么想的，真要做起来还是有难度的，更何况自己一脸心虚，季忆见了八成要起疑的。

梅好思来想去，决定溜之大吉。

几分钟后，季忆站在女更衣室外等待梅好出来，人没等到，却等到了她发来的微信：**季总，我临时有事先走了。**

那行字，他盯着看了许久，才默默将手机攥在了手里。更衣室外的走廊，浓情蜜意的男男女女来来往往，唯独他形单影只，那些欢声笑语让他觉得更加怅然。

梅好挤进车厢，车门关闭，她瘦小的个子迅即淹没在汹涌的人潮里。梅好看着窗外景色在地铁急速飞驰中杳然变得模糊，有些失神。

......

梅好又开始躲着季忆了。

PIKO 运动会的搭建工作结束后，梅好重新回到了公司。何叶如愿得到了梦寐以求的那套盲盒，决定在喜欢的男孩出国前送给他。

一大早，梅好夹在一堆员工中间，拼命想要往前挤。电梯快要关上时，季忆走了进来，梅好立刻身子一弓，小虾米一样悄悄地退回了角落里。

9:40 左右，梅好去财务处送报销单据，在走廊里看到季忆朝这边走来。情急之下梅好闪身躲进了一旁的房间，季忆没看到她，径自走了过去。梅好刚松一口气，一回头，就见一屋子正开会的市场部同事在看着自己，她佯作镇定地打了个招呼，说了声"加油"，拧门走了出去。

在外边历险回来，梅好刚坐下，芳姐就对她说："梅好，季总找你。"

"找我？"

"让你现在就去他办公室一趟。"芳姐说完继续忙了。

老话说，躲得过初一，躲不过十五。梅好眼见是无处可躲了，干脆迎难而上。话虽如此，一路上梅好都走得磨磨叽叽，不长的一段路走出了爬长城的感觉。快到总裁办公室的时候，梅好忽地转念，想"我有什么好怕的？大家都是成年人了，发生那种事情大家都不想的，别心虚，别害臊！"。

这么一想，梅好重又理直气壮起来，敲门走了进去。

"季总，您找我？"

季忆停下手上的工作："VIP 顾客问卷统计出来了，本次的PIKO 运动会满意度是有史以来最高的。"

"太好了！"梅好开心。

"有些特意在备注里写了对你的好评。"季忆嘴角弧度温和，"辛苦了。"

这三个字梅好听来有点感动，她期待季忆对她本职工作的肯定，哪怕一个不起眼的职务，她也要努力去证明自己的价值。

"还有，那天的事，对不起了。"季忆主动提起。

梅好当然知道"那天的事"指的是哪件事，让季忆从嘴里说出来，可见经历了多大的思想斗争。

"没关系，我都忘了……"梅好说完又自觉矛盾，既然都忘了，都不知道哪件事，还说什么没关系。

梅好心里开始自责，明明是自己悄悄下达指令，季忆身上才发生了倍速事件，再加上自己的"蜜桃臀修炼大法"，从而导致了接吻的突发事件。不管从哪个角度来看，对方都没有责任，自己才是罪魁祸首，而自己却在这里装作若无其事地接受对方真诚的道歉。

她突然觉得自己卑劣极了，简直面目可憎。况且自从倍速事件以来，季忆的生活彻底被她搅得乱七八糟，她却以理想的工作之名，可鄙地潜伏在他身边。

"季总，其实——"有那么一瞬间，梅好想把事情的前因后果一股脑说出来。

季忆看着她，目光温暖，像水流映在岸边的柔光。

她忽然意识到自己的眷恋，像一尾小鱼为了追随光影，不舍河岸。也许现在和盘托出，以后就再也看不到他眼中如此的盛景了。到那时，亲切会变成厌弃，温柔会变成愤怒，一切美好都会土崩瓦解。

"怎么了？"他问。

"没、没事。我先走了。"梅好正要转身，被季忆叫住了。

只见他从摆起来的文件后面拿出一个已经拆开过的盲盒，说："你看看。"

梅好接过来，从里面取出了那个隐藏款的哼哼猪——它正穿着一套可爱的水手服看着自己。

梅好一眼便认出来，这便是初遇季忆那天，两人争抢过的那个隐藏款手办，季忆看懂了她眼中的问询："送你的。"

或许是为了让自己不至于显得太唐突，他又补充道："这是对你努力工作的表扬。"

梅好开心坏了："谢谢季总，我会继续努力的！"

梅好拿着手办，刚走到门口把门拉开，就见张发奎正准备敲门。

"干得不错。"张发奎一脸笑呵呵，看上去心情不错。

两人侧身，梅好笑着把门从外面带上。

"季总。"张发奎脚步轻快地上前，把一份文件递给了季忆，上面写着"关于产品推广的思路整合"。

季忆看后，对他道："盲盒圈至今还没有启用艺人代言产品的先例，顶多是艺人在直播时带货宣传。不过这是个很好的宣传点，艺人方面你这里有合适的人选吗？"

张发奎立刻露出胸有成竹的神情，从背后拿出一份画册，摊开，摆在了季忆面前："李星儿。"

画册上的李星儿气场全开，睥睨着镜头，紧身上衣勾勒出她曼妙的曲线，整个人更是白到发光。她下身是一条纱质和羽毛点缀的长裙，开衩处露出一条光洁的长腿，有种极富侵略性又勾人心魄的美。

画册如同被张发奎丢出的一颗炸弹，彻底轰碎了季忆内心的平静，他看着上面的美人，目光像是被一团火燎到似的，不觉间眉头紧蹙。

季忆抬眼看着他，声音不大却透着不可违抗的坚决："再考虑下别人吧。"

张发奎的笑容瞬间凝固，他连脖子带头猛地往后一仰，由于意外，嗓门都跟着变得尖利起来："为什么啊？"

季忆显然不想继续这个话题："因为我是老板。"

张发奎还是没忍住，继续安利："季总，她是李星儿啊，李星儿！国内现在最火的女明星，顶级流量，带货女王！您平时那么忙，就算不关注娱乐圈，也一定会在生活中看到过她的各种代言！"

奈何季忆不为所动，眼皮都懒得抬一下，张发奎仍不肯放弃，拼命带动只有两个人的房间里的气氛。他就地取材，拿起画册捧在胸前，立刻李星儿上身："给力文具，让你的生活更给力！"

接着他又拿起季忆的钢笔进行展示："丝芙蓉眼部按摩棒，你面部年轻的魔法棒！"

这还不算完，他又从纸盒中抽出两张纸巾："清爽液体卫生巾，不止透气还防漏，让我做一整夜安静的美少女！哇哦！"

说着，张发奎往椅子上一靠，一脸享受，完全照搬广告中李星儿躺在床上的样子。

停顿两三秒，张发奎睁眼，很有把握地问："季总，怎么样，这回你想起来了吧？"

季忆望着他，缓缓丢出两个字："出去。"

张发奎尴尬起身，规规矩矩站好："季总……我上周已经见了李星儿的经纪团队，还约了她经纪人今天来公司详谈……"

张发奎把话打住了，季忆的眼神凶得吓人。他拿起桌上那本画册，一转身小跑出了总裁办公室。

张发奎灰头土脸地回了营销部，快走到自己办公室门口的时候，芳姐急匆匆从里面走了出来。

"经理，刚才李星儿的经纪人来过电话，说一会儿就到公司了。"

张发奎听了，也提不起劲头，回一句"知道了"，就要进去。

"经纪人还说，李星儿也来了。"

这话一出，整个营销部都安静了，球球和艾琳达几人竖起耳朵，脖子咔咔扭向这边，眼里是藏都藏不住的狂喜。

张发奎几乎要跳起来，嘴巴哆嗦着，话都说不利索："谁？李、李星儿？李星儿要来 PIKO？！"

芳姐眨了眨眼睛。

张发奎瞬间感到了绝望，经纪人还好应付，现在大明星要亲临公司，这可怎么办？接待一番然后告诉她回去等消息吗？老板不发话，代言的事他是万万做不了主的。

事已至此，他硬着头皮也要上了。

一辆 GMC 保姆车正行驶在路上。

李星儿坐在后排，脸上没有太多表情，沉默扫着街上的风景。副驾上的经纪人回头看看她，相伴多年，他当然看得出此刻的她有些焦灼不安。今日的行程，是她临时更改的，经纪人知道拦不住，索性由了她的心意。

她的脸真的太小了，是传闻中名副其实的巴掌脸，气场十足，颜值更是国民公认的能打。李星儿入行已经 9 年，从最初在电视剧中给人做配角，到如今独当一面演技备受认可，这条路并非一帆风顺。演技 C 位、流量小花，或者娱乐圈带货一姐，每个称呼都是她，每个称呼又不是她，偶尔他还会想起那个 17 岁便出道站在台上舞姿僵笨内心慌张的女孩，一切非常遥远，又都恍如昨日。

十点半刚过，车子便停在了 PIKO 办公楼下。

一身干练的藕色衣裤，满钻的高跟鞋——李星儿在经纪人的搀扶下从车里走了出来。同一时间，公司的内部群里炸了锅，李星儿突然到访的消息早已不胫而走。

　　一路上，李星儿对每个迎面遇到的人保持微笑，有人叫她名字，她都会朝对方挥挥手。这份耐心，对一个事业如日中天的女艺人来说是每日的必修课，也是生活的一部分。

　　张发奎已经等在了电梯口，他肩臂挺直，双手搭在一块，脸上笑意盈盈——这是他少有的绅士瞬间。他在心里盘算好了稍后的接待流程，一切都按照最高规格来。总之，不能让巨星没面子，至于合作泡汤的事情，他实在说不出口，都怪自己上回见面把话说得太满，不然对方也不会亲自上门。

　　电梯打开，李星儿跟在一队人马后走了出来。

　　那一刻，张发奎如沐春风，忘却了所有烦恼，紊乱的大脑中冷不丁蹦出一句莫名的话来："如果你说你在下午四点来，从三点钟开始我就觉得幸福了。"

　　经纪人开始介绍："这位就是 PIKO 的张副总。"

　　"您好，我是李星儿。"

　　张发奎有些眩晕："你好……"

　　几人说话间进了公司，李星儿微笑着跟前台和其他员工打招呼。

　　"请问，季忆的办公室在哪？"李星儿下句话便直奔主题。

　　张发奎心里一颤，确定对方刚刚提到的人是自己的老板。难道她的消息这么灵通，合作的事刚被否了，李星儿这边就得到了消息？

　　"季总办公室在东南角。"张发奎很想问她跟季忆是不是认识，又觉得太不礼貌，只得忍住。

　　"李星儿小姐，我带你过去吧。"张发奎说罢准备在前引路。

　　"不用了，我自己过去。"李星儿说。

　　张发奎刚要说什么，经纪人拍了拍他肩膀："张总，我陪您聊会儿。"

　　张发奎立刻会意："好啊！"

　　自从得到了隐藏款哼哼猪后，梅好如获至宝，趁着冲泡咖啡的时间，在茶水间的小窗台上连续给哼哼猪拍了好几张照片，拍完后还不忘一番修图，准备中午得空了再好好想一个文案发到朋友圈。

她把哼哼猪小心地放进口袋里，端着咖啡满心欢喜地走了出来。她打开微信，先是吓了一跳，刚才忙着拍照，才一会儿功夫，公司各个群里已经炸开了锅，李星儿三个字一遍遍地在刷屏。

李星儿？！梅好默念一遍，一抬头忽然愣住了。

只见李星儿正朝自己走过来，步履优雅轻盈，笑容时刻迷人，梅好看得完全呆住。原来真的有这么一类人，本身就如同光一样的存在，所到之处，其他人都黯然失色。

擦身而过时，李星儿看了眼梅好，笑问："请问季忆——哦，季总的办公室在哪？"

梅好看着她，连续眨了几次眼才缓过神："就在那！"

她指着斜后方的那个房间。

"谢谢。"李星儿朝她手指的方向走去。

梅好呆呆地看着李星儿走进了季忆的办公室，这一切都有些不真实，娱乐圈顶级女流量在某个平常的日子里走进了自己老板的办公室。

季忆正忙着工作，忽听到敲门声："请进。"

那人进来后，并不说话，脚步声听来也格外陌生，季忆于是抬了下眼皮，当即怔住。

李星儿跟他打招呼："好久不见。"

季忆缓缓起身，气息变得紊乱："好久不见。"

他绕到办公桌前，将对方带到了一旁的会客区。两人在沙发上坐下来，都有些沉默，季忆开口了："喝点什么？我叫人去准备。"

"不用。"这样独处的时光对李星儿来说弥足珍贵，是多年的"念念不忘必有回响"，不希望有人来破坏这久别后的再度会面。

气氛再度归于沉寂，此时任何的社交辞令和寒暄在久别重逢的故人面前，都显得苍白。

"今天来这里，是有什么事吗？"季忆明知故问，心里已经猜出个大概。

"是关于为PIKO全线产品代言的事。"李星儿始终带着淡淡的笑意。

"这事可能有点误会。"季忆说，"公司一位副总在我不知情的情况下，跟你的经纪人进行了对接。”

"果然……"李星儿似乎并没有很意外，"我应该在你们公司的黑名单上才对吧。"

随即她又说："可我还是来了。"

这话实在有分量，季忆闻之心里一颤。是啊，她明知道这里面有误会，可还是不请自来。李星儿的眼睛亮亮的，多少过去的往事在其中荡漾，化作绵绵不尽的眼波。

代言是假，想见他是真。

季忆百感交集，多年未见的人突然现身，奔涌的情绪让他的喉咙一阵阵发紧。他眼中的光在瞬间被点亮，又再下个瞬间隐去，难寻踪迹。

他渐趋平静："李小姐，你又误会了。PIKO 是一家兼容并包的企业，欢迎一切互惠互利的商业合作，从没有黑名单一说。"

李星儿听了，心里一沉，他规规矩矩地称呼她李小姐，说辞更是官方。这个称呼透着尊重，合乎礼数，却隔着山海难平的距离感，是泾渭分明，是海清河晏。

她强颜一笑："看到你现在的成就，我为你感到高兴。"

"谢谢，你也一样。"季忆说到这略作停顿，"我们都得偿所愿了。"

得偿所愿几个字，毫不掩饰地挑明了两人多年前的宿怨，将两人关系摆在了对立面，绝不是三言两语能叫人释怀的。

"我知道你心里一直没有原谅我，很多时候，我也不能原谅自己，这些年我出演过很多角色，却始终搞不懂自己究竟是怎样的人。"

"选择没有对错，趋利避害是人的本性。都已经过去了，很多事情还是放在心里比较好，更何况我们现在都过得不错，不存在谁对不住谁。"季忆目光疏离，二人不过隔了一张方寸圆桌，却好似隔着连绵群山，"更何况，我能有今天的一点成绩，也是拜你所赐。"

李星儿心中闷进一口凉气，从心凉到脚。今日一见，从头至尾，都是她在自取其辱，怨不得别人分毫。她克制着面部带出的情绪，不至于让自己看上去过于狼狈："这都是我应得的。"

说罢，她起身，拎起手袋朝外走了出去。

随着门被关上，季忆方才强装出的冷漠瞬时散架，呆坐在沙发上望着门口愣愣失神。眉骨处传来一股刺痛，他用指腹去按压，却无济于事。

不只是营销部，全公司各部门几乎都目睹了李星儿离开时的风采，巨星疾步走着，脸上遮了一副黑超，看不清具体的表情。

李星儿走后，营销部全员再无心工作，从身上的服装到搭配的耳饰，从口红色号到皮肤状态，全部被扒了一个遍。

小东宣布："我刚刚见到了我的女神，人生圆满了！"

艾琳达说："我当初进粉圈，爱的第一个偶像就是她。妈呀，这么多年她真的一点没变，那状态简直太少女了。"

"我一直跟着她的私服学搭配。"芳姐也说。

艾琳达看向梅好："怎么样，是不是也被国民女神的美折服了？"

梅好有点尴尬，似是而非地点了点头。

艾琳达又轻轻推了球球一下："你想什么呢？一句话都不说。"

球球把目光转向大家："你们说，李星儿和季总到底是什么关系？"

果然是具有八卦之魂的人，球球的发言立刻让全场讨论的焦点从李星儿身上转移到了两人关系上。大家面面相觑，一个个瞪着充满求知欲的眼睛，微笑中又透出那么一丢丢的猥琐，每个人都心照不宣，营销部又成功开发出一个可供众人持续讨论的八卦素材。

季忆独自来到天台上，今天阴天，有温润的风从很远的地方吹过来，他的头发微微乱着。时隔七年，他跟李星儿再次见面了，在彼此不再那么年轻、青春渐远的时刻。

那时，她是初出茅庐的小偶像，眼神晶莹剔透，笑时咧嘴，哭时有泪，相信真善美。他也还是一家动漫公司的小小销售，因着公司在某部爱情剧中投放了广告植入，后续又跟制片方产生了矛盾，双方推诿扯皮，他被临时派去剧组跟所有人同吃同住，名义上是顾问，实际上是监工。公司也下了死命令，要确保每一处植入都凸显产品商标。

他的身份特殊，在剧组里不受待见，常常会被明里暗里地算计。那段日子过得实在辛苦，早晨四点多出工，凌晨左右才回酒店，有时还被剧组司机嫌弃，只能跟一堆机器挤在一起，街边红灯时车子有意无意急刹，背上就被剐蹭得一片青紫。

有次外面突然下暴雨，剧组临时在一处建筑里避雨，他素来不喜欢人扎堆的地方，便顺着逃生楼梯一路向上爬去，快到顶层的时候，季忆忽然听到上面传来女孩子的抽泣。是很小声又压抑的那种，好像连哭都在犯错一样。

依他的性格，悄悄避开便好，正待转身，上面传来一声怯怯的问询："你是谁？"季忆略作迟疑，还是上了楼梯。

女孩坐在台阶上，睫毛上还有水珠在颤动。

季忆僵在距离她几米远的台阶上，不知如何是好。那时的他，木讷到纸巾都忘了递。

"我认识你。"女孩说。

"我也认识你，你是演员李星儿。"

李星儿听了这话，先是一愣，随后咧开嘴开始大哭，压抑的情绪全都哭号了出来。季忆被吓坏了，一来因为这惊天动地的分贝，二来孤男寡女的空间里，一旦引来围观许多事都说不清楚。

那段时间，李星儿心里实在委屈。她原本是女团的成员，算是舞台偶像，唱唱跳跳她都在行，可公司为她撕下了这部戏的女二资源。演戏经验为零，甚至连台词都说不利索，拍了半辈子戏的导演见了她就来气，场场戏都发飙，当着全剧组的面指着她鼻子飙脏话，说像她这种没天分的人就应该回家本本分分做个普通人，而不是在剧组里讨人嫌，还说她这辈子能为影视行业做出的最大贡献就是彻底消失，把机会让给真正会演戏的人。

李星儿并不是脆弱的人，每次被导演损后还能嬉皮笑脸地应付自如，或许是当天外面下了大雨，又或许是坏情绪郁积已久，她才会痛快哭一场。

后来李星儿告诉季忆，他是第一个称呼她演员的人。虽然说者无心，听者有意，这样的称呼对那样境遇下的她来说是种莫大的鼓励。她红着眼睛告诉季忆，她不会再哭了："下次再哭的时候，我一定红成大明星，躲在自己的房车里哭。"

本想安慰她的，他却被她逗笑了，这女孩的性格有股魔力，也许一个人的一生能走多远，到达什么高度，会领略怎样的风景，其实在他们还很年轻的时候就已经显露端倪。李星儿后来的人生轨迹，跟她坚韧又超脱的性格有着很大关系。

两人就这么认识了，都如此年轻，日子尚在水深火热中煎熬，这种革命友谊下很容易萌生情感。小爱豆和小职员的故事在进行着，两人互相鼓励，每回李星儿在现场演砸了，会先给对手戏演员鞠躬，然后笑着央求导演再来一遍。季忆在不远处看着，彼此一个眼神给到对方，就是无穷的动力。

不开工的时候，两人会相约在深夜里压马路。李星儿在街边的路缘石上行走，走平衡木一般展开双臂，季忆总是寡言，在后面紧紧跟随，怕她崴了脚。走了一段，李星儿忽然停下，她转身看着他，勾勾手，季忆来到了近前，李星儿背过手去微微弯腰，亲了他。在这之前，两人都没有过恋爱经验，季忆更是看重，觉得一吻便会是一生一世。他们拥抱在一起，高处街灯昏黄，人和物都被镀了一层旧日的釉色，永恒封印在这座城市的秋夜里。

那段时间，两人都很快乐，远远地看上一眼都无比甜蜜。但碍于李星儿的身份，两人的交往悄悄进行，剧组人多眼杂，稍有不慎，消息便飞了出去。有人说，太年轻时享受过的欢愉，是为后来的痛苦代为铺垫，这话不假。剧集临近杀青时，两人的恋情还是被李星儿经纪公司知道了，刚刚起步的偶像有了恋情，简直是自杀行为，公司对这个万里挑一的好苗子十分重视，立即派了高层过来处理。

都说莫欺少年穷，事实上人在年轻的时候除了心气和理想，现实的一切都让他们感到无力。公司的人甚至没有接触季忆，唯一做的就是和李星儿进行了一次长谈，公司把未来规划和已经到手的资源悉数告诉了李星儿，爱情和命运孰轻孰重，由她自己选择。

季忆从来不是只考虑自己的人，遭遇这种事，他很快就在心里做了最坏打算。他不忍舍弃这份刚萌发的情感，更不忍看着李星儿为了自己放弃大好前程，人人都赞美爱情，为之著书立传，但现实中，一份灿烂辉煌的事业却比爱情更为难得。

季忆甚至准备安慰对方，鼓励她奔向那片梦想的蓝图，他最怕她掉眼泪，在人生途中行将告别的时候。如果可以，他想最后一次拥抱她，拍拍她的背，带着祝福，用也许早已哽咽的声音告诉她，请一定珍重。

可是他再没见过李星儿。代替她跟自己见面的男人，就是后来李星儿的经纪人，这个阅历丰富的男人语气平静地向季忆转达了李星儿的意愿。

"鉴于她未来要走的路，分开是唯一正确且必须的选择。"

"普通人只能跟普通人恋爱，她从来不是普通人，有过那样的交往，对你来说是种福分。"

"分手费的话，可以提，这也是她的意思。"

季忆坐在咖啡店里，听着对面男人的话，字字句句诛心。他沉默极了，从头到尾一言未发，拼命地攥紧放在桌下的手。终于在对方索然无味准备走人时，季忆问他："我要见星儿一面。"

他说的是要，不是想，态度坚决。经纪人嘴里一声轻嗤："她是什么性格你很清楚，如果她真的想见你，我能拦得住？"

一句话彻底点醒了季忆。经纪人只身前来，以及所说的这些话，无一不是经过了李星儿的默许。经纪人走出几步，又转头："对了，她还让我捎句话，她从来都没有真的喜欢过你。"

季忆怔怔坐在原地，也不知过了多久，店里的客人走了一拨又一拨，眼泪终于还是流了下来，无声无息。

往事如在昨日。又有风吹来，站在天台上的季忆从回忆中抽身出来，他看向空中，有群鸽子正结伴飞过，鸽哨声作响，难免又让他生出几分惆怅。

这天晚上回到家，梅好一股脑把今天公司里发生的事情告诉了丁鹿。

"我同事说话的时候我都不敢接，生怕他们发现。"梅好边说边跟着丁鹿做健身动作。

"你敢做还怕被人发现呀？"丁鹿压根不觉得这有什么。

"看你这话说的，我那不是为了内部团结嘛。"梅好解释，"你说都在一个部门待着，其他人都喜欢李星儿，要是知道我是李星儿的黑粉，那还不得炸了锅呀。"

"你老实交代，是不是后悔当初做那件事了？"丁鹿又换了一个动作。

"我为什么要后悔？！"梅好故意把话说得硬气，随即转移话题，"你怎么胳膊肘往外拐呢？"

她说着来气，趁丁鹿不备抬脚给了她屁股一下，然后飞快地跑回自己房间把门锁上。

丁鹿追过来拍门："你给我把门打开，看我怎么收拾你！臭梅好，不开门是吧，我今晚就在这儿守着，我就不信你一晚上不出来，除非你让尿给憋死！"

梅好蹑手蹑脚回到桌前坐下，信手登录账号，翻到了自己三年前的一段剪辑视频，名字就叫《李星儿演技车祸现场》。里面的内容是从李星儿主演的各个影视剧中甄选出来的，那时的李星儿虽然已经是顶级流量，但演技实在令人堪忧，一举一动都透着让人尴尬症来袭的做作。

梅好最初也是出于好玩，把这条视频上传到了自己账号，结果一下子就火了。一时间，李星儿的粉丝汹涌而来，各种声讨不眠不休，更有控评组组团举报梅好，想要逼迫平台给予封号处理。梅好也是被逼急了，犟脾气上来死活不肯妥协，还把视频挂在了置顶位置。好在平台兼听则明，关键时刻扛住了压力，那条视频一度成为视频网站文化出圈的佼佼者，最终成了全网爆款视频。

而不吃香菜的猪小姐也被挂上了李星儿反黑站的黑名单，成为了粉丝们口中的头号黑粉，自此名声大噪。

× 12

张发奎一夜没睡安稳。

一到公司，他就窝进办公室里，想着必须做点事情来弥补一下昨天的尴尬。毕竟事情因自己而起，不能让公司落一个出尔反尔的坏名声。

他走到大家跟前，把声音调到温和状态："昨天大家都见到李星儿了？"

"见到了！"大家纷纷响应。

"不瞒大家说，我本人也是李星儿的超级粉丝！既然大家都这么喜欢她，我特意给大家提供一个去剧组探班的机会，批假半天，名额只有一个，想去的举手！"

没人举手。

张发奎脸色臭起来："一个个不都说是她粉丝吗？"

球球嘀咕："您还是她超级粉丝呢，您自己去得了。"

张发奎辩解："我那么忙，脱得开身嘛！"

一计不成又生一计，张发奎宣布："既然这样，那就老规矩，谁微信先响谁就去！"

话音一落，所有人都拿起手机迅速操作调成了静音。唯独梅好，跟大傻子似的，一脸懵地看着同事们手忙脚乱，很快她也反应过来，刚握起手机只听到叮咚一声脆响，黑着的屏幕亮了。

张发奎如释重负："恭喜你梅好，一会儿来我办公室。"

经理走后，梅好还在纳闷："大家不都喜欢李星儿嘛，怎么一个个跟孔融让梨似的？"

艾琳达说："你以为真是去探班呀？我可听说了，昨天两边闹得不欢而散，八成是经理想去给李星儿那边赔不是。"

梅好反应过来："那我不成了出气筒啦？！"

球球凑过来，嘴巴闭成一条线，嘴角上扬，眼睛眨呀眨地看着她，点了点头。

梅好心里一声惨叫。

她拿着张发奎的签字单去了盲盒陈列室，负责人从玻璃柜中取出一个宽30高45的精美娃娃屋，这是张发奎专门送给李星儿的礼物，表面用上万颗精美切割过的进口水晶密密麻麻镶嵌，美好又梦幻。随后负责人又按照单子上的内容，像抓药材一样从各个方格中取下手办，逐一固定在娃娃屋中，最后交到梅好手中。

她提着包装好的礼物，正要出公司，迎面就看见季忆跟市场部的老大谢贵永热聊着从会议室出来，两人几乎同时看到了彼此，季忆的眼神在她身上停驻。梅好下意识把手里的东西往身后遮了遮，虽然这么大的体积压根就遮不住。她站住，身子稍稍靠边问候："季总好。"

季忆朝她点点头，目光又扫了一眼她手中提着的东西，继续跟身旁的谢贵永聊起工作。梅好看着他从身边经过，长出一口气，不明白自己为什么有种做贼心虚的感觉。

梅好一直到进了电梯，才有时间刷手机，这才发现刚才那条把自己害惨了的微信是丁鹿发来的。丁鹿说："昨晚上那一脚之仇我可没忘，晚上回家再跟你算账。"

梅好回她："您老人家已经报仇了。"

梅好根据定位打车到了一处文化产业园区。园区位于五环边上，早些年曾是个占地面积巨大的工厂，置身其中还能明显感受到二十世纪的建筑风格，主路两侧巨大的梧桐树一眼望不到头，棵棵都需要两三个成年人才可环抱过来，闭上眼就能想象出当年工人们骑车上下班时的盛景。

拍摄地点就在这条主路上。梅好刚拐个弯，就看见前面一大堆拿着长枪短炮的粉丝守在外面，翘首往里面张望着。

梅好好不容易从夹缝中挤进去，刚想迈过那条警戒线，就被一个男人大喝："往后退！"

"您好，我是 PIKO 张总派来的。"梅好说着。

男人看了眼她手中提的东西，依旧冷漠："我是李星儿的经纪人，给我吧。"

"张总交代过，一定要我亲自交给李星儿小姐！"

经纪人说："跟我来吧，星儿正在拍戏，你在里面等她一会儿，下了戏我就安排你们见面。"

迎着粉丝们艳羡的目光，梅好跟着经纪人到了拍摄现场。导演正在棚里盯着监视器，梅好被安排了一个座位，她可以近距离看到李星儿的现场表演。

棚外十米左右，李星儿正跟男主上演一场分手的重头戏。

风起，树上有梧桐叶飘落，李星儿的发丝拂动。

"小茹！"男主叫她剧中名字。

李星儿缓缓回头，看着他，镜头推进，她眼中有难过、遗憾，又伴着一种痛苦抉择后的释然。短短十几秒没有任何台词的眼神戏，居然被李星儿表现出了鲜明的层次感，真的是表现出了"让人看了会心疼死"的演技。

梅好看着显示器里的李星儿，浓密的长发，泪盈盈的眼睛，娇俏的身段，也太好看了吧，这分明是女人看了也会心动的长相啊！

随即梅好又在心里给了自己一巴掌,自己可是她的头号黑粉,要立场坚定。

和李星儿的见面被安排在一间临街工作室的二层,从窗户朝外望去,视线中全是茂盛巨大的梧桐树叶。

李星儿刚一进来,便认出了梅好:"我们又见面了。"

梅好没想到她还记得自己,又忽然想起网上有媒体说李星儿记性极佳,仅仅一面之缘的粉丝,多年后再碰上她仍记得对方的昵称,这么看来那些传言不假。

"礼物我收到了,很喜欢,谢谢。"李星儿笑起来很好看。

梅好心里松了口气,领导交代的任务总算完成了,她心里想着早点回去交差。

"还不知道你的名字呢。"李星儿忽然问。

"我叫梅好。"

"梅好……"李星儿问,"能陪我说会儿话吗?"

"诶?"梅好本想拒绝,可正撞上李星儿的目光,分明是期待她肯定的回答,不知道为什么,就那么一眼,她感受到了对方浓烈的孤独。

于是梅好又默默坐好。

李星儿说:"你跟我遇到的大部分人都不太一样。"

见梅好疑惑,李星儿继续道:"好多人第一次见面都会说看过我哪些作品,很喜欢我之类的话。但是你不一样,你对我不好奇,或者假装不好奇,这让我觉得自在。"

"我可是你的黑粉,当然不会说喜欢你之类的话了。"梅好心想。

"我看过你的很多作品。"梅好如实说。

"其实我只演过一部作品。"李星儿不禁莞尔,"因为我早期的演技很夸张,演什么都像个疯女人,所以人家都说我其实只演了一部戏,还叫我女版马景涛。"

梅好乍一听到李星儿这个娱乐圈外号,也忍不住想笑。

李星儿倒是不在意:"你有没有看过一个关于我的视频,叫《李星儿演技车祸现场》?"

梅好刚喝到嘴边的咖啡差点喷出来,她竭力隐藏起自己的失态。

"隐隐约约有听说啦……"

"俗话说百闻不如一见。"李星儿冲一旁待命的助理说，"找台电脑过来。"

　　于是，梅好在李星儿的邀请下，欣赏了由她亲手剪辑的那段著名视频。李星儿在一旁笑得乐不可支，梅好在一旁如坐针毡，尴尬赔笑，只觉度秒如年，每一帧画面都像是在给她公开处刑。

　　"你刚看到这段视频的时候，是什么心情？"梅好忍不住好奇。

　　"就很生气，我明明那么认真在演戏，居然有人觉得好笑！于是我就找了个身边没人的时候找来看了，结果就真的很好笑，一边看一边笑，心想我怎么这么逗呢？"李星儿笑着，好像在谈论的事情跟自己无关。

　　梅好看着完全放松的李星儿，忽然觉得对方不光长得好看，而且足够真实坦荡。心里一旦有了这个想法，梅好随即生出一股内疚，因为自己一时兴起，害对方被群嘲了许多年。

　　"这个剪视频的人，很可恶。"梅好评价。

　　"我以前也这么觉得，可后来看法变了，对方没有任何夸张失实的地方，只是把我的演技做了一个汇总，而且车祸演技这个形容也说得特别准确。"李星儿认真聊了起来。

　　因为这段让自己遭遇全网群嘲的视频，李星儿才开始正视自己的演技问题，不再只靠自己年轻灵动的外表来博好感，而是沉下心来学习观摩，一有空闲就跟着表演老师学习。往后的几年，李星儿开始凭借演技一次次地登上热搜第一，从最开始的"演技提高""让人惊艳"，到"整容式演技""堪称教科书的情感戏"，李星儿也通过自身的坚韧努力，成了圈内首屈一指坐拥实力演技和粉丝流量的女艺人。

　　"我总觉得那个剪辑视频的人心里其实是爱着我的，想让我变得更好。"李星儿说，"要不是她的视频，我躺在掌声里还不知道什么时候才能看清自己。要是哪天能见到，我真的很想当面谢谢她。"

　　"倒也不必……"梅好受之有愧，随即又解释，"我是说，你能成为现在的样子，最该感谢的是你自己。《霸王别姬》里不都说了，要想成角儿，人得自个儿成全自个儿。"

　　"自个儿成全自个儿……"李星儿跟着重复，眼睛望向窗外，楼下那群粉丝还在狂热地喊着应援口号。

梅好捕捉到李星儿眼中的疲态，在这之前，她一直以为这个女人是台永动机，永远是眼波流转，光彩照人。可是这一刻，她在梅好面前毫不掩饰自己的失落，比起镜头前的天神，此时的她更趋近于人，品尝一切凡间的愁苦，不能幸免。

"成全了自己又能怎样，却失去了最宝贵的东西。"李星儿幽叹，伴着外面摇动的梧桐树叶，世界一片怅然。

李星儿又移回视线，对梅好挤出一个笑容："你跟季忆接触多吗？"

这一问，让梅好有点招架不住："我就是个小职员，季总是老板，接触是有的，多倒也说不上。"

李星儿又问："那你听说过他有没有女朋友？"

说罢，李星儿好像又忽然记起自己公众人物的身份，欲言又止，有所顾忌，毕竟"娱乐圈顶流女艺人私下打探商界钻石王老五感情生活"这样的消息一旦传出去就是不小的动静。

话已至此，梅好便懂了对方的心思，她有种说不清道不明的复杂滋味哽在胸口，但还是如实相告："据我所知，季总没有女朋友。"

这话如同一颗石子，让李星儿眼中幽闭的湖面重现波澜，她不禁想要再一次确定："真的？"

梅好点头。

李星儿面露喜色，是长久压抑后的狂喜，如同一剂回春良药，让她濒临封冻的心怦然复苏，顿觉人生的美好。梅好感受得到，李星儿一定是特别特别喜欢季忆，才会有这样难以自控的表现，让一个大明星在她这个无名小卒面前无视身份，忘乎所以，像初涉情场的少女般患得患失，欲说还休。

李星儿忽然拉住梅好的手："谢谢你。"

梅好把手抽了回来，低声回了句："我还有事，先走了。"

她有些生自己的气，气自己那点不可告人的小心思，气自己心里一点都不讨厌李星儿，气自己那么渺小卑微，连难过的资格都没有，说出去，听起来都像个十足的笑话。

临近通州地段，有家占地面积很大的花园酒店，早些年专门做剧组生意，后来慢慢凋敝了。倒是挨着它的那家胖妈串串店一直开着，里里外外都是老板娘和她儿媳打理，店内布置虽然有些古旧，但胜在干净整洁。墙上的广告画都还是许多年前的，时间在这里好像凝固了，就连店内的音乐都还是当年流行的那几首，总让人有种回到过去时空的感慨和错觉。

晚上七点钟，季忆走进了这家串串店，不知为何，他恍然想起"近乡情怯"这个词来。店内靠墙的一张桌前，李星儿朝他挥了挥手，笑靥温暖如花。

"阿姨，开锅。"李星儿吩咐。

柜台前的老板娘听到，脆生生回答："来喽！"

季忆好奇："你可以随意出入这种地方吗？"

李星儿仿佛料到他会这么问："今晚我包场了，只有我们两个客人，所以不用担心被人看到。"

很快，一锅红汤上桌，各种新鲜串串也摆了上来。

季忆看着，每一种食材都很熟悉，那时候他们每次来这里，这些都是必点的食材。季忆原本吃不了太辣的东西，在李星儿的带动下，渐渐也变得无辣不欢。她告诉季忆，吃东西不只在乎味道，吃多少也不重要，重要的是得吃出架势。就算一份普通的食物，如果带着愉快的心情来吃，也会很美味。所以食物重要，心情更重要，和谁一起吃最最重要。

如今这锅中滚烫的食物依旧诱人，却再难吃出当年的那份热烈。

"尝尝看，还是不是当年的味道？"李星儿招呼。

季忆从边上捞起一串青菜，用筷子撸进油碟里一蘸，送到嘴里。嗓子立刻被灼热辛辣的痛感侵袭，他忍不住轻咳起来。

李星儿赶紧递来纸巾："是不是太辣了？"

季忆回她："我已经戒辣很多年了。"

"什么时候的事？"

她已经离开他的生活多年，对他现在的喜好厌恶全无把握。

他停顿一下："就从那时候开始。"

李星儿心中了然，与其说戒辣，不如说是戒掉那段过去。一朝遭蛇咬，十年怕井绳，当时当刻的他该有多难过，在万丈深渊里凭着一息脉搏自我营救。而她是推他坠崖的人，是斩断藤条不肯让他求生的人，是他愿此生不复相见的人，却在时隔多年后回来观望，她为自己的所作所为脸红羞愧。

她换了话题："你和张总送的礼物我很喜欢，已经摆在家里了。"

季忆轻皱眉头，想起白天在公司里碰到梅好的事情便明白了，也不过多解释："喜欢就好。"

"你公司那个叫梅好的小姑娘，人特别好还陪我聊天，她看过很多电影和剧集，我们很有共同语言。"

"她是个很努力的人。"季忆评价，"虽然有时很讨厌，会气到想把她开除掉，但又很有责任心，即便从事着并不太喜欢的工作，也还是尽力去做好。"

"我们聊了这么多，只有在聊到你的人的时候，你才会打开话匣子。"李星儿眉眼弯弯，眼中是无限的温柔。

"你的人"三个字说者无心，季忆听了却不免心虚，心跳有一瞬间的紊乱。

"知道吗？你刚才的表情跟以前一模一样，我们刚认识那会儿，你特别容易害羞，身上满满的少年气。"李星儿指出来。

季忆回避着她的目光，看着锅内沸腾的红浆，轻声道："吃吧。"

两人吃过东西，李星儿去了洗手间，老板娘走过来关火，笑眯眯地顺便整理着签子。

"我还是头回见李小姐跟人一起过来，每次来她都是一个人。"老板娘是个自来熟。

季忆一晃神："她经常来这里？"

"是啊，有七八年了吧，每年都会来好几次，每次都是自己一个人，就坐在这张桌子上，像一直在等谁似的。"

季忆的心一下被触动了。

"前年的时候，附近都在拆迁，我们一家都打算回四川了，李小姐知道后找关系硬是把这家店留了下来。我们一家都很感谢她，她却说要谢谢我们，不然啊她的回忆就都丢了。"老板娘说着轻叹一声，"都说做明星好，要我看啊，李小姐脸上一直在笑、心里一直在哭呢。"

季忆听了，心里更觉怅然。

这时李星儿走了回来："你们在聊什么？"

老板娘笑成眯眯眼："在说感谢你的话。"

说着，老板娘笑容忽地停下，打量着季忆一拍手："我说怎么看着眼熟，你是不是好几年前跟李小姐经常来吃饭的那个小伙子？"

这一问，季忆有些尴尬，还是点了头。

李星儿赶忙替他解围："阿姨，我们走了。"

两人快到门口的时候，老板娘忽然又叫住了李星儿："李小姐，您要幸福啊！"

老板娘说完伸手指对李星儿比了个心，李星儿不好意思地看一眼身边站着的季忆，走出了门。

同一时间，梅好正在家中客厅，对面坐着的是金束，那块陨石就摆在两人之间的桌子上，金束还特意为陨石准备了一只玻璃罩。

"检测出什么了吗？"

金束摇摇头："这块陨石的成分很常见，没有任何特别的地方，就是一块普普通通的陨石。"

"哦……"这个结果让梅好安心，但不甘心。安心的是陨石对人体并无威胁，不甘心的是，这些发生在身边的奇怪事情愈加无凭无据。

距离两人不远的地方，丁鹿正手握哑铃做运动，明眼人都能看出她带着情绪，对金束的到来充满敌意。金束朝丁鹿的方向望了一眼，故意大声对梅好说："你就放心吧，陨石压根没辐射，不要相信有些人的谣言，太没文化了。"

丁鹿狂翻白眼，于是加大训练力度，整个人呼哧呼哧喘着粗气。

"本来今晚上要跟季忆见面的，顺便把陨石的事告诉他，结果这家伙临时约了别人。你想啊，除了我，还有什么人能把他约出来吃晚饭？"

"什么人？"梅好问。

"当然是女朋友了！我猜这家伙八成是恋爱了！"

梅好心里酸酸的，一颗心顿时空空的无处凭借。

金束刚要继续说话，一扭头发现丁鹿不知何时已经移到了自己身后，一边举铁一边八卦地竖起耳朵听着。他吓得身子往旁边一躲，丁鹿撇撇嘴理直气壮地走开："还以为有什么爆料呢，知道的还没我们多。"

金束看向梅好："她这话什么意思？"

"能什么意思，昨天李星儿去过 PIKO 了。"

"李星儿？！"金束几乎叫了出来，"他俩破镜重圆了？"

金束随即求证般将目光抛向对面的梅好，梅好气压有点低："我不太清楚。"

"你天天跟他在一起怎么会不清楚呢？"金束准备打破沙锅问到底。

梅好瞬间火气上蹿，挺起腰板大声嚷："天天在一起我就应该知道吗？他就是我老板而已，我干吗要打听他的私生活！"

这突然的一炸，让在场的其他两人都一个哆嗦，金束更是惊讶，他还是头一回领教梅好的大嗓门。

"别生气呀，我这不是太激动了嘛。"金束小心翼翼，又问，"梅好，你为什么这么大火气啊？"

这么一问，梅好就清醒了，尽管心虚她还是大着嗓门喷了回去："我乐意！"

人工湖边，有人朝湖面投掷了小石块，原本应在其中的月亮一阵摇晃破碎，但很快又恢复了原状，好像就这样在水中漂浮了无数个日日夜夜。

季忆和李星儿沿湖边走着，两人的脚步声轻盈隐入无边的夜色中。

"其实……"他一直在酝酿一句话。

李星儿闻声停了脚步，风吹乱一绺长发，她用手指勾到耳后，静待他说点什么。

"其实，昨天我说我有今天是拜你所赐，并不全是气话。我知道这些年，你通过自己的关系为我做了不少事情。我也是后来才知道，PIKO 的第一笔融资也是因为你的帮忙才顺利拿到。"

原来，他一直都知道自己做的这些，她甚感欣慰："你这样的人，就算没有我，也一样能出头。"

"你根本不欠我什么。"他说。

季忆眼中的真诚，李星儿全部接收到，有那么一刻，她感觉两人什么都没变，只是增了些年岁。这时迎面有夜跑的人经过，李星儿熟练地用围巾遮住了口鼻，将脸扭向暗处。

待对方跑远了，季忆说："这里光线不强，你应该不会被认出来。"

李星儿笑笑："我不怕被别人认出，而是不想被人打扰和你在一起的时光，因为这对我来说实在太珍贵了。"

两人对视着，季忆率先错开了目光，一指前面灯光闪现的别墅区："你家就要到了。"

李星儿没得到心中期待的回答，尽管有点失落，但两人的关系有了缓和，她知道自己不能太着急，毕竟是多年前的疙瘩，真正想要化解开，不在一朝一夕。

"就送到这吧。"她挥挥手，"期待下一次再见到你。"

她袅袅娜娜的身段宛如一道风景，风从湖面吹过来，将她的裙衫一寸一寸吹皱，轻舞飞扬。

季忆望着那道背影，心中情绪翻涌，恍然间竟有些后悔今晚的见面，他只觉心意烦乱，却又不知到底为何，就好像自己做了错事一般。

sweet u

第四章 —— 一个助理的自我修养（一）老夫妻

memory

× 13

　　早上，梅好急匆匆出了楼门，刚到门口就被吓了一跳。

　　她看见季忆正站在车子旁，合身的服装剪裁愈加衬出他身材的优越，长手长脚往那一靠，慵懒又贵气，微风掀起他额前的碎发，随便拿手机一拍都是大片的感觉。

　　梅好立刻意识到对方是在等自己，转身就想回去。谁知季忆已经发现了她，喊了声："站住！"

　　梅好定住，慢慢转过身来开始装模作样："季总，您怎么在这儿啊？"

　　季忆没接她话："你跑什么？"

　　"我跑了吗？"梅好装傻，"我没跑啊！我是想回家拿点吃的当早餐。"

　　"上车。"他命令。

　　车子驶入主路，季忆还是没说话，梅好靠在副驾驶上观察着对方："季总，您找我有什么事吗？"

　　"汇报一下昨天的工作。"

　　"昨天……"梅好心虚，"下午跟着芳姐去见了两个微博大 V，还有一个抖音大网红，谈了新品合作的事情。"

　　"上午呢？"

　　梅好见糊弄不过去了："季总，昨天上午我去见了李星儿！经理派我去的！"

　　季忆的喉结滚动一下："张发奎派你去的，为什么要说礼物是我和他一起送出去的？你知不知道这会让人产生误会？"

"经理交代我这么说的……"梅好还有点委屈。

季忆听了，一时语塞。

梅好小声嘀咕："再说了，我昨天出公司的时候您不也看到礼物了嘛，我以为您是知道的。"

"我怎么知道盒子里装的什么？你要是里头藏了把枪出去抢银行，我还成了共犯了我。"季忆继续追问，"还有，为什么把我的隐私告诉别人？"

"我没有啊……"梅好一头雾水。

"我单身算不算隐私？"

"那是李星儿主动问我的……"

"问你就说啊？"

"季总，您消消气，我下回一定注意！"

"还有下回？"季忆瞪她一眼，"你还跟谁说过我的隐私？"

"没有了，绝对没有了！"梅好拍着胸口保证。

话刚说完，季忆的手机就响了，接通后，金束一本正经的声音传了进来："季忆，我还是不是你最爱的男人了？"

季忆皱眉头："滚。"

"别啊！为什么你恋爱了没有第一个告诉我？"金束跟个怨妇一样。

季忆莫名其妙："我什么时候恋爱了？"

"还装，丁鹿都跟我说了，我的女神李星儿都去公司找过你了。"金束语气突然一变，贱兮兮地，"所以为了让我原谅你，下次跟李星儿约会也带上我吧！"

季忆挂了电话，扭头看向梅好，她低着头一副等待暴风骤雨的可怜样："季总，是丁鹿说的……"

季忆憋着气："那丁鹿是听谁说的？"

"我……"梅好觉得自己简直是挖坑给自己跳。

这时，梅好的手机也响了，以往遇到陌生来电，她是一律不接的，可是这个时候，突然打进来的电话就成了她的救命稻草，梅好赶忙接了起来。

"您好，是梅小姐吗？这里是三里屯派出所。半月前因为诈骗不成恶意袭击您朋友的嫌疑人范某已于今早从看守所释放，这里提醒您要注意个人安全，有任何情况可以直接联系我们。另外，我们也已经在更早之前通知过您的朋友。"

"好的，谢谢。"梅好挂了电话，偷偷看向季忆。不知道是不是季忆担心自己，借着"找茬"的由头一大早就等在家门口保护她，还是一切只是巧合而已。不管怎样，梅好愿意相信这些都是他的有意为之，因为情感很少外露的他，需要一个借口来做这件事情，需要理直气壮的"愤怒"来掩饰自己的关心。她决定不去问个究竟，因为知道自己永远都得不到答案，只能用自己的心去感受。想到这里，梅好从李星儿出现后一直阴晴不定的心情，才又明朗起来。

"我脸上有东西吗？"季忆忽然问。

梅好这才意识到自己盯着对方的侧脸一直出神，于是赶忙扭头看窗外。

"有一点点可爱。"她在心里说。

人的好笑之处，不在于自身的渺小，而是自以为是，因为暂时的欢愉而生出甜蜜的幻觉，以为人生可以按照自己内心所想的愿景步步推进，喜欢的事业会长久，倾心的人常伴左右。而实际上，生活给予温柔的同时，也挥起了重拳，嘲笑地看着对命运起伏一无所知的人们，伺机而动。

赵慧臣发来微信的时候，季忆正在工作。本想拒绝的，对方却说今天必须见到自己，季忆了解赵慧臣死缠烂打的性格，这一面若是不见，接下来怕是会被他各种折腾，于是回了信息让对方在附近的咖啡店等自己。

此刻，赵慧臣正坐在咖啡店里，因为长期做设计的缘故，他的生物钟早习惯了晚睡晚起，像今天这样上午就出来见人的时候，实在少之又少，这已经是他待客交友的最高规格了。

昨晚他失眠了。

那天冯潇韵把自己拽走后，赵慧臣一直都很沉默，直到晚上把她送到家门口，赵慧臣终于告诉对方："我们以后不要再见面了。"

冯潇韵年纪不大，却见惯了情场反复："为什么？"

"我们不合适。"

"因为那个梅好？"冯潇韵问。

这个追问让赵慧臣措手不及，似乎被人洞察到了内心一直回避的问题。

冯潇韵不屑："果然是她，真掉价。"

赵慧臣被激怒了，白天里对她的傲慢和嚣张，为了顾全两家的情分他一直选择忍让。他鄙视着她："你有什么资格这样说她？一个靠本事拿薪水的人比你这种寄生虫强一万倍！"

"说我是寄生虫？那你又是什么？要不是靠你家里养着，就你那破工作室，早关门一百回了！"冯潇韵指着他鼻子骂。

"从今儿开始，我不会再做寄生虫了。"赵慧臣回敬对方。

赵慧臣正回忆着，忽见对面空着的位子上有个瘦高的身影坐了下来，抬眼一看正是季忆。

赵慧臣开心地眉毛一扬："哥，你来啦？"

因为与赵父商场多有往来，两家关系匪浅，一直以来季忆都把赵慧臣当作弟弟对待，即便如此也只在心里面疼爱，表面照旧对他严厉。赵慧臣当然了解，因此两人自有一份属于他们的默契和亲近在，少有冷场和距离感。

"我今天事情多，你有话快说。"

"哥，我这几天受了点刺激，我决定要做一件让所有人都为我骄傲的事情。"赵慧臣给自己打气。

"挺好的，你要做什么事？"季忆问他。

"还没想好。"赵慧臣傻笑。

"我现在没时间跟你闲聊。"季忆再次提醒他。

"有件事要拜托你。"赵慧臣认真起来。

"借钱不行，你爸早就跟我打过招呼。"

"跟钱没关系，我今天是为梅好来的。"

"哦。"季忆应声。久经商场，他习惯了简短表达自己，越是在心里起了风浪的事情，越是要不动声色。

"你们关系怎么样呀？"

"一般。"

"上回见面我才知道她来了你公司，我就是想跟你说一声，以后多照顾她一下。"赵慧臣说。

"我为什么要照顾她？"话说出口，季忆有点后悔，怕自己表现得太过明显，可心里实在有些吃味。

"你就别问那么多了。"

"我要回去了。"季忆也不含糊。

"行行行！"赵慧臣把他拉回来，"我喜欢她！"

"……"

"这个理由够充分了吧！我也是最近才发现自己对她的感情，以前总觉得把她当朋友，我家里不是一直给我安排相亲嘛，到最后我才发现相亲不成功的原因，是我心里一直装着梅好。"

"我不想知道这么具体。"季忆打断他。

"不是你问的嘛……"赵慧臣凑上前，"所以，以后对她好一点。嗯？"

"我尽力。"季忆回答。

"这么说你答应了？"赵慧臣一脸开心。

季忆嗓子发干，他必须做点什么来掩饰此刻内心的焦灼，顺手拿起桌上的咖啡就要喝。

"加快速度！"对面赵慧臣用轻快的语气忽然说道。

季忆险些被咖啡呛到，他看着赵慧臣，神色凝重，心里像是起了一段轰然又扣人心悬的节奏。

看到季忆并没配合，赵慧臣还觉得纳闷。

"你刚才说什么？"季忆声音激动。

"加快速度，这不是你们公司最近流行的游戏吗？一旦有人下达指令，对方要尽最快速度把正在做的事情完成。"

"谁告诉你的？"

"梅好啊，怎么了？"赵慧臣看着他。

"她怎么跟你说的？"问出这句话，他感觉有些艰难，因为很可能从此之后，一些事情会就此发生改变。

"那天我俩见面，我记得还挺清楚，是她上班第一天。晚上我们正吃饭呢，她突然对我说了加快速度几个字，见我没反应她好像还挺失望的。一问才知道，她告诉我是你们公司最近很流行的游戏。"

梅好上班第一天，加快速度的"游戏"，季忆快速喝下纯净水的一幕……一个个零星的碎片终于拼接到了一起，它们最终指向了梅好。

……

赵慧臣走后，季忆独自坐了许久。他知道自己此时的脸色很难看，突如其来的真相如同一座大山，将他紧紧压在座位上无处挪身。他不是没有怀疑过梅好，却每次都为她找到充足的理由开脱。可是这次，他真的再找不出任何理由来说服自己，他决定找梅好谈谈。

季忆回到公司后，把梅好叫进了办公室——她对即将发生的事情一无所知。

"陨石检测结果出来了。"他说，语气平稳，与平时并无两样。

"是的，金束已经把陨石还回来了，成分很普通。"

季忆问她："你好像有些失望。"

梅好赶忙说："没有！"

季忆又问："我们第一次见面是在电梯里，你还记得第二次见到我是在哪里吗？"

"第二次……"梅好的脸色开始微微变化。

"我来提醒你，音乐厅。那晚也是我身上第一次发生倍速事件。"

梅好沉默了。

"还需要我说的更详细些吗？或许能帮助你想起来点什么。"

"不需要了。"她看着对方的眼睛，知道这一天终于还是来到了。

梅好的眼睛暗了下去："就从陨石开始说起吧。它从天而降的时候，我正好许了一个心愿，希望自己能够成为未来男朋友的人生进度条。结果第二天我就遇到了你，音乐会当晚我急着离开，所以心里想着演出快点结束，没想到台上的你迅速做出了反应，行动开始加快。起初我以为只是巧合，哪知跟你去见大春老师那天，我在心里希望你快点把话讲完，结果你再次发生了倍速事件。于是我知道这一切都不

121

是偶然，才联想到这一切或许跟陨石有关，但我又无法给出确切的解释。因为想要留在PIKO，害怕您知道实情后会让我离开公司，所以一直小心翼翼地隐瞒着。"

"隐瞒？为什么要把欺骗这种事形容得如此无辜？"季忆按捺住自己的情绪。

"因为贪心，想要靠近一直以来的梦想之地，真的来了以后发现它比想象中更值得我留恋。"

"所以你就决定以扰乱我的生活为代价，留在PIKO？"季忆语带嘲讽，"如果——"

"如果到现在还没被你发现的话，我还是不会告诉你。"她抬头，迎着他的目光。

他给了一个假设，多希望她能顺着自己的心意说些让人听了心软的话，以她的伶俐，是不成问题的。可是她没说，一句都没有，她甚至不让他从字里行间听到一丝为自己的辩解。

季忆看着她，眼神中的复杂意味让她如芒在背，因为见识过他眼中璀璨的盛景，才愈加体会到此刻的暗淡，她全程目睹了这场事故，像一颗星消失在长夜里。

"我犯下最可笑的错误，就是以为你是可以信任的。"

季忆甩下这句话，起身离开了。这话的分量太重，以至于将梅好死死压在原地，动弹不得，她忽然觉得特别特别难过。

这天回到家梅好就进了房间，丁鹿敲了两回房门都不见应声，便推门走了进来。

梅好把自己整个都裹在了被子里，丁鹿掀开被子，发现她睁眼望着天花板，压根没有睡。

"遇到什么事了？"丁鹿把她从床上拖起来。

"我准备辞职逃回老家了。"梅好依旧半死不活。

"不是吧，你们老板这么小气？不就是我上回没肯答应和他朋友假装情侣嘛，这就要把你开了？"丁鹿一脸难以置信。

"哎呀，不是……"梅好说完又想躺回去，被丁鹿拉住。

"那你倒是说啊，怎么回事！"

梅好就把整件事的经过讲了一遍。丁鹿听后一脸不可思议，她把陨石拿了过来："你说你可以控制季忆的行动倍速，然后这件事很可能跟这块陨石有关？"

梅好点了点头。

"我怎么听着跟天方夜谭似的。"丁鹿还有点云里雾里，"这样吧，为了让我彻底相信，你再表演一回。"

"还表演呢，再来一回季忆可就直接提着30米大刀上门了。"梅好哭丧着脸。

同一时间，季忆还在家中客厅沙发上忙碌着，他原本想静下心好好把各项报表看完，可还是没坚持住，心烦意乱地将电脑推到一旁陷入了纠结状态。

今天他对梅好发了火。季忆绝少有这样失控的时候，就连世德的广告严重抄袭PIKO，他也不过是一句交给律师处理。或许是因为他打心里觉得这都不是事儿，他有把握掌控局面。可今天他偏偏失了仪态，丢了风度，对着自己的员工大发雷霆。

是因为这对他来说很重要吗？季忆有点回避这个念头。冷静下来后，他又陷入了自责中：会不会自己有些过分了？她毕竟是女孩子，脸皮薄嘛，自己为什么就不注意一下方式？她现在一定特别难过吧？

此刻，梅好正坐在自家客厅里，滋溜滋溜吸着丁鹿刚为她煮好的酸辣粉。丁鹿说："你慢点儿吃，烫不烫啊！"看着梅好狼吞虎咽的样子，丁鹿又说："这就对了，有什么事儿咱先吃饱了再说！"

季忆靠在沙发上，转念又一想，做错的明明是她，他何必要自责？他看了眼时间，晚上8:30。他在心里给梅好设了一个期限，9:30之前，如果她打来电话道歉，那么自己就原谅她。

梅好突然想起来什么，咬断一根粉，问丁鹿："我是不是应该给季总打个电话？"

"你傻呀，这时候他正在气头上，你电话打过去死得更惨！"丁鹿说。

"说得有道理。"梅好乖乖听话。

季忆眼看着时间过了9:30，道歉电话还是没有打过来。"没关系，不生气，我宽宏大量。"这么想着，季忆再次延长了期限，十点之前，如果对方还是没打来电话，他就绝对不再原谅。

　　临近十点的时候，手机忽然响了起来。季忆立时来了精神，从沙发上坐起来再到拿起手机不过短短数秒，季忆却经过了大量心理活动："她来电话了！我们赶快和好吧，心太累了！等等，我要稳住，听听她是怎么认错的！算了，不论她说什么，我都会原谅她的！"

　　然而看着来电显示，他清楚听到心里传来一声叹息。

　　电话是李星儿打来的。

　　"喂？"

　　"没打扰到你吧？"李星儿说。

　　"没有。"他故作轻松，"找我有事吗？"

　　"明天有时间吗？我有礼物也要送给你。"

　　"我最近……"

　　"我保证不会耽误你太长时间。"李星儿争取机会。

　　"好。"他答应了。

　　"那么晚安。"

　　"晚安。"他说。

　　挂了电话，季忆枯坐在沙发上，看着分针又转了半圈，那个他等的电话始终没有打来。

　　第二天一到公司，梅好就收到一个大大的包裹。

　　拆开后是各种各样的零食，还附了张何叶亲手写的卡片。她告诉梅好，喜欢的男孩出国登机前，她把那套盲盒送给了对方，没想到对方却抢先自己进行了告白。

　　"真的是惊喜，一直在流眼泪，不知道是感动还是因为分别。不知道我们有没有美好的未来，但至少此刻，我们喜欢着彼此。谢谢姐姐，也谢谢大哥哥的鼎力相助。"何叶在最后写道。

　　梅好把零食分给同事们，又特意挑了一些放进纸袋中，准备给季忆拿过去，趁这个机会向他道歉，也许更容易让对方消气。

　　此时的总裁办公室里，气氛不太融洽，市场部老大谢贵永刚和张发奎进行了一场激烈的交锋。

　　"VIP客户服务划分到市场部是年初就做出的决定，季总是签过字的，我们拖到现在才执行已经很给营销部面子了。"谢贵永说。

张发奎素来与对方不睦："你还嫌市场部的权力不够大吗？样样业务都要抢了去。"

"季总！您听听他说的这叫什么话！我辛辛苦苦撑起市场部，到头来还被人这样攻击。"谢贵永委屈又愤怒。

季忆开口道："这项业务转到市场部当初确实是经过了我的同意。"

张发奎见形势对自己不利，做了让步："如果必须转走的话，把人给我留下。"

谢贵永毫不相让："公司培养一个人才需要时间和精力，我还要指望那个叫梅好的孩子去给我带新人呢，人我也必须带走。"

张发奎瞟向季忆，指望这个时候他能替自己说话。

季忆并不与他眼神交流："业务调整通知上是怎么说的？"

谢贵永翻了翻文件："VIP客户服务调整后，连同原有工作人员一并转至市场部。"

"那就按照上面说的来。"季忆给出了结论。

谢贵永听后洋洋得意，张发奎顿时觉得心情沉重："季总……"

"我得服众。"季忆冷若冰霜。

"就这么讨厌梅好吗？"张发奎问。

季忆看着他，声色俱厉："没事儿你就出去吧。"

张发奎从总裁办公室出来，犹豫再三，还是回到了营销部。他走到梅好工位前，轻轻敲两下桌面，沉声说道："你跟我来。"

梅好赶忙起身，跟着他进了办公室。

"坐！"张发奎边说边想着怎么把话说出口。

"梅好，入职以来你表现得非常好。"

"谢谢经理，我会更加努力的！"梅好浑然不觉接下来要面对的情况。

"是这样，公司之前做了业务调整，你负责的VIP客户业务被转到了市场部那边。"

梅好呆住。

"你也要被调去市场部。"张发奎终于还是把话说了出来。

梅好的心阒然跌落，她感觉整个人都晃晃悠悠，无所依靠。

尽管如此，她还是保持了克制，轻轻说了声："哦。"

再回到座位上，梅好开始收拾自己的东西，一件一件。她感觉东西有些多，明明才来了没多久，可为什么像是把半个家都搬来了这里，梅好心想，也许是曾想过在这里长久地工作下去吧。

同事们都知道了调岗的消息，纷纷围上来。球球抱着她不肯松手，艾琳达难过地说："其实我眼眶红了，但因为我是黑眼圈你看不到……"

梅好反过来安慰他们："我们和市场部中间就隔着一个设计部，很近的好不好！大家可以随时约午饭的。"

小东到底是男的，在一片离愁别绪中不忘调节气氛："梅好，你就当还在上学，转到隔壁班而已。"

"嗯！"梅好点头，转身笑容便消失了。隔壁班，终究也是隔壁啊。

梅好把东西收拾妥当，准备跟季忆道个别。

她敲敲门，走了进去。

"季总，我要调去市场部了。"梅好的声音不大，轻微地打着颤，一个忍不住，她都可能会哭。

季忆停下手头工作，看着她。

她希望他能说点什么，随便什么都可以。说她这人很可气，说对她感到失望，再不济就说说她以往的工作不够尽心尽力，但凡是只言片语，也好让她感受到他曾对自己的人生投射过关注，她便有所凭借，那么在她看来就不枉此行。

但是没有。

他神色冷淡，语气更是平淡："知道了。"

梅好吸了口气，怕眼泪不争气地掉出来："隐瞒我们之间神奇关联的事，是我不对，我郑重向您道歉。"

说完她鞠了一躬，又说："感谢这段时间您对我的照顾。这是何叶送您的零食。"

她把那袋精心挑选过的零食放在了桌上，转身走了出去。

季忆一直没再看她，直到关门的轻响传来他才抬眼，看着那包零食愣愣地出神。今天他所做出的这个决定，真的就只是"为了服众"吗？又或者源自他内心深处的某种担忧？这段日子以来，两人走得越来越近，她在慢慢地改变他，让他对今后的人生有了不同以往的期待。他觉得这很危险，应该就此打住，各自回归原本的生活。他相信只要不那么频繁地见面，这种莫名的情绪就会随着时间冲淡。说到底，事业蒸蒸日上的公司总裁不应该把一名小职员太放在心上，近来的种种，就当是一段小小的插曲，借着业务调整的契机，让梅好离开自己的视线是最佳选择。

市场部的氛围跟营销部大为不同，梅好到了才发现，同为公司的两个部门氛围居然可以天差地别：表面看上去都很客气，实际上人际关系冷漠紧张。梅好才一个转身的功夫，就看见两个女同事脑袋凑一块儿说起了悄悄话，比如一定是梅好在营销部不受待见才被调来这里，再比如专业不对口来了也只能帮倒忙，对此梅好都假装没听到。

梅好还在收拾东西，市场部老大谢贵永走了过来："你就是梅好？"

她点头。

谢贵永不动声色打量她一番，说："正好有份工作交给你。"

午饭时间，季忆走进了那家轻食餐厅，选了牛油果套餐，在靠窗的位子坐了下来。

很快，张发奎带着营销部的人也走了进来，个个面色沉闷。

"这次咱们经理的心真的被伤透了吧。"球球对小东说。

"谁叫人家是老板，公司都是他的，他看不惯谁谁就要在眼前消失。"小东说。

"我其实，有点想嗑季总跟梅好的 CP 耶，两个人相爱相杀，真的好虐……"艾琳达还想说，见其他几人皱眉看着她，于是赶忙打住。

芳姐先看到了季忆，对张发奎指了指窗户方向。换作平常，张发奎会第一个贴过去，这回他率先拿出了气节，故意在别的桌前坐下来，偏不跟季忆挨着。营销部的人见此，也都对着季忆点点头，纷纷从他身边走过去，挨着张发奎坐下来。

大家的不满季忆全部看在了眼里，他什么都没说，只管安静地吃着餐盘里的食物。外人看来他与平时没有任何不同，只有他自己知道这一餐，有多么食之无味。

× 14

夜晚的国贸灯光璀璨，车流银河。

某家西餐厅内，季忆和李星儿坐在靠窗的观景位置，这里可以从最佳角度观望到"大裤衩"。

这是家私人会所，老板恰是李忆的朋友，特意为他预留了绝佳位置，既空荡舒适又绝不会被人叨扰。桌上摆了西冷牛排、龙虾浓汤和空运生蚝等食物，每道菜都透着恰到好处的美感和精致。

李星儿坐在对面，妆容精致，一头浓黑头发盘成高高发髻，不对称的钻石大耳环衬得她肤色更加雪白，整个人都很有活力。

她侧身拿过手袋，从里面取出两张票。

"这是我大电影的首映礼入场券，就在后天。"

季忆接过来："开画后我包场支持你。"

"你能来，就是对我最大的支持。"李星儿笑，"我以前接拍的都是电视剧，这是我首次担纲女主的大电影，现在网友和媒体都在观望，有看好票房的，更有唱衰的，搞得我自己都很紧张。"

"自始至终都在争议中成长，并且越来越好，才成了现在的你，不是吗？这些独一无二的经历从来都不是压力，而是你战无不胜的铠甲。"季忆告诉她。

李星儿很受鼓舞："谢谢你，我想我今晚能睡个好觉了。"

"今天找你还有件事。"李星儿说，"我想跟你借个人。"

"谁？"

"梅好。"

季忆一怔，没说话。

"是这样，我之前的助理马上要移民加拿大。我就觉得跟梅好很投缘，她人也机灵，工作肯定会很快上手。"李星儿说着，没注意到季忆的沉默，"你不也说了嘛，她并不喜欢目前的工作。"

"这个需要你征询她个人的意见。"季忆回复。

"我当然会去问她啦，不过你是她老板，先来跟你打招呼也是应该的。你要是不舍得呢，那就算了。"

"没什么不舍得。"他尽量表现得云淡风轻，心里却是从未有过的百转千回。

李星儿看一眼窗外，万家灯火如星星一般点亮墨色的夜，她的神情也在这样私密的环境里卸下防备，轻声道："不知道是不是年纪大了，以前的事总会突然从回忆里蹦出来，都是关于我们的，虽然过去了很多年，还是很清晰。我们在哪里，说了什么，当时又是怎样的天气，就好像刚刚发生的一样。"

"这些年我觉得我就像一个迷路的人，被困困在高岗之上，别人羡慕我一览众山小，却不知高处不胜寒。只有远方那一声呼唤才能拯救我，不管多么微弱，我都可以寻着声音找回来，回到最初的时候。"李星儿声音有些哽咽，眼中亮闪闪的，"季忆，我想听到你的呼唤，我还在爱着你。"

季忆看着她，这个曾在自己年少时光里留下浓墨重彩的女人，这个曾伤他至深的女人，带着轰轰烈烈从未熄灭的旧情，又杀回来了。

……

梅好在商场里工作已经几天了。

她的工作就是照看周边几个商场包括两个地铁站入口的自助盲盒机，这份工作俗称补货员，哪台机器缺货了，她便第一时间赶过去把货品补齐，以免影响售卖。

这就是谢贵永交给她的工作，美其名曰要在他手下工作，就要熟悉市场。实际上谢贵永不过是借此公报私仇，把张发奎的人抢过来然后随意使唤。你越珍贵的，我越是践踏弃之如敝履。梅好不知其中的复杂曲折和人心险恶，只当是接受锻炼来了。

她完全可以拒绝的，甚或甩手走人，落个潇洒的名声，但她没有，而是闷头把这份工作接了下来。她自己也说不清到底是为了什么，仅仅是为了留在 PIKO？或许以前会这么想，但现在不过是因为一个人。

刚为一台机器备好货，又调试好机器，她手机响了起来，是赵慧臣打来的。

两人约在商场的奶茶店见面。

"你从家里搬出来了？"

"严格来说，是被我爸赶出来的。"赵慧臣笑笑，这事儿似乎对他没什么影响。

"你做了什么，惹你爸发这么大火？"

"我跟冯潇韵掰了。"

梅好明白了："难怪……可就算你不同意，你家里还是照样会给你安排相亲对象的。"

"以后都不会了，我已经跟爸妈说清楚了，我有喜欢的人了。"赵慧臣目光看着她。

她似乎有某种预感。

"梅好，很长一段时间我都把你当成好朋友，好朋友之间无话不谈，唯一不能谈的就是感情。大四那年，程小斐说我心里有你，理由是大家一起去鬼屋玩，我最后只拉着你的手跑了出来，她就是从那之后决定跟我分手的。"

程小斐是赵慧臣相处时间最久的一任女朋友，她一度以为他们毕业后会结婚，后来对方去了法国，今年初嫁给了自己的外国男朋友。梅好一直不知道他们分开的原因，毕竟程小斐那么喜欢他，梅好还特地问过赵慧臣，他却什么都没说。

"我那时候贪心，觉得人生刚开始，有太多的可能性，所以程小斐的话我并没有太放在心上。直到前段时间，我无意中看到我妈在安排我订婚的场地，我才开始慌了，我恐惧的并不是结婚，而是不能和自己真正喜欢的人结婚。那时候我才重新想起程小斐的话，现实生活中需要一个人不假思索做出选择的时候太少了，所以才有了游乐场的鬼屋，人在最崩溃的时刻还拼命想要安全带出去的那个人，对他来说一定是最重要的。"

梅好安静听着，往事一幕幕袭来，只觉得似水流年。

"梅好，和我在一起好吗？"赵慧臣深情地看着她。

"赵慧臣，"梅好当面很少直呼他的名字，"很长一段时间里，我都喜欢着你。喜欢到什么程度呢，只要能见到你，一整天都是开心的。喜欢到即便你恋爱了，我还是愿意以朋友的身份在身后跟随着你，不任性不逾矩。喜欢到每次累了倦了，只要你一个关心我就又充满了继续爱的力量。我们唯一的不同是你有退路，而我没有。我就是你的退路，让你觉得任何时候，只要你回头看我一直都在。可是我没有这样一个人，我只能在一次次开心和难过中，拼命维系着我们的缘分。有太多次，只要我松手，我们就会在彼此的生活中彻底消失，你甚至都不会发觉我是什么时候离开的。"

"对不起。以后换我来做那个维系彼此关系的人，好不好？我不会让我们在彼此的生活中消失的。"赵慧臣满怀歉疚，对方一次次点燃的灯火，自己却一次次地将它熄灭。

梅好没做回应："你知道吗？我有一个专门的本子，每次你做了让我难过的事情，我就会写下来。我想要用事实说服自己，我们并不合适。我告诉自己，当你做了100件让我难过的事情后，我就彻彻底底地放手，决定不再喜欢你。"

赵慧臣问："还有多少件到100了？"

"已经176件了。"梅好告诉他，看着他脸上表情的细微变化。

"我现在对你说的都是认真的，并不是因为跟你怄气就故意说些这样的话，放弃并不是最近才做出的决定，我已经在很久之前就在试着放下你了。"梅好很平静，"而且我发现我可以做到。所以，我没办法答应你。"

"我知道了。"赵慧臣难掩失落，他自知这几年亏欠她的实在太多太多。

梅好最后说："我们会一直是好朋友，对吗？"

"当然。"赵慧臣强打精神，却难掩失落。

公司会议结束后，季忆从市场部匆匆往外走，外人眼中的他依旧是雷厉风行，做事拍板果决的总裁大人，窥不出他生活中半点的变故。他推掉了今日的其他工作，只为如期参加那场李星儿电影的首映礼。

季忆包了多场电影，分发给每位员工，不仅如此，他还破天荒地在PIKO置换APP和公众号上对电影进行了宣传。至此，公司内部对老板和李星儿恋爱的传闻更加深信不疑。

季忆路过工作区一个空着的座位时，忽然停下了，那张冷清略显杂乱的桌子上摆着一个穿着水手服的哼哼猪手办，它孤零零站在角落里，一下刺痛了季忆的眼睛。

他环顾身边的人："坐在这里的人没来上班吗？"

近前的工作人员个个面露难色，一时不知作何回答。

"季总，她今天没来。"谢贵永解释。

季忆没再说什么，快走到门口时他忽然停下，转头看着谢贵永，眼神把对方吓得一个激灵。

"梅好到底去哪了？"他知道，她绝对不会无缘无故旷工。

谢贵永见瞒不住，只好吐了实话："我让她去商场打理盲盒机了。"

那天，季忆终究没出现在大电影的首映礼上。李星儿站在开阔的影院里，大方得体回复着主持人的提问，底下是黑压压的媒体和粉丝。那个原本属于季忆的座位上坐着一脸兴奋的金束，他怀抱鲜花，喊着整齐划一的应援口号，因为李星儿偶尔投来的目光而欣喜若狂。

有一个瞬间，巨星李星儿有些分神，她恍然想起之前在西餐厅里，季忆拒绝了自己。他说："我不确定自己有没有喜欢的人，但我很确定我有了因为她而必须和你保持朋友距离的那个人。"从那时起，李星儿就知道自己彻底失去了机会，她太清楚季忆这个人，心里只放得下一个人，谁住在里面，谁就是全部。

那晚在奔赴新的路演途中，随行的化妆师为李星儿补妆，李星儿不知道想起了什么嘴角轻轻扬起。年轻的化妆师正诧异着，李星儿说："我突然想起一件事来，我跟你这么大的时候跟一个男孩子说，我以后再也不哭了，要哭也得等我红了，在我的保姆车里哭。"说完，她笑着把头扭向窗外，又慢慢显出难过的样子，眼泪难以自控地流了出来。

梅好跟赵慧臣分开后，在洗手间里又换上了工装T恤，然后匆匆赶回来继续工作。盲盒机前正围着两个漂亮的年轻女孩，怀里已经捧了五六个盲盒，其中一个见了梅好就嚷："你们家盲盒有问题啊，手办里面的小配件都没有！"

梅好接过已经拆开的盲盒，发现里面果然没有宣传图上的小道具。

"您把联系方式留一下，等拿回去登记后，会马上给您免费换一款全新的。"

"那得等到什么时候！"另一个女孩又取出一个手办来，"你们家的产品就是有质量问题！"

梅好打眼一看，便知道对方刚刚故意对手办进行了磨损，便断定对方是没买到喜欢的盲盒，借故想要退款。

"手办上的划痕是人为的。"梅好指出来。

见被识破，其中一个开始要横："你什么意思啊，难道我们会为了一个盲盒诬赖你们？"

"我只是实话实说。"梅好不卑不亢。

另一个怒目圆睁，把塑料盒和手办接连不断地往梅好身上砸："你一个破打工的，还敢还嘴！"

盲盒砸在身上，痛痛的，梅好屈辱又恼火，她还从来没被人这样对待过。

围观的人迅速多起来，又一个手办飞过来，硬生生砸在了她的肩胛骨上，刺痛传来。梅好忍无可忍，大声对有恃无恐的两人喊："够了！"

对方愣了一下，反应过来后更加愤怒，料定对方柔柔弱弱就一个人打起来毫无胜算，其中一个女孩冲上前，伸手就朝着梅好的脸打了下来。打人者的胳膊在半空中被一只手紧紧钳住——那只手的主人只稍稍用力，便将对方推了回去。那人身形高大，一张帅绝人寰的脸上氤氲着一层怒气，就连那打人的女孩见了，心中也是一通震颤。

季忆突然现身，让梅好免去了这重重一击。梅好一见他，鼻子忽然酸酸的，眼里雾蒙蒙的。不见他时，她可以一直这样坚强，被人欺负了，就算很害怕也一样可以装作强大。可是一见了他，她心里的委屈就瞬间汹涌起来，心里呜呜咽咽，他怎么才来。

"你谁啊？"那女孩质问。

"我是 PIKO 盲盒的老板。"季忆说。

"哟呵，老板打人啊！"另一个在一旁跳着脚帮腔。

"事实究竟怎样，监控会给出答案。她是我的员工，我就要保护她，而且我相信她的品质，如果你们还不肯罢手，尽管去跟商场投诉。"季忆目光凌厉起来，"另外你们现在就要向我的人道歉，否则，我会让我的律师团好好跟你们说。"

两个女孩原本还不肯服软的，但围观的顾客们越聚越多，嚷着要送她们去保卫科，两人见情势不妙，只好认尿，连声说了两句对不起就匆匆离开了，留下围观者的嘘声一片。梅好还在愣神，自己的一只手被季忆抓起来，她一路跟随着，在围观顾客的注视中随着季忆离开了现场。

那只白白的小手一直被那只有力的大手握着，她第一次感受着来自他身体的温度，厚实又温润，像一床寒夜的羽绒被将她包裹，让她有了足够的安全感。她全心全意愿被这双手牵着，一直走下去，直到海枯石烂。

"季总，我们这是要去哪啊？"她实在委屈极了。

他看到她眼中一直在打转的眼泪，禁不住一阵心疼。

"跟我回去。"他说。

× 15

办公室里。

"姓名。"

"梅好。"

"年龄。"

"22 岁。"

季忆例行询问，梅好坐在他对面，两人都是一副公事公办的架势。

"是否擅长跟人沟通打交道？"

"擅长。"

"是否可以熟练应用 EXCEL 等表格软件？"

"可以。"

"是否可以接受偶尔的工作日加班？"

"接受。"

季忆又看了遍她的入职简历，合上："现在正式通知你，成了我的助理。"

"季总，您原谅我了？"

"当然没有。"他说。

"哦……"

季忆又说："你能隔空对我下达指令，而且我们之间的神奇关联还在持续，你真要离开公司了，我去哪找你？所以才把你留在身边。"

"这是怕我跑路呀，还是把我当犯人呢？就知道你没这么好心……不过只要能回来，管他呢！"梅好心里的小算盘打得噼啪响，都惊动了季忆，梅好一跟他对上眼神就知道自己刚才的小心思全部被对方知道了。

"谢谢季总！"梅好赶忙说，季忆心里的气才算顺了一点。

"你不要高兴太早。从现在开始，给你十天时间找出我们之间神奇关联的原因。"季忆说。

"十天？！你那么聪明都没找出来原因，我十天时间怎么可能嘛。"梅好叫苦连连。

"一周。"季忆板起脸。

"一周？！"梅好刚要抗议，见季忆又要张口减时间，马上喊，"一周！就一周！"

梅好出了办公室，又从市场部把东西收拾好回到了营销部。她本想跟同事们打招呼，伸出的手却尴尬地收了回来——几位同事没一个搭理她，好像她是个透明人一样。

她默默坐回座位上，开始整理自己的座位。

这时，耳边突然传来两下轻轻的掌声"啪啪"，梅好回头，看见经理张发奎正从办公室里走出来，一边拍手，一边说道："欢迎。"

"欢迎，欢迎，热烈欢迎！"

球球、小东、艾琳达、芳姐都拍着手齐声说道，每个人都笑脸盈盈。

梅好起身，她再也控制不住，眼泪流下来："我回来了，很想念你们。"

说完又鞠了一躬。

总裁办公室里，季忆侧耳听着隔壁营销部传来的欢笑声，嘴角也跟着翘了起来，心里有种久违的舒畅。

隔天是周六。

梅好一大早就被季忆的电话吵醒，要她在一小时内赶到指定地点。

梅好匆忙洗漱完毕，随便拿了块稻香村的拿破仑糕点就出了门。刚出楼门就看见两对情侣在小花园外亲密地各种自拍。梅好好奇地走过去，打听之下才知道，小花园是陨石坠落地的消息已经在网上传开了，大家说在这里自拍过的情侣都不会分手。这都哪跟哪啊，自己住的房子居然成了网红打卡景点，梅好顾不上这些，朝着地铁站一路小跑。

到达图书馆的时候，梅好远远就看见季忆站在高高的台阶上等着自己。他今天打扮得活力十足，纯棉白T恤扎在宽松阔腿裤里面，更加显得腿长，脚上是一双白色球鞋，看上去干净利落，像一道夏日晨间穿透叶间的阳光，也像一杯蒙了冰雾的柠檬水，让人看了便神清气爽，觉得舒服。

"我们来这儿做什么？"梅好一路爬上台阶，有点微微气喘。

"进去再说。"季忆转身往台阶更高处走去。

进到图书馆里面梅好才发现，原来热爱读书的人那么多，拼接在一起的长桌前坐满了人，还有些人干脆席地而坐，埋头专注地看书。外面的世界，各种的诱惑，新鲜的刺激，不安的躁动，都跟这里无关，一切都有序安静地进行，就像诗人博尔赫斯说的："如果有天堂，那它一定是图书馆的模样。"

空气里有隐隐的油墨书香，这种熟悉的味道让梅好倍觉安心。她想起十几岁时有次过年，姥爷带她去书店买了上下两册的《飘》，那两本书她至今留着，连当天装书的塑料袋都保存完好。后来姥爷患病去世，那套书也成了姥爷留给她一生的礼物。很多次，她想念姥爷时都会翻开书，用力地嗅一嗅，就会闻到这掺杂了时光和爱的味道。

两人穿越长长的书架，季忆在前面走，梅好在后面跟。

"金束给我列了一个书单，全部是关于陨石和宇宙的，希望可以在里面找到一点线索。"季忆在一个书架前停下，纤长的手指顺着书脊上的名字游走。

"可是，我们为什么要来古典名著区？天文著作区在那边。"梅好纳闷。

季忆抬手把一本《梦溪笔谈》抽出来，拿给她："这里面有一篇是关于陨石的。"

根据目录，梅好翻到了那则记录，大概是说，北宋治平元年，有天傍晚在常州东南上空，突然出现了一颗大星，如月亮一般明亮，随后那颗星星落入宜兴县一户许姓人家的院中，且险些引发火灾。星星坠入土中三尺，非常灼热，后来人们把它挖了出来，发现是一块形如黑铁如拳头大小的石头。

读罢，梅好忍不住感慨："历史总是惊人地相似，简直跟我这件事一模一样嘛！我还真有点羡慕那个姓许的人，因为这个在历史中留了名姓。你说，我以后会不会也被那些作家写进书里啊？"

季忆抬了抬眼皮："我只希望那个姓许的人没有瞎许愿。"

说罢，他转身朝别的书架走去，梅好一边生气撅嘴一边跟上。

同一时间，东四环的一家主题咖啡馆里，丁鹿和金束相对而坐，气氛有点剑拔弩张。

丁鹿看上去气场全开，金束也不肯输了气势，只见他双手抱前往椅背上一靠。

"今天约你出来，是想请你帮个忙。"丁鹿挑明来意。

金束一哼："什么，我没听错吧？你请我帮忙，这语气我听着怎么像是我求你帮忙呢？"

丁鹿压住火气："没错儿，是我请你帮忙。"

金束开始摆谱，活动一下肩膀，身子往前靠了靠："既然求人帮忙，就要有个求人的姿态。我说，你表情能不能别那么狰狞？"

丁鹿再次压制怒火，拼命挤出一个笑脸，看着金束。

金束继续挑剔："还不够温柔。"

"啪——"丁鹿一巴掌拍在桌上，金束跟着一个哆嗦。

丁鹿再抬头时，眼神锋利如刀，直勾勾射向对方："这样够不够温柔啊？"

金束立刻败下阵来，小宠物一样磕磕巴巴回答："够、够了。"

丁鹿一将头发，语气恢复如常："那咱们说说正事儿。梅好和季忆的事情我也知道了，你是天文方面的专业人士，希望你能想想办法，解除他们之间的神奇关联。"

"你都说神秘了，我能有什么办法。"金束摊牌。

"季忆是你最好的朋友，梅好是我最好的朋友，我们——"

"也可以成为最好的朋友。"金束很自然地接话。

"别打岔。"丁鹿翻个白眼，"我们有责任和义务帮助他们。"

"可我不觉得他们之间的关联是不好的事情啊。"

"那是你觉得。告诉你吧，我们梅好有喜欢的人了，但是她现在莫名其妙跟季忆产生了这种关联，你说她难不难受？你想想，要是把我跟你绑在一起，你愿意吗？"

"我愿意。"金束说。

丁鹿再一次克制自己想要打他的冲动："我不愿意。"

"你认真听我讲，他们两个就是互相讨厌的关系，把两个厌恶彼此的人绑定，是一件很残忍很不人道的事情。"

"你这么说，我就有点理解了。季忆那家伙好像对谁都提不起兴趣，也说过打算一个人孤独终老这样的傻话，用他的话说就是不想拖累别人的人生。"金束话头一转，"可我还是希望他能够幸福。"

丁鹿急了："我也希望他能够幸福，但绝对不可以牺牲掉我们梅好的幸福！"

"好吧，我全明白了。"金束说，"我帮你一起想办法！"

午后两点多的图书馆阅览区。

季忆面前摆着几本厚厚的天文类书籍，他专心地翻着。一旁的梅好困意来袭，已经有些撑不住了，那些晦涩的专业词汇和大段大段的严谨结构，从文字渐变成了一个个模糊的斑点，诱惑她滑入梦乡。

"陨石在我国多有记载，贯穿各个朝代，伊洛陨、兰山陨、寿光陨、还有肥乡陨等等……"

季忆扭头看梅好，她闭着眼睛，整个人都在晃晃悠悠。这时，梅好的身子一歪，眼看就要从椅子上摔下去，季忆慌忙把自己的肩膀送了上去。

他伸手想要拍醒她，却见她靠在自己身上，嘟着嘴，睡得那样香甜。季忆把手收了回来，看着她睡着的憨态、翕动的睫毛和翘翘的鼻子，忽然笑了。

阳光透过玻璃打进来，一切是如此美好，季忆又恍然回到了纯净如水的学生时代。

然而很快，这种岁月静好的局面就被梅好亲自打破了。

对面两个女生开始望着他们窃笑。

季忆微微皱起眉头，看向肩头的梅好，她正发出轻微有节奏的鼾声，但因为在这种空旷又宁静的空间里，鼾声尤其明显。

正巧这时有陌生电话打进来，梅好静音的手机屏幕亮起，季忆趁机把她拍醒。梅好惊醒过来，发现自己刚刚睡了过去，有点不好意思。季忆指了指她的手机，梅好赶忙起来，起身找地方去接电话。

几分钟后，梅好匆匆走出了图书馆。

她脸色有些苍白，一颗心沉重到让她步履维艰。

电话是医院打来的，通知她过去一趟。凭着直觉，梅好问自己的身体是不是出了问题，那边只说过来再谈。挂掉电话，梅好就觉得天旋地转，她行尸走肉般朝医院赶去，明明外面正值炎夏，她却感觉自己被流放在漫天冰雪的世界。

"梅好！"季忆从后面追上来，用近乎命令的语气说，"我开车送你过去。"

路上，梅好身子陷在副驾驶上，闷闷不乐。

季忆边开车边忍不住看看她。

"你先不要自己吓自己，不会有事的。"他安慰道。

梅好出神地盯着前方，脑海中"砰"地浮现出这样的场景：看不清面目的医生通知梅好，"你已经被不明物质辐射了，你的时间不多了"。梅好从包里取出那块陨石，绝望地说道："一定是它害的。"

梅好越想越怕，身子又往下滑了一截，整个人陷进车座里。

走进医院大厅的时候，梅好忽然停下来，她用一种商量又带点祈求的声音对季忆说："如果是不好的结果，请一定不要告诉丁鹿，我怕她担心。"

季忆有点心疼，她在最煎熬的时候，还想着别人的感受。

"放心吧，我不告诉她。"季忆向她保证，然后目送她进了诊室。

几分钟后，梅好听到医生的回答时，直接从椅子上站了起来。

"您说什么？我中奖了？"

"对啊，本次体检的全部费用我们将退回您的账户。"医生笑着说。

"为什么不直接在电话里说清楚啊，把我吓死了好嘛！"虽说是中奖，梅好还是有点生气，这也太刺激了吧！

"之前我们遇到过这种情况，中奖电话打过去，人家直接说是骗子，都给挂掉了。"医生也实属无奈，"只好请你先来医院再说明情况。"

梅好有点无语，她把体检结果拿给医生："麻烦您给看看。"

"整体情况都正常，就是血糖和血脂有点高。"医生问，"是不是经常吃外卖啊？你们这些年轻人，上班忙，下班累，一日三餐都靠外卖解决怎么行，很容易营养不均衡。"

季忆站在门外，里面的对话他都听到了。梅好出来的时候他赶紧快走几步，离开门口一段距离，装作什么都不知道的样子。

两人一起往外走，梅好忍不住问他："你就不想知道我怎么样了？"

"不想知道。"他答。

梅好压根不介意他怎么回答："好吧好吧，告诉你，医生说我工作太辛苦，所以身体有点吃不消。"

季忆停下来："要不我放你一个月假？"

梅好赶紧摆手，表忠心："不用不用！我当时就告诉医生，坚决不休假！工作第一！我爱工作，工作爱我！"

从医院大厅出来的时候，梅好看到前面有个上了年纪却穿着合身旗袍的奶奶，正独自拉着一辆二轮小车。包里不知道装了些什么，鼓鼓囊囊，老人拉起来很是吃力。梅好刚要上前搭把手，就看见小车的一只轮子脱落了，歪歪扭扭朝坡下滚去。

季忆顺坡下去，把轮子捡起交回了老人手里。老人穿戴干净，素色旗袍裹在干瘦的身上更凸显出她的温婉气质，一看便知是受过教育的老知识分子。

老人连声感谢着，梅好忽然认出对方："张阿姨，我是梅好呀！"

大二那年，有个老年模特队来学校演出，就是梅好所在的社团负责接待的，阿姨也是统一的称呼，虽然年纪上完全是奶奶级别了，但面对这些爱美的老人，阿姨的称呼更能显出她们年轻的心态。张阿姨认出了梅好："哎呀，小姑娘，我们又见面了！"

"就您一个人呀？"

"我是来照顾老伴的，他住院了，我正准备回去拿一下换洗的东西。唉，人老了就像这小拉车一样，说不准哪里就出了毛病。"

"这么重，您怎么带回家啊？有人来接吗？"梅好问。

张阿姨摆摆手："不碍事的，我想办法修好就可以了。"

梅好看着坏掉的二轮车："没工具的话，一时半会儿是修不好的。"说完，她祈求地看向季忆。

季忆早有防备："我们还要继续回图书馆查资料。"

"拜托拜托……"

季忆无奈，问张阿姨："您家住哪一块？"

"蒲黄榆那块儿。"

"正好顺路，我们开车送您回去吧。"季忆声音温柔地对张阿姨说。梅好看着他好看的侧脸，笑时眼睛里亮亮的，像是一池的碎钻，她心里突然被触动了：明明不顺路，南辕北辙的路线，为了照顾老人的想法，不让对方有心里负担，季忆给出了这样的理由。

尽管张阿姨一开始坚持不肯麻烦别人，体贴地说年轻人时间更宝贵，但在两人的执意邀请下，张阿姨最终同意搭乘"顺风车"回家。梅好开心地和季忆抬起二轮车，走了没两步，季忆独自把车子提了起来，梅好说："我可以的！"

"医生不是让你多休息吗？"季忆说着，头也不回往前走了。

梅好乐呵呵地去搀扶一旁的张阿姨，赶忙跟上。

路上，梅好忽然问季忆："知道我和张阿姨是怎么熟悉起来的吗？"

"不是因为老年模特队？"

"那个呀，顶多算是让我们认识。"梅好笑。

两人挽着手同坐后排，张阿姨说："等你去了我家就知道了。"

张阿姨住在一个老旧的小区里，比梅好住的小区年份还要早些，小区环境也透着浓浓的旧时代的风格。季忆把车子停在小区门口，然后两人又把张阿姨送到了家里。

张阿姨家中虽然装修朴素，却收拾得干净整洁，不大的房子很是温馨。老两口退休前都是人民教师，一辈子没有生育，携手走过几十年依旧恩爱如初。

季忆一进门就被眼前的景象震撼到了：一整面南墙被做成了玻璃柜，每个格子里都摆着一个 PIKO 盲盒手办，每个手办旁都附了一张照片，照片是张阿姨跟爱人拿着手办的合照。

"您是 PIKO 的粉丝？"季忆有点难以置信。

"没想到吧？"张阿姨说。

"我跟张阿姨熟悉起来，就是因为有天看到她的包包上自己用针线固定着一只哼哼猪的手办，于是就多聊了两句，没想到我们都是狂热的盲盒粉丝。"

张阿姨为两人沏了茶："我第一次接触到盲盒是在广州旅游时，一进门我就被这些小东西迷住了，我还有点不好意思，这都是你们年轻人才玩的东西。但是我爱人硬要买给我，说它们和我很配！你们年轻人不是流行去到一个地方，都会买一个当地的冰箱贴留作纪念吗？后来我就和爱人约定，每去一个城市，就在当地的 PIKO 门店里买一款盲盒当做纪念。"

"以前总有人问，没有儿女会不会遗憾，可人生就是这样的，不管你选择哪条路都会有不完满。我觉得这样很好，没有后代的羁绊，我们把所有的爱都给了彼此。"张阿姨回望这一生，十分知足。

梅好和季忆听了，心里很感动。近百个盲盒手办，都附着老两口的各种合影，不同场合，不同季节，不同地点，不同年份，相同的是彼此眼中未曾熄灭的爱意。

梅好指着那些合照："您二老这么喜欢拍照啊？"

"我们不光喜欢拍照，还喜欢录像！"张阿姨起身戴上老花镜，从抽屉里取出两台家用DV，"我们录了很多很多影像，记录我们的生活，从清晨到黄昏，从一个城市到另一个城市。他特别喜欢拍我穿旗袍的样子，说是他一辈子见过最好看的风景。"

她说话的时候，稍稍害羞，眼里有光，皱纹不减她的美分毫，梅好仿佛能够从她的眼睛里一睹老两口流光溢彩的青春。

"光顾着说话，眼看要到饭点儿了，你们等着，阿姨给你们做饭吃！"张阿姨打开冰箱，里面几乎是空的，她不好意思地说，"你看我这记性，我现在就去买菜！"

"不用这么麻烦。"梅好拿起手机，"我点几个外卖，咱们一起吃！"

"不行，哪能再让你们破费！"张阿姨坚决不同意。

季忆起身边往外走边对梅好说："你跟我来。"

小区对面有家大超市，季忆开车过来的时候便注意到了。他推着购物车来到蔬菜区，开始挑选。

"你还真让张阿姨做饭给我们吃呀？"梅好跟在他身后问。

季忆拿起两个番茄，梅好默契地撕下保鲜袋，将番茄装了进去。

"我做饭。"季忆说。

"真的？！"梅好咧嘴笑，"那我就不客气了！"

梅好把一堆想吃的东西放进了购物车，季忆看着那些新鲜鱿鱼、腊肉还有海鸭蛋直皱眉，它们每一个身上都好像打上了四个字"高胆固醇"！季忆又一样一样把它们拿出来放回原处，然后告诉梅好："不接受点菜。"

回到张阿姨家，季忆就直奔厨房。梅好在一旁打杂，负责清洗蔬菜。季忆动作娴熟，开火、切丝、倒油，随着"滋——啦——"一声，锅中热油泛起白烟，狭小的空间里弥漫着菜香。

张阿姨站在厨房门口，笑着对梅好招招手，然后把一条围裙塞给了她。梅好走回来，原本想把围裙拿给对方，却见季忆转过身来，半举着两手面向她，两只手上都戴着沾满油的一次性手套——他需要她的帮忙，一切都很自然的样子。

梅好示意他低点头，季忆配合地微微弯下身子，梅好将围裙套在了他脖子上。一瞬间，梅好想到好多影视剧中，女生踮起脚尖，用双臂搂住男生脖子的场景。梅好突然又回过神来："天啊，我怎么会想到那些画面？！梅好啊梅好，你给我清醒一点！"

季忆又背对向她，身后垂着两条带子，梅好慌乱中靠近季忆。那个糟糕的感觉又来了，挡也挡不住，梅好仿佛又看见很多影视剧中，女生从身后抱住男生的画面！

"好了吗？"季忆侧过脸问道。

"啊，好了！"梅好快速在他身后打了个蝴蝶结。

季忆像是发现了什么，凑近一些，问她："你脸怎么这么红？"

梅好一摸脸，正发烫，于是大声解释："厨房太热了，我先出去！"

"等下，有什么忌口吗？"

"我不吃香菜。"

说完，两人都愣了一下。

季忆什么都没说，转身把案板上正打算切碎的香菜又放回了盆子里。梅好像是不经意间泄漏了什么天大的秘密，落荒而逃。

晚餐很丰盛，玉竹煲老鸭、银耳炒肉丝、醋溜土豆片，还有芹菜大米粥。

梅好吃了赞不绝口，季忆的厨艺太让她惊喜了，看起来那么寡淡的一个人，做起饭来却有滋有味，完全不同于那些油乎乎的外卖。

"孩子谢谢你，真的用心了，这些菜全部是清淡又降三高的，很适合我这种上了岁数的人。"张阿姨说。

"我平时就这么做着吃，比较清淡。"季忆说着身子往后一晃差点摔倒，椅子对长手长脚的他来说有些不友好，梅好看他舒展不开的笨拙样子，竟觉得有几分可爱。

张阿姨笑道："那梅好可是有口福了。"

两人一口粥差点喷出来，梅好赶忙摆手："阿姨，我们不是那种关系……"

张阿姨意外地看向季忆。

季忆放下筷子，身子坐直，认真地点了点头。

两人都有些拘谨起来，各自咂摸着刚才的回答。梅好心想："季忆你至于这么着急撇清自己吗？好像跟我沾上关系就像杀了你一样，我才不稀罕粘上你呢！"越想越来气，干脆把一桌菜想象成季忆，梅好夹了小山一样的菜拌着米饭往嘴里扒。

"你没事儿吧？"季忆有点担心她。

梅好撑得直翻白眼，嘴里吐出俩字来："解气！"

天文所内，金束在专注地为丁鹿普及相关知识："流星雨的根本成因是由于彗星的碎裂。彗星呢，主要是由宇宙尘埃和冰组成。当彗星靠近太阳时就会冰气化，使尘埃颗粒像子弹一样，被喷射出枪腔从而进入彗星轨道。而当地球穿过尘埃尾迹轨道时，地球上的人类，也就是我们就有机会目睹流星雨了。"

对面的丁鹿佯装听讲，时不时还"哇哦"地回应一下，实际上一只手探到桌下刷着手机，偷偷研究着最新种草的一款面霜的功效。

金束悄悄起身，绕到她身后，然后弯下身子"啊"的一声大叫。丁鹿吓得手机差点扔掉，扭头瞪着金束，眼看着就要发作。金束也不担心，在她爆发前抢先说道："我想到办法了！"

丁鹿的火气果然瞬间消失："什么办法，你快说呀！"

"我说过，陨石就是没有燃尽的流星，既然梅好在陨石降落时许愿成真，那么流星再次降临时，让梅好许愿解除两人的神奇关联不就可以了！"

丁鹿高兴了一下，很快又冷静下来："我听你说的怎么这么玄乎啊？能行吗？"

"能不能行，试试不就知道了！"金束很有自信。

"那什么时候才会有流星啊？这也太难碰了吧。真要是等个一年半载，我们梅好可怎么办啊。"

"我有个朋友，对流星雨预测很有研究，我请他帮个忙吧。"金束说。

从张阿姨家出来，两人并排朝小区门口走着。天色已经黑了，路灯一盏盏亮起，不时有遛弯的邻居互相打着招呼，路边的杨树上传来知了不知疲倦的鸣叫，伴着孩子们的嬉闹声，更平添一份俗世的从容惬意。

"谢谢季总，晚饭很好吃。"梅好说。

"是专门做给张阿姨的，你只是顺带着。"季忆强调。

"那也要谢谢你。"

两个人又默默走了一段，梅好想起一件事来："因为中奖的关系，体检的费用会退给我，但是公司已经把体检费用报销了，所以我是不是应该把钱还给公司啊？"

"理论上是这样的。不过，你不是每次都抓住机会薅公司的羊毛吗？"季忆调侃。

"您这话说的，我们贫民窟女孩也是有尊严的好不好，不该薅的羊毛一根都不能薅，就是这么高风亮节。"梅好为自己正名。

季忆眼里有几分赞赏："这是公司给你的福利，毕竟员工是为公司做了贡献的，所以退回的钱你可以自己支配。"

"可是我都没给公司做什么贡献，有时还会添乱……"

"不是多么了不起的成就才叫贡献。"季忆很肯定地说，"你剪辑的宣传视频，PIKO运动会搭建时的尽职尽责，为了让同事们拿到奖金而主动告诉我你就是陨石坠落当事人，只要是做着想要让公司变得更好的事情，这些都叫作贡献。"

梅好情绪激动，季忆被她看得有点不自然："我是不是说错什么了？"

梅好摇摇头，原来承认自己是陨石坠落当事人的初衷，对方早就看出来了。两人就这么看着彼此，季忆率先从这种微妙的情绪中抽离出来，说："一天的时间过去了。"

梅好还没反应过来，痴痴道："是啊，时间真够快的。"

他随即严肃起来，说了句"你还有6天时间"，然后径自朝小区门口走去。

破坏心情……梅好怨念地盯着他的背影，跟了上去。地上，季忆的影子被拉得老长，梅好忽然眼睛一亮，跟在后面专踩他的影子。

季忆感觉对方没跟上来，忍不住回头："你干吗呢？"

梅好踩够了，恶趣味得到满足，三两步蹦到对方身边："来啦来啦！"

季忆好奇她刚刚在自己身后搞什么鬼，回头望去，两人都愣住了——他们的影子"亲吻"在了一起。黑黑的两个人影，在路灯下缠缠绵绵。

两人都有点尴尬，季忆先后退两步，梅好也反应过来，但是她走错了方向，也朝着季忆的方向挪动了两步，结果地上的影子还是亲在一起。气氛更微妙了，梅好又赶紧后退两步，没想到季忆这回又出了错，紧跟上来，两人愁眉不展向后看去——影子依旧吻在一起。

最终他们决定不看了，两人朝前走着，中间隔开足有一米的距离。但是走着走着，两人又不自觉地靠近了彼此，终于，地上两人的影子又紧挨在了一起。

皓月高悬，烟火人间，这注定是一个无比温柔的夜晚。

× 16

梅好从卧室里冲了出来，把正在看电视的丁鹿吓了一跳。

"你帮我看看，我是不是眼花了？"她拉起丁鹿就往房间走。

"怎么啦？"丁鹿问。

梅好指着电脑屏幕："你自己看私信。"

丁鹿盯着屏幕看了一会儿，猛地回过头来看着她："妈呀，你公司发过来的？"

梅好紧张地点了点头。

两分钟前，她正窝在电脑前跟粉丝们互动，这条合作邀请的私信就发了过来。梅好点开对方主页，全部是有关 PIKO 的内容，企业官方账号无疑。

"不吃香菜的猪小姐您好，这里是 PIKO 盲盒官方账号君，您的剪辑视频风格独特又兼具潮流视角，内容积极健康正能量，与 PIKO 的产品精神十分契合，我们想邀请您进一步详谈关于双方合作的事宜，回复为盼。"丁鹿把私信内容又读了一遍，她的眼中开始闪着光，"你眼睛没花。"

147

"我最爱的盲盒品牌要跟我合作了……"梅好自言自语。

"没错儿!"

然后两个女孩子跳着叫着拥抱在了一起。

"真的是有生之年啊! PIKO 居然要找我合作了!"梅好开心到快要飞起。

冷静下来以后,她又开始纠结:"他们想和我面谈呢。"

"那就见面聊呗。"丁鹿觉得这不叫事儿。

"可问题我现在是 PIKO 的员工!我去跟自己公司谈合作?"梅好更加觉得不妥,"不行,会被人骂吃里扒外的,这单子不能接。"

梅好刚要回复私信,被丁鹿拦下了。

"少女!"丁鹿胳膊搭到她肩上,"这种时候你拒绝,那就是跟钱过不去!想想你一天到晚这么辛苦经营账号为的是什么,就算不想想自己,也要想想那些支持你粉丝吧,你拿了广告费,然后才能给他们送更多的福利啊。"

"那我怎么办嘛?"

"别急,总会有办法的。"丁鹿鼓励她。

"你说给我发信息的会是谁呢?"梅好不禁开始猜测。

第二天一上班,张发奎就向大家宣布了一个消息。

"我已经用公司账号联系上了不吃香菜的猪小姐,约好今天中午见面。"

球球问:"是那个剪辑很厉害的 UP 主吗?"

"就是她,我们考察了她的粉丝活跃度,实打实的高!"张发奎说。

"天啊,我这两天一直在刷她那个《当男朋友朝你走来时》的影视剪辑!把我喜欢的 CP 也剪进去了!"艾琳达连忙说。

梅好在旁边听着,心里不免有点得意。身边的同事都在看自己的作品,这种感觉真的很奇妙。

"所以说,这次会派谁去跟'猪小姐'谈合作?"芳姐问。

大家都一脸期待地看着经理。

张发奎清了清嗓子:"当然是我。"

其他人听后,立刻板起脸,纷纷回到座位上该干嘛干嘛,这让张发奎有点来气，问唯一反应"没那么强烈"的梅好："梅好，你说我去是不是最合适的？"

梅好干笑两下，也回到了自己座位上。待到张发奎一回办公室，梅好就拿起手机开始给丁鹿通风报信："我们经理要跟你见面了！"

昨晚两人经过商量，决定由丁鹿来代替梅好扮演"不吃香菜的猪小姐"。梅好再三叮嘱，让她多了解一些剪辑常识，免得到时候露馅儿。然而人算不如天算，中午梅好跟同事们一起在公司附近吃饭，鸡腿饭刚吃了没两口，就见张发奎在几人面前坐了下来。

梅好吃了一惊："经理，您不是去跟'猪小姐'见面了吗？"

张发奎一脸闷闷不乐，"我就不该在季总面前提这茬儿！"

原来，张发奎出发前，无意中跟季忆提了要跟"猪小姐"见面的事，没想到季忆直接说自己要亲自跟对方见面。

"季总亲自去了？"梅好问。

"这会儿估计已经跟'猪小姐'聊上了。"张发奎说。

梅好一听头都大了，原本丁鹿就对季忆带着成见，这两人见了面非得吵起来不可。想到这儿，梅好饭也顾不上吃，起身就出了餐厅，留下同事们面面相觑。

可等梅好气喘吁吁赶到现场，却发现季忆和丁鹿会面的现场相当和谐，丁鹿还热情地跟季忆交流起健身心得。见到梅好，丁鹿招呼她坐下："季总已经知道了，我就是'猪小姐'。"

梅好心虚："季总，你们谈得怎么样了？"

"我们谈得很愉快，回去后财务就先付定金，'猪小姐'那边正式把作品制作完成并将 PIKO 相关产品植入后，公司会及时支付尾款。"

梅好暗自庆幸，丁鹿的演出没有露出马脚。

"你怎么突然来这里了？"季忆问。

"我忽然想到，如果我在场的话，你们双方沟通起来会更方便一些。"梅好嘻嘻哈哈地解释。

中途的时候，季忆去了洗手间，梅好赶忙对丁鹿说："他刚才都跟你聊了些什么，一五一十告诉我，细节也不要落下！"

"就是合作的一些细节嘛，你都教过我的，放心吧，我对答如流。"

"还有呢？"

丁鹿想了想："我们还聊了一些工作和生活上的事情，不过好像聊来聊去都是围绕着你展开的。"

"明明是跟你见面，为什么要聊到我呢……"

"反正比问我强吧，他那么聪明一个人，真要是追问起我的事来，我还不得分分钟露馅儿！"丁鹿说。

梅好喃喃着："可我总觉得不踏实。"

与"猪小姐"见面结束后，梅好搭季忆的"顺风车"回了公司，一路上两人无话。梅好刚要开口说点什么，季忆在车内放起了音乐，前奏一起，梅好一下愣住，这正是最近一期视频的 BGM。她悄悄观察他，表情如常，一切都很自然，她却觉得越来越捉摸不透这个男人，他是在暗示什么吗？他此刻心里又在想些什么？

下午两点多的时候，一个电话忽然打了进来。几分钟后，梅好急匆匆闯进了季忆的办公室。

"季总，张阿姨刚给我打了电话，医院下了病危通知，她爱人可能挺不过今天了。"

季忆握着鼠标的手一抖。

"她爱人希望再看一看这些年两人在一起的录像，但是素材太多了，而且年份混杂，张阿姨担心他看不完就……所以，想让我帮忙把那些片段精简到一起，再放给老伴看。张阿姨这次是以 VIP 客户的身份来进行委托的……"

"我同意了，这件事你抓紧去办。"

梅好仍不肯走，季忆问她："还有事吗？"

"张阿姨说，如果可以的话，希望你也可以过去，她说你是值得信赖的人。"梅好说。

看得出季忆眼里的纠结和犹豫，最终他还是拒绝了："我已经约了人，有很重要的事要谈。"

梅好有点失望，不是对季忆，而是对他不能一起前往这件事本身感到遗憾。但她又能够理解，毕竟张阿姨对季忆来说也只是一面之缘，他的拒绝无可厚非。

"等等。"季忆又叫住她，"我给你安排一辆车，你让张经理分配下具体工作。"

很快，电脑设备被抬上了公司的保姆车，剪辑部人马直奔医院。车子在医院门口停下，梅好和芳姐留守，球球和艾琳达从张阿姨手中拿了钥匙，准备回去取影像资料，张发奎和小东负责在病房中安装投影设备。

此时，季忆独自坐在办公室里，愣愣望着空气发呆。是的，他最怕的就是离别，哪怕是素未谋面的人要离开，都会让他感到极度的不适应。在梅好告诉他那个不幸消息的瞬间，那种巨大的悲伤和恐惧便从旧时的记忆中挣脱出来，如影随形地舔舐着他每一条敏感的神经。

自有记忆开始，家里就充斥着父母无休止的争吵。

大都是母亲一个人在歇斯底里吵闹，一点小事都会被她无限放大，进而开始声讨父亲。父亲不善言辞，多数时候都不回应，也绝不是外人口中的懦弱，只是不想与人争执，不想丢了姿态。季忆从小就学会审时度势，从母亲语气的细微变化中就能预知一场暴风骤雨何时来临。每当母亲摔了碗筷，或是其他物件，季忆就默不作声地回到自己房间，任凭门外的战况如何升级。

他对母亲的怨念就是那时候来的，为什么一样的话不可以好好讲出来，为什么要当着自己的面，用最伤人的词语羞辱父亲。尽管那时候小，他认定婚姻里毫无幸福可寻，爱情是最可笑的东西，以忠贞为由绑架两个人的人生。

他同情父亲，尽管他也觉得父亲的纵容和退让助长了母亲的气焰，让整个家在母亲的威慑下风雨飘摇。母亲是学校里最优秀的音乐老师，最后却嫁给了平凡的父亲，他只是一家公司的普通员工，婚后的拮据和琐碎，让这个大城市长大的女人备受熬煎，频频崩溃。但季忆认为，一个人的痛苦不应该传递给别人，这才是爱，但母亲理解的恰恰相反，因为爱，你也要切身感受我的痛苦，不能一起登岸那就在苦海里一起消沉吧。母亲对季忆的教育更加严苛，常常是钢琴弹错一点便会罚站，周末跟小朋友们一起玩的事更是想都别想。

父亲越来越沉默，寄情于收集陨石。真是个善良的人啊，季忆如今回想起来还是会感叹。父亲闲暇时会去各地收集陨石，与母亲不同的是，他总是轻声细语教给季忆许多与陨石相关的知识。这个家并不和睦，但父亲在他的性格里种下了温柔的种子，很多年后季忆才发现，父亲对他性格的塑造有着太多正面的影响。

小学三年级的一天下午，老师匆忙把正在上课的季忆叫到走廊里，告诉他父亲正在医院抢救的消息……

季忆从冗长的回忆里回过神来，外面阳光柔和，他却觉得眼睛刺痛。他站起身朝外面走去。

心电图在微弱地起伏，点滴在往下滴落，那是生命在涓涓流逝。张阿姨陪在病床前，紧紧握着老伴枯瘦的手，眼中泪水汹涌，她目不转睛凝视着他，心中明白看一眼就少一眼。病床对面的白墙上已经被小东安上了幕布，只欠东风。

梅好坐在车里，将一个个视频素材以最快速度进行筛选，删减，又统一剪辑。最后梅好拿着制作完成的视频，拉开车门朝医院里面飞奔而去。

车子行驶在路上，季忆有些心神不宁，他不喜欢自己这种不冷静的状态，他感觉以前那个感情克制自律的自己正在发生着改变，人终究是动物，为情所困，不能免俗。他戴上耳机，拨通一个号码："陆总您好，一会儿的见面我们改时间吧，回头当面给您赔罪。"

挂掉电话，季忆调转车头，加速朝医院驶去。到达医院后，按照小东发来的病房号，季忆一路找了过来。当他从电梯里出来，一步步朝病房走去时，不知道为何他又想起了当年那个小小的自己，仿佛时空交错，那个小小的自己，穿着白色球鞋，上气不接下气朝自己跑来，未知的命运在等待着他。

季忆来到病房门口，想要推门，指尖却在触碰门板的时候收了回来。季忆退缩了，他转身想要离开，却见梅好就站在面前，一时竟有些无措。

"我不知道你曾经历过什么，那段并不幸福的回忆让你对这样的场景充满恐惧。人生本来就是一次又一次地告别，充满不舍和遗憾，所以每一次都要很用力地去说再见才可以。"

见季忆沉默，梅好鼓励地对他点了点头，她转身推开门，两人走了进去。大家围在床前，陪着老人度过生命中最后的时刻。

窗帘半拉着，投影仪上放着两位老人的日常，走走停停，说说笑笑：两人吃饭拌嘴，眼看张阿姨要生气，老伴赶忙承认错误；两人在小广场上跳双人舞；老伴在拍张阿姨看书，张阿姨看着看着睡着了，老伴走过来悄悄为她披上外套……

老伴的手忽然动了一下，他努力撑开眼皮，看着妻子。张阿姨把耳朵凑到他嘴边，听见老伴说了最后的一句话："我啊，还像十八岁的时候一样爱你。"

× 17

丁鹿的眼睛都哭肿了。

她接过梅好递来的纸巾，哽咽着："要是我能遇上个这么爱我的人，我丁鹿这辈子就太值了。"

梅好摸摸她的头："我记得第一次见张阿姨的时候，就特别惊讶，她虽然上了年纪，但眼睛和神态却完全像个不经事儿的小姑娘。现在再回想，是她的爱人把她保护得太好了，一辈子没让她受什么委屈。"

"张阿姨现在一定特别伤心吧？"丁鹿问。

"她挺平静的，还反过来安慰我们这些年轻人。因为被人那样地爱过，张阿姨今后的人生都会靠着这份信念和对爱人的怀念，好好地走下去。"梅好感慨，"这样的爱真的可遇不可求啊。"

梅好心情复杂地回了房间，坐在电脑前默默发呆，今天发生的事情让她心里发堵，好像总有种莫名的情绪无法排解。

那块陨石被摆放在一旁，梅好顺手拿过来赏玩。她取下玻璃罩，将陨石放在了手心里，又掂了掂，感觉密度上要比相同体积的陆地岩石更重一些。颜色深邃又坑洼不平的表面，像一个幽深的洞口，似乎有将人吸进去的魔力，她情不自禁将陨石用掌心包住。

神奇的一幕就在不经意间出现了。

卧室的一切瞬间像冰激凌一样融化消失，梅好置身在一块巨大的屏幕前，屏幕上出现的人是季忆，他正坐在办公室的电脑前忙碌着，梅好注意到他的穿着跟今天的一模一样，办公室里亮着灯，说明时间是晚上。梅好还注意到，巨大屏幕下方有一道长长的进度条，那个代表播放进度的圆点正来到大概四分之一的地方。尽管梅好感到紧张，她还是瞪大眼睛看着。

紧接着，梅好看到进度条上的圆点开始往回飞速退去，季忆在办公室的场景一闪而过后又出现了新的场景，她又看到季忆在一间狭小简陋的办公室里，跟张发奎激烈讨论着某款盲盒产品，梅好意识到这是 PIKO 刚起步时的阶段，他身上满是创业的激情。进度条继续后退，梅好看到学生时代的季忆和金束在篮球场上一决高下……

屏幕上面继续出现季忆不同时间地点场合的影像，而且播放速度越来越快，季忆在她眼中的样子越来越年轻，越来越青涩。梅好如同坐上了一列极速行驶的列车，她还没来得及细细欣赏车窗外的山水花木，列车就宣布到站了——眼前的影像戛然止住，出现在一个清晨的陌生房间里。

影像开始顺序播放，一切徐徐展开：7 岁的男孩醒来，就看见床前摆着一只鞋盒。男孩打开，惊喜地发现是一双白色的 NIKE 球鞋。

"儿子，喜欢吗？"父亲走进房间。

男孩使劲点头。

"今天是我们季忆的生日，放学后爸爸带你去吃大餐。"父亲问，"还有什么生日愿望吗？"

"你和我妈今天不要再吵架了。"男孩说。

父亲有些心疼地看着他，很快他就笑着答应："没问题！"

男孩使劲点头，抱着鞋子开心地笑了。

影像继续快进，最后在一条街道上定格，然后正常播放起来。男孩在街道上奔跑着，脚上穿着那双白球鞋，单薄的身板倔强地想要冲破空气阻力，拼命狂奔。梅好的视线一路追随着男孩，看着他跑进了医院的大门。

他是去看谁呢？梅好心里想着，眼前的影像似乎听从她意念的差遣，画面瞬间来到了一间病房内。梅好这才发现，凭着自己的意念，她可以看到同一时间段所发生的任何场景。与此同时，一种窒息感包裹住梅好，似乎只要男孩离开自己的视线，梅好就会产生痛苦的感觉，如同一只跳出鱼缸的鱼，余下的每分每秒都是垂死挣扎。

梅好强忍着痛苦，看到病床边围了几名医护人员，其中一个医生收起抢救设备后，对其他人摇了摇头。床上躺着一个男人，他闭着双眼，气若游丝。梅好还是认出来了，他正是季忆的父亲。

几分钟后，眼前影像就此消失，梅好颓然坐在椅子上，感觉头晕目眩，她展开手心，陨石正静默地看着自己。梅好忽然意识到，刚才画面中她看到的第一个场景，就是季忆的现在进行时，如果没猜错的话，季忆此刻还在公司里。

梅好走出了卧室，正在客厅看电视的丁鹿一见她就吓了一跳："你怎么了？脸色这么难看！"

梅好手指捏着那块陨石："我刚才无意中把它攥在手心，然后就看到了季忆的过去。"

"啊？！"丁鹿惊叹，"你不会是出现幻觉了吧……"

梅好疲惫地摇摇头："我出去一趟。"

"这么晚了你去哪啊？"

"公司。"她说。

梅好前脚刚走，丁鹿的电话就响了起来。

"干吗？"丁鹿不耐烦地往沙发上一靠。

"我打听到流星雨的爆发日期了！"电话里，金束声音有些激动。

丁鹿坐直了身子，顺手把电视调成静音："什么时候？"

"13号，也就是五天后的夜里，地球会遭遇到一个非常古老的尘埃尾迹，从而可能会造成一次额外的潜在增强活动！也就是说，地球上会目睹到一次英仙座流星雨！"金束越说越兴奋。

"行啊你，关键时候没掉链子。"丁鹿给予肯定。

"我可是第一时间就打电话告诉你了，你打算怎么谢我？"金束在电话里还不忘邀功。

丁鹿想到什么，严肃起来："可是，你不应该先告诉季忆吗？"

"……"

"所以，你为什么要先给我打电话？"丁鹿不依不挠，"警告你，我可不会欠你人情，挂了。"

金束听着"嘟"的一声响，气到快要抽搐："啊啊啊，恶毒的女人！"

晚上十点多，公司完全褪去了白日里的奔腾喧嚣，此刻它更像个享受独处时光的中年人，有着自己的闲适节奏。

总裁办公室的灯亮着，梅好敲门走了进去。

季忆还在电脑前忙碌，原本的双眼皮竟不知何时多了道褶皱，展露着他的疲惫——傍晚从医院出来他直接回了公司。

"你怎么知道我在这里？"季忆显然对她的到来感到欣慰。

"猜的。要不要喝点什么？我在茶水间的冰箱里屯了牛奶。"梅好提议。

茶水间里，两人一边喝着热牛奶，一边聊着天。

"我知道你为什么来公司。"季忆说。

"……"

"今天这种生离死别的场景我经历过一次，7岁那年，我爸在人工湖边救了两个落水的孩子，等人们把他捞上来时，他已经体力耗尽失去意识。我爸去世的时候，我没有见到他最后一面。"季忆的声音听不出情绪的波澜，"我跑得那么快，还是没有赶上。"

"你已经尽力了。"

"可还是很后悔，后悔没有告诉我爸我很爱他。"

那一刻他眼中满是难过，一如多年前那个敏感的小男孩，让梅好看得心疼。那天，男孩拼尽全力赶到病房时，父亲已经去世了，身上覆了一张白色床单。男孩一路上强忍住的眼泪开始涌出，撕心裂肺地哭了起来。

"我爸死的时候，身边一个亲人都没有。从那以后，我跟我妈的关系一直很差，这么多年我都不肯原谅她，不肯原谅她对我爸说的那些伤人的话。"

"那双你爸爸送你的白色球鞋，很好看。"梅好啜了口牛奶。

季忆惊愕地看过来，极力回味着她话里的意思。

"我刚才在家，触摸陨石的时候忽然看到了你的过去，严格来说，是你失去爸爸当天的几个片段。我知道这听上去有点天方夜谭，但我确实看到了，我想这跟我许的愿望有关，我成了你的人生进度条，可以看到你的过去。"

季忆依旧觉得不可思议，嘴唇翕动着说不出话来，他一把抓住梅好的手臂，力气大到有些弄疼她："你，有没有见到我爸？"

恍惚间，梅好仿佛看到那个小男孩站在自己面前，仰头望着自己，一脸的哀伤。她有点想哭，又竭力忍住，对季忆点了点头。

在那间病房里，生命行将结束，意识业已涣散的父亲用干瘪粗重的声音呓语着："我儿子一定活得很累吧？那么小的年纪，心里没有一点安全感，爸爸很抱歉在婚姻里做了错误的示范。人生太艰难了，你要学会放过自己才能得到快乐……"

时隔二十多年后，季忆得知了父亲生前对自己所说的话，就像一份迟到了许多年的礼物，原本以为这一生都不会知晓答案了，却在这样的一个平常的夜里得到了回答。他对此深信不疑，就算是梅好在骗自己，他也愿意相信。

"放过自己……"季忆眼睛渐渐湿润。

"你活得太累了，背负了那么多枷锁，拒绝来自别人的善意和关心，甚至觉得自己不配得到幸福。可是我想说，你是个很好的人，配得上这世界上所有的好运气。"梅好动情说道。

长长的沉默后，季忆对她说："谢谢。以后，我会试着做一个放过自己的人。"

"我才更要谢谢你。"梅好说，"一开始接手VIP客户售后业务，我心里还有些不情愿，觉得自己堂堂名校文秘专业出身，居然要做这种没技术含量的工作。我可是立志要做一番事业的人啊，现实却给我开了这样一个玩笑，可是一旦接触起来，我就发现这是一个需要有爱心才能做好的工作。你帮助到别人的同时，也在净化自己的人生，任何工作，只有带着爱才能把它完成的很好。"

"很高兴你能这么想。"季忆说。

"我喜欢这里的一切。"梅好小心地表达着，"喜欢这里的每一个人。我现在每天都过得很充实，我想一直把这份工作做下去，做到最好！"

"你一定可以的，不吃香菜的猪小姐。"

梅好还沉浸在刚才的兴奋中，忽地听到这个称呼，愣愣看向季忆，他正无比温柔地望着自己。

"你是什么时候知道的？"她问。

"准确来说是逐步发现的，最开始是你剪辑的宣传片，跟不吃香菜的猪小姐风格实在太相近，而你生活中碰巧也不吃香菜，再后来我和猪小姐约见，来的是丁鹿，她的性格绝对不会是真正的猪小姐，所以我就猜到会是你。直到今天你把张阿姨和她爱人的视频现场剪辑出来，看着画面和配乐我就更加确定，你就是不吃香菜的猪小姐。"

"既然一开始就识破了丁鹿，为什么还要一直聊下去？明明是很浪费你时间的事情……"

"因为很想知道，梅好是个怎样的人。"

听到这，她只觉得心里一阵悸动，脸隐隐有些发烫。

"能告诉我吗？为什么一直不肯承认自己的这个身份？"他问。

梅好想了想，如实回答："因为怕你失望，怕你知道我就是你欣赏的那个 UP 主后会大失所望，因为觉得自己不够好，配不上你的欣赏。"

她终于把心里的想法勇敢说了出来。

他看着她，声音从未有过的柔和："知道吗？如果你不是猪小姐，我才会觉得失望。"

他是想告诉她，喜欢是因为一个人的闪光点而心生倾慕，爱是因为倾慕一个人而去拥抱她的所有。

梅好听了，只觉得面红耳热，呼吸都不再顺畅，茶水间里每一丝空气里都漂浮着暧昧两个字，拼命与她争夺着室内的氧气。她一直不愿正视自己对季忆的感受，每次那种狂热的心动来袭时，她都会装作若无其事地屏蔽掉，告诉自己并不是很想要。她承认内心的那份自卑，在面对他时尤其深刻，两人之间的悬殊实在太大，她怕别人说自己攀附荣华，更怕他在漫长的人生里只是短暂地将目光投向她。

梅好忽然想起刚玩剪辑那会儿，自己无视规则无拘无束，剪素材的时候怎么高兴怎么来，还信誓旦旦说自己不在乎别人喜欢不喜欢。可是后来，越来越多的人关注了她的账号，她开始患得患失，想要更多的关注、更多人的拥护。她由此想清楚一件事，人的本性就是自私，说不怕是因为没什么可失去的，一旦拥有的越来越多，欲望也会更多。感情也一样，一开始觉得就数自己能耐，可以全身而退，一旦陷进去整个人就魔怔起来，十头牛都拉不回，喜欢的人就在心里不断膨胀，全世界都是对方。两情相悦最好不过，可这要是赶上了剃头担子，不下于鬼门关上走一遭，九死一生救回来也要落下一身致命伤。

季忆眼中的星火还在烧着，他平复了内心的起伏，调整好呼吸说："谢谢。"

他终于也冷静下来，像一座火山，尽管内里依旧沸腾。两人都因着这句克制又礼貌的回答，重新回到了各自的位置上。

weet w

第五章 —— 一个助理的自我修养（二）读我

memory

× 18

"陷阱。"

早上，丁鹿一边喝着梅好熬的小米红枣粥，一边给出了结论。

"你现在处境更危险了。"丁鹿继续分析，"他让你做他的助理，这说明什么？说明他要把你支到自己身边，然后好好地报复你。"

说着丁鹿又想到了什么似的紧张起来："那家伙没有对你做什么下流的事情吧？"

梅好差点把到嘴的粥喷出来："你瞎说什么呢！"

"没有最好，真要是有了你就告诉我，老娘打爆他的狗头。"丁鹿做了个凶狠的表情。

"我觉得他是好心，正好助理的职位有空缺，他就顺道把我安排了。"梅好说。

"少女，你这样的思想很危险，人心隔肚皮呀，等着看吧，后边有你的苦头吃。"丁鹿提醒，"哎，你最近经常做饭啊，外卖都订的少了。味道嘛，一般般。"

这话倒是让梅好心里小小地起了波澜，最近一段时间，除了午餐必须在公司解决，她都不怎么点外卖了。是从什么时候开始的呢？梅好想起来了，是那天从张阿姨家里出来，两人并排走着，季忆对她说。"少吃外卖，对身体不好。"从那时候起，梅好就学着做简易晚餐了。她不知道为什么会接受建议，改变长久以来的生活习惯，或者只是想听他的话。梅好这么想着，心里有点欢腾又有点窃喜。

"不好吃就别吃了。"梅好过来抢碗，借此掩饰自己刚刚的内心活动。

"别呀，让我把这颗枣吃了，核儿还给你！"丁鹿嚷道。

经过昨晚一夜的失眠梅好想通了一件事情：年轻人不可以前怕狼后怕虎，爱情面前那么多算计就不是爱情了。也许丁鹿说得对，眼前就是季忆为自己设下的陷阱，周遭铺满了浆果、鲜花和蜜糖，前途未卜，凶险难测，但那又怎样呢，她都不去管了，她完全敞开自己，用一个绝对信任的姿势纵身跳了进去。

上午，赵慧臣步履轻快地走进了PIKO，他的出现立刻引起了女同事们的一阵躁动。赵慧臣对这样的场面早已经见惯了，他礼貌地朝女孩们挥挥手，径直朝里面走去。

梅好正在核对总裁日程，忽然听到有人亲切地说了声："上午好。"

"上午好。"她边回应边抬头，当场愣住——只见赵慧臣正笑嘻嘻地看着自己！

"你怎么来了？！"梅好声音有点大，引来几位同事的注意，特别是艾琳达，小小的眼睛里顿时充满了吃瓜的兴奋劲儿。

"来上班啊。"赵慧臣说。

"上班？上什么班？"梅好琢磨着对方的话，眼睛忽地瞪大起来，"你来PIKO了？"

赵慧臣点头："设计部。"

"你那工作室呢？"

"关了。"赵慧臣轻描淡写，随即眉毛一扬，"我刚入职就来找你了，怎么样够意思吧？"

梅好有点尴尬地看看同事们，大家顿时装作在忙工作，耳朵却还在支棱着，不舍得放过一点信息。

"中午我要跟同事们吃饭，晚上跟我一起吃吧？"

"晚上……"梅好犹豫。

"来吧，就当是给我庆功了！"赵慧臣劝说。

"好吧。"梅好答应下来。

她忽然又想到了什么，问他："季总知道你入职的事吗？"

几分钟后总裁办公室里，季忆把赵慧臣的简历合起来摆在了桌上，表情耐心寻味。

"我可是已经办了入职手续，你后悔也晚了。"赵慧臣生怕对方说出一句让自己走人之类的话。

"为什么要来我这儿？"季忆问他。

"想你了呗，想经常看到你，我的哥哥。"赵慧臣依旧嬉皮笑脸。

"我现在是你的老板，没跟你开玩笑。"

"明知故问……"赵慧臣小声嘀咕一句，干脆说道，"我是为了梅好。"

果然……季忆听了一时心情复杂。

"虽说来这的目的不是为了工作，但你可不要对公司的人说起我们的关系，我从小到大都被人区别对待，不喜欢这样。我现在要回设计部了，在你这儿待得时间久了，同事们会起疑心的。"

他毕恭毕敬鞠了一躬，又故意大着嗓门说了句："季总，我出去了！"

说罢，他拿起桌上的简历，走了出去。

季忆一时间心里乱乱的，莫名有了一种危机感。

他从座位上起身，打算去楼顶天台吹吹风，散一散这心里挥之不去的纷乱情绪。经过茶水间的时候，门半掩着，他听到里面传出几个说话的声音。

"刚找你的那个小哥哥也太帅了吧！"艾琳达靠在柜子旁，连连感叹，"刚才他一进来，我感觉整个营销部都亮堂了！"

梅好笑她，"你也太夸张了吧！"

"一点都不夸张！人家那五官是怎么长的啊？"球球说着视线落在正端着杯子喝水的小东脸上，像看到什么晦气的东西似的说，"你再看看你那五官是怎么长的？"

小东委屈得不行："我招你惹你了……"

艾琳达神秘兮兮凑过来："老实交代，他是不是喜欢你？"

"你别瞎说！"梅好连连摆手。

"我怎么瞎说了，进公司第一件事就是先来看你，还约你晚上一起吃饭！要知道一个男人长这么帅，是不会浪费时间在他不喜欢的女人身上的。"

梅好正要往外走，忽然看到站在门口的季忆。

"季总？您怎么在这里？"

季忆进也不是退也不是，只好说道："我是想告诉你一声，请帮我拿一杯咖啡。"

"这杯给您！"梅好说。

季忆接过来："谢谢。"

于是季忆又端着咖啡回了办公室里。坐下来，艾琳达那几句话一直在季忆脑海中循环播放，他此刻如临大敌，简直坐立难安。

午餐时间，赵慧臣跟几位同事在楼下餐厅吃饭。虽说是刚来的新同事，赵慧臣性格乐天很快就和大家打成了一片，同事们在他面前说起公司的八卦来也毫不避讳。

"你们知道吗？季总最近招了一名助理。"一位同事说。

"当然知道，那女孩以前就是营销部的，咱们老板可是从来都不招助理的，怎么就突然改变主意了？"另一位同事也开始八卦。

赵慧臣在一旁默默听着。

这时组长王丰薪开口了："这你们就不知道了吧？听说那女的很有手段，才入职没多久就亲自把新产品的宣传视频剪了出来，这次季总又把她调到了身边，摆明了关系不一般。"

说到关系不一般时，组长的笑容明显有点猥琐，其他同事都心照不宣笑起来。

"哎哟！"赵慧臣"不小心"把汤洒了组长一身，对方痛得哇哇叫。

"对不起啊组长！"赵慧臣赶忙拿起纸巾胡乱在他身上擦了两下。

梅好在网站上找了家排名靠前的上海菜餐厅，认识多年，她当然熟悉赵慧臣的口味。今天是对方入职第一天，作为朋友，一起吃饭庆祝下自然是应该的。然而临近下班的时候，季忆却突然发微信通知她今晚要加班。

"季总，今晚有什么工作吗？"梅好走进办公室。

季忆把几本厚厚的书抱了出来。

梅好一看，全部是跟天文学有关的著作，什么霍金的《时间简史》

和《果壳中的宇宙》，什么霍伊尔的《物理天文学前沿》，全都是大部头。

"这个，下了班回去看也是可以的吧？"

"不可以。"季忆一口回绝，"别忘了，你只有两天时间了，必须解决掉我们之间的神奇关联。"

"可是我一会儿要跟——"

不等对方把话说完，季忆便摆摆手："你去忙吧。"

梅好只好回到自己工位上，她给赵慧臣发了条微信："对不起啊，今天临时要加班，不能陪你一起吃晚饭了。"

没想到赵慧臣反应很平淡，也没问多余的话："我知道了。"

早上七点半，梅好拎着外卖走进总裁办公室，季忆喊她一起吃晚饭。

"不用，我也叫了外卖。"

"正好拿过来一起吃。"季忆执意如此，梅好只好又把自己那份端了过来。

两人默默吃了一会儿，季忆说："吃饭就别看书了。"

梅好呛道："我还有两天时间。"

季忆略一尴尬，又开始调节气氛："我刚才刷到一个段子，说一个女孩的父亲是天文学家，女孩跟她爸说昨晚自己跟一个普通朋友出去玩的时候见到了猎户座，她爸说你能热爱天文学我很高兴，可是猎户座出现要在凌晨 1 点左右，所以你那个普通朋友是谁？"

季忆说完满心期待看她的反应，结果梅好面无表情。

季忆不气馁："还有一个是金束大学时候的事，那时候他给喜欢女孩拍了套夜景写真，女孩知道他天文系的，就说照片里要是有流星就好了，结果金束给照片里 Ps 了个张一山。"

梅好还是面无表情看着他。

季忆连续两次都没能成功挽尊，于是收起脸上的笑意："吃饭吧，吃饭吧。"

一直到晚上十点半，季忆终于决定下班，他穿上外套来到营销部。

"梅好，可以下班了。"

梅好收拾好东西，没好气地跟着他一起往外走。

"看了一晚的天文书，有什么感悟吗？"季忆问她。

"有啊，书都挺厚。"梅好一本正经说着气话。

"除了厚度，还有什么发现吗？"季忆边走边问，随后发现梅好没跟上来，一回头看到她两眼正直勾勾盯着右前方某个地方。

两人现在所处的是市场部，只见十几个空荡荡的工位上，只有一处亮着昏暗的灯，灯下坐着一个胖胖的男人，只留给两人一个肥腻的后脑勺，看不清楚样子。

气氛陡然变得诡异起来。

"怎么了？"季忆小声问。

"前天市场部有位男同事因为过度劳累去世了，他就坐在那个位置。"梅好的眼睛里塞满了恐惧。

"我怎么不知道有人去世？"

"可能消息还没传到您这儿。"

"都三天了还没传到？公司这么大吗？"

"这些不重要。"梅好继续进入情境，"他们说，有的人死后并不知道自己已经不在人世了，他的鬼魂就在夜深人静时回到生前经常去的地方，继续工作生活……鬼啊！"

梅好大叫一声，原本指望吓到季忆借此报复一下，结果对方压根没反应，看小孩子耍把戏一样看着她。

梅好见没效果，自讨没趣地收起夸张表情，走了。

这时，工位上的男同事回过头，看着两人离去的背影骂了句："神经病。"

电梯灯亮了，轿厢门打开，两人一前一后走了进去。

"借过，借过。"季忆挣扎着摁了一楼按钮。

"借什么过？"梅好纳闷。

季忆没理她，肩膀不停晃动着，做出礼让别人的动作。

"这么晚了，还有这么多人加班。"季忆又晃动了一下身体，对着一个方向说，"对不起，没踩到你吧？"

梅好的汗毛全部炸开了！电梯里明明只有他们两个！就在这时，电梯的灯光迅速暗了下去，昏黄不定，明明灭灭。

梅好尖叫一声，整个人扑进了季忆怀里。

季忆原本也只想开个玩笑，哪想到梅好的反应如此激烈，他也完全懵住，任由她紧紧抱着自己。梅好把脸紧紧贴在他胸膛上，感受到他富有弹性的肌肉和有力的心跳。

季忆的两只胳膊收拢，想要轻轻地拥抱她。他的指尖还没触碰到她，梅好从惊恐中睁开眼，抬头，发现季忆也低头看着自己，赶忙松开死死钳住对方腰部的双臂。一楼到了，电梯门打开，梅好赶紧走了出去，一路头都没回。

她从大厅里出来，感受到夜晚的新鲜空气扑面而来，大口大口地吸着，借此平复刚才的心情。

梅好迈下台阶，便听到前面有人说了声："Hi！"

她循声望去，只见赵慧臣正从摩托车上下来，朝自己走了过来。

"你怎么在这儿？"梅好惊讶。

"等你下班啊。"赵慧臣一笑，露出一口好看的大白牙，笑容真是比星星还要明亮。

梅好一下反应过来："你一直在这等我？"

赵慧臣点点头。

"你是不是傻啊，在这等几个小时！"梅好责怪他。

"比起你以前等我的那些时候，这根本不算什么。"赵慧臣看着她，眼里是无限的温柔。

"走吧！"他来到摩托车前，取下一个头盔，递给梅好。

梅好犹豫着。

"现在地铁都快停运了，打车可没有我载你安全哟！"

梅好接过头盔，坐上了摩托车后座。赵慧臣戴上头盔，熟练地一拧油表中间的钥匙，手指旋动油门手柄，他体贴说了句"坐好"，只听一声好听的低音轰鸣，车子飞驰而出。

这一幕被季忆正好看到。刚刚他下到停车场，又实在不放心梅好，于是追了出来，却正好看到梅好坐上了赵慧臣的车。看着那辆摩托车迅速消失在街角，季忆有些懊悔，为什么在电梯里就不能鼓起勇气问她一句："要不要送你回家？"

摩托车在梅好的楼门口熄了火。梅好从车上下来，扯了两下都解不开帽带。赵慧臣伸手帮她解开，并取下了她的头盔。

梅好指了指身后的小院说："我就住这里。"

"花花草草的真好看，我以前想着老了的时候就住在这样的院子里。"赵慧臣说。

"我跟朋友合租，就不请你进去坐了。"梅好把头盔交给他，"谢谢你。"

"该说谢谢的人应该是我。"赵慧臣看着她，"我玩摩托车几年了，你认得我每一款车，每一个牌子的头盔，我的车后座上载过各种人，却从来没有载过你，甚至从来没有送你回家。每次你总说不用，我也就当真，以为你真的不喜欢坐在摩托车的后座上。现在想想，那时的我真的可恨，以为女孩子都喜欢讲真话。今天，我终于送你回家了，达成了一个心愿。"

"过去的，就让它过去吧。"梅好说完就要往回走。

"梅好，明天见啦！"赵慧臣朝她的背影笑着挥手。

她没有回头。

丁鹿从厨房窗户里看到了两人道别的场景，她一直看着赵慧臣的摩托车尾灯在视线中一甩消失掉，听到开门的声音，赶忙跑过去把梅好拽了进来。

"老实交代！什么时候开始的？"丁鹿两眼发光，无比激动。

"什么什么时候开始的。"梅好一身疲惫。

"少跟我装啊，我可全都看见了！他都亲自帮你解头盔了，还不承认！你跟赵慧臣什么时候好上的？"

梅好往沙发上一瘫："你真想多了，我们俩什么事都没有。我现在已经不喜欢他了。"

说完她又起身："我得去洗澡了。"

丁鹿还不死心，一路跟着她到了浴室门口："之前还为了他流泪到天明呢，你不喜欢他，你告诉我你喜欢谁？"

梅好看她一眼，心累地把门关上。

季忆回到家，疲惫地换上了拖鞋。

他忽地闻到屋子里有饭香，穿过玄关，他看到母亲正从阳台出来，看到他眼中先是露出喜悦，但很快似乎又想到了两人恶劣的关系，那份由内而外的欢喜转瞬即逝。她好像认命了一般，在这段母子关系中不再做任何的挣扎，迎面而来的是怎样的余生，她都愿意接受。

母亲像往常一样做着叮嘱："衬衣和西裤已经熨好挂进了衣橱，厨房的电源要记得关，新充了水卡和电卡，晚饭做好了，你肯定已经吃过了。"

季忆却没像往常一样回避，而是静静听她把所有的话都讲完。母亲见他还站在客厅里有点意外，她有些不习惯："你少熬夜，我走了。"

"妈。"

母亲收住脚步看着他，眼神里悲喜交加，她已经很多年没从儿子口中听到这个称呼了，自从丈夫离世的那天起。

"我饿了，一起吃宵夜吧。"季忆的声音有不易察觉的动情。

她很想哭，又拼命忍住，于是用力地点点头。

× 19

距离盲盒设计大赛还有两周时间，营销部给出的策划方案早已经通过，整体进度却卡在了设计部那里。

根据营销部提供的方案，本次的手办形象是一名演员，她热衷于扮演各种各样的角色。这个方案一经提出就得到了肯定，毕竟换装是购买者们，特别是女性群体最热衷的一个爱好。

此时的设计部内，每个人都忙得焦头烂额，各种设计图纸已经交上去五轮，全部被打了回来。全体设计师根据营销部的方案进行了各种创作，可是没有任何一款设计能够在会议上全票通过。按照这样的进度，再找不出更好的设计只能从备选作品中挑出一款来拿去参赛。

这对设计部组长王丰薪来说当然是好事，备选作品中有两款设计是他的，最终被选中的概率还是很大的。虽然他历年来的参赛作品获得的最好名次也只是第五名，但矮子里面拔将军，只要能维护自己在部门的地位，能不能获大奖并不是最重要的。眼看着时间临近，王丰薪心里明白，高层很快就要截止更新设计了。

赵慧臣虽说是新来的，人看上去有点吊儿郎当，但工作起来却判若两人，一点都不敷衍。他坐在电脑前，对着熬夜设计的图纸不停调整各种细节，一上午都没离开过座位。王丰薪路过时悄悄瞄了眼他的设计，心里一惊，暗暗感叹对方想象力的天马行空，又有种被后来者拍在沙滩上的恐慌。赵慧臣一来他便看这家伙不太顺眼，现在他的厌恶又多了一层。

王丰薪回到座位上，清了清嗓子："时间差不多了，大家把最新一轮的设计交一下吧。"

其他人纷纷开始打印，赵慧臣小声拜托旁边的同事："我现在去趟厕所，麻烦你帮我把这张图打印出来交上去。"

赵慧臣走后，王丰薪上前对那位同事说："你忙你的，我来吧。"

同事起身朝打印机走去，王丰薪打量着屏幕上的设计，满溢的才华再次让他生出了深深的嫉妒。这样的设计，即便不能让公司绝对满意，却足以跻身为备选参赛作品。

王丰薪做了一个决定。他打开赵慧臣的文件夹，快速浏览着，这时有人叫了声"组长"，王丰薪随口应着，紧张之下随手选了一张设计草图快速进行了打印，随后又将电脑页面恢复成了之前的样子。

总裁办公室里，季忆看着设计部提交的最新设计图纸。兴许是最近一段时间灵感开发过度，本轮的作品质量还不如前几次。他知道不能再拖下去了，比赛迫在眉睫，必须尽快定下手办形象，后续3D设计、选材、服装配色、开模、加工样样都耗费时间。

就在这时，季忆原本快速翻看的手停了下来，他盯着其中一张设计图，眼神中慢慢起了光亮。那张简单的设计图上，画了一个穿着OVERSIZE（超大廓形）卫衣的女孩，短发，小圆脸，眼睛里透着纯真，除此之外，她还有双让人印象深刻的精灵耳。

这个形象在第一眼就击中了季忆，满足了他对新款手办的所有想象，一段时间以来的各种设想，终于有了一个载体。他把这张图从一叠设计图里抽了出来，铺在了桌子上，问站在对面等待的王丰薪："这是谁设计的？"

王丰薪心里揣测着老板的意思，也不敢直接回答。

这时恰巧梅好端着咖啡进来，刚把东西放下，视线也被桌上的图纸吸引了。

"这不是赵慧臣画的嘛？"她说。

季忆着实意外，虽然认识已久，却从未了解赵慧臣的实力，在他印象里，这样游戏人间的公子哥，哪肯真正去钻研艺术。

王丰薪接着梅好的话说下去："这个赵慧臣啊，工作一点不上心，随随便便就交了设计图，你看，连色都没上，完完全全是草稿嘛！"

"这个不重要。"季忆发话。

"回去我一定好好批评他！"王丰薪添油加醋。

季忆拿起设计图："这就是我要的设计。"

王丰薪始料未及，一下卡壳："季总，您是说……"

"没错儿，赵慧臣的设计就是 PIKO 即将推出的新款手办形象，麻烦你去告诉他。"季忆说。

梅好听了，很是欣喜，赵慧臣花了这么多年一直没搞出名堂，这回算是遇上了伯乐。

王丰薪走后，季忆问梅好："你是怎么知道这是赵慧臣的设计？"

梅好笑："我以前就见过呀，他几年前就已经有了这个形象设计。据我所知，他还有很多张同系列的设计图。那时候我们还在学校读书呢，他就给我看过，这可是他最宝贝的作品，看来他很重视这次的比赛。"

听到梅好说"我们"，季忆心里莫名有些介意，他本不是这般小心眼的人，却开始因为对方一个不经意的用词而情绪起伏。

王丰薪一边往回走一边忍不住骂自己："你说你是不是手欠？你老老实实给他把作品交上去就得了，偏偏挑了那张设计图，现在好了直接被老板选中了！"

172

王丰薪说到后悔处，恨不能抽自己一个嘴巴。他回到设计部，稍稍整理一下情绪，来到了赵慧臣身边。

"臣臣。"

赵慧臣冷不丁被人这么称呼，鸡皮疙瘩都起来："组长你这么叫我很容易让人对咱俩的关系产生错误解读，有事吗？"

王丰薪笑眯眯地拥抱了他，又郑重地拍了拍他的背，这才说道："你的设计通过了，成为了公司今年的参赛作品。"

大家闻声都来祝贺，赵慧臣指着电脑屏幕："真不敢相信，我熬夜设计的作品居然被选上了。"

"不是这个。"王丰薪说着揪了自己耳朵一下，"是有精灵耳的那款设计！"

赵慧臣表情顿时僵住，眼中开始升腾出怒气。

王丰薪没注意到他的变化，继续邀功："这可是我亲自挑选出来送上去的，你看你要怎么感谢我吧！"

话没说完，他的肩头就被狠狠撞了一下，整个人像陀螺一样转了两圈，重重摔坐在椅子上，而赵慧臣只留给他一个离去的背影。

几分钟后，赵慧臣敲开了季忆的办公室。

"正要找你呢。"季忆手里拿着那张设计稿，"王丰薪都跟你说了？"

"说了。"赵慧臣随着季忆在一旁的沙发上坐下。

"设计很出挑，被选中是必然的，这些年你的坚持是对的。"

"我可以给公司再做新的设计，但是这款设计我不能签给公司。"

季忆颇感意外："已经跟别家签约过了？"

"没有。"

"那是什么原因？"季忆问他。

"在我回答你这个问题前，你要先回答我一个问题。"赵慧臣忽然说道。

季忆略一犹豫："你问吧。"

"哥，你是不是喜欢梅好？"

季忆没料到对方会问这样的问题："跟工作无关的事情，我拒绝回答。"

两个男人对望着，相识以来，他们从未有过如此剑拔弩张的时刻。

"那天在 PIKO 运动会上，我看到你们接吻了。"

季忆怔住，原来那天赵慧臣也到了现场，他原本是想来看看梅好的，却意外看到两人跌倒吻在一起的一幕。

"你不需要回答了。"赵慧臣说，季忆的反应已经说明了一切。

他整理好自己的情绪："那我告诉你，我不能签约的原因。"

梅好坐在座位上，焦急地等待着。对于她来说，赵慧臣的设计能够被选上，是一件特别值得开心的事情。这几年，赵慧臣一直坚持自己的创作，始终不肯回去继承家业，很多人说他脑子拎不清，但是梅好知道，一生中有一件值得为之奋斗的事情是多么幸福的事情。这次的设计作品被选中，对赵慧臣来说也是一次极大的肯定，今后他可以更加坚定自己的创作。

至于精灵耳的设计，梅好更是记忆深刻。那是大二下学期，有天她和赵慧臣一起在食堂吃饭，赵慧臣煞有介事地翻开自己的画册，给梅好看自己的最新作品。那个有着精灵耳朵的动漫形象给梅好留下了颇深的印象，那双耳朵像是随时会支棱起来变成翅膀，把人带着飞起来一样。

"你画的真好！"梅好其实不懂绘画，但她相信自己的第一直觉。

"真的吗？刚刚还被老师骂了，说画的不伦不类。"赵慧臣很受鼓舞。

"老师说的也不全都是对的，至少我很喜欢，学长，你以后一定会成为了不起的设计师的！"梅好竖起大拇指。

……

半小时后，总裁办公室的门开了，梅好看到赵慧臣从里面走出来。她急于跟对方对上眼神，相识多年，只需要一个眼神她便可以确定事情的进展是好是坏。可今天赵慧臣却表现得有些奇怪，从里面出来后脸上的表情若有似无，经过身边时梅好嘴里发出一点声音，赵慧臣寻着声音望过来，梅好给他一个眼神，意思是事情怎么样了。赵慧臣分明接收到了她的讯息，却只勉强对她笑笑，径直走了。

这下梅好更疑惑了，心里一直憋着大大的问号，好不容易借着工作进了季忆办公室。梅好终于忍不住了："季总，您跟赵慧臣谈得怎么样了？"

"他的作品不合适。"季忆似乎并没把这件事放在心上，埋头签着文件。

"不合适？您之前不还说要拿去参赛吗？"

"我大意了，后来仔细想了想，他的设计不符合我们的新款人物设定。"

"可是他的设计真的很特别，辨识度非常高——"梅好还想替赵慧臣说点什么，看到季忆并没有打算听下去的意思，只好打住。梅好心里纵然有些想法，但她相信季忆既然这么说了就一定有他自己的考虑，很显然他并没有说出放弃这款设计的真正原因，至于为什么，梅好觉得或许从赵慧臣那里能得到想要的答案。

梅好如此想着，季忆忽然又提醒她："别忘了今晚的事。"

梅好默默点了点头，随手把门关上了。

这天晚上，金束开车来到了一家郊区的露天体育场外。季忆、梅好和丁鹿先后从车上下来，金束又从后备箱里取了东西，追了上来。

入口处，收了金束好处的管理员一再强调："就40分钟啊，多一分都不成。"

四人走进了体育场，里面空荡荡的，白日的喧嚣过后，此时归于沉寂。

"这种地方市区不一抓一大把吗？"丁鹿打量场地。

"这你就外行了吧？这里远离城市的光污染，海拔相对较高而且视野开阔，是观察流星的绝佳地点。"

金束说着又开始叮嘱梅好："虽说是流星雨，但今年的爆发应该没有往年强烈，所以你要瞅准时机抓紧许愿。"

梅好点头："谢谢你啊，费心了。"

"哪儿的话，帮你就是帮季忆嘛，你俩早点扯清了，对谁都好。"金束认真地说。

"就是，孤男寡女的，老这么下去也不是个事儿。"丁鹿说。

梅好笑得有些尴尬，一旁的季忆什么都没说，仿佛没听到那两人的话。

金束又对丁鹿说："你帮我一把呗？"

"麻烦……"丁鹿虽不情愿，还是和他一起抬起了行李，顺手把自己的包挎到了金束肩上。

"怎么这么沉啊？"金束纳闷。

"我带了哑铃。"

"大晚上的你带哑铃干吗？"

"废话，大晚上才更应该带哑铃，我们两个如花似玉的大美女跟你们俩男的出来，我能不多点防范意识嘛！"

两人你一句我一句叽叽喳喳地走开了。现在只剩下梅好和季忆，两人抬头，可以看到高处墨蓝色的夜空，北京的夜里是很难见到星星的，能碰到这样晴朗无云的夜空实在难得。

"就要解除关联了……"她故作轻松，"终于不用再烦你了。"

"你没有烦我。"季忆脱口而出，又着急着解释，"我的意思是说，就算没有了关联我们也会是不错的同事。"

"……"

"梅好。"他轻轻叫了她的名字。

"嗯？"

他扭头看着她，神情专注又认真。

"之所以请你做我的助理，是因为你很优秀。跟我们之间有没有神奇关联没任何关系，因为我相信你会做得很好。"

是谁说北京夜里不见星星的？他的眼里明明就盛满了好看的、璀璨的星星。

"嗯！"她不敢再看他，仰头凝视高处，借此隐藏脸上的羞怯。

一会儿过后，四个人准备并排躺在铺好的垫子上，这样可以更舒服地观察到流星雨的降临。本来是男的挨着男的，女的挨着女的，刚要躺下时，丁鹿忽然发现自己旁边躺着的是金束，于是马上喊停。丁鹿对梅好说："咱俩换一下位置。"

金束也较起真来，对季忆说："我也要换！"

这样一来，梅好和季忆就被挤到了中间，两人并排躺了下来，心里都有种微妙的感觉。梅好的心又开始怦怦跳，有风吹过，她甚至能闻到他身上好闻的木质香味。梅好用极小的幅度转动目光，看到季忆正注视着夜空，当下有种幸福的窃喜和眩晕。这样的夜晚，太过美好。

伴着金束一声兴奋的大叫，东南方向突现数颗流星，放射状在夜空中一闪而过。

梅好赶忙闭眼，双手合十许愿。

美好的东西太过短暂，梅好再次睁开眼时，夜空已然恢复了宁静，那些因着彗星而降临地球的流星，在漫长的旅程中终于耗尽了最后的光亮，化为灰烬。

"许完愿啦？"丁鹿急不可耐。

梅好看一眼季忆，点了点头。

"那咱们开始吧！"丁鹿催促，四人相继站了起来。

"开始什么？"梅好有点懵。

"傻瓜，就是测试一下，你和季忆的神秘关联是不是解除了。"丁鹿说。

"哦……"

"等等！"测试开始前，金束忽然喊停。

"又怎么了！"丁鹿冲他嚷。

金束把自己的手机塞到季忆手中，指着屏幕说："这是我专门给你找的一首诗！"

"神经病。"季忆拒绝。

"我是为你好！之前几次倍速事件，你都是动来动去，有失体面。这样多好，你一首诗读下来，光听语速就知道神秘关联还在不在了！"

这首诗季忆学生时代曾经读过，当时带给他的震撼，至今记忆犹新。

"不要。"季忆又是拒绝，他讨厌当众表达情感。

"那个……倍速事件发生的时候，比起突然夸张起来的动作，可能你的声音更能让人接受一些……"梅好小心地给出建议。

季忆没再挣扎了，接过了金束的手机。

"那我开始了。"季忆宣布。

"写了四行关于水的诗／我一口气喝掉三行……"他声音沉稳富有磁性，在如水的夜里让人感觉舒服。

丁鹿和金束已经等不及了，给梅好使眼色。梅好长吐一口气，面对着季忆说道："请你速度加快。"

全场安静下来，仔细辨别着季忆的声音。

"另外一行／在你的体内结成了冰柱"声音缓慢，磁性依旧。

金束率先发出了"耶"的一声，他忍不住举起双手，丁鹿配合地跟他击掌。丁鹿开心地又要跟梅好击掌，梅好却一脸麻木地看着季忆，两臂沉重到无法移动。

忽然，季忆的眼角跳了一下，那种熟悉的感觉又来了。

他虽然站着没有大动作，但只要足够细心，就会发现他身体关节、面部表情、伸直睫毛眨动的频率都在瞬间加快了。

随即他用比平时快了两倍的语速继续读到："写了五行关于火的诗／两行烧茶／两行留到冬天取暖……"

季忆忽地闭上了嘴巴，好像把未说出话都封了里面。恨不能手拉手庆祝的丁鹿和金束齐刷刷看着他，目光呆住。

只有梅好，看着他的眼神里，露出一丝难掩的兴奋。

"你不是在开玩笑吧？"金束还有点不想面对现实。

季忆用极快的语速回答："我没开玩笑，我和梅好的神秘关联还存在，没有消失！"

"啊——！"丁鹿双手抓头大喝一声，怒目看向金束。

"你要干嘛……你冷静一点，我也不知道会这样……"金束结结巴巴往后退了两步。

"你敢阻拦我们梅好的幸福！"丁鹿说着从包里拎出了那只粉色小哑铃，咆哮着开始追打金束。

"妈妈救命啊！"金束转身开始逃命。

现场又只剩下了梅好和季忆，隔着几米的距离互相看着。

"你现在还 OK 吗？"梅好问。

季忆点点头。

"语速很快的话也没关系，我不会当成笑话的。"她说。

这时，控制室内，管理员把电闸拉下，瞬间整个体育场陷入漆黑一片。

梅好和季忆似乎都未察觉到身边的变化一样，看着彼此。季忆张口，声音恢复如常，字字句句都透着温柔："剩下的一行／送给你在停电的晚上读我。"

是啊，结束了，他们的神秘关联还在。第一次，他因为自己身上发生了倍速事件而感到窃喜。如果说之前，他强烈要求解除两人之间的这种关系，那么现在，他希望两人之间的这种关联可以一直持续下去，因为这是全世界，甚至全宇宙独一无二的特殊关系，只存在于他们两人之间。

从体育馆里出来，丁鹿还在"追杀"金束，两人在前面跑来跑去，一刻不肯消停。季忆走在梅好身后，脸上的笑容就没见消失过，只有在梅好回过头来看他时，季忆才慌忙收敛起情绪，装作没事的样子。

"刚才那首诗叫什么？写得真美。"

"《水与火》，诗人洛夫写的。"季忆告诉她。

"哦，我更喜欢读小说，喜欢看爱情电影。"

"还喜欢点外卖。"季忆补充。

两个人望着彼此，又都笑了。

"其实啊，我喜欢的事情可多了，我喜欢傍晚渐渐褪色的天空，我喜欢雨后的湖边，我喜欢冬天冒着热气的火锅——"

梅好回头，发现季忆正一动不动地望着自己，眼神温柔，嘴角还挂着一抹微笑——倍速后遗症又来了。

梅好望着他，一颗心扑通扑通狂跳，像是欣赏着全世界最好看的风景。

她走近一些，再走近一些，用很小很小的声音说："我喜欢你。"

小区门口的 24 小时便利店，梅好在挑选零食。

丁鹿挎着她的胳膊，不停安慰："这次虽然没能成功，但总会有办法的。怪就怪那个金束，净出这种馊主意！"

梅好一点没听进去，嘴里哼着歌。

丁鹿皱眉，伸手扳过梅好的脸："少女，我知道你现在很难过，但也不能自暴自弃啊！"

梅好眼看着她把自己手里的零食塞回了货架。

"都是垃圾食品，乖，咱不吃！"丁鹿提着购物筐就要去结账，梅好小声嘟囔："谁说我难过了……"

刚出来便利店，丁鹿的手机响起来，挂了电话，丁鹿说："房东在家门口等着呢。"

梅好纳闷儿："这么晚了过来，会有什么事吗？"

"不知道，估计又要作妖了。"丁鹿叹口气。

十分钟后，房东夫妇进了家里。

"什么？后天就要我们搬走？"梅好和丁鹿觉得太突然了。

"是啊，我们决定把房子收回来了。"房东语气坚决。

"怎么这么突然啊？"梅好问。

"准备给儿子当婚房。"房东说。

"不对吧，大叔，你儿子我见过，也就 10 岁，难不成定了娃娃亲吗？"刚才的借口显然骗不过丁鹿。

房东太太从厨房和卫生间转了一圈，走过来坐下："给你们一周时间，搬出去。"

丁鹿看她颐指气使的架势，立马来气："咱们可是签了合同的，无故让房客搬走是要赔偿的。"

"赔偿？告诉你们，把剩余的房租和押金退给你们就不错了，还想让我们赔偿？门儿都没有。"房东太太一副泼皮相。

丁鹿也不是好惹的："我们就不搬走！"

"那你试试！"房东太太掐着腰，拔高了嗓门儿，"实话告诉你们，我们要把这房子改造成民宿，比租给你们来钱可快多了！"

房东夫妇又折腾了好一会儿才肯离开，梅好安慰丁鹿："押金和余下的房租都会退回来，我们也不亏嘛，房子再找就是了。"

"我就是受不了那女人的臭德行，现在这房子因为陨石成了网红，他们想趁机改成民宿往外租也太鸡贼了！我明天先把东西搬到爸妈家里，你怎么办？要不跟我一起搬过去先住一段时间吧？"

"不用了，叔叔阿姨家里本来就不大，我再过去更挤了，再说也不方便，我抓紧找个房子搬出去。"梅好说。

丁鹿说着突然转移话题，她打量着梅好："你怎么看着这么开心呢？遇上这种事都没影响你心情？"

"有吗？"

"有，你一整晚都在傻笑！"丁鹿忽然明白了什么似的，"许愿失败，房东毁约，一晚上连着两场打击。梅好，你是不是精神有点扛不住了？"

"丁鹿，"梅好说，"我想跟你说件事。"

"说呗。"

梅好一鼓作气："我喜欢上季忆了。"

丁鹿整个人呆住。

"我感觉他是在意我的，但是我也不确定，要不我跟你讲讲我俩的事儿，你帮我分析分析？"

"今天不成……"

"为什么呀？"

丁鹿扶着额边说边往房间走："我精神有点扛不住了，这会儿受不了刺激……"

夜里，梅好洗漱好，盘腿坐在床上毫无睡意。她目光无意中扫过那颗陨石，脑子里突然蹦出一个念头：他现在在做什么？

梅好被自己这个想法吓了一跳，随即便自言自语："这样不好吧……"

话虽这么说，一旦有了这个念想，心里就像落了只小爬虫，挠呀挠的，痒得难受。

"看看又怎么了！万一找到破解奇妙关联的方法呢。"梅好给出了一个名正言顺的理由。

她探了探身子，伸长胳膊把玻璃罩从床头柜上拿了过来。

取下玻璃罩，梅好深吸一口气，将陨石握在了手中。

比起上次的备感突然，这次梅好显然有了思想准备。她只觉得眼前一切瞬间坍塌，自己又置身在那扇幕布跟前，根据进度条显示，此刻的内容正是现在进行时。

眼前水汽弥漫，传入耳朵的是水流声。

花洒喷薄而出，再向下是一头湿漉漉的头发，一只手抚上来，水流顺着季忆的额头、笔挺的鼻子、下巴一路往下淌去。

梅好瞪大眼睛——季忆正在洗澡！视线再往下一点，是他结实又轮廓好看的胸肌，一颗颗水珠如同珍珠一样散落在白皙的肌肤上面，季忆的手指在胸上一划而过，那场面实在是太欲了！不只如此，梅好甚至出现了幻听，她耳边·度响起了绵软颓靡的音乐，音符像一条印度眼镜蛇，曼妙地扭动着身躯在她的感官神经上绕来绕去……

这时放在水池边的手机响了起来，季忆关掉花洒，匆忙围上一块浴巾，他赤裸着上身，边接电话边朝外走去。

打住！不可以再往下看了！梅好用仅存的理智告诉自己。她的手一松，陨石掉在了床上，眼前的影像瞬间消失不见，一切又恢复了原样。

她还沉浸在刚才的氛围中，忍不住吞了下口水，清醒一点后又慌忙把陨石放回玻璃罩，然后两手贴在脸上使劲揉捏，压低声音"啊啊啊啊啊——"地叫了起来。

季忆刚刚接到市场部谢贵永打来的电话，因为成本问题又临时更换了一家代工厂，在确定对方有给迪士尼代工的丰富经验后，季忆同意了谢贵永的申请。挂掉电话，他正要起身，一阵刺痛从胸口横贯而出，像是一股蛮力将他推回到沙发上。这痛感来得猝不及防，却凶狠得如同索命一般，季忆的五脏六腑都跟着疼到震颤，几乎要休克过去。

片刻过后，疼痛彻底消失了，季忆瘫靠在沙发上，呼吸都感到吃力，眼睛睁开了一条缝虚弱地看向房间某处，视线模糊无法聚焦。

第二天一到公司，营销部里就开始了热闹的讨论会。

"你们说怪不怪，昨天上午刚听设计部的同事说，今年的参赛作品定了，紧接着又告诉我说，参赛作品取消了。"球球回回都是八卦发起人。

"谁这么厉害，作品一眼就被季总看上了？"小东问。

"就是一直在追梅好那个帅哥。"艾琳达告诉他。

"哇！"球球兴致勃勃看向梅好。

"别乱说，我们真的就是朋友。"梅好解释，"关于取消参赛作品这件事，季总也说了，是作品本身不合适，大家不要乱猜。"

"你信吗？"球球说，"我反正是不信，咱们季总什么人，做事情深思熟虑，看作品从不会走眼，一会儿行一会儿不行的，这里面啊绝对有事情。"

芳姐一声咳嗽，示意球球别再说下去，大家看到张发奎走了过来。要是搁在平时，一上班大家就凑一起开小会，张发奎肯定会批评两句，可今天他显得心事重重，经过大家时眼皮抬都没抬，直接进了自己办公室。

球球看着经理把门关上，眯着眼睛说了句"太反常了"，又一脸八卦地看向梅好。

梅好一个哆嗦，说着"我不知道"，拿起桌上的文件便朝总裁办公室走了过去。

梅好走进去。

"季总，这是上个月北方城市各门店的销售汇总，给您过目。"

季忆正在钻研手上的设计图，听到有人说话眼皮一抬，他轻吐一口气，手顺势捋了下头发，眼神迷蒙似乎刚从自己的世界走出来。

梅好的心瞬间遭受一记猛击，这个动作让她又想起昨晚自己看到的那一幕：季忆的手抚过湿漉漉的头发，他扬起头，水珠顺着他的喉结一直往下流淌，她甚至闻到了空气中流溢的沐浴露的檀香气味。她耳边再度出现幻听，暧昧迷幻的音乐又从心底蹿了出来……

"梅好？"

季忆的声音将她拉了回来，可她心脏还在扑通扑通狂跳个不停。

"你没事吧？"他好奇地观察她。

"没事。"梅好赶忙把文件递上去，"您看后没问题请签字，我再送去市场部那边。"

季忆手里那几张设计图她认得，都是公司挑选出的备用参赛设计，她清楚公司马上要做出决定了，在这些设计中挑选出一个，再经过一系列完善后送去参赛。

"知道了。"季忆一手拿起表格看着，另一只手放在衬衣领子上，顺势一扯。

这个无意的举动再次让梅好心潮澎湃，她眼睛里瞬间起了一场大火，刚才好不容易平复的快速心跳又回来了。昨晚的情景再次重现，淋浴中的季忆手顺着脖子一直滑过了紧实的胸肌。

梅好猛摇头让自己保持清醒，将刚开了个头的幻听音乐硬生生掐住，她再也无法忍受季忆这撩拨人心的动作："季总，没什么事的话我就先出去了！"

梅好从里面出来，边走边收拾心情，嘴里嘀咕着："梅好啊梅好，你居然对自己的老板起了色心，你脏了……"

"哪里脏了？"身后一个声音响起。

梅好吓得差点没跳起来，回头一看，是公司的保洁阿姨。阿姨正握着拖把看着自己。

"哪里脏了？"保洁阿姨又重复了一遍，"告诉我，我来清理干净。"

梅好摆摆手，羞愧难当地逃走了。

设计部里，王丰薪趾高气扬，他不时扭头看看不远处正在工作的赵慧臣，脸上写着不加掩藏的嘲讽。昨天原本以为赵慧臣的设计成功入选，没想到赵慧臣去了一趟老板那里，回来后便宣布这事儿黄了，真是人算不如天算。

王丰薪故意提高嗓门："听说了吗？公司马上要选出最终的设计作品了。"

有同事赶忙拍马屁，"组长，这回参赛作品肯定又是你的。"

王丰薪得意一笑，连谦虚一下都懒得做。

赵慧臣听后，稍稍出神，继续闷头工作。王丰薪走过来拍了拍他的肩膀："小赵啊，你也不要太灰心，一时春风得意靠的是运气，一直春风得意靠的可是实力。"

赵慧臣忽然抓住王丰薪再次拍下来的手腕，把他的手从自己肩头移开，他站起身，足足高过对方半个头，强大得气场瞬时压的对方说不出话来。

"组长，你说得对。"赵慧臣收起眼中的凶狠，用心服口服的语气说道。

王丰薪也暗中替自己捏了把汗，这刚刚要是赵慧臣当众爆发给自己一个难看，还真不知道该怎么收场。这家伙不简单，他心想，他到底是什么来头？赵慧臣跟那些普通人家出来工作的孩子很不一样，从不见他唯唯诺诺，也不见他溜须拍马，好像谁都不需要依附，实在是少见。

这时，一条微信挤进了赵慧臣的手机，是梅好发来的，约他在公司的休息区见面。

几分钟后，赵慧臣如约而至。

"这可是我入职以来你第一次主动联系我。"他故作埋怨。

梅好自嘲似的笑着调侃："可能是以前主动的时候太多了吧。"

她没想到自己会跟他开这样的玩笑，也许并不是很合适，但在她心里，早已经把赵慧臣划到了老朋友的位置，这些话才可以无所顾忌地说出来。

"好吧。"赵慧臣也笑着耸耸肩，他忽然想到一句话，若无其事才是最狠的报复。也许就是这样，梅好对于他们的过去真的放下了，才可以做到坦然。而他暂时还不能，他给了她轻易便可以让自己难过的能力。说到底，他于心有愧。

"为什么拒绝了季总？"梅好把话题转到了工作上。

"他没跟你说吗？我的设计不符合公司想要打造的手办形象。"

"这样的话，你尽可以拿去骗别人。"梅好看着他，"季总认准的事情，没有特殊情况是不会改变主意的。同行业的人都说他可以为了公司业绩不择手段，这种时候他选中了你的设计，又怎么会说放手就放手？"

"你好像很了解他。"赵慧臣话里有话。

刚刚梅好还在这场谈话中占据主导，对方一句话甩过来，她立刻软下来："我毕竟是季总的助理嘛，对他了解一些也是正常的。"

"你干吗这么紧张，我不过就是一句话而已。"

"我哪有紧张。"梅好快把装咖啡的纸杯捏扁了。

"梅好，你希望我怎么做？"

"我？"梅好略一思索，"我当然希望你可以和公司合作了。这些年你一直在坚持自己的设计，还跟家里关系闹得这么紧张，正因为我知道你一路是怎么走来的，才希望你可以抓住机会。这次代表公司去参加比赛就是最好的机会，你应该用你的才华向所有人证明你的价值！"

"我相信你是真心希望我好，但我还是想知道，除此之外你有没有别的想法。"赵慧臣问。

"我也是为了公司的发展，你知道的，我是 PIKO 的忠实粉丝。"说到这，梅好终于意识到对方话里的意思。

"只是为了公司？"

"为了季忆，他是我喜欢的人。"梅好全部交代。

两人之间有长达数十秒的沉默。

赵慧臣长舒了口气："我知道了……"

这段时间以来，他总对两人的未来有许多美好的愿景，这样也好，那些摇摇晃晃的期待不过是刹那的海市蜃楼，埋头装傻的人最终是要清醒过来的。赵慧臣从手机里翻出一张照片，上面是一张设计图，里面的动漫形象长着一双精灵耳。

"你还记得它吗？"他把手机递过来。

"当然记得，这是你画的关于精灵耳的第一张设计图。"梅好一眼就认出来。

"你往后翻。"

梅好照做，又翻到下一张照片，忽然愣住，照片上的人正是她，而且角度和上一张设计图一模一样，那时的她还留着短发。

"还有。"他提醒。

梅好继续往下翻看，又是一张精灵耳的设计图，接下来又是一张相同角度的梅好照片。她一连往下翻了好多张，发现每一张精灵耳的设计图，全部是根据梅好日常中的照片进行设计的。

"这些照片都是这些年我抓拍的你的日常。"赵慧臣笑容有些怅然，"这张是你上大课迟到被老师罚站，这张是我们去张北音乐节时你坐在夕阳下的草地上，这张是你追剧时掉眼泪的样子……梅好，精灵耳的原型就是你。"

有那么一刻，梅好被触动，现在看来，赵慧臣对自己的感情是一点点叠加起来的，并非是"面对喜欢了自己几年的人突然离开后的某种不甘心"，他远没有那些自私自利的小心思。

"我不想把这个为你而做的设计商业化，所以没答应季忆。"

赵慧臣说话的时候，梅好能想象到季忆得知这件事的细微表情，他很平静地听完，然后对赵慧臣说："我尊重你的意愿。"

"这段时间以来，我其实一直在自己骗自己。我觉得我和你之间有条看不见的绳子，一头是你，一头是我。如果有天我们在人群中走散了，我寻着这条绳子，只要努力奔跑，日夜兼程，披星戴月，不管多远，都可以找回你，而你也会一直在原地等着我。"他的声音如同幽幽低诉，两人的一幕一幕在眼前重现。

"我以前也这么觉得，相信时间的力量，只要坚持下去总会等到想要的那个人，所以我克制自己的情绪，怕你不喜欢，我发展自己并不感兴趣的爱好，因为你喜欢。就在这个过程中，我发现自己像院子里那朵过了花期的花一样，日渐枯萎，为了爱一个人，一点点谋杀了原来的自己。遇到季忆以后我才发现，哦，原来我是这个样子的，开心时表现出来，不开心时也表现出来，并且会很快得到他情感上的反馈，让我觉得从容自在，不会一遍一遍复盘在他面前有没有做什么丢脸的事情。赵慧臣，真正适合自己的人，不会远在天边等你主动去靠近，而是从一开始就笃定地站在你身边，陪你经历各种各样的事情。所以，他喜不喜欢我并不重要，重要的是我现在喜欢着一个值得我去喜欢的人，并且觉得幸福。"

梅好微笑看着对面的赵慧臣，她内心那个坚定的声音，希望他能懂。

家中到处是杂乱的样子，丁鹿一边打包行李一边指挥两个搬家工人。

"师傅小心点，别把我的多肉弄折了！"

搬家工人打包票："您就赔好儿吧！"说完搬起一大盆多肉，朝停在楼门口的搬家车走去。

搬家工人前脚刚出门，房东就推门走了进来，丁鹿一见是他，脸当时就耷拉下来："有事吗？"

房东倒没介意丁鹿的态度，四下里寻摸着："我来看看房子，好提前规划一下怎么装修。你忙你的！我一会儿就走。"

丁鹿懒得搭理他，砰的把卧室门关上继续去收拾东西了。客厅现在就剩下房东自己了，他贼眉鼠眼地把目光投向了梅好的卧室。

梅好赶回来时，正好碰上季忆跟设计部的几个骨干开完会，组长王丰薪喜笑颜开，看样子今年的参赛作品十有八九又是他的了。

梅好站在门口就看见了季忆，可能是刚经过一场走心的谈话，一看到他梅好就觉得心里温暖又踏实。她一进去，就见季忆连着打了两个喷嚏。

"季总，您脸色好像不太好。"

季忆疲惫地晃了晃头："头有些沉，休息一会儿就好了。"

刚说完，梅好的小手就贴过来摸上了他的额头，季忆身子一下紧绷，全身的血液好像一下失去重力，悬在血管中。她手上温度偏凉，像一服降温贴让他觉得既紧张又舒畅。他张张嘴，似乎想说什么，梅好却对他做了个嘘声的手势，好像在说"忙着呢不要打扰我"。季忆便不再"挣扎"，小孩子一样安静下来乖乖听话。梅好并没意识到这举动的亲密程度，认真感受对方体温后又把手收回摸了摸自己额头，然后认真地说："太好了没发烧。您这是感冒了，我去给您准备药。"

几分钟后，梅好将搅拌的铜勺取出，杯中的感冒药颗粒正打着涡旋快速化开。季忆接过药水："谢谢你。"

梅好正专心研究其他药片的用量，顺口便回："您一定是昨晚洗澡的时候着凉了，过了凌晨最好不要洗澡，还有你头发都没擦干呢就去接谢经理打来的电话……"

梅好忽然打住，空气在那一刻仿佛凝固起来，她下意识去看季忆，对方正吃惊地看着她，眼睛里满满都是不可思议。

"你怎么知道我昨晚过了凌晨洗澡？"他问她。

"我猜的！"梅好打算蒙混过去。

季忆的眼神变得危险起来，夹杂着一丝坏坏的捉弄，他把杯子往桌上轻轻一放，站起身朝她靠过来。梅好的小身板跟筛糠似的，看着他从自己手中接过药瓶撇在了桌上。他们挨得太近了，近到她额前碎发被对方炽热的鼻息撩动，奇痒酥麻。只听季忆用低低的嗓音逼问道："我头发没擦干就去接电话，而且接的是谢贵永打来的，这个也是可以猜到的？"

说完季忆自己先是一愣，立刻想到了什么："你是通过那块陨石看到的？"

事到如今，不承认是不行了。梅好点点头又马上强调："我真不是故意的，就是出于好奇看了一眼，就一眼！"

她说着竖起一根手指头，眼神更是可怜巴巴的。

"从洗完澡到头发没擦干就去接电话，你这一眼够长的，一眼万年啊。"

梅好低头，一副做了错事任凭发落的表情。

"我想问件事，你必须要老实回答。"犹豫片刻后，季忆还是开口了。

"您说……"

"全部，都看到了？"他问。

梅好想了想："该看的都看了。"

季忆感觉面子都丢没了："这种话也可以随便说吗！"

"您叫我如实回答的。"梅好有理有据。

"你可以出去了。"季忆心态有点崩。

梅好回去后，越是命令自己不去想刚才的事情，大脑越是不听使唤，反复播放着那尴尬的一幕，她恨不能就地找条地缝钻进去，最好再也不出来。

……

晚些时候，张发奎来到了总裁办公室，季忆对营销部提交的策划案很满意，让大家再接再厉。张发奎汇报完工作，却迟迟不打算离开。

"季总，有件事我要是不跟您说说，憋在心里特别难受。"张发奎说。

"跟工作无关的不要说。"季忆先发制人。

"哦……我这是私人感情问题。"张发奎就此打住。

季忆到底是心软，无奈地看他一眼："讲吧。"

张发奎屁颠屁颠地刚要开口，季忆忽然想到了什么："这种事情，是不是属于你的个人隐私？"

"属于啊。"

季忆两眼随即扫向办公室的两个屋角，仿佛那里架了两台来回扫荡的监控器一样。接着他朝张发奎勾了勾手，张发奎朝他走近了一些。

季忆继续勾手，张发奎靠得更近了。

"季总，再近就亲上了。"张发奎提醒。

季忆这才把手搁在自己嘴边，贴着张发奎的耳朵小声说："你说吧，我听着。"

"能听到吗？"张发奎同样小声问。

"声音可以再小一点儿。"季忆回他，眼睛还不忘瞟向"不存在的监视器"方向……

下午，梅好偶然从张发奎那里听说了老板反常的举动，心里便一声惨叫，别人当然不明白，只有梅好自己知道季忆这是在防着她，害怕她偷听到张发奎的"个人隐私"。梅好越想越气，季忆分明是把她当成了偷窥狂！

是可忍孰不可忍。梅好思来想去决定要跟季忆交涉一下，她找了个不忙的时间段再次进了总裁办公室。

"季总，我想您应该是误会了。"梅好跟他解释，"我没有在时时刻刻偷窥您。"

季忆皱眉："你意思是说，还分时间段？"

梅好拼命摇头："我发誓我就看了一回，还是无意中看到的，算不上偷窥。"

季忆缓缓站起来，两手撑在桌子上，舒展的手指根根骨节分明，双眸似有无限春意盎然看着她。

"能告诉我，为什么好端端地会想起来要看我在做什么吗？"

"我——"梅好紧张到语塞。

他颀长的身子朝她继续倾过来，梅好的心突突直跳，只见他说："难道，梅助理很关心我？"

梅好都不敢看他，嘴巴竭力做着垂死挣扎："当然，我是您的助理……"

季忆重新坐回座位，像是故意逗她，"知道偷窥最大的特点是什么吗？"

"什么？"

"上瘾，有了第一回，就会有第二回。"

梅好感觉跳进黄河也洗不清了："都说了那不是偷窥，您这么说我，我会很有心理负担。"

"该有心理负担的人是我才对。"

"那您要我怎么做才能没有心理负担？"梅好情急下脱口而出，"大不了你来保管那块陨石好了。"

"同意。"季忆马上答应下来。

梅好原本想撇清自己，没想到赔了夫人又折兵，现在连陨石都要拱手让人，心里更憋屈了，招呼都没打转身就气呼呼走了出去。

梅好下班回到家里时，丁鹿的房间已经搬空了，地上零星散落的小物品像是提醒梅好，她和丁鹿在一起的合租生活有多开心。

她觉得心里空落落的，原来人是这么容易感到孤单，每个人拼命融入喧嚣的生活中，为的就是不让孤独笼罩自己。梅好在房门上发现了丁鹿留下的字条："亲爱的，我先搬一步，万一没找到新房子也别慌，我收留你！"

落款是爱你的鹿鹿。

梅好眼睛莫名有点酸酸的，还是姐妹好啊，谁说自己没有退路的，她的退路就是丁鹿。不论何时何地，都有姐妹在背后撑着自己，风雨不改。

梅好在电脑前坐了下来，在网上找房源之前，她还要对最新的视频进行最后的剪辑。这个剪辑的最后，有 PIKO 盲盒的广告植入，因此梅好在制作上格外用心，为此多花了些精力。

本次的视频剪辑的主题是"当我们吻在一起"，梅好精挑细选了几十部自己钟爱的影视剧中经典的接吻瞬间，并配上了甜蜜的音乐。每一次的创作，对梅好来说都是一种治愈，隔着网络她跟粉丝们互相打气，不管人生经历怎样的挫折，还是会信仰真正的爱情。

点击发布，几分钟后，源源不断的评论涌了出来。梅好习惯性地翻看着大家的留言，有个留言在问："猪小姐，你期待在什么场合下和喜欢的人接吻呀？"

梅好想了想回复："意想不到的场合。"

她一边回答一边嘴角忍不住向上扬起。

此时，季忆坐在家中的沙发上，刷着不吃香菜的猪小姐账号底下的留言，当他刷到梅好的那条回复后，忍不住停下思考起来。

怎样才叫意想不到的场合呢？

想了好久他都没有想出答案来，于是起身上楼进了卧室，刚准备把身上的 T 恤脱掉，忽然又穿了回来——他两手抱住胳膊，巡视房间四周，觉得梅好有可能正在"看着"自己。这时候他忽然又想起白天在公司的一幕，梅好一脸认真地告诉自己："该看的都看到了。"

季忆深深体会到了被梅好支配的恐惧。随后他又找来几件长衣长裤套在身上，把自己捂得严严实实，连最上面的那颗纽扣都系上，卫衣帽子也扣上，抽绳一拉一系，五官只露出眼睛和鼻子，跟那台想象出来的监视器对峙着。

梅好伸了个懒腰，她习惯性地往电脑旁一瞥，当下心里就是一沉——陨石不见了。

只剩下那个玻璃罩，里面空空的什么都没有。

梅好马上给丁鹿打了电话："鹿鹿，你看到我的陨石了吗？"

"没有啊，不是一直在你房间里吗？"丁鹿睡得迷迷糊糊。

"陨石不见了。"

"陨石不见了？！"丁鹿一下清醒了。

梅好又问："今天家里还有别人来过吗？"

"有的，两个搬家师傅。"丁鹿又补充，"对了，房东也来过，不过我没搭理他。"

梅好于是又给房东打了电话，结果对方压根就不接电话。她基本确定了，是房东拿走了陨石。他打算开民宿，有了这颗陨石，便是现成的招牌，更好招揽生意。但眼下不是跟对方理论的时候，当务之是要在一天之内租到新房子。横竖是睡不着了，梅好决定熬夜搜索房源，并制定出明天的看房路线。

这一晚，季忆过得忧心忡忡，草木皆兵。

入夜，他好不容易才睡着，手机屏幕上循环播着一行蓝色荧光大字：警告，不许偷看我！

sweet u

第六章 —— 隐藏吧！恋情

memory

× 21

第二天一早，季忆顶着两只黑眼圈到了公司。

各部门对参赛备选作品的投票结果已经出来了，不出意外，设计部组长王丰薪的作品将被送去参赛，季忆决定下午在例会上公布这个决定。

十点钟刚过响起了敲门声，季忆瞬间就来了精神，他要好好给梅好"展示"下自己昨晚的睡眠成果，这回她功不可没。

"进。"他沉声道。

门开了，进来的却是赵慧臣。

季忆眼皮一抬："担心别人知道我们认识，还隔三岔五就往这里跑。"

赵慧臣在一旁的沙发上坐了下来："昨晚上我爸约你见面了？"

"见了。"

"从小他就习惯安排我的一切，小到我应该有什么爱好，大到我的人生，他都要一手操办。我一直觉得自己是个傀儡，没资格选择想要的人生，直到大三那年我才在梅好的鼓励下换了专业。我爸暴跳如雷，好像我做了什么大逆不道的事情。我告诉他，这是我第一次忤逆他，但不会是最后一次，从今往后，我要过自己想要的人生。"

季忆走上前在对面坐下："就你爸那暴脾气，永远也不要指望他改了。"

"他都跟你说什么了？不用猜我也知道，他要你把我开掉，他以

196

为我真的走投无路了，就会乖乖回去听他的安排。"

"没错儿，你爸是这么跟我说的，但是我拒绝了。"

赵慧臣一怔。

"世界上永远不缺有钱的企业家，但更需要一个设计天才，他会让这个世界变得更可爱。"季忆看着他，"所以，即便是得罪了你爸这个老朋友，我也会站在你这边。"

赵慧臣克制着突如其来的感动："我想通了，我愿意跟公司签约授权。一半是要向我爸证明自己，一半是因为梅好。"

"你再晚来一步，我就要公布今年的参赛作品了。"季忆笑了，如释重负。

"我还有个条件，后续的设计中，我会经常跟梅好进行沟通。"赵慧臣说，"我可不是那种会轻易放手的人，那样会让我最开始对她的喜欢也显得廉价。只要你们没有正式在一起，我是不会放弃的。"

"这种锲而不舍的性格，跟你爸挺像的。"季忆似乎并不介意。

"你就一点都不担心我会把梅好抢走吗？"

"她不会被任何人抢走，梅好从来都是自由的，她不属于任何人，即便她跟谁在一起了，成为谁的女朋友，或者妻子，也只是她人生中的一面，而我爱她所有的样子。"季忆说。

赵慧臣走后，季忆着急地走出办公室朝营销部这边走来，他发现梅好的座位是空的。

"梅好呢？"

芳姐赶紧回答："季总，梅好请假了，她这会儿正在外头租房子呢。"

今天梅好早早就出了门。

本着离公司近的原则，她先是去了呼家楼。到了才发现，原本看好的一套房子跟网上描述的相差甚远，总共80平方米的房子住了4户，算下来足足有8个人。梅好一想到早晨要跟一群人共用卫生间，晚上下了班还要排队洗澡，当下就打了退堂鼓。

中介又骑着他的小电驴载着梅好去了另一处房子。小区环境不错，房子也够新，39平方米月租金6200，虽然可以押一付三，再加上中介费、保洁费用，对梅好这个刚毕业的小北漂来说实在是难以承受。她有时也会感叹，为什么放着老家宽敞的大房子不住，偏要住在北京十几平方米的合租房里。然后她会给出自己的理由，比如这里有家乡所没有的繁华，这里有志同道合的年轻朋友，这里有为之努力的梦想，尽管她很清楚这座城市里真正的繁华，从来与她无关。

一连看了几套房子，都无法让梅好心甘情愿刷卡，中介小哥最后的热情也被耗得一干二净，冷脸骑着小电驴绝尘而去。梅好继续顶着大太阳奔赴下一站，就在这时季忆的电话打了进来。

"你在哪？"

"在外面呢。"正赶路的梅好又热又累。

"具体位置。"

"太阳宫这块儿。"

"我正好也在附近，中午一起吃饭。"季忆语气不容拒绝。

"季总，我今天真的有急事儿……"梅好犯难。

"发我定位。"季忆挂了电话。

中午，两人坐在餐厅里，季忆把赵慧臣同意授权的事情告诉了梅好。

"真的？！"梅好开心极了，"太好了！这回拿奖的把握又大了。"

季忆看她狼吞虎咽吃着："下午我带你一起找房子。"

"不用不用！我自己就可以的。"

"你以为我来找你，就只是为了告诉你授权的事情？"季忆说，"你只有半天时间了，我有车去哪都方便，还节省时间。"

让老板陪着自己去租房子，梅好压力倍增，另一方面又盛情难却，只好埋头吃起东西来。

饭后两人开车上路，要去的地方有些偏远，但好在房租相对便宜些。

"我算了一下，早晨6:50起床，7:20出门，坐一班公交，倒两趟地铁，大概会在8:40到公司，还可以接受。"梅好在副驾驶上盘算。

"这样你每天通勤时间将近3个小时，时间久了睡眠会严重不足。"他提出异议。

"没关系，路上我也可以抓紧时间休息。"

"搬家公司联系好了吗？房东有没有为难你？"季忆又问。

"季总，我本来打算今天就把陨石拿给你的，可是房东趁我不在家的时候把陨石拿走了。"梅好只好把事情说了出来。

"什么时候的事？"

"就昨天。哎，你这是要去哪？"梅好看见车子在路口猛拐了个大弯，往回驶去。

"把陨石要回来。"他斩钉截铁。

接下来，梅好按照季忆所说，以房屋交接为由把房东约来了家中。房东一见对方还带了人，无赖的劲头又上来，话都不肯好好说。

"我知道是你拿走了陨石。"梅好开门见山。

"谁拿你陨石了？告诉你别血口喷人啊！"房东立即呛声。

梅好最不擅长的就是跟人吵架，她往后退了退，小声对季忆嘀咕："我看还是算了吧……"

见季忆不表态，梅好又硬着头皮继续出战："你必须把陨石还给我！"

"说什么呢你！信不信我揍你啊？"房东气急败坏，冲上来就想攻击梅好。

季忆挡在她身前，伸手就钳住了房东的手腕，慢条斯理地说："好好说话。"

他手上一用力，房东的表情就痛苦起来："手、手、我的手！"

季忆松开，房东见自己不占优势，骂骂咧咧想要离开。季忆气定神闲地往沙发上一坐："门我上了锁。"

房东气得快要跳起来："你知道自己违法了吗？你现在是限制人身自由！我要报警！"

"你赶紧报警，正好让警察看看这段录像。"季忆打开手机，调出一段视频。

房东往前凑，季忆让他看两眼就把手机收了回来："这是我在小区监控室里翻录的视频监控，你昨天身上带走的东西，警察到时候一查就知道，入室盗窃可不是小事儿。"

对方仍旧死鸭子嘴硬："那怎么能算偷呢，房子是我的，陨石掉在我的地盘上，就是我的！"

"拜托你有点常识，这属于目击陨石，是天外来物，原则上谁第一个发现就是谁的。"季忆据理力争。

房东还在做垂死挣扎："你说这些不好使！甭想吓唬我！"

"但是拳头好使。"季忆的脸色忽地沉下去，目光直直地逼向房东，"鉴于刚才你意图殴打这位小姐，我现在完全可以把你狠狠地打趴在地上。"

季忆又拿出一张名片，递给他："你们家之所以能成为网红，就是因为我司剪辑的视频起了推动作用，我照样可以把你的所作所为剪成视频挂到网上，看看还有谁会来住你的民宿。到时可别怪我没提醒你见好就收。"

房东的态度彻底软了下来，半小时后，梅好顺利拿回了自己的陨石。

坐在车上，梅好依旧情绪激动。她刚才深受震撼，这么大一个老板竟然会因为一块陨石"折"了风度。

"季总，你刚才好凶呀，跟平时简直是两个人。"

"有吗？"季忆恢复了惯常的冷静，仿佛刚才那个"以暴制暴"的自己从未出现过。

"有！不过很帅。"梅好竖了大拇指，"我好怕你们会打起来，虽然你不会吃亏。其实你知道的，这块陨石已经检测过了，根本没什么价值，不值得你这样做。"

"它对我们来说有很特别的意义。"

季忆目视前方，梅好望着他的侧脸。他刚刚用了"我们"，因为"我们"他才把这块陨石看得如此重要，势必夺回，梅好心里觉得暖暖的。

下午的看房行程依旧坎坷，不是房主不在家，就是房子的居住条件不合适。两个人穿梭在几个小区中，上上下下兜兜转转，还是没租到满意的。快七点的时候，之前联系过的一个房主下班了，约梅好过去看房。

"希望这个能够顺利。"梅好给自己打气。

两人根据地址见到了那位房主，一个戴眼镜的中年男人。他见到梅好时，眼睛一下就亮了起来。

房子是个两居室，精装修，家电一看都不是便宜货。在经过允许后，梅好走进了出租的卧室，季忆也跟了进去。里面的摆设也很女性化，女孩子第一眼看了都会喜欢的那种，欧式铁架床，墙上挂着复制品油画，粉色衣橱立在墙角，一切看上去清新自然，但季忆总觉得哪里怪怪的。

梅好又去卫生间和厨房看了看，十分满意。房主走过来，手里端着盘刚洗好的葡萄，热情地邀请两人品尝。

"大哥，另一间卧室谁在住？"梅好问。

"我住。"

梅好心里咯噔一声："你也住这儿啊？"

"我一直住在这，另一间卧室出租。你放心，我老婆孩子也住这里。"

梅好虽然犹豫，可一想到明天必须搬家，梅好告诉自己不能再这么挑剔下去了。

"是你们两个一起住吗？"房主问。

"我自己住。"梅好说。

"太好了。"房主脱口而出。

季忆看着眼前这个男人，对方的眼神透着猥琐，他不禁皱了皱眉头。梅好下了决心："现在签合同吧，我明天一早就搬过来。"

"行嘞！"房主从客厅的桌上取过事先备好的合同，"你仔细核对一下，没问题就可以签了。"

趁着梅好检查合同，季忆又溜达进了那间即将出租的卧室，目光在每个角落里细细打量。忽然他的视线锁定在那副油画上，又下移到油画正对的铁架床，随即再次把视线移回油画上。他眯起眼睛，发现画框上有个十分隐蔽的小孔。季忆大步流星走出房间，冲到房主面前一把扯住了对方的衣领，拽着他进了房间。

梅好被吓了一跳，赶紧跟上去看。季忆拿起手机开始录像，指着油画对房主说："去把它卸下来。"

房主此时已是面色如土："你、你想干吗？"

季忆一推他，房主的身子重重撞到了墙上。

"别再让我说第二遍。"季忆警告他。

房主颤颤巍巍地踮起脚，把油画取了下来。

"翻过来。"季忆说。

房主将油画转了过来，梅好看到后脸色一变，只见背面藏着一个针孔摄像头。梅好见状脸色大变，季忆上前将记忆卡抽了出来。

房主赶紧求饶："哥们儿，我头一次这么干，你放过我吧！"

季忆压低声音："做了坏事的人被发现时都说自己是第一次，今天要不是还有事，我亲自送你去派出所。明天一早记得去自首，别等着警察来抓你。"

季忆松开房主的衣领，那家伙两腿一软，顺着墙壁遛坐到了地上。季忆看一眼梅好："我们走。"

"臭流氓！"梅好骂。

两人下了楼，一直到出了小区门口，季忆都铁青着脸没说话。

"谢谢你啊，要不是你，这回我真的要吃大亏。"

季忆忍无可忍："别人对你稍微热情一点，你就相信对方，连最起码的判断能力都没有吗？"

梅好想想都后怕，悔愧地直吐舌头。

季忆还要说点什么，这时手机响了，是谢贵永打来的，他犹豫一下还是接了。挂电话后，季忆告诉她："新合作的工厂原材料出了问题，需要我回公司一趟。"

"你快回去吧！"梅好催促他。

"那你呢？"季忆不放心。

"我再找找，肯定能找到合适的房子。"梅好不想他担心。

"要不今天别找了，明天再给你一天假。"季忆提议。

"那哪行！盲盒大赛眼看就要到了，我可不能再误事！"梅好打包票，"放心吧，我一个人可以的。"

"只能这样了。"季忆决定赶回公司，两人当下分开走了。

今天大概率是找不到房子了，梅好心里清楚，附近挂到网上的房源已经被她看了个七七八八。她在手机上搜了一下，发现前面街上还有家靠谱的房产中介，抱着最后一点希望，梅好决定过去碰碰运气。

这是一条很长的夹道，不过六七米宽，一侧是架起围墙的工地，一侧是路灯都不亮的老小区。梅好现在是又累又饿，黑漆漆的前方偶尔才会有人骑车经过，她硬着头皮走了进去。

"他刚才那个发脾气的表情，明明就是在担心我。"梅好一想到对方刚才的样子就傻笑个不停。

走着走着，她听到身后响起了脚步声。梅好有点兴奋，大着声音说："你回公司就行，我自己可以的，不用跟着我了——"

梅好转过身去发现昏暗中立着一个人影，她心头一紧，那人并不是季忆，而是个一脸坏相的陌生男人。梅好意识到情况不妙立即扭头，刚走上几步又忽地站住了，就在她前面不远处，还站着两个男的。三个人收拢包围圈，将梅好逼进了角落里。

梅好对那三个人说："你们想干吗？"

"包拿来。"为首的人说。

梅好打开包，迅速从里面掏出了那块陨石："我只要这个东西，其他的钱和手机全给你们。"

三人互看一眼，断定梅好手里的是个值钱货，为首的人伸手："这个也给我。"

"不行！"梅好拒绝，"这个对我来说很重要，我不能给你们。"

"废什么话啊！"其中一个男人上手就开始抢。

梅好死死护住，无论如何都不肯松手。

"救命！有人抢劫！"梅好大声呼救。

为首的男人被逗乐了，他嚣张道："你省省力气吧，这种地方谁都救不了你。"

"哎哟！"男人吃痛叫出声，他的手被梅好咬了一口。

"愣着干嘛！抢啊！"为首的男人对手下喝道。

梅好弓起身子，她感觉自己的力量在一点一点消耗，这个时候，她必须冷静，才能自救。

梅好忽然不动了，任由对方猛烈地抢夺，她听得到自己的心跳声，在心里喊着：季忆，加快速度……

只一瞬间季忆的脚步忽然加快，整个人倍速来到车前，开门，坐进去，系好安全带，发动车子。车子开出去几十米，那种感觉才消失，季忆猛踩刹车，将车子停到了路边，险些撞到路过的行人。季忆完全顾不上车外路人的叫骂和指指点点，大口喘着粗气，本能觉得梅好出事了。他迅速给梅好打了电话，无人接听。

他赶忙下车，迅速往回跑去。

夹道中，梅好护在手里的陨石被一个男人抢了去，他兴冲冲摘下玻璃罩，把陨石放在手上打量："什么玩意儿？跟煤球一样黑。"

为首的男人拿过陨石，不禁骂道："老子还以为是什么值钱货，看来咱们都被这小娘们儿耍了！"三人目露凶光，其中一个猥琐地说："那咱们就再搜搜她的身，看是不是还藏了好东西！"

话音未落，说话的那个被人从后面一脚踹飞，失控地朝梅好趴过来，梅好尖叫着躲开了，那家伙重撞在了护栏上。三个人回头一看，季忆正站在他们身后。

一个男人大喝一声冲上去，季忆敏捷攥住他的手腕，右手握拳直捣腹部，对方应声跪地。刚才被打的男人这时候爬了起来，张牙舞爪也扑过来，季忆一拳就把他摞倒在地上。另一人趁机又上前，一脚踹在了季忆腰上，季忆一个趔趄，勉强站住。

昏暗中寒光一现，为首的男人手里亮出一把匕首，梅好惊叫："小心，他有刀！"

季忆做好防守姿势，对方的匕首刺了过来，季忆侧身，刀子直接刺破了衬衣。季忆顺势推了他一把，男人手中的陨石掉落在地上。为首的男人再次挥刀而来，季忆虎口上还是被划了一道口子，他顾不得疼痛一脚将对方踹飞。

季忆上前，一把拉起梅好，慌乱中梅好捡起陨石，两人一起朝来时的路跑去。三个行凶者开始疯狂地追赶，大有宰了两人才能泄愤的凶恶。晚风在耳边猎猎刮过，梅好的手任由季忆拉着，偶有灯光照过来，投射在他的侧脸，灼灼的目光和挺拔的鼻峰，无一不透出这个男人的勇气和值得信赖。梅好恍然间想起曾经听过的那首粤语歌。"甜蜜地与爱人风里飞奔，高声欢呼你有情不枉此生，一声你愿意，一声我愿意，惊天爱再没遗憾……"

两人一路穿出夹道，跑上了热闹的街市，身后的三名恶徒仍紧追不舍。

就在这时，梅好的鞋子跑脱了，两人暂停下来。待梅好重又穿上鞋子，她牵着季忆的手准备再次逃亡时，忽地发现季忆的手从自己手中滑了出去。梅好扭头看他，季忆面向前方一副奔跑的姿势，却是一动不动。

梅好心里暗道不妙，倍速后遗症来的太不是时候了。眼看着身后的凶徒越来越近，梅好从街边超市门口推来一辆购物车，拼尽全身力气将季忆推到了车子上。季忆横趴在购物车上，依旧保持着奔跑的姿势，有点像是撤店促销的假人模特。那天晚上，很多围观市民都看到，一名年轻女子推着一个全身上下一动不动的男人奋力朝前狂奔而去。

梅好推着季忆跑了足有百十米远，才遇上了一队小区门口巡逻的保安。梅好大声呼喊着救命，身后的三个坏蛋眼见寡不敌众，调头跑掉了。所幸三个劫匪很快就被抓了回来，季忆还顺道把那张记忆卡交给了民警，讲了猥琐房东的事情。民警当即决定上门调查，要他在所里稍作等待。

两人坐在大厅的长椅上，梅好为季忆清理伤口。药棉触碰到伤口时，季忆还是忍不住锁紧了眉头。梅好轻轻为他清理着伤口，眼泪啪嗒啪嗒掉了下来："差一点就割到手上的神经了。"

梅好的眼泪让季忆有些手足无措，只好安慰她，"不疼，一点儿都不疼。"

"真要是伤到了神经该怎么办，都怪我，一天到晚给你惹了多少麻烦。"梅好越说越伤心，眼泪止也止不住。季忆用另一只手抽了张纸巾，缓缓抬起来，想为她擦掉眼泪。他终于还是没那样做，把纸巾递到了梅好手上。

"他们要什么就给他们。"他又严肃起来，"不过是一块陨石而已，已经检测过了，很普通的，又没什么特别的价值。"

"它对我们来说有很特别的意义。"梅好说完笑了，脸上还挂着泪，季忆也忍不住笑了。

从派出所里出来已经是深夜了，街上行人渐稀。

"房子的事还没着落，你打算怎么办？"季忆问她。

"我先在公司附近住几天酒店，然后继续找呗，不能再耽误上班了。反正这块儿我是不能租了，树敌太多。"

"梅好……"季忆忽然叫她名字。

"嗯？"她见他有些踟蹰。

"去我那住吧！"他看着她，眼里有光。

"……"

见她不说话，季忆有些着急了，以为她要拒绝，于是歪理邪说跟着一起上："你都看过我洗澡了，该看的都看了，于情于理你都应该对我负责！"

季忆绝不会想到，有朝一日自己会说出这么无赖的话来。

梅好觉得好笑："这算什么理由……"

"我喜欢你！这算不算理由？"

梅好还未反应过来，季忆忽地用手轻轻扶上她的双肩，像捧着心爱的宝贝，俯下身来吻上她的双唇。

她整个人瞬间僵住，眼睛瞪得大大的，看着近在咫尺的男人，他微微垂下的眼睑上那忽闪忽闪的睫毛，伴着眼中无比温柔的星光，在她心底兜起一阵清凉甜腻的风。

他的双唇柔软，丰润，像雨中的花瓣将她轻轻覆盖，带着若有似无的香气。梅好彻底沦陷了，她没出息地想要一辈子都沉溺在这无尽的温柔中。

两人保持这个动作足有几秒钟，季忆才依依不舍停下来。梅好的小耳朵都红了，她觉得难为情，仿佛这里已经呆不下去了一样，转身急急地走了。

季忆赶忙跟上去，两人在夜晚的街边一前一后走着，路边栅栏上是绵延的蔷薇花。

"你生气了？"他紧张极了，经历过那么多人生的大场面，却发现原来在确认心上人的心意时才是最折磨他的时刻。

"我当然生气了。"梅好仍旧闷头朝前走，嗔道，"居然在派出所里亲我！"

"你不是说，想在意想不到的场合下和人接吻吗？"季忆急急说出。

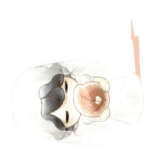

恋愛御守

梅好停下来看着他："你看我留言区了？"

"何止是看，我每天都给你留言说晚安，你一次都没回我。"季忆说完委屈巴巴看着她，小眼神让梅好又好笑又心疼。

"我又不知道哪个账号是你。"梅好又说，"不过从现在开始，你可以名正言顺每天在微信上和我说晚安啦！"

这话果然管用，季忆的不满立刻烟消云散，走过来一把牵住了梅好的手朝前走去。他脸上是明显想要控制一下却憋都憋不住的幸福笑容，梅好忍不住抬头看他一眼，也跟着笑了。

夜风徐徐，空气里有花草的清香，街灯蜿蜒，前路漫漫，整座城市都快要在甜腻中融化，真是个恋爱的好季节呀。

× 22

第二天，阳光晴好。

季忆起了个大早，简单地把客厅收拾了一下，把沙发的抱枕摆正后，又确认桌子上没有灰尘，他这才稍稍放心地在沙发上坐了下来。钟表的指针走着，他度秒如年，人生中第一次的同居生活即将开始了。

约莫半小时后，伴着窗外的啾啾鸟鸣，一辆厢式货车停在了季忆家外，坐在驾驶室的梅好拿起手机开始打电话。手机一响，季忆迅速抓起来，边接电话边迎了出去。

两个搬家师傅进进出出好几趟，才把梅好的东西都搬进了她位于二楼的房间。搬家师傅走后，两人开始一起拆箱，季忆帮着梅好把数以百计的盲盒手办重新摆放好，空置已久的房间立刻显出勃勃生机。梅好颇有成就感地对它们说："以后这里就是你们的新家啦，妈妈很喜欢这里。"

季忆走过来，也对着手办说："爸爸也喜欢这里。"

梅好的脸一下就烧烧的，害羞又开心。

东西全部收拾完毕，时间已经过去了一个上午，两人坐在一楼客厅里，边休息边讨论如何打发接下来的时间。

"季总，你平时有什么爱好？"梅好问。

季忆认真地回答："我没有爱好。"

尽管心里开启了疯狂弹幕吐槽模式，梅好还是给了他一个礼貌的微笑。

"不过，我想带你去个地方。"季忆卖起关子来。

进入十月中旬，夏日的热气散去，秋意愈加显著。路边开始有了落叶，空气凉爽之余，天空也显得愈加高远透彻，如一块巨大的透明玻璃悬在城市的高处。

车子又朝前开了一段，梅好扭头问季忆："那我们这是去哪啊？"

季忆故作神秘："到了你就知道了。"

其实没等抵达目的地，车子在驶过一条老街的时候，梅好就发觉了。她逼问正在开车的季忆："你快说，是不是要去我母校？"

见计划被识破，季忆笑："看来你对附近很熟悉。"

"那当然！这可是我生活了四年的地方，我闭着眼就知道这附近每家店的位置。刚路口那家是铜锅涮肉，听说都开了快20年了；刚经过的是一家奶站，再往前是家烧饼铺。以前这边特别热闹，后来街道整顿，好多小店都消失了。"梅好怀念曾经的日子，又忽地想到了什么，"为什么要带我来学校？"

"约会。"他说。

"约会？"

"嗯，因为是在一起的第一天，总要正式地约会一次才好。这样，以后回想起来才不会觉得遗憾。"

梅好听了，心里偷乐。

车子又驶过一条老街，从学校西门开了进去。自从毕业后，梅好就再没来过这里了，不过几个月时间，到处都是充满朝气的新鲜面孔。路两旁挺拔的白杨，依然是多年前她刚进校时的模样，在风中摆动着不再油亮的枝叶。

梅好带他在学校里参观："这就是我们学校有名的教学楼，上课，自习，咖啡馆一应俱全，很多明星见面会也在这举行，时不时还会有剧组来这里取景。告诉你一个秘密，有一回胡歌在教学楼门口拍戏，我还故意蹭进了镜头。"

"后来呢？"

"后来也不知道正片里有没有把我剪进去。"梅好笑。

她又指着一路相隔的某幢建筑："那就是我们学校的图书馆，壮观吧？不过你这种外来人员是不允许入内的。"

季忆看着她："好像你现在也进不去了吧？"

梅好一愣神，恍然明白过来："是啊，我也没有学生证了。"

随即她又自嘲："明明离开学校很久了，却总觉得自己还在读书，可能潜意识里不想那么快长大吧。长大了就要和各种奇奇怪怪的人打交道，比读书可要辛苦多了。"

"奇奇怪怪的人？"季忆想了想，"是在说我吗？"

梅好连连摆手："我可从来没说过！"

又往前走了一段，正好路过一片栾树，梅好快走几步，蹲下来从地上捡起一个果实形状的东西。

"这就是栾树果实。"

季忆看着梅好手中的小东西，上宽下窄的造型，遍布脉络，由三片灯笼纸一般的表皮覆盖全身，从桃红色到嫩绿色逐渐过渡。

"这是我最喜欢的树了。"梅好告诉他。

季忆不解，单从外形看，法国梧桐和银杏树都珠玉在前，栾树实在称不上十足的美观。

"你看栾树果实的外形，像不像一个小房子？"

经她这么一说，季忆还真觉得有点像。梅好又轻轻把这"房子"拆开，里面正好有两颗绿色的小豆子。

"每颗栾树果实都像是一座小房子，两个相爱的人住在里面，就组成了一个家，任凭外面风吹雨淋，地动山摇，他们始终紧紧地依偎在一起。直至慢慢分解，化作泥土，他们浑然一体，甚至时间都不能将他们拆散。"梅好继续说着，"我第一次发现这个秘密的时候，心里就特别甜蜜，觉得天底下竟然有寓意这么美好的东西，虽然这只是我自己的解读。"

梅好说着要把手中的栾树果实扔回地面，却被季忆拦下，他拉开自己的外套口袋，很小心地把栾树果实放了进去，然后牵起梅好的手："要保护好我们的家才可以。"

看着三三两两打身边经过的学生，梅好起初还有点不适应，季忆笑她："害羞了？"

梅好一梗脖子："才没有，四年都没尝过爱情滋味的老学姐回来秀个恩爱怎么了？"

说完，她又拉着季忆的手在别人艳羡的目光里朝前走去。

"我很好奇，为什么你会选在这里跟我约会？"梅好忍不住问。

"因为想看看我喜欢的人曾经生活过的地方，想知道我没出现的那些年，她都经历过什么开心和难过的事情，你的所有我都感兴趣。虽然不是多么光彩的想法，可还是想告诉你，我是嫉妒赵慧臣的。"

眼前这个高大挺拔的男人，这个看上去冷峻绝不会为情所困的男人，竟然也会嫉妒别人。

"我嫉妒他比我更早认识你，嫉妒你曾那么喜欢过他，嫉妒你的青春都跟他有关，嫉妒每一个他曾和你共同度过的日子。"他把内心的话索性全说了出来，眼神坚定中掺杂着不可言说的委屈。

梅好望着他，没想到季忆也会有这样激烈的情感，以为对他来说，主动表达内心的喜欢就已经是极限。在爱情这件事上，他亦不过是个泥足深陷的普通人，情感浓烈时照样如喷发火山，无法自控。看到梅好眼神微微迟疑，季忆意识到刚刚自己的激越之举，轻声问询："你是不是觉得我这样有点讨厌？"

她摇头："现在的季总，让我觉得更加可爱了。"

两人都不会知道，大约在两年前，一个同样的秋天里，季忆开车送赵慧臣返校。在那个梧桐树叶开始飘落的十字路口，如果季忆执意再往里开一段距离，又或者等待赵慧臣一起去食堂吃晚饭的梅好再往外走一段路程，两人就会遇上了。但当时的两人都没有跨出那一步，他们隔着那个宿舍楼的拐角还没有遇上，便悄无声息地离散了。这世上的相遇从来都自有章法，当时当日两人即便遇上了，往后的磨练未必就会少一些，历尽劫波峰回路转的爱才更加可贵。

约会的最后一站是校外的那条商业街。五百米的小街上店铺林立，年轻和烟火气绝妙混合在一起，妙不可言。梅好边走边向季忆介绍，那个卖肉夹馍的阿姨善使双刀，肉蛋菜咔咔咔十秒钟就能剁成泥，前边那家咖啡店老板娘每一任男朋友都超级帅，街对面那家成都菜馆已经开了20多年。

说的人眉飞色舞，听的人也是津津有味。两人来到一家小店门前时，梅好停下了脚步，季忆顺着她的目光看过去，木头招牌上用可爱的字体写着四个字——时光慢邮。

季忆拉了拉她的手，两人走了进去。小店内里狭长，一面墙上列着两排原木色的小箱子，每个箱子上都用油漆写了年份，另一面墙上则是各种明信片和信纸，最靠里的隔间是书写区，摆了长桌，钢笔、手账胶带和垫板一应俱全。

季忆买了信纸，决定给梅好写一封信。他把梅好摁在座位上，自己在桌对面坐下来，写信给对方。梅好好奇，总想要看看他都写了什么，屁股刚离开座位，季忆便停下来，用钢笔敲敲桌面，然后用眼神把她摁回去。

梅好无聊，双手托腮看着他认真写信的样子，浓密的睫毛，挺拔的鼻梁，温润的嘴唇，宽却不厚的双肩，棱角分明的指节，竟有种不经意间散开的少年气。梅好不觉间又沉迷其中，季忆抬眼，两人目光对上，他便忍不住嘴角翘起来。

"有没有人跟你说过，你的眼睛特别勾引人？"她问。

季忆想了想："还挺多的，不过我就主动勾引过你一个。"说着他用手在梅好鼻头上点了一下："好啦，我要继续给你写信了，乖乖等着。"

梅好听话，两手撑着脑袋，继续看着对面的男朋友犯花痴……

结账的时候，老板拿出表格让季忆选择信件送达的时间。老板是个面色黝黑的中年人，眼睛本就不大，一笑更难找了。

老板点着酒精灯，将铜勺中的火漆蜡熔掉，然后滴在信封上，又用印戳一盖，将信的开口处封上，然后等待晾干。

梅好还是没忍住："你到底在信里写的什么？"

季忆揉了揉她的头发："两个月以后你就知道了。"

梅好跟在他身后走出店门，念叨着："我还要惦记那么久啊！"

这天晚上，梅好窝在沙发上一直摆弄手机，还不时咧嘴笑成个憨憨。季忆坐在旁边好几次想要插话都没能成功，他故意伸个懒腰，想窥屏又有点不好意思。

"梅好，你干吗呢？"

"回复私信。"梅好说。

"粉丝发的？"

"嗯！"梅好看得津津有味。

"给你发私信的人一定很多吧？我想问问你，什么样的私信你才会回复呢？"

这问题引起了梅好的兴趣，她停下来认真思考了一下，然后竖了根手指："第一呢，你要先引起我的注意，起个跟我有关的网名，比如猪小姐今天瘦了吗，既有对我的美好祝福又能给人一种我很红的感觉，满足我的虚荣心！"

"第二点呢？"

"第二就是千万不要夸我的作品棒！我当然知道我的作品很棒了，还用你说，你一定要夸我长得漂亮，没见过本人也没关系，更有想象空间。夸我的时候呢要讲究策略，既要得体还不能被我看出虚伪，我可以虚荣心作祟但粉丝不能，本网红就是这么双标！最后一点，如果粉丝长得好看，我刚才说的那些都可以忽略，他随便发个标点符号都行，在我看来就是世上最美的情书，只需要点击发送，就可以收获一场双向奔赴的爱情！"

梅好知无不言言无不尽地分享了自己的经验，季忆听着脸越拉越长。梅好反应过来，心想糟糕，她早知道这位爱吃醋，但没想到连粉丝的醋都吃。于是她急中生智严肃地说："季忆，刚才说的就是你！"

"我？"季忆摸不着头脑，一时就忘了自己还生着气呢。

"嗯！"梅好蹭过来，往他怀里钻，"你账号如果用自己的照片，咱俩早在一起了！你这个寂寞芳心的纵火犯，你这个风情万种的臭男孩！"

"这小词儿还一套一套的。"季忆看着小猫一样乱动的她，心里顿时变得柔软，俯身在她额头上吻了一下。梅好瞬间就像背上贴了胶带的猫一样，四仰八叉一动不动，乖巧又可爱。

过了会儿，季忆对她说："我想跟你说点正事。"

梅好坐起身，眼睛冲他眨两下："洗耳恭听。"

季忆便提了关于是否公开恋爱关系的事情。

梅好说："我们的工作关系本来就紧密，这时候公开，公司里肯定会议论纷纷。"

"我不在乎。我喜欢你，就想让全世界都知道我们的关系，不管他们怎么想，都不会让我喜欢你的心情动摇一丝一毫。"季忆停顿了一下，继续说，"可是我在乎你，在乎你的想法和感受，所以即便我心里有一点失落，也没关系。"

"谢谢你一直为我考虑。我也有件事要跟你说。"

她从桌上捧过那个玻璃罩，陨石在里面安静地沉睡着，似乎之前发生的一切都与它无关。梅好说道："这块陨石以后就由我们共同保管。"

季忆接过来掀开玻璃罩，从里面取出了陨石。

"你是怎么做到的？"季忆好奇。

"很简单，就是把它握在手心里。"

"就像这样？"季忆攥紧了手掌，手心将陨石整个都包裹住。

想提醒对方已经来不及了，梅好的心陡然提了起来，她密切注意着季忆面部的细微反应。他合上的眼皮在快速又剧烈地抖动着。梅好不敢贸然打断对方，生怕出意外，就在她的焦虑到达极限时，季忆忽然睁开了眼睛。

"你看到什么了？"她问。

季忆再也装不下去，笑道："我什么都没看到，看来陨石对我不起任何效果。它只有在你手中才会发挥神奇的作用。"

"刚才吓死我了，还以为你出什么事了。"她这才放下心来。

"小时候我爸跟我讲过许多关于宇宙的知识，有次他说到一个有意思的猜想，我们的地球也许是高级外星文明的一个观察基地，我们的命运其实被更高级的文明操控着，甚至我们遇到谁、爱上谁也全凭对方的安排，他们就是造物主一样的存在。搞不好，这块陨石就来自更高级的文明。"

"真要是这样的话，我们人类太可悲了，囚徒一样地生活着，却又醉心名利，可笑又微不足道。"梅好感叹。

"他当年也说过和你类似的话。"季忆停顿下来，眼神悠忽变得伤感。

"想他了？"梅好轻声问。

季忆笑笑："时间太久，我都快不记得他的样子了。"

他又说："但是我会一直记得他的话，放过自己，做一个快乐的人。"

梅好看的心疼："我也保证以后再也不会对你下达指令了，避免给你造成麻烦。"

"这么说，我可以不用再担心身上发生倍速事件了？"

"嗯，你就放心吧！"

话虽这样说，这天晚上还是出了状况，而且是意想不到的新状况。

两人互道晚安后各自回了房间，很快梅好就在甜蜜的心情下进入了梦乡，季忆忙着回复一些工作上的邮件。等他工作结束，时间已是深夜，他伸个懒腰准备去洗漱。经过梅好房间时，他侧了侧耳朵，从里面传出清晰的呼噜声，开始时细微，声量慢慢爬坡，最高值时又慢慢消退直至隐去，周而复始，像是坐标轴上的抛物线。季忆听着，嘴角扬了起来。梅好睡得太香了，她已经很久没睡得这样踏实了。她正在做一个梦，梦见在公司里，明明已经到了下班时间，季忆迟迟不准下班，做事磨磨蹭蹭，一个名字签了半天还没签好。

季忆站在浴室的镜子前，挤上牙膏，开始刷牙。他心里有种轻盈的快乐，这幢偌大的房子里终于迎来了第二个人，从此他不再是独居在这里，而是有了陪伴。就在这时，卧室里的梅好忽然说了句梦话："季总，拜托你快点好不好！"

话音刚落，季忆手中原本按部就班的牙刷忽然快速动了起来，他无法控制自己刷牙的速度，毛刷疯狂地摩擦着每一颗牙齿，嘴里的泡沫越来越多，四处飞溅。季忆看着镜子里的自己，神情无奈又好笑，心里拼命想要停下来，手却压根不听使唤。就这么快速刷牙刷了足有一分钟，倍速事件才彻底结束，手里的动作戛然止住，他忍不住干咳了两下。牙龈某个地方忽地传来一下刺痛，他用手捂住了一侧腮帮，八成是刚才用力过猛划伤了口腔。季忆随即又想到了什么，缓缓扭头朝天花板的方向望去——

房间里，梅好一个翻身继续沉沉睡着，嘴角漾着一抹微笑。

隔天一早，梅好刚下楼就见季忆在餐桌前准备早餐。

"早啊。"

"早，快来吃饭吧。"

梅好两手背在身后，轻手轻脚上前，见到早餐那一刻忍不住发出惊叹：边角酥脆。麦香四溢的面包片上刷了一层酸奶，上面均匀撒了奥利奥的黑色碎末，又用猕猴桃、西瓜以及胡萝卜剪成蝴蝶的形状铺在上面。另一块面包片上用草莓拼出三朵绽开的红花，上端铺着一颗火候正好的煎蛋，像小太阳一般。此外，两个盛了牛奶的玻璃杯整齐摆放在旁边。这一切在早晨的阳光中都让人赏心悦目，心情舒畅。

"这也太好看了吧。"梅好边说边用手机拍了张照片。

季忆坐下来："因为是一起吃的第一顿早餐，很有意义，所以才多花了一点心思。"

梅好尝后赞不绝口："好吃！"

季忆满心欢喜，也吃了口面包，牙龈立刻传来刺痛。

"你怎么啦？"梅好问他。

季忆把面包放下，端正身子："昨晚我刷牙的时候，又发生了倍速事件。"

梅好赶忙解释："我发誓我绝对没有对你下达指令！"

"如果是睡着了呢？"

这话点醒了梅好，表情沮丧起来："我有时会说梦话……对不起啊，我昨天刚保证过的，结果又给你带来了麻烦。"

"其实这件事已经不再是我的困扰，比如昨晚刚发生的倍速事件，反而让我觉得很幸福。"季忆说。

梅好更纳闷了："为什么啊？"

季忆伸出一只手，轻轻覆在她手上，无比温柔地说："因为我在你的梦里。"

× 23

公司地下车库。

梅好刚要下车，季忆拉住了她的手。

"想跟你多待一会儿。"

梅好笑他："我们不是天天待在一起吗？"

"不一样，走进公司你就是我的梅助理了，现在你还是我女朋友。"季忆纠正她。

梅好无奈："那你想怎么办？"

季忆恢复严肃，用手指点了点自己的脸颊。

梅好拿他没办法："好吧，满足你。"

她凑过身来，准备在他脸上亲一下，就快要吻上的时候，梅好忽地瞪大了眼睛：透过车窗她看见张发奎朝车子走了过来。情急之下，梅好猛推开对方，季忆被这突然的一下搞懵了，茫然无辜地看着女朋友。

梅好语速飞快地说道："千万别朝外看，张经理朝我们走过来了！"

说完，梅好打开车门，气鼓鼓地下了车，回身对着车内的季忆大声说："一大早就让我去西四包子铺买早餐，人家上午九点半才营业，我怎么给您买？买不到就各种训我，拜托我只是你的事务助理，不是生活助理！下次再让我买早餐记得给双薪！对了，绝没有下次！"

梅好一口气吼完，完全"没注意"一旁瑟瑟发抖的张发奎。

车内的季忆也听得一愣一愣，没想到梅好的爆发力如此强大，几乎是一瞬间就气场全开，搞得跟真的似的。

梅好发泄完，一扭头看了张发奎一眼，张发奎两腿紧跟着一抖。她拎着包，转身便走开了。

一会儿过后，季忆和张发奎走进了电梯。

这时季忆收到梅好的微信："我刚才的表现还可以吗？"

季忆回复："太可以了，演技爆裂！"

梅好在办公室收到回复，盯着手机傻笑。

季忆收起手机，目光看向张发奎，突然吓了一跳——对方正在盯着自己。

"季总，您在笑吗？"张发奎不大的眼睛里流露出大大的疑惑。

季忆板起脸："我这会儿生气还来不及。"

这个回答显然让张发奎满意："我就说嘛，这个梅好居然敢这么跟您说话，真的有点太过分了！"

"现在的小孩脾气太大，随时随地撂挑子。"

"这事儿您就甭管了，交给我！"张发奎义愤填膺。

"你打算怎么办？"季忆问。

"先批评教育，让她充分意识到自己的问题，再写书面检讨，进行深刻反省，再不悔改就停职回家，这都不管用那就——"

季忆打断他："你是不是有点太过分了？"

张发奎呆住："我吗？"

"电梯里还有第三个人吗？"季忆说，"多大仇啊，还让人停职回家，我看这事儿还是我来处理吧。"

这时电梯开了，季忆走了出去。张发奎委屈巴巴站在原地："我就这么随口一说，好让你消消气，哪舍得那样对那孩子……"

中午，梅好跟着营销部的几位同事一起在公司附近的一家餐厅吃饭。

几人点了餐，围坐在一张桌前边吃边聊天。

"梅好，你房子找好了吗？"芳姐问。

"嗯，找好了。"

"住在哪边啊？"小东问。

"奥体森林公园附近。"梅好答。

"那边儿空气好啊，季总好像也住那边。"小东说。

梅好差点被呛到，连声咳嗽。

"你怎么啦？"小东看着她。

"没、没事儿，炸猪排有点儿咸了。"梅好喝了口水。

"哇！你们快看公司大群！"一直在刷手机的球球嚷道。

大家纷纷拿出手机查看。

"美好娃娃。"艾琳达念道，"终于官宣了。"

群里刚刚发了通知，PIKO正式公布了新款盲盒手办的名字。梅好一抬头，发现大家都在看着她，每个人的眼神里都充满了八卦。梅好当然知道这是季忆在暗戳戳地跟她表白，但怎么说呢，多少还是透着点蠢直男的作派，简直有点一言难尽。

球球率先发起进攻："你快交代，新款手办的名字是不是和你有关？"

见梅好迟迟不回答，艾琳达心急道："不回答第一个问题也可以，那我问你，手办的名字是不是季总起的？"

她就快要招架不住，如饥似渴的同事们看来是要打破砂锅问到底了。

"名字是我起的。"

一道声音从身后响起，只见赵慧臣款款走了过来。

球球见了他立刻心花怒放："Hi，小帅哥。"

一旁的小东看赵慧臣的神情立刻就复杂了起来。

赵慧臣对大家说："美好娃娃的名字当然是我起的，毕竟手办的原稿设计就是我。"

其他人一听，纷纷觉得有道理。

"我就说嘛，梅好跟季总两个人不太对付，怎么可能是他起的嘛。"球球话一出口，立即得到大家的认可。

只有艾琳达觉得有些遗憾，她已经默默磕季忆和梅好的CP有段日子了。对一名追星女孩来讲，两人偶尔的互动就是发糖。

芳姐很善解人意："我们吃饱了，你们聊。"

"我还没吃饱呢。"小东说。

球球拉起他就走："不，你吃饱了，你不饿。"

同事们走后，赵慧臣提议到外面走走，梅好同意了。

午休时间，街道上不时有三三两两结伴而行的职员经过，洁净的地砖上暂停着被风卷来的银杏树叶，它们歇歇脚，很快又被风卷向别处。

阳光尚好，街边的阳伞下有人闲适地喝着咖啡，窗台上的宠物猫摇起尾巴，慵懒地看向别处。

还是梅好先开的口。

"刚才谢谢你啊。"

"你为我做过那么多，真要说谢谢的话，我不知道要说多少次才够。"赵慧臣说。

"新款手办的设计图出到第五版了吧？"梅好问。

"对，这周就要定稿了，还要给后面的开模留出时间。"赵慧臣看向梅好，"你们在一起了？"

梅好点了点头。

"美好娃娃的名字一出来，我就猜到了。可还是不死心，想要你亲口告诉我，只有你亲口告诉我，我才会相信。"赵慧臣苦笑。他的眉眼不知何时已然悄悄发生了变化，那个曾经踢球归来顾盼生辉的少年，那个摘下头盔一笑便收割芳心的男孩，眉宇开始有了人世间的忧愁，而这就是情动后的代价。

"在你的人生中，我的出场顺序早于季忆，我一直觉得自己胜券在握，想努力证明我才是那个对的人。现在我明白了，我们之间确确实实有过珍贵的因缘，但都已经成了过去，我其实早已经失去了你，在那些不曾学会珍惜的日子里。"

"赵慧臣，你这么好的人，一定会有好女孩在前面等着你。"梅好真心送上祝福。

"当然。"赵慧臣又说，"你们俩的事，我会保密的，直到你们不需要保密为止。"

梅好忽然被感动了，眼前这位好朋友多么值得信任，那些与他有关的岁月并没有被辜负，一切都是成长路上的绝佳馈赠。于是她把再次涌到嘴边的那声"谢谢"收回，用笑容向彼此致意。

赵慧臣走后，梅好的心情前所未有的轻松，视线中的一草一木都无比温柔。她拿出手机，带着急迫又无比甜蜜的心情给季忆发了条微信："亲爱的，我这就回来。"

时间在各种开会讨论中，在进厂开模中匆匆而过。六款造型各异的美好娃娃也终于以实体形态呈现出来。梅好用毛刷挨个将美好娃娃清理了一遍，为它们掸去浮尘，这才将它们又放进陈列盒中进行固定，然后交给工作人员送去大赛组委会。

这段日子里，工作时，梅好竭力扮演好助理的角色，两人已经培养出了一份默契，只需要对方一个眼神，梅好便知道季忆是需要一杯提神的咖啡，还是替他回绝不必要的活动。两人最期待的就是每天回家的那段路程，车内只有他和她，外面是完全黑下来的天幕和繁华的街景，像是一种奖赏，来慰藉他们一天的疲惫。季忆告诉她，以前晚上归家常常会觉得恍惚，不知自己要奔向何处，现在大不一样，副驾上的人就是灯塔，她在哪儿，哪儿就是他要去的地方。

盲盒手办大赛的评奖日终于如期而至。

午后，总裁办公室。

"评选结果今天下午就会公布，这是组织方的说明。"梅好将一份文件递到季忆手上。

季忆快速扫了一遍："今天上午的所有工作都推掉。"

"诶?"梅好提醒，"一会儿广东两个代工厂的负责人就要过来了。"

"改到明天吧，现在我要亲自去现场等。"季忆告诉她。

"那我现在就去安排。"

梅好刚说完办公室的门被推开了——张发奎领着一个长着娃娃脸的年轻人走了进来。年轻人生得唇红齿白，一双眼睛尤其显得精神，一看便是刚毕业的新人。年轻人一进来，目光就被梅好吸引了，以至于撞了身前的张发奎一个趔趄，于是赶忙连声说着"对不起"。

梅好对张发奎说了声"经理好"，便走了出去。刚回到自己工位前，正准备打个工作电话，艾琳达又悄咪咪地从身后"飘"了过来。

"看到了吗?"

"什么?"梅好问。

"新来的，长得不错嘛!"艾琳达说。

办公室里，张发奎介绍："季总，这是我们营销部刚招进来的钟旭。"

钟旭往前一站，鞠躬大声说："季总好!这是我的简历!"

身后的张发奎吓得一个哆嗦，气得拍了他一下。

季忆笑："不用这么紧张。"

钟旭回答："经理跟我说要好好表现，不然会被安排去做 VIP 顾客售后的工作。"

季忆看向张发奎，张发奎一脸尴尬："这不是有前车之鉴嘛。"

"我这会儿没时间跟你计较。"季忆边说边穿上外套。

"季总，您这是要去哪儿？"张发奎问。

"盲盒大赛。"

"我陪您去吧？"

"不了，我要跟你说的那位前车之鉴一起去。"季忆又对钟旭说，"在校期间就参加过那么多实践工作，很不错，好好干。"

钟旭听了备受鼓舞，鞠躬大声道："谢谢季总！"结果又把张发奎吓得一个哆嗦。

……

大赛评选处，季忆和梅好在工作人员的引领下来到了指定区域。

虽说盲盒手办大赛已经举办过 6 届，但季忆还是第一次来到现场，空旷的大厅里已经聚集了不少业内同行，见季忆亲自前来纷纷表示惊讶。空着的评委席上摆了十张座位，背景处立着一块巨大的液晶巨幕，上面写着"第六届全国盲盒手办大赛"。

正前方的两道门关闭着，经工作人员介绍，梅好才知晓那里面正进行着紧张的评选，十位权威评委会在近千份参赛作品中挑选出前五名，全程由公证机关工作人员进行监督。

入口处传来几声寒暄，梅好看过去，不禁皱起了眉头：魏佳桥和那个瘦啦吧唧的助理走了进来。季忆也看过去，魏佳桥嘴上跟人打着招呼，机警的目光却已经投了过来。梅好用手碰了碰季忆的胳膊，示意他来者不善。

果然，魏佳桥径直朝着两人走了过来。瘦助理狐假虎威地站在魏佳桥身后，傲娇地拿鼻孔瞄着梅好。梅好当然不能输了气势，瞪了对方一眼。

魏佳桥还在维持表面的客气："季总也来了。"

"来向大家学习，特别是向魏总。"季忆回他。

"你客气了，我们家的经典手办瓶子小姐已经连续拿了三年冠军，实在没必要再证明什么。听说季总这次很重视，精心准备了新的手办形象来参赛？"

"是的。"

"真是辛苦了，回回都来陪跑。"魏佳桥嘲讽道。

"魏总，我们之所以不停开发新的手办形象，是因为你们世德一直在后面抄袭啊。"季忆不再忍耐，怼了回去。

魏佳桥听后，脸色臭下来。

"你不要乱说啊！"瘦助理连忙维护主子。

"乱说？法院关于你们抄袭的裁定书网上到处都是，网友自发做的抄袭对比图也人尽皆知！"梅好一指高处的大屏幕，又晃了晃手机，"要不要把这些投放到上面，给大家欣赏一下啊？"

瘦助理被堵得哑口无言，魏佳桥打量着她："这位小姐，我看你面熟啊？是不是在哪见过？"

梅好回他："少跟这儿套近乎。"

"伶牙俐齿。"魏佳桥一笑，又看向季忆，脸上的表情逐渐凶险，"商场最看重的就是结果，过程是什么我不关心，只要我是最后的赢家就可以了。还有句话要告诉你，只要有世德在，千年老二就是PIKO 的宿命。"

说罢，魏佳桥转身走了，瘦助理冷哼着跟了过去。季忆还维持着刚才的姿势，梅好注意到他太阳穴上有根青筋暴起，但是很快他便恢复了平静，攥紧的拳头舒展开来，给了梅好一个抚慰的眼神。

三点半刚过，两扇紧闭的门被打开了，评委会主席从里面走了出来，他身后，十位评委也陆续走了出来。落座后，主席开始发言："众所周知，我们是国内最具权威和含金量最高的比赛，每一位评委都是德高望重的艺术家，因此每一年的评奖，我们都秉持公平公正公开的原则。今年参赛作品也创了历年新高，共计 1028 组作品参赛，评选共历时一周。今天上午我们评审团又进行了最后一轮讨论，终于评出了本届盲盒手办的前五名。"

台下所有人都在期待着。魏佳桥悠闲坐在会场一隅，喝着助理端来的茶饮，他朝季忆看去，眼神里的轻蔑不言而喻。

"今年我们的公布顺序做了调整，先公布第五名。"评委会主席说道，"获得第六届全国盲盒手办设计大赛第五名的是由张笑鸥团队设计的鸭蛋仔！"

台下一位年轻人起身朝台上走去，主席将奖杯颁给了他。接下来，主席又公布了获得第四名的作品。梅好有些坐不住了，身边的季忆却是一脸平静。

"已经第四名了……"她小声说。

季忆目光盯着台上，为获奖者鼓掌："没有念到我们，或许就是好消息。"

紧接着台上又公布了大赛第三名，另一个公司老总信步朝台上走去。魏佳桥嘴角还挂着势在必得的骄横，心里却不似早前看戏一般轻松，一边担心自己的名次，一边希望季忆今年的设计连前五都没有挤进去。

"现在我们暂时跳过第二名，直接公布冠军获得者。"主席喜气洋洋，"我宣布第六届盲盒手办设计大赛的冠军是美好娃娃，恭喜PIKO公司！"

梅好开心到快要从座位上跳起来，季忆起身迎接掌声，向在场的参赛者们欠了欠身。魏佳桥的脸已经完全僵住，眼中燃着怒火，他接受不了这个事实。季忆信步走到台上，接过奖杯，发表获奖感言："谢谢大赛组委会，这个奖，严格来说是这个冠军我等了许多年。PIKO作为国内知名的盲盒品牌，它的成长也是国内盲盒市场的一个缩影。我们能够发展到今天，除了资本和市场的青睐还有本身的信念感，那就是把盲盒手办当成艺术品来打造，并且努力成为大人们留住童心的最佳载体。"

"感谢我们的设计团队和营销团队，特别要感谢美好娃娃的总设计师赵慧臣先生，你会是未来的大艺术家，请坚持自己的梦想吧。"季忆最后说，"我爱你，美好娃娃。"

"美好"和"娃娃"中间有个不明显的停顿，梅好捕捉到了，这是季忆当众对她的表白。季忆的目光扫过台下的魏佳桥："最后我想说的是，我这人从来都不认命。"

全场掌声响起，魏佳桥的脸在一阵一阵抽搐，像是被人当众扇了一个耳光，极度的愤恨和耻辱，让他看上去表情阴沉狰狞。

与此同时，PIKO公司内部全员观看了颁奖礼的直播。设计部办公区，赵慧臣面带微笑地听着季忆对自己说的那段话。组长王丰薪一脸巴结地握住赵慧臣的手，"情真意切"地对他说了句："祝贺你啊，臣臣！"

某片场内，李星儿一边做妆发一边看着盲盒大赛直播，她真心为季忆感到高兴。

营销部办公区，张发奎坐在电脑前，忍不住擦起了湿润的眼角。

"人年纪大了，就容易被感动。"张发奎说。

球球递了张纸巾给他："这回咱公司总算扬眉吐气了一回！"

钟旭也很激动："我第一天上班就遇上了这么重要的事，算是见证公司历史了。"

艾琳达提议："经理，既然今天咱公司得了冠军，又是钟旭第一天入职，是不是该表示一下啊？"

"请客……"小东起了个头，大家纷纷应和，"请客！请客！"

张发奎索性道："好！今儿我请客，地方随便挑！对了，记得把梅好也叫上！"

"我来给她打电话。"球球举手。

……

这天晚上，球球并没有成功把梅好约出来，营销部的人集体去吃了日料。席间张发奎痛说革命家史，讲他是怎样在大学好好地当老师，又是怎样金石为开被季忆感动来了公司。钟旭听得入迷，连连敬酒，喝完每次都不忘把酒杯放回原处，杯底要跟之前留下的水印严丝合缝才肯罢休，大家这才发现这个新来的小鲜肉竟有点强迫症。艾琳达悄悄跟球球耳语，说钟旭到底是年轻，经理那点事三言两语就把他给感动得不行。酒过三巡，大家都进入了状态，这时钟旭又提议来张合照留个纪念，众人纷纷说好，于是钟旭打开手机前置摄像头，几个女孩子"心机"地躲到后面，一起来了张自拍。

梅好哪都没有去，而是选择在家里和季忆一同度过。两杯红酒，两份牛排沙拉，一份鲜奶牛油果蛋糕，窗外是浓郁的夜色。

两人桌前对坐，碰杯。

"祝贺你。"

"是我们。"季忆纠正她。

"对，是我们。"梅好拿出一个包装好的小盒子，"送你的。"

季忆拆开浅咖色的包装纸，里面是个小方盒，一对 Deakin & Francis 的大黄蜂袖扣卧在里面。

季忆取出来摆在手心上观赏："谢谢，很喜欢。"

"那天在前门的一家集合店里看到的，当时就买了下来，准备作为庆祝 PIKO 获得冠军的礼物。"

"你怎么猜到会是冠军？"

"我也不知道，反正就是相信你。"梅好说。

季忆收起礼物，拿起手边的研磨器为梅好的牛排撒上新鲜胡椒粒和海盐："尝尝看。"

梅好尝了口牛排，配着沙拉里的面包块和小番茄，味蕾瞬间被唤醒。

"我一直好奇，你做饭为什么这么好吃？"她问。

"因为一个人的时间太久了，总要找些事情消磨时间。我以前经常会做各种食物，有时会花几个小时只为做一份菜。菜做好了却不觉得饿，就摆在桌上看着，直到菜变凉，然后放进冰箱，最后变质只能倒掉。做一道菜如同创作一副沙画，最后什么都不剩下，像未曾发生过一样。"季忆看着她，"和你在一起以后，我才明白我喜欢的并不是做饭，而是喜欢做饭给你吃，安安静静看着你，像小仓鼠一样食欲旺盛，把我的心意全部吃进肚子里。"

"像这样吗？"梅好说着用勺子舀了一块鲜奶蛋糕，大口塞进嘴里。季忆没说话，伸手将沾到她嘴角的奶油擦掉，然后自己尝了尝，脸上露出孩子一样的笑容。

梅好呆呆看着他这个举动，控制不住地心动，空气里涌动着热烈又悸动的氛围。

"梅好……"他喃喃叫她的名字。

她迎着对方炽热的目光，无声地回应。

季忆缓缓站起身，头顶暖黄色的吊灯打在他的白毛衣上，头发也被染了一抹亮色，他轻轻俯下身，朝着梅好吻了过来。他眼中席卷着汹涌的爱意，像茫茫海上的繁星，像一场浑然忘我的绮梦。这是她此生所见过最美好的场景，在年轻的时候，和爱的人一起经历，所谓一眼万年也不过如此。

她做好了迎接的准备，与他共赴这场秋日的盛宴，圆她少女时代起便有了的夙愿。她心里响起一个声音：如果可以的话，多希望这一刻能够暂停啊……

她慢慢闭上了眼睛，嘴巴像一颗等待被采撷的樱桃。

过了几秒钟，还是没有亲上，季忆那里好像没了动静，气氛好像有点不太对。梅好弹开一只眼睛观察情况，这一看不要紧，另一只眼睛也立马睁开了——只见季忆微微俯身，眼中还空余着刚刚的神情，整个人却一动不动地站在了那里。

吃惊过后，梅好试探着问："季忆，你可不要吓我呀？你这样我会生气的。"季忆仍旧不动，梅好起身，摸了摸他的脸，又用手在他眼前晃了晃，这才暗叫一声不好，又出事了！

她给金束和丁鹿分别打了电话并简短说明了情况，在等待两人赶来的时间里，梅好尝试着让季忆"醒"过来，却毫无效果。

五十分钟后，金束和丁鹿先后赶到。丁鹿盯着静止的季忆观察了好一会儿才说："我现在是彻彻底底相信了，你们两个之间真的有神奇关联。"

梅好急坏了："你们快帮我想想办法吧，他都这么站着快一个小时了。"

金束安抚她："别急，咱们从头捋一捋，你对季忆这次下达的指令是什么？"

"以前我每次下达的都是关于加速的指令，这次我就是在心里说了句，希望这一刻暂停，没想到季忆忽然就静止了。"

"你俩都干吗了？"金束好奇。

见梅好犹豫，丁鹿接话："人家两个人在家里干什么关你什么事，你快想办法。"

"你看啊，假设季忆的人生是一部电视剧，你就是他的进度条，你既然可以让他倍速行动，当然也可以让他静止。"金束分析，"试想一下，我们平时追剧，暂停后想要继续观看，会怎么办？"

"点击继续观看呗。"丁鹿不屑。

"很好！"金束继续引导，"如果你想要继续观看季忆这部人生剧集呢？你就需要对他下达继续观看的指令。"

"你们来之前我已经试过了，对他说了恢复正常之类的话，但是都没效果。"梅好说。

"那是你没加上动作。"金束说。

"动作？"

"嗯哼，美少女战士变身前，火影忍者发大招时，都有自己一套动作。"金束自有一套逻辑，说完意味深长地看着梅好。

为了"拯救"季忆，梅好在金束的指导下开始了新的尝试。她蹲起马步，朝左一个猛虎下山，朝右一个亢龙出海，然后十指交叉探出两根食指，在季忆额头上一点："速速恢复正常！"

季忆没有反应。

丁鹿有点不耐烦了，对金束说："行不行啊你，不知道的还以为在驱邪呢！"

金束呛声："要不你来。"

"我来就我来。"丁鹿一把扯过梅好，"照我说的做。"

于是梅好连说带动作，先后对着季忆说了"隐藏着黑暗力量的钥匙啊！在我面前显示出你真正的力量，现在以你的主人梅好之名命令你，封印解除！"，"巴啦啦能量—沙罗吐—动！"这样令人羞耻感爆棚的咒语，最后连更弱智的"炫光舞法，朵蜜天女，变身"都祭了出来，可还是不见任何效果。

大家都有点泄气，金束提议："实在不行，我们只能扛着他去医院想办法了。"

"有病才去医院，他没病去了也是白去。"丁鹿反对。

"那怎么办，不能老这么耗下去吧？"

"你们都别说了！"梅好打断争论，"季忆告诉我，明天他要见一个非常重要的人，关系着 PIKO 的今后，所以必须想办法让他恢复正常。"

"唉，他现在就跟睡着了似的。"丁鹿干着急。

这话突然提醒了梅好，她猛地想起来有次和季忆去代工厂出差，视察一款叫闭眼茜茜的盲盒手办的生产情况。那款手办的特点就是全部闭着眼睛，嘴角挂着如梦似幻的微笑。梅好当时很好奇这款设计的来历，季忆告诉她，设计师的灵感来自童话《睡美人》，每个等待爱情的人都像闭眼茜茜，只有真爱之吻才能将其唤醒。

梅好走上前，在季忆对面停下来。身后丁鹿和金束还在讨论着其他办法，杂音瞬息间消退，世界安静下来只剩她和他。她凝视着他的脸，多好看的人啊，像极了传说中绝世的风光。她静静地吻了上去，在他柔软的唇上留下自己的气息。

丁鹿和金束同时愣住，呆呆看过来。

季忆的睫毛动了一下，接着是眼睛，以迅疾到无法捕捉的速度恢复了灵动——他"醒"了过来！

梅好欣喜至极，缓缓放开他的嘴唇。

下一秒，他便霸气地将她拉回来，两只手捧起她的脸继续吻了下去，痴缠又甜蜜，一副此爱绵绵无绝期的架势。

金束在一旁看到傻眼，还是丁鹿碰了碰他："看什么呢？走吧！"

两人又悄悄地离开了，丁鹿把门带上，越来越窄的门缝中那两人仍旧浑然忘我。

秋日的晚上气温骤降，空气中涌动着凉意。快到小区门口时，金束忽然冒出一句："你有没有被冒犯的感觉？"

"什么意思？"丁鹿问。

"你不觉得大晚上的咱们赶过来，结果猝不及防被喂了狗粮吗？"

丁鹿一咂摸："是有点儿。"

接着她又指了一个方向："我走了啊。"

或许是这样的月色太美，而那人又展现了少有的一次温柔，金束不想错过，他学着季忆的样子，伸手猛地拉住了丁鹿的手，用积攒了小半生的深情望着她，电视剧里好多浪漫的故事都是这么开始的。

然而没有。下一秒丁鹿就抬手甩了他一巴掌，转身走了。她当然感到后悔，明明温驯一回对女孩子来说并不是丢人的事情。金束站在原地，久久缓不过神来，他的世界仿佛加了《一剪梅》的音效，心中不停追问着为什么。

家中，那两人还在吻着。季忆忽然停下来，用有些杂乱的气息问："刚才金束和丁鹿来家里干什么？"

　　"管他呢。"梅好说着，踮脚环住他的脖子，又吻了上去。

sweet *u*

第七章 —— 两颗失散的恋树种子

memory

× 24

世德盲盒。

魏佳桥无论如何都没想到，本次大赛的第二名也不是自己的团队，连续三年夺冠的"瓶子小姐"今年一无所获。昨晚他整夜未眠，明知今年的水准远超往届，但一想起 PIKO 拿了冠军，他立刻犹如百爪挠心，恨意翻涌。

助理敲门，走进了办公室。

"魏总，您也别太生气，PIKO 这回能赢就是瞎猫撞上了死耗子纯属侥幸。拿奖搞宣传这一套，都是咱们玩儿剩下的。"助理边说边察言观色。

"你以为季忆处心积虑开发一个新款出来，就是为了拿奖搞一拨宣传？"魏佳桥斜睨他一眼。

助理一个激灵："难道不是吗？"

魏佳桥深吸一口气："他的目的是拿下领羊资本。"

"领羊资本？"助理惊道，"他家不是要投我们嘛？"

"之前领羊的考察组来过世德两次，后面就没了消息，我托人打听过，说是还在研判阶段。只投资行业的 NO.1 是领羊的传统，他们一直在关注盲盒手办设计大赛，这次 PIKO 夺冠一定吸引了对方的高度关注，况且像 PIKO 这种独角兽公司本来就是他们的潜在目标。"

助理气急败坏："PIKO 这是直接想从咱们嘴里抢肉啊！"

魏佳桥目光阴郁起来："所以说，季忆这一步走得实在是高。"

同一时间，PIKO 大会议室内。

季忆和公司各部门老大坐在一排，对面坐着领羊资本的杨总和一众工作人员。梅好在角落坐着，负责会议记录。

季忆特意穿了西装，用了梅好送他的袖扣，手腕处两个黄黑相间的胖黄蜂十分别致。此刻的他精神饱满双目炯炯，如同魏佳桥所说，他在自家院中栽了梧桐树，自然引来了领羊资本这只金凤凰。

杨总行事爽直，在听取了 PIKO 各部门的数据后说："季总，PIKO 一直是我们机构重点关注的公司，在你的带领下，它从最早的动漫周边零售模式成功转型为盲盒零售模式，只用了短短两年时间，特别是在本届盲盒手办设计大赛中 PIKO 又斩获了冠军，我们领羊资本十分欣赏，希望可以有进一步的合作。"

"谢谢。"季忆侃侃而谈，"众所周知，贵机构一向只投资各行业最顶尖的公司，PIKO 有幸被赏识，我本人感到非常荣幸。PIKO 这两年发展异常迅猛，也因此存在很多同行业公司共同的难题，库存积压以及扩张期的资金压力，这些问题相信来之前你们已经进行了全面了解。"

杨总露出赞赏神色："难得季总如此坦诚，那我也直说了。我们索性接着你刚才的话题继续展开，PIKO 之所以造成库存压力我们认为跟当前公司的开发模式有关。贵公司通过签约大量知名动漫 IP 进行手办形象开发，而越知名的动漫形象授权条件越苛刻，时间上甚至严格到以日为计时单位。而开发一款成熟的手办需要经过上百道制作工序，通常至少需要半年左右的时间，开发上的紧迫以及授权到期后是否持续合作等众多不确定因素，都无形中加重了 PIKO 的库存和资金压力。"

"您说的这些我全部认同，我们其实早在去年使意识到了这个问题，所以公司一直在加大这方面的资金投入和人才汇聚，终于在本次大赛上拿了冠军，今后公司会将重心放在自主开发的爆款手办形象上。"

"美好娃娃的形象我们都很喜欢，专业人士给出的评价也相当高，但后期投放市场后实际市场反应如何，我们其实是担忧的。"杨总坦言自身的顾虑。

季忆明白对方话中的意思："我有信心将美好娃娃打造成盲盒市场的最强年度爆款，也很期待领羊资本投来的橄榄枝。"

杨总很干脆："季总的意思是美好娃娃的销售额届时会超过世德的经典盲盒瓶子小姐？"

"如果您愿意以世德为市场标杆的话，也可以这么说。"季忆答道。

"好！我就在这儿跟季总透个实底，如果美好娃娃的销售总额超过瓶子小姐，也就意味着PIKO的转型成功，那么领羊资本愿意祝PIKO一臂之力，成为盲盒市场的新老大！"

一屋子人听到这里全部心潮澎湃。梅好看向季忆，期待着他的最终答复。季忆直视着对方，此刻的他心无旁骛，这些年每一个重要的商业决策都是他在极短的时间里做出的，这次也不例外。

他伸出手，斩钉截铁："一言为定。"

"好！一言为定！"杨总笑着把手伸了过去。

……

张发奎眉飞色舞地把会议消息通知了营销部的同事们，大家又是一阵激动。张发奎示意大家安静下来："为了庆祝这个好消息，我做了一个决定。"

"又要聚餐？"球球满眼期待。

"不要总是想着吃，也要运动，所以这个周末我们营销部举行团建！"

听到这话，大家顿时怨声四起，球球和艾琳达直接调头回了座位。

"警告你们啊年轻人，都给我打起精神来！谁都别找借口，必须全员到齐。"张发奎又说，"梅好，昨天聚会你没来，这次团建你可必须到！"

"我……"梅好拿不定主意。

"我什么，团建就跟度假一样，"张发奎劝她，"难道你想周末陪着季总一起加班呀？"

"我……"

"行啦，季总那里我去跟他说。"张发奎一摆手，示意对话到此结束。

张发奎刚走，梅好就忍不住问芳姐："为什么大家都这么抗拒团建呀？"

芳姐叹气："咱经理所谓的团建就是去郊区农家乐，而且地点八百年不变。"

"这样啊……"梅好还在感慨，钟旭捧着一个透明小盒子走了过来。

"梅好，之前看你的回形针快用完了，我刚才去后勤处领东西就给你也拿了一份。"

钟旭把塑料盒打开，每个小格子里都密密麻麻摆着五六款不同颜色的回形针，蓝色的一个格子，粉色的一个格子……整齐划一地待在自己的方阵里，让人看了心情舒畅。

"这是你弄的？"梅好惊讶。

钟旭憨憨一笑："我给重新归纳了一下。"

"谢谢你啊。"

"不客气，对了，"钟旭真诚地说，"很期待和你一起团建。"

梅好微微一愣，还是笑着对他点了点头。

周末一早，季忆就在厨房里忙忙碌碌。

梅好下了楼，迷迷糊糊，眼都还没睁开，扒在门口探出半个身子朝厨房里看。季忆穿着宽松的毛衣和运动裤，更衬出修长的身形，梅好喜欢这样的时刻，比起工作时不苟言笑的他，居家的他更令人着迷。

"早啊。"她说。

"早。"

"在做早餐吗？"

"不只是早餐。"季忆笑笑，"还有今天中午你参加团建的午餐。"

"我看看都有什么？"梅好说着凑了过来。

"现在还不许看。"说着季忆把盒子盖上，"乖，到了再打开。"

"好吧。"梅好假装答应，又猛地转身要来抢。

季忆显然早就料到她的把戏，轻轻松松就把饭盒举高。梅好跳起来，拼命想要去够，连着跳了三次都没得逞，这才真放弃。

"我饿了。"她低声说着，朝厨房外走去，留下季忆在身后看着她直乐。

吃过早餐，季忆开车送梅好去集合地点。路上，季忆突然"抱怨"起来："这个张发奎真的很讨厌。"

"怎么了？"

"周末还要把我女朋友带去搞团建。"

梅好笑："他跟你提这事的时候，你怎么不拦下来？这时候倒反悔了。"

"他说这次团建不跟其他部门搞联谊，设计部不会参加。"季忆故意这么说。

"小心眼儿，我跟赵慧臣都说明白了，人家还帮着咱们瞒着公司的人呢。"

"在你嫁给我之前，我会一直这么小心眼儿的。"他腾出一只手给梅好，梅好把自己的手交给他，十指相扣，任由他紧紧握着。

"季忆，我其实真有点担心你。"

"什么？"

"上回你静止了足有两个小时，我害怕接下来你会有新的状况。"

"你别多想。"

"我怎么能不多想呢。你看，你之前加速节省下来的时间，后面又通过静止浪费掉了，也就是说你的时间总体是恒定的。如果真是这样的话，你这次因为静止浪费掉的时间，有可能会通过其他方式再节省回来。"

"你这么一说，我倒有点期待了。"

"这可不是闹着玩儿的，我现在都有点后悔让你开车送我了，想起刚认识你那会儿，就因为倍速后遗症差点儿出了车祸。"梅好越说越担心，"哎呀，你一会儿还要开车回去。"

季忆握了下她的手："别担心，回去后我第一时间跟你报平安。"

"好。"梅好说完看向窗外，"就在前边把我放下来吧。"

季忆把车停在了路边，两人道别后，梅好步行朝前走了过去。

车站内，营销部的人都到齐了。张发奎特意穿了一套登山装备，还配了墨镜。球球觉得他的衣品实在令人堪忧，悄悄向芳姐吐槽："我现在怀疑经理组织这次团建就是为了跟我们炫耀他这身衣服的。"

这时小东忽然朝前面挥了挥手："梅好，这儿呢！"

梅好小跑着来到大家跟前，张发奎说："就差你了。"

"不好意思啊，经理。"

张发奎转而问道："我今天穿的怎么样？"

梅好见芳姐在旁边使眼色，旋即竖起拇指："太帅了！您不跟我说话我都没认出来。"

张发奎心满意足，大手一挥："出发！"

大家拉着行李朝发车点走去，刚走出没几步，身后便有一个声音响起来，"等等我！"

众人回头，诧异地发现季忆正朝他们走了过来，梅好更是吃了一惊。

张发奎问："季总，公司是不是出什么事了？"

"我是来参加团建的。"季忆说，"因为很想跟大家有更多的接触，所以就来了。"

梅好听他说着，躲在人后偷乐，这人张嘴胡说的本事见长啊，明明是醉翁之意不在酒。大家继续朝前走去，一辆大巴已经等在了那里。

季忆上车，在偏后的位置坐了下来。他看着梅好跟在艾琳达身后朝这边走过来，心中莫名雀跃，流露出期待的神情。然而这种心情并没持续太久，就被钟旭打断了，钟旭主动坐进靠窗的座位，热情地冲梅好挥手："梅好，坐这里吧！"

梅好犹豫了一下，身后的球球正好从她身边挤过，梅好一个没站稳就坐在了钟旭旁边。钟旭开心极了，一直在傻笑。季忆在后面看着，笑容戛然而止，取而代之的是一脸怨念。

路上，张发奎声情并茂地讲解着景区的概况："民宿背靠群山，堪称天然氧吧，游玩一天的我们享受着农家铁锅做出来的全鸡宴，真是人生一大美事！"再看车上其他人，大都昏昏欲睡，一旁睡着的钟旭脑袋不时朝梅好靠过来。梅好拿起手机给季忆发微信："你怎么也来了？"季忆的表情还有点臭，回道："你不是担心我开车嘛，所以我改成坐车了。"

梅好看到回复，又开始笑。

"徜徉在山间石阶路上，两侧松柏葱翠，听鸟语花香，品山涧溪流，感受大自然之美！"张发奎忽地皱起眉头，"年纪轻轻，一路上都在睡觉，像什么样子！"说罢他转身开了音响，动感的音乐从里面喷薄而出，把所有人都给生生吵醒了。大家开始怨声连天，张发奎才不管那些，拿起话筒就塞到了小东手里。原本还在抗议的小东一拿到话筒立刻来了精神，变身麦霸，站起身就开始眉飞色舞唱起来。

"我的心里只有你没有她！你要相信我的情意并不假！"小东俨然把这里当成了自己的演唱会，眼角眉梢有意无意瞟向球球。

球球随即提议："经理，给大家跳个舞呗！"

张发奎拒绝："不行不行，年纪大了。"

于是其他人纷纷响应："经理来一个！经理来一个！"

张发奎正别扭着，小东过来拉他一把。张发奎干脆豁出去了，一个干脆利落的甩头动作，回看向大家，眼神性感迷离，舞姿更是妖娆得不行，简直辣眼睛，车内顿时一片欢呼。

秋日的山里，树木开始了新一轮的凋敝，黄绿相间是这里的主色调。久居闹市，鼻子里充斥的是香水、人群和饭店油烟的味道，而这里，那些精致又刺鼻的气味统统不见，处处是草木的清香，呼吸之间都能感受到岁月和季节的更替，怡心又怡情。

众人一道说说笑笑爬到半山腰，张发奎腰上的旧疾发作，不得不就地坐下来休息。他嘴里怪着球球，说要不是她怂恿自己跳舞，自己准能一口气上到山顶。芳姐善解人意，主动提出留下来陪着经理，其他人自由活动。

季忆和梅好心照不宣，各自离群后又在一条小路上悄悄汇合，然后并肩沿着石阶朝高处走去。

"你好像一路都没有休息。"梅好说。

"女朋友跟别人坐在一起，能睡得着才奇怪。"他说。

"你又吃醋了。"

"笑话，我怎么会吃一个员工的醋！"季忆死不承认，然后还在继续纠结，"梅好，我拜托你将心比心好不好，换成是我和别的女生

238

坐在一起，她睡着后脑袋就靠在我肩膀上，你能忍？"

"能啊！"梅好继续逗他。

"那你是忍者神龟，我不行，我只想把那家伙的脑袋打爆。"

季忆快被气到爆炸，梅好赶紧哄他："大家都在的场合，就算我不跟钟旭坐在一起，也不能和你坐在一起吧？"

"对我来说，如果不能跟你坐在一起，跟谁坐在一起都不重要。"梅好抓着他的手，轻轻摇晃。听她这样讲，季忆心里的小别扭登时烟消云散。两人手牵手继续爬山，半小时后终于到了山顶。

远眺山下，苍翠中裹挟着一层薄薄的雾气，缥缈着拂过山岗。梅好欣赏了一番山中的好景色，对季忆说："我们来张自拍吧！"

季忆从她身后凑过来，微笑着看向梅好的手机屏幕。咔咔咔，各种角度自拍。

"再来最后一张。"梅好说着整理好头发，又把手机举了起来。

季忆原本打算趁机亲她一下的，却忽然一个激灵，紧盯着屏幕。他伸出手指，将镜头拉近梅好也顿时惊出一身冷汗——只见两人身后不远处，艾琳达正低着头气喘吁吁走过来！

相距不到十米的距离，艾琳达只需要一抬眼，便可以撞破两人的恋情！两人对视一眼，梅好快要绝望了，这会儿连躲起来的机会都没有了，两人隐藏多日的秘密即将暴露。果然，艾琳达朝前面看了一眼，那双总是提不起精神的小眼睛瞬间迸发出了炯炯的光亮，她看到不远处站着两个人。

就在这时，转机来了。季忆以快到难以置信的速度跑离了梅好身边，朝着艾琳达跑来！速度快到什么程度呢？快到时间仿佛冻结住了，梅好和艾琳达就像静止了一般。季忆在这短到可以忽略不计的时间里，"瞬间移动"到了艾琳达的身后几米处，然后一个急刹车站稳后，猛地转身。

他竭力让自己的呼吸匀称，装作气定神闲刚爬上山顶的样子："艾琳达！"

艾琳达闻声猛回头，见是季忆，吓得差点跳起来。她赶忙又看向梅好，小小的眼睛里是大大的不可思议。

"季总，你刚才不是和梅好在一起吗？"艾琳达问。

这时梅好走上前，礼貌地对季忆点了点头："季总。"

季忆和她一起演戏："你也在啊。"

随即他又问艾琳达："你刚才说什么？"

艾琳达赶忙摆手："没什么，没什么。"

艾琳达很快为刚刚发生的事情找到了合理的解释，她一直希望梅好和季忆能够发生点什么，成了公司里两人唯一的 CP 粉。她心想，一定是太渴望他们发糖了，以至于出现了两人在一起的幻觉。

"季总，梅好，我刚才出现幻觉了，我看见——"艾琳达说到这里，忍不住眼冒桃心，脸蛋绯红，激动到两手握拳，嘴里突然"啊啊啊"叫着跑掉了。

两人见状，这才松了一口气。

"你刚才是怎么做到的？"梅好惊讶。

"当时就一个念头，跑，没想到跑得这么快……"季忆也感到不可思议，"这八成就是你说的静止后遗症了吧。"

"这么看来，你那天晚上静止所浪费掉的时间，会通过快速移动节省回来。"梅好分析道。

中午，大家聚在半山腰上的一处凉亭内享用午餐。

每个人都把自己精心准备的食物取了出来，张发奎把一瓶纯净水倒进自热小火锅里，很快香味扑鼻。张发奎刚要美滋滋地准备享用，忽然看到季忆有点尴尬地站在一旁，手中空空。

"季总，咱俩一起吃吧。"张发奎提议。

"我不饿。"季忆说。

梅好把餐盒取了出来，想分享给季忆又不便说出口，只能干着急。

钟旭从背包里取东西，随手把自己的景区票根掉了出来，艾琳达好奇："干吗还留着这个？"

钟旭把票根塞回去，笑笑："留个纪念。"说完他拿着一瓶免洗洗手液走到梅好身边递给她，梅好接过来说了声谢谢。

钟旭问："这里面是什么？"

梅好自己也不知道里面是什么食物，便说："好吃的。"

钟旭把自己的午餐亮出来，是卖相不错的三明治："这是我的，我可以尝尝你的吗？"

梅好看一眼季忆，他正密切关注着自己这边的一举一动，一时不知该给还是不给。

"钟旭。"季忆走过来，"我们玩个游戏怎么样？"

"游戏？"钟旭好奇。

"对，你来猜一猜我最想把谁的头打爆？"季忆笑眯眯地说。

见钟旭答不出来，季忆又说："跟你开玩笑呢，我们来猜梅好饭盒里的食物，谁猜对了，就可以分享里面的食物。"

"季总，你不是不饿——"张发奎话没说完，季忆看了他一眼，张发奎立刻把没说出口的"嘛"字吞了回去。

"可这是梅好的午饭。"钟旭为难。

"我没意见。"梅好说。

"那行。"钟旭应战，忽然用鼻子嗅来嗅去。小东立马拉住他："你小子犯规啊！"

钟旭抖机灵："季总也没说不能用鼻子啊。我猜是蛋炒饭！"

季忆不慌不忙说："我猜是寿司。"

梅好打开饭盒，里面摆着六个精致的鳗鱼紫薯寿司。大家都觉得意外，纷纷问季忆是怎么猜到的。

"根本不用猜，这个牌子的饭盒就是专门用来存放寿司的。"季忆说。

众人又都看向梅好，梅好赶紧点头："季总说得没错。"

季忆用筷子夹起一块寿司，放进嘴里，还不忘对一脸生无可恋的钟旭说："味道不错！"钟旭委屈巴巴在一旁看着，季忆每嚼一下，他那颗年轻的心就跟着破碎一次。季忆趁其他人不备，冲梅好眨了下眼睛，梅好垂下眼偷偷直乐。

晚上，男人们选择在水边夜钓。季忆看着梅好发来两人白天在山顶的自拍，上面还加了可爱的卡通小点缀。

"钓鱼简直是专门为我们男人发明的，女人们根本体会不到这其中的乐趣。你看我们季总，手一碰到鱼竿，嘴上就乐开了花。"不明真相的张发奎感叹。

季忆赶忙调整了自己的表情，板起脸："我是笑你一条鱼都没钓上来。"

小东和钟旭都忍不住在一旁憋笑。

张发奎狡辩："钓鱼呢，就跟谈恋爱一样，什么人就会有什么样的缘分。小钟啊——"

钟旭起身，大声对着波光粼粼的水面大声道，"我在！经理！"

张发奎一个哆嗦后，气得伸手连着拍了钟旭几下："把我鱼都吓跑了！你赔，你赔！"

小东告诉钟旭："你都来公司多久了，不用这么正式，再说现在是度假，轻松点。"

"好。"钟旭傻笑，"经理，您刚才想说什么？"

"我是问你有没有女朋友？"

"没有。"

"球球怎么样？"

小东慌了："经理您别乱点鸳鸯谱啊！"

"那你说咱公司哪个女孩子是你喜欢的类型？"张发奎又问。

"梅好的性格很不错。"钟旭坦白。

"梅好不行。"张发奎一口否决。

季忆立刻竖起耳朵，心想这个张发奎终于肯说点让自己赞同的话了。

"为什么呀？"小东说，"这男未婚女未嫁的。"

"人家梅好有男朋友了。"说着张发奎扭头，意味深长看了眼季忆。

季忆顿时心里一颤：他是什么时候发现的？

钟旭也很意外："经理，她男朋友是谁啊？"

"就设计部的赵慧臣呗，之前老来咱们营销部晃悠那个，听说跟梅好是青梅竹马呢。"

短短时间内，季忆的心像是坐了回过山车，此刻心里正打出一串接一串的无语省略号。

"这我能证明，赵慧臣对梅好好得不得了，营销部其他女生羡慕到不行。"小东说。

"你别说，他们两个站一起还挺配的。你觉得呢，季总？"张发奎脸上的兴奋神色突然僵住——季忆正狠狠地盯着他。

"吵死了。"

季忆从椅子上起身，摘掉手套狠狠扔到张发奎怀里，转身就走了。

酒店的汗蒸室里，女人们席地而坐。

芳姐追问："所以你和设计部那个小帅哥发展到哪一步了？"

梅好头疼："芳姐，你也不信我吗？我们真的是好朋友。"

球球说："谁谈恋爱不是从好朋友开始的？你就承认了嘛，我们又不会和你抢。"

这时艾琳达走进来，盘腿坐了下来："你们干吗呢？"

"吃瓜。"球球说着递给她一角蜜瓜。

艾琳达边吃边说："有件事我一直没想明白，你们说，季总今天为什么要跟钟旭打赌？"

"是呀，从一开始突然来参加团建就很反常，总觉得他是带着什么目的来的。"球球说。

梅好担心她们再追究下去，两人的关系就要露馅："这有什么，季总参加团建说明他重视我们营销部，至于跟钟旭打赌就更简单了，季总喜欢吃寿司，不然不会连装寿司的饭盒都有研究。"

梅好一番话说的滴水不漏，暂时把同事们的猜疑打消了。

然而一波未平一波又起，球球又开始了："你们说，像咱老板这样的男人，有钱，长得还帅，为什么一直没恋爱？"

芳姐说："不是之前都说他跟李星儿在一起了吗？"

球球啧了一声："就算在一起过也很快就分开了，你们想呀，咱季总要是真的恋爱了，还会天天在公司里加班到深夜，把我们梅好都累瘦了。"

"可是，李星儿那么美，他们为什么还是分手了？"芳姐陷入思考。

球球来了精神："难道？"

艾琳达也随即恍然大悟："难道？"

两个女人面面相觑，嘴角开始浮现出一丝丝猥琐的笑容："季总是 gay？"

"他不是！"梅好大声否认。

其他人都被这突然的一嗓子震到了，艾琳达甚至猝不及防打了个嗝。

球球眨巴着眼睛："你怎么知道？"

梅好赶忙找补："我是他助理，平时接触的也多。据我观察，季总这人直的不能再直了，绝对没有一丁点儿那方面的倾向。"见大家不说话，她又说："之所以没有恋爱，八成是他的性格导致的，虽然有钱长得帅，但是毫无情趣的人，女人们也不会喜欢吧？"

这个解释终于得到了大家的一致认可，梅好再次蒙混了过去，刚松一口气微信挤了进来，是季忆刚发过来的：**想见你**。

梅好回：**我也是**。

季忆：**酒店小花园？**

梅好：**等我**。

梅好起身，舒展一下四肢，对其他人说："我还有点工作，先回房间啦。"

酒店的小花园位于一处高台上，种着种类繁多的鲜花，平时是供客人聊天和观望山景的场所，因着秋意渐浓湿气重，夜里的山中温度又偏低，所以少有人来。

季忆已经在这等了一会儿，凭栏眺望远处黑黝黝的群山，周遭有虫鸣唧唧，夜空中有成群结对的星星，一切都是美好的模样。梅好换了身衣服赶来赴约，小巧的身影在暗处一晃，朝季忆走了过来。

"怎么不多穿点儿？"季忆说着伸出手，包住她的，"冷不冷？"

"不冷。"梅好说，清冷的空气中，他的脸棱角分明，眼神却温暖得快将她融化。

"我也不知道为什么，今天特别想你。"他很认真地补充，"还有点难过。"

"为什么啊？"

"别人都可以堂堂正正地提起你，讨论你，唯独我不可以。我很想告诉他们，你是我的女朋友，我们很相爱，谁都没有机会把你抢走。"

梅好明白了，笑着摇晃他的手："好了，我知道这有些难为你了。"

"那你要补偿我。"

梅好立刻会意，对他招招手："你低一点。"

季忆照做，弯下身子，把脸凑了过来。梅好刚要在他脸上吻一下，季忆的眼睛再次瞪大，向梅好身后看去——只见不远处，艾琳达正拿手机对着两人，那双无精打采的小眼睛再次亮了起来。刚刚她从汗蒸室出来，又不想早早回房间，便一个人随便走走，刚走到小花园便看到这一幕。

几乎是一瞬间，季忆便加速朝另一个方向飞奔而去，速度快到梅好和艾琳达如同静止一般。他一口气"瞬移"到了某束花丛后面，然后蹲下来，朝梅好的方向观望着。

艾琳达眼中的光亮悠忽消失了，她的视线从手机屏幕上移开，看向前面背对自己的梅好——哪里还有季忆的影子？！

"梅好？"艾琳达声音在发颤。

梅好回头，又开始演戏："艾琳达你也在啊？"

"你不是回房间了吗？"

梅好开始瞎编："里面信号不好，这儿的强一些！"说着她拿出手机在艾琳达面前晃了晃。

"梅好，我说个事儿你可不要怕呀……"艾琳达说着不安地看看四周，"我刚才看到你和季总在一起！"

"季总？"梅好笑，"怎么可能？他这会儿正跟经理他们夜钓呢！"

"我明明看到的，不信给你看照片。"艾琳达把手机相册打开，"你看嘛！"

梅好看了她刚刚拍的照片，一脸无奈地说："你叫我看什么？"

照片中，只有梅好的背影，根本没有季忆。

这时，梅好忽然发现地上有只运动鞋，她把手搭在艾琳达肩上，顺势调转了对方的视线："艾琳达，我说个事儿你可不要怕呀，你今天连续两回这样了，我建议你有时间去看看医生。"

"神经科吗？"艾琳达有点头大。

"不用，眼科就行。"梅好边说边搭着艾琳达的肩膀走了。

过了一会儿，黑暗中季忆一蹦一跳地出来了。他穿上鞋子，看着梅好离开的方向，忍不住皱起眉头，他不过是想被她奖励一个吻，怎么就这么难呢？

忽然，那熟悉的感觉又从心脏传来，疼痛迅速蔓延全身，季忆双膝一软，整个人都重重摔在了地上。他用两手努力支撑起身子，半跪在地上，仰起头，呼吸粗重艰难，喉咙里像是有辆隆隆作响的火车开过。

伴随着强烈的耳鸣，不知过了多久，症状再一次消失了。豆大的汗水从他身体里渗出，将贴身 T 恤全部湿透，深秋的风紧跟着掠过，寒意由肤入骨，季忆浑身在颤抖着，脆弱如同风中之烛。

× 25

季忆坐在金束的办公室里。

他坐得笔直，两手贴在膝上，有种要上台演说前的庄重，阳光投进来铺在他半边身上，肩颈处泛起一层毛茸茸的金边。他目光沉静，依旧充满力量，情绪未见丝毫异样。与他形成鲜明对比的是对面的金束，这家伙脸色煞白，从刚才听说那个消息后，就一直保持这种状态，让人担心他一张口就会带出哭腔。

"我不信，一定是医院出了差错。"金束不由分说起身，"走，我带你去重新检查一次！"

季忆握住了他的手腕："负责我的医生是国内心肺领域最顶尖的专家，医生说，我的心肺功能正在以惊人的速度衰竭，却找不到任何病因。"

金束缓缓又坐了下来，表情凝滞。季忆拿出两份检测报告，递给了金束，一份是体检报告，另一份是生理年龄检测报告。

"不只是脏器功能，我的全身血管也在加速老化。"季忆指向第二份报告，"我的生理年龄现在已经是 39 岁，相信用不了多久就会来到 49 岁、59 岁……"

"不会的，我们一定会有办法的。"金束想说点安慰的话。

"医生也不清楚我的身体为什么会发生如此剧烈的变化，我想了很久，觉得应该跟那块陨石有关系。从我和梅好有了神奇关联开始，我每一次的行动加速和静止其实严重破坏了原本的生命时钟，让它变得紊乱，以至于朝着不可逆的衰老方向开始恶化。"

金束问："医生说你还有多少时间？"

"就算接受治疗，乐观点说最多只有两个月。"

"你听我的，住院好不好？"金束苦口婆心。

"时间不多了，我想多陪一陪梅好。"

"梅好知道了吗？"

季忆摇头："我不能告诉她，一旦她知道了我的情况，就会猜到这跟陨石坠落当晚她许下的愿望脱不了关系。我太了解她了，即便能够说服她这事并不怪她，她一辈子都会活在痛苦和内疚中，所以绝对不能告诉她。"

季忆将体检报告推向金束："这些东西需要暂时放在你这里。"

金束带着哭腔埋怨："你这人怎么这样啊，恋爱的时候不主动告诉我，生死这种事却第一个跑来通知我。"

季忆一笑："你是我最爱的男人，我当然会告诉你。"

傍晚的时候，季忆回到了家中。进门前，他深呼吸一口气，尽量让自己看上去轻松自在。梅好正站在浴室里，把两人替换下来的脏衣服塞进了洗衣机。在机器轻微的轰鸣中，季忆走过来，从身后伸手环住她的腰，贴近再贴近，用下巴轻轻蹭着她的脸。

"你别闹，我还要干活儿呢。"梅好嗔道。

季忆任性地不肯停下："让我充会儿电。"

梅好一个坏笑，手指在他一侧腰上用力，季忆最怕痒，立时反应剧烈，两人就地打闹起来。梅好像只小鱼一样扭来扭去，季忆兴致上来，索性将她抱坐到了洗衣机顶上，再用两手紧紧缚住她胳膊，大概是碰到了按钮，洗衣机顿时停工，空气一下安静下来，只有季忆的喘息声。

她被他炙热的目光盯得有些招架不住，红晕从双颊延续到脖颈，本就是冷白皮的肤色，这下愈加明显。

"你不是累了吗……"她眼神羞怯。

季忆克制着粗重的喘息声，眼中是铺天盖地的欲望："现在一点都不累了。"

他说罢在她的唇上蜻蜓点水一戳，像欣赏心爱之物一样与她对视一眼，接着又迅疾吻了上去。夕阳的余光透过巨大的落地窗投射进来，轻柔覆盖在两人身上，暖光和暗影中，他们忘我地胶着在一起，好像许久许久之前离散的一对磁石，终于找回了彼此。

可就在这时，一声"滴"的声响从门口传来。先发觉的是梅好，季忆也跟着停下来，竖起耳朵听着，下一秒两人就确定是密码锁被人打开了。梅好甚至来不及从洗衣机上下来，两人就看见季忆母亲拎着大包小包走了进来！

季忆母亲也被吓了一跳，走也不是留也不是，三个人全部杵在了那。两人赶忙分开，季忆上前接过母亲手里的东西。

"季忆，这是？"母亲问。

"妈，这是我女朋友梅好。"季忆介绍，"梅好，这是我妈。"

"阿姨好。"梅好问候。

眼前的中年女人神情严厉，不苟言笑。

"我没打扰你们吧？"

"没有！"两人同时说。

"季忆，你去厨房把我带来的水果洗一下。"季忆母亲借故把儿子支开。季忆答应着，朝厨房走去，还不忘给梅好一个安慰的眼神。梅好心里干着急，收回目光发现季忆母亲正审视着自己——她知道一场对决的序幕已经拉开了，梅好的心里吹响了战争的号角。

Round 1(第一回合)——

"阿姨，您喝水。"梅好话一离口就开始后悔，完了，要被挑刺了，这里是人家的家，自己说这样的话，就好像是这里的女主人一样。但作为一个后辈，总要说些恭敬的话，不是吗？梅好硬着头皮为季忆母亲倒了杯柠檬水。

坐下来后季忆母亲问她："姑娘，你今年多大啦？"

"22 岁。"

"我们家儿子 29 岁了。"

梅好心里打着鼓，生怕对方突然黑脸，随便找个两人不合适的理由，当场要求他们分手："没关系，我不嫌弃季总年纪大。"

说完她心里大骂自己，她本想说两人很合得来，季忆母亲倒很平静："你刚才叫他季总？"

"是这样，我现在是季忆的助理。"

"你们工作在一起。"季忆母亲的目光朝楼上卧室方向扫一眼，"又住在一起。"

"不是的！我们不住在一起！"

一直在厨房听动静的季忆也端着水果跑出来："妈，不是您想的那样。"

梅好点头："我们是住在一起，但不是住在一个房间里！"

"我懂了。"季忆母亲点点头，又对儿子下命令，"把菜也洗一下，我要留下来吃饭。"

见季忆不肯走，她问："怎么，不欢迎我？"

"我这就去洗。"季忆说着用嘴形对梅好说了两个字：夸她！

梅好心领神会："阿姨，您看着特年轻，保养得可真好！"

果然女人不论什么年龄，只要你夸她美，立刻就拉近彼此的距离。季忆母亲很受用："要说护肤，我可是有发言权的。"

"当然！"梅好继续拍马屁，"您不光驻颜有术，衣品还好，这手镯就特别凸显您的气质！"

季忆母亲手腕上的翡翠手镯，是木那冰种飘蓝花的料子，一看便知价值不菲。

"好看吗？"季忆母亲晃晃手腕。

"好看！"梅好说。

"送你了。"季忆母亲当场就要把镯子取下来。

"阿姨您误会了！"梅好很怕对方以为自己贪图别人东西，死命攥住季忆母亲的手腕，这才没让她把手镯取下来。一番推让后，梅好在心里替自己捏了一把汗。

Round 2（第二回合）——

晚饭，三个人坐在了一起。

梅好发现了季忆母亲一个特点，很容易会错意，误会别人的真正意图。刚才的手镯如此，吃饭更是如此，比如梅好多吃了两片清炒山药，季忆母亲就会问她好不好吃，这种场合梅好当然会说好吃，结果季忆母亲就把整个盘子端到了梅好跟前，梅好不得不多吃几口，以回应对方的关心。

Round 3（第三回合）——

饭后，梅好执意要送季忆母亲到楼下，被对方拒绝了。

"年轻人好不容易有个周末，就要多休息。"季忆母亲看两人一眼，一语双关，"但也不要太累。"

说得两人都有点不好意思，梅好提醒她："阿姨您仔细检查一下，千万不要落下什么东西。"

季忆母亲似乎明白了什么，从自己包里掏出一把钥匙，摆在了鞋柜上："以后我再来，就敲门好了，开门密码你们也改一下。"

梅好感觉额头上"啪啪啪"亮起一串惊叹号，她百口莫辩："阿姨，我真的不是这个意思！"

季忆母亲仍一脸严肃："我懂，你们年轻人需要空间。"

梅好只觉得越描越黑，季忆对她说："我送我妈下去，你在家等我。"

门关上。

梅好身子贴着门，捶胸顿足，后悔刚才多嘴说了那样的话。她心中忐忑不安，回顾季忆母亲突然到访后自己在三个回合中的表现，梅好觉得糟糕透了。

季忆和母亲下了楼，两人并排朝小区门口走着。他其实很想跟母亲聊点什么，却不知从何处开口。

"我们家好多年都没这样热闹了。"母亲感慨。

"是啊。"他说。

"我知道你想问什么，想知道我对梅好的看法？"母亲问。

······

十分钟后，季忆一开门，梅好就冲了过来："把阿姨送走了吗？"

季忆脸色沉闷，似有满腹的心事。见他这般，梅好便猜到情况有些不妙。她努力撑出一个笑容，问他："阿姨不接受我们在一起是吗？"

见季忆仍旧没说话，她又说，"没关系呀，我会努力让她接受我的！"

季忆走到她跟前，收起刚刚的伪装，笑着把她抱住："我妈她很喜欢你。"

梅好从他怀里挣扎出来："你说的是真的？"

季忆用力地点了点头。

十分钟前，在小区里，季忆问了母亲对梅好的看法。

他对母亲说："我爱她，想要一直跟她在一起。"

母亲少见地笑了："这样的话真不敢相信是我儿子嘴里说出来的。我很喜欢梅好，她是个好孩子。"

"季忆，你这样慢热的性格，相处的过程中应该没少让女孩受委屈吧？妈知道，我的婚姻对你影响很大，曾经一度让你觉得爱情不可靠，妈有想过，如果你这一辈子都不喜欢任何人我也认了，是我的错。"

"妈……"

母亲忍住泪意："我们家儿子表面看着很冷漠，其实心里头热乎着呢，是个很善良的人。这样的人，老天爷会看在眼里，会安排一个跟他一样好的人来到他身边。帮我告诉梅好，我很感谢她，感谢她出现在我儿子的生活里，给他人生希望，也给了我人生希望。"

季忆看着母亲，那一刻，他终于觉得横亘在母子间多年的隔阂不见了，人生又少了一点遗憾。

回想着刚才跟母亲的谈话，季忆依然觉得感动。在此之前他就做了决定，即便母亲不接受梅好，自己也会坚定地和她在一起。对他这样的人来说，一旦动了心，爱情就是世界上最重要的事情。

"也谢谢阿姨，咱们以后要好好地对她。"梅好依偎在他怀里。

"好。"季忆答应着，眼中神色渐渐复杂，他享受着此刻的温柔，就算没有明天。

这天晚上临睡前，两人站在镜子前刷牙，一起对着镜子里的两个人傻笑。梅好扭胯撞一下季忆，季忆又轻轻撞回去，都幼稚到不行还乐此不疲。漱口后，季忆扶着她的肩面朝自己，用指尖轻轻擦去她嘴角余下的泡沫。

"梅好。"他轻声叫她。

"嗯？"她眉眼弯弯，觉得这男人怎么这么好看，怎么都看不够。

"我们，今晚一起睡吧？"

梅好有那么几秒钟只顾呆呆望着对方，很快她便明白了季忆的意思，红着脸点了点头。接下来，梅好借故躲进了自己房间，开始给丁鹿打电话。

丁鹿一听就来了精神："什么，他想睡你？"

"哎呀，你小点声儿……"梅好生怕被外面的季忆听到。

"好事呀，少女！这说明他对你的爱是男人对女人的欲望，而不是对你才华的仰慕。我之前还担心他爱上的是不吃香菜的猪小姐呢。"

梅好抓紧时间："你快帮我出出主意，我现在特别紧张。"

"紧张什么呀，不过第一次很重要，你要给他留一个难忘的印象。"

"怎么留？"

"我之前送你的生日礼物还没拆盒吧？"丁鹿问。

梅好记起来了，今年生日的时候，丁鹿送了自己好几件礼物，其中一件是一套情趣内衣。当时丁鹿还说，希望梅好能早日找到可以穿给对方看的那个人。

"没拆呢。"

"现在就拆。"丁鹿告诉她。

梅好手忙脚乱，一只手在柜子里到处翻，好歹把东西翻了出来。她把手机搁在一边，两手快速拆开了盒子，将那件薄如蝉翼的蕾丝内衣举了起来。梅好脑补一下自己穿上内衣的样子，然后立刻受到了惊吓，把内衣扔了回去。

"这个也太夸张了，跟没穿有什么区别啊！"梅好冲手机另一边嚷。

"拜托，你们是睡觉，穿衣服不嫌麻烦啊？"丁鹿开导她。

"听听你这都是什么虎狼之词……"梅好鸡皮疙瘩都起来了。

"行啦，舍不得孩子套不住狼。今晚，你一定要睡服他！加油！"

"我先挂了。"梅好挂了电话，瞥了眼那套内衣，心里又开始直突突。

睡前，季忆正准备走出自己卧室，忽然门被推开了，只见梅好扭动身段走了进来，眼神魅惑，白色睡袍下蕾丝内衣若隐若现。

季忆傻眼了，就见梅好走到跟前，伸手轻轻一推，季忆坐在了床上。梅好继续步步逼近，身子眼看要压上来，季忆却噗嗤一声忍不住笑了。梅好不知道他为什么要笑，迅速露怯，疑惑的表情将她打回原形。

　　"你是谁？"季忆问她。

　　"我是梅好呀。"她说。

　　"妖精，快把我的梅好还回来。你这样我真的很想笑。"

　　梅好生气了："难怪丁鹿说男人看了会受不了，原来是这个受不了。"

　　她又羞又气，甩掉拖鞋往床上一躺，整个人背对季忆。季忆爬过去，挨着她躺下，用手环住她的腰。

　　"别生气了，我跟你道歉。"他哄道。

　　"你是不是觉得我没有女性魅力？"梅好问。

　　"对我来说，你完全不需要穿成这样，我爱你每一个日常的样子，时时刻刻都对你充满了欲望。"季忆伸手将她身子扳了过来，两人面对面，眼中只有彼此，望见彼此眼中的浩瀚，像星球与星球的际会。

　　他嘴巴凑过来，轻轻地吻了她。

　　那夜什么都没发生，梅好在袭来的困意中沉沉睡去，她的手还紧紧握着季忆的，睡相安恬，肩上露出的一小片蕾丝，更衬出她少女般可爱。季忆卧在一旁，安静地看着她，从她浓密的长发到光洁的额头，从挺翘的鼻子到微微嘟起的嘴巴。他多想长久地亲吻她，给她这尘世上所有的幸福，让她永远地这样快乐，感到安全，免遭风雨的侵扰。

　　她嘴里孩子般哼了两下，开始呓语："不可以离开我哦……"

　　季忆心里一阵震颤，只觉得有一股泪意顺着鼻腔朝上涌，他小声地安抚她："我答应你，不离开。"他为她盖好毯子，轻轻下了床，将门虚掩，躲进了一楼的卫生间。门锁上的那一刻，他再也坚持不住，蹲在地上开始无声地大哭起来。

　　泪水顺着脸颊滴滴砸落，地板在深夜里承受着这个男人无尽的不舍和委屈。季忆有着成熟的生死观，在他给自己预想的"生命最后一天"里，跟以往的每一天没有任何不同，他会选择一个人度过，静静等待人生最后的时刻，无牵无挂。可现在不一样了，他有了梅好，他开始变得贪生怕死，恐惧最后时刻的到来。他想在每一个清晨亲吻她，想在每一个下雨的日子里陪她一起闲坐，看细碎的雨水打湿窗台上盆栽的枝叶，想在每一个起风的夜里紧紧地拥抱彼此入眠……这些对别人来说普通又琐碎的日常，却是他越来越大的奢望。他多想在不多的时日里把最好的自己给她，又害怕这些好让她在自己离开后无尽地惦念，拖住她余生的脚步。她还那么年轻，人生要往前走，她会爱上新的人，有属于自己的家，她会为他开枝散叶，儿孙绕膝时又是一生了吧。

而他，不过是她过往岁月里的一个旧人，是积满浮尘的相框中一道幻影，是她生命中限时的一场烟花。和她相携此生的可能是任何一位，却唯独不会是他。

思及此，季忆的眼前再度一片模糊。

× 26

12 款精灵耳造型的美好娃娃分队列序，整齐摆在了会议室的桌子上。

"这个系列我想定名为大明星系列，每款娃娃的造型从复古到嘻哈，从机能风到未来金属风，汇集了明星拍摄杂志封面的经典元素。"

季忆对面坐着的，都是 PIKO 各部门的领军人物。作为美好娃娃的设计者，赵慧臣也被要求参加了这次内部会议。他旁边坐着组长王丰薪，对于和组员同来参加会议，他心情很是复杂。

自从经历了和梅好的事情后，赵慧臣整个人都有了变化，接人待物沉稳了许多，偶尔还会跟同事们说些玩笑话，但言语间总透着一点落寞。就算是部门聚会，也不止一次被撞见他独自发呆，失神的样子叫人看了心疼。此刻，他的西北方向就坐着梅好，她正低头做会议记录，偶尔投向季忆的目光里都是满满的爱意。

"这套手办，平均每个配了 20 种颜色，这在 PIKO 以前的产品中都是从未有过的。"季忆说到这，拿起一款手办对一位负责人说，"蒋总，届时产品线一定要盯好，整个生产过程中 51 道工序必须规范，而且要严格执行，不允许出现划手或者印色偏差这种低级错误。"

"好的，季总。"对方应道。

"大家对我们的新款手办还有什么想说的吗？"季忆看向全场。

"季总，我们没看到隐藏款啊！"市场部谢贵永的话说出了众人的心思，众人于是纷纷附和。

"隐藏款还在最后敲定中，属于保密范畴。现有的美好娃娃造型跟之前参加盲盒大赛时相比已经进行了优化，相信最终的成品会受到市场的欢迎。"季忆继续道，"有件事趁大家都在需要公布一下。设计部近半年时间以来，都处于群龙无首的状态，经理一职空缺至今。"

说到这，季忆的目光投了过来。王丰薪立刻挺直了身板，全神贯注地看着老板，论资历论贡献，他自认整个部门没人能超越自己，这回经理一职他势在必得。

"赵慧臣，这次你设计的手办形象，第一次让 PIKO 拿到盲盒大赛的冠军，而且在团队作业中，你的领导力和组织能力有目共睹，经过董事会和人事部一致商议，我宣布你正式成为设计部经理。"季忆目光里带着欣赏和希冀。

一旁的王丰薪灰头土脸，完全没了刚才的精气神。赵慧臣迎着众人的掌声站了起来："谢谢季总对我的赏识，也感谢诸位对我能力的认可，但是经理一职我不能出任了。"

全场哗然，梅好也不解地看着他。

"美好娃娃能在 PIKO 这样一家最专业的盲盒公司里得以实体化，是我这一生的荣耀。我从没后悔来到这里，让自己的能力在这里接受检阅，并且被更多人看到。但我的个性并不适合团队作战，因为自由散漫惯了，所以在美好娃娃隐藏款正式定版后，我将离开公司。"

季忆感到意外，但他知道赵慧臣能说出这番话，必定是经过深思熟虑的，这个时候多说无益，于是说："我尊重你的选择。"

散会后，梅好从后面追了出来。

赵慧臣把之前一直纠结的事情宣布后，反倒轻松了许多。他笑着对梅好说："我知道你要问什么。"

梅好原本想说一连串的话，突然什么都说不出口了。

"梅好，"赵慧臣诚恳地叫了声她的名字，"你不要多想，我的决定跟你没任何关系，不然几个月前，我知道你爱上他的时候就会选择离开了。"

听对方这么说，梅好心里有些释然："我实在不想因为感情的事，影响我和你，或者你和他的关系。"

"不会的。"赵慧臣说着又用轻松的语气说，"你不要搞得这么伤感好不好？我还要过几天才正式离开，到那时再说些不舍的话吧。"

"好。"梅好冲他一笑。

"我还要忙工作，先过去了。"背对梅好的一刹，他的神情重又恢复了落寞。心中不免一声叹息，其实就连他自己也说不清楚离开PIKO的具体原因，或许种种因素掺杂，才会让他决意寻找新的天地，让这颗濒死的心得以喘息。

一切都会好起来的，他心里想。

健身工作室。

上午人并不多，丁鹿的私教课都集中在下午和晚上。丁鹿在瑜伽教室正热着身，一名销售走了进来。

"鹿鹿，这位顾客刚买了 20 节课，你接待一下。"

丁鹿往销售身后一看，是金束，他乖巧地冲她摆了摆手。丁鹿两手掐腰，淡淡问了句："你想练什么？"

见对方终于跟自己说话了，金束立刻说："都行！"

丁鹿随手丢给他一条流苏长裙："那就跳肚皮舞吧。"

金束面露难色："这不合适吧……"

"肚皮舞、瑜伽和自由搏击，三选一。"丁鹿告诉他。

"自由搏击！"金束说。

"你可不要后悔。"丁鹿眼中闪过一丝凌厉，金束跟着一个哆嗦。

十几分钟后，两人换好衣服和护具，出现在训练场地。

"发起攻击。"丁鹿下命令。

"你教我动作就可以了，我怕伤到你。"金束心有不忍。

"别废话。"丁鹿又说。

"我真的下不去手。"金束为难。

丁鹿气到把头上的护具摘下来："你要是不想练，就别浪费我时间。"

金束只好说："行吧，那我不客气了。"

说罢，他进入了状态，丁鹿迅速摆出了防御的动作，双拳架起，身盘压低，眼神也变得锋利。

金束大吼一声，整个人冲了上来，以他的重量全部压下来丁鹿八成会动弹不得。事实上，他还没反应过来，就觉得小腿被一股蛮力扫到，整个人瞬间重重倒在了地垫上。丁鹿走到他身边，一跺脚喝道："起来！"

金束再次起身，暗中蓄力，挥拳而来。丁鹿再次轻巧躲开，随即一个下勾拳，金束再次躺倒在地上。这回不等对方发话，金束先举了胳膊："咱不玩了行不行？丁鹿，我今天来，是有事要跟你说。"

"可以啊。但训练场上有训练场的规矩，三十回合，你都扛下来了，我就听你说。"丁鹿回道。

"三十回合？"金束很快便下了决心，"好，来吧！"

丁鹿没想到对方会答应，照这个摔法，十个回合人就受不了了，但话是自己提出来的，这时候她也不能反悔了。接下来的场面堪称惨不忍睹，金束感觉自己把这一生要摔的跟头都交代在了这里。他感觉自己就像一颗棒球，被棒球棍砰砰砰各种击打。他变着花样地一次次被击中，然后摔倒，再爬起来然后摔倒。

丁鹿对他大吼："还继续吗！"

金束倔强地爬起来："接着来！"

又是各种摔倒，旁边已经围满了人，大家看着这场别开生面的现场教学，议论纷纷。直到金束再一次跟跄着站起来，身上的每一块肉都在喊痛，他摆好姿势，说："继续！"

丁鹿摘下手套和护具说："结束了。"

她心里涌上一种难过的情绪，觉得自己有些过分，经此一战，两人怕是朋友都没得做了。

"没有结束，"金束身子有点晃晃悠悠，"我要说的事还没说。"

丁鹿看着他："你说吧。"

"我不知道你心里怎么看我的，或许你很讨厌我，觉得我又吵又闹，但是我想告诉你，从第一次见面我就喜欢上你了。我读书很早，成绩一直不错，但感情上的事我总是不得要领，明明是喜欢，却总是做些让你发脾气的事，心里越急，越是犯错。但在喜欢你这件事上，我从来没有退缩过，我相信日久见人心，时间长了你会了解我是个怎样的人。但最近遇到的一件事，让我忽然明白，根本没有来日方长，我们拥有的只有现在，因为永远不知道命运会选择在哪个时候对我们动手。想吃的食物就去品尝，想去的地方就去旅行，想说的话就说，想见的人现在就去见，所以今天我迫不及待想要见到你，告诉你，我喜欢你，想要照顾你，虽然你很能打，但我还是想要照顾你。丁鹿，我一直觉得作为你好朋友的男朋友的好朋友这个身份特别累，为了表述起来简单点，让我做你的男朋友，好不好？"

丁鹿眉头皱了起来，气息越来越重，这让金束预感到一丝不妙，只见她撇掉手中的护具，大步朝自己走了过来。金束的心里打起鼓点，下意识伸手捂住了一边脸，正紧张无措时，丁鹿伸出双臂，搂住了金束的脖子，狠狠地吻了上去。

梅好来到总裁办公室，一推门发现季忆人不在里面。正是午餐时间，她拿起手机想给对方发个信息，又忽然放弃了，她想到了一个地方。

季忆只身站在天台上，天气一天比一天冷下来，不知是不是体质变弱的原因，他总觉得今年的冬天比往年要来得更早一些。北京的冬天，只有在下雪时才会焕然一新，其他的日子里都是干冷无趣的。天地无言，人在其中是何等渺小，像一颗风中砂起起伏伏，你来自哪，又将去向何处，永远都不会有答案。若放在以前，他人生的意义就是拥有丰厚财物，再赚些声名，这些不过是证明自己活着的安慰。而现在，他人生的意义就是梅好，不久的将来，当梅好想起自己的时候，如果能想到一些与他有关的瞬间，给予她温暖和勇气并总能照亮也许暂时灰暗的人生，那就是他曾经存在这个世上的全部意义。

身后响起脚步声，季忆回头，梅好朝自己走了过来。季忆伸出手，梅好很自然地把手交给他，任他牵着。

"我第一次在公司里见到你，就是在这里。"他说。

梅好较真："你那时候不会真以为我喜欢你吧，为了接近你才躲在天台上？"

他故意逗她："有什么区别吗？到头来还不是被你骗到手了。"

梅好又气又笑："你怎么这样啊！明明是你先跟我表白的，我是被你骗到手的才对。"

季忆逼近一步，瘦高的身子笼着她："你确定？"

这一问倒让梅好有点吃不准了，嘴上仍旧强硬："当然！"

"咱们去体育场看流星雨那晚你还记得吗？"他问，声音跟着轻柔起来。

"记得，当时还以为我们之间的神奇关联要消失了，我心里有种说不清的失落。怎么突然说起那晚了？"

季忆便告诉了她一个秘密。当晚在走出体育场后，因为神奇关联依旧存在，丁鹿全程都在挥舞着哑铃"追杀"金束，而他和梅好在后面慢慢走着，两人的心情都有些雀跃，又都掩饰着不敢让对方发觉。微风轻柔的夜里，梅好开心地分享了自己喜欢的事情，她说起自己喜欢傍晚渐渐褪色的天空，喜欢雨后的湖边，喜欢冬天冒着热气的火锅……就在这时，季忆的倍速后遗症发作，忽然静止不动了。

讲到这里，季忆眨了眨眼睛，无限温柔地对梅好说："我喜欢你。"

错愕中，梅好仿佛回到那晚，自己的声音和此刻季忆的声音重叠，说着那句："我喜欢你！"

"你居然听到了！"梅好羞愤难当，扑过来打他。

"谁叫你看我看得那么入神，时间都过去了，等你说这句话的时候我已经恢复正常了。"他忽然把她拥入了怀中，紧紧抱着，好像要把对方嵌进自己身体一样。梅好很快便融化在这份身体紧紧贴近的温暖中，她缓缓从下面探出双臂同样地拥抱着他。她能感受到，他迫切地需要自己，他心中汹涌着万般的情绪，只有她的拥抱才可以将它们平息。

"怎么了？"不知为何，她总有小小的不安。

"想记住抱着你的感觉。"他说。

"我也会记住。"

"就想这么抱着你，一辈子都不放开。"他说。

这时，通往天台的楼梯上响起了脚步声，专注的两人丝毫没有察觉。

"听说过两天物业就要把这里封上，再不来逛逛可就没机会了。"张发奎边说边扶着栏杆往上爬，饭后来这里集体放风也是他的主意。刚迈上天台，张发奎来不及赞一声秋高气爽，就整个人僵在了原地。身后的艾琳达正好撞到他身上，正要说话，忽地也朝前看去。

接着，球球、小东、芳姐和钟旭也都看到了眼前的一幕——

季忆和梅好正拥抱在一起。

艾琳达手里的雪糕一头栽到地上，那双无神的眼睛再次亮了起来："我终于搞到真的 CP 了！"

十几分钟后，在总裁办公室里，季忆拉住梅好的手："你确定一个人可以吗？"

梅好笑道："放心吧。"

"我可以陪你一起。"他说。

"你也在场的话，他们肯定会觉得拘谨。"梅好说。

跟季忆商量好后，梅好回了营销部。现在紧张的人倒不是她，而是换成了同事们。梅好一回来，大家都装作忙碌的样子，仿佛刚才天台上的一幕谁都没有撞见。更夸张的是张发奎，原本从办公室里走出来，见了梅好便嘴里念念有词："我好像忘了点事情。"他正要转身梅好叫住他："经理。"

张发奎装模作样回头："哦，是梅好呀。"

"大家如果有什么想知道的，就问我好了。"梅好说。

"知道什么？你们有什么想知道的吗？"张发奎直接点名，"钟旭。"

钟旭站起来大声道："我没有！"

"你肯定有，再想想。"张发奎说。

"就像大家看到的那样，我跟季总在一起了。"梅好主动说了。

张发奎终于忍不住了："什么时候开始的？"

"谁追的谁？"球球问。

"关系发展到什么程度了？"芳姐好奇。

"和总裁谈恋爱是什么感受？"艾琳达问。

梅好就把大概经过说了一遍，讲完后，营销部里到处都在冒粉红泡泡。张发奎感慨："我这个岁数了听这些依然有想恋爱的冲动。"

球球和芳姐全程姨母笑，球球说："我就觉得自己追了部超级甜的小说。"

艾琳达是里面最激动的，都快哭了："这几年，我粉过的 CP，不是假的就是分了，没想到现实中竟然磕到了真的。梅好，你和季总一定要幸福啊！"

"谢谢，我们会的。"梅好说。

张发奎蔫坏地在一旁煽风点火："钟旭啊，我记得你还在季总面前说过喜欢梅好的话来着。"

钟旭赶忙解释："我说的是欣赏梅好这个类型的女孩子。"

"差不多。"小东在一旁帮腔。

张发奎叹口气："你好像实习期还没过呢。"

钟旭紧张："我，我……"

张发奎突然大笑："别紧张，小伙子，我们跟你开玩笑呢！季总可没那么小心眼儿。"

营销部里又是一阵笑声。

但是没人发觉总裁办公室里正在发生的事情。季忆极度虚弱地蜷缩在座位上，身体经历着又一次的极度疼痛，他大口大口地喘着粗气，汗珠正从他的额头上往下滚落。又过了一会儿，疼痛慢慢消失，身上已经被汗水湿透，他再次逃过了一劫。

季忆痛苦地把眼睛闭上，心里无比清楚，那一天越来越近了。

晚上，金束和丁鹿手牵手出现在了餐厅里，两人生怕别人不知道似的，还特意穿了情侣装。

金束宣布："我和鹿鹿在一起了。"

季忆说："朋友圈看到你们官宣了。"

梅好调侃两人今天的打扮："穿着情侣装，还以为你俩是店员呢。"

说完，她抱着丁鹿迟迟不肯松开，百感交集："祝贺你鹿鹿！"过后她又指着金束脸上的创可贴："你这是怎么啦？"

金束自嘲："这是爱的勋章。"

几人一听都乐了，梅好说："金束，作为鹿鹿的娘家人，我本来要叮嘱你几句的，后来想想还是算了。"说着她又对丁鹿说："鹿鹿，以后少欺负金束。"

丁鹿环住金束的胳膊："我尽量啊。"

梅好碰碰季忆："你就没什么要对金束说的？"

季忆举杯，酝酿了一下："有生之年，能看到我最好的朋友谈恋爱，我很欣慰。"

金束明白这话里的意思，不觉怅然："对，有生之年……"

两人默默举起酒杯，正要一饮而尽，被丁鹿拦下了："先别急着喝，再跟你们说个开心的事。他跟我求婚了。"

"真的？！"梅好开心极了，"什么时候的事？"

"就刚才来的路上。"丁鹿笑。

金束小声劝阻："鹿鹿……"

丁鹿浑然不觉："有什么不好意思的呀，他刚才还嘱咐我，先不要告诉你们。这种事我能憋得住嘛我！"

金束尴尬，偷看一眼对面的季忆。

"你答应了？"梅好期待。

丁鹿亮了亮空空的手指："钻戒我让他收回去了。我好不容易谈个恋爱，要好好享受过程，我们都还年轻，又不是有今天没明天，就让他多求几次婚好了，反正我又不着急。"

梅好端起酒杯："来，我们干杯！"

"为爱情！"丁鹿说。

"为友谊！"金束说。

四人举杯，聚往一处。

季忆目光看向身旁的梅好，她正双眼含笑喜滋滋地把酒喝下。他心中涌起一股难以言说的酸楚和内疚，她如此天真，竟不知身边的人是个骗子，用一己之力为她筑起虚幻的爱情城堡，每一次的欢愉过后，永别在即。

这晚，梅好有些许微醺，但不至于意识涣散，只是乖乖把头靠向季忆，痴痴笑着。

回家后，梅好为了证明自己没醉，坚持为两人煮了牛奶驱寒，然后两人靠在窗户边看着外面越下越大的雨。

"季忆。"她轻轻叫。

"嗯？"

"我小时候最喜欢阴雨天，放学后，我就坐在电动车上，钻进爸爸的蓝色雨衣里。那混合着胶皮味和潮湿空气的小小的空间就成了我的全世界，不知道风雨什么时候停，也看不清前面的路，但我一点都不害怕，反而觉得幸福，因为身边有可以全心全意信任的人，就像现在这样。"

季忆安静听着。

梅好想到什么："你知道今天鹿鹿为什么没答应金束的求婚吗？"

"她想多体验几次被人求婚。"

"才不是。那是因为金束的求婚太突然了，她都没来得及好好打扮一下，当时要是答应了，心里会觉得遗憾。"

"等你跟我求婚的时候，一定要提前告诉我，我好有所准备，也不要直接告诉我，委婉一点，不然我就一点惊喜都没有了，好不好？"

他没有回应，转而说："牛奶是不是煮好了？"

厨房传来明火与沸水交战的滋滋声响，梅好的注意力立刻被转移，嘴里哎呀着跑了过去。躲过了一劫，季忆并没轻松起来，他目光移向窗外，浓稠的夜色也无法掩盖他眼底那抹苍凉无力和深深的哀痛。

梅好倒了两杯牛奶，从厨房里端了出来，空气里很快便氤氲着浓浓的奶香。

梅好走到窗边，把其中一杯递给季忆："趁热喝。"

就在他指尖触到把手的时候，季忆表情忽地大变，神色里遍布惊恐，伸出的手触电般缩了回来。杯子坠落，牛奶喷溅了一地。

梅好也吓了一跳，忙问："是不是烫到了？"

季忆整个人都不在状态，眼神回避着对方："对不起……"

他甚至无心打扫一地狼藉，转身走进了卫生间。季忆站在镜子前，木然地抬起胳膊，解开了衬衣的袖口，缓缓露出一截手臂。他顿时惊得瞳仁一扩，只见原本平滑紧致的皮肤变得松弛又丑陋，深紫色的血管凸显，象征着死亡和衰老，原本暮年时才会出现的皮肤状态，却出现在一个年轻男人的身上，实在触目惊心。昨天，他身上还没有出现这样的变化，这些丑陋的部分像是未知的病毒，正一点一点蚕食着他原本美好的肉体。

他随即又把靠近心口的扣子逐个解开，里面的皮肤裸露出来，同样状况让人看了心碎，季忆不忍再看下去，将衣服用力遮掩住身体。这样的身体变化，很快就会被朝夕相处的梅好发现，到那时她就会知道真相。喜欢的人因为自己的过错而离开了这个世界，这样的想法会像一颗钉子，死死地将她钉在原地，让她今生今世都不能逃脱。而这，是他绝不想看到的结果。

他知道，自己必须要尽快做出决定了。

这天深夜，公司内一片黑暗，灯光全部熄灭，只余墙角的逃生指示灯亮着莹莹幽光。

一双脚在走廊里无声地行走着，迅速且敏捷，很快便来到了一处门禁前。那个黑影掏出通行卡，在墙上一刷，玻璃门向两侧滑开了。

黑影在内部稍作打量，径直朝一处工位方向走去。月光透过一侧的窗户投射进来，在办公桌上留下一道惨白。黑影将一侧的百叶窗合上，房间内即刻陷入彻底的黑暗。

电脑被开启了，发出刺眼的亮光。黑影弯下身，迅速输入密码，然后找出了美好娃娃"大明星"系列的手办 3D 设计图文件。随即，黑影又打开网盘，将视频拖了进去，点击上传。

网速飞快，时间流逝。

已上传的内容在以肉眼可见的速度增加着，像不断升温的刻度表，触及终点时就会爆炸，将原本的生活炸得面目全非。

× 27

电话是张发奎打来的。

当时梅好在准备早餐，她用番茄酱在煎蛋上挤出一个笑脸。像是有预感一样，手机响的时候，她心里一慌，平时这个时间，是不会有电话打进来的。

电话一通，张发奎的大嗓门就传了出来："季总，出事了！"

季忆与梅好对望一眼："怎么了？"

"大明星系列的 3D 设计图被人全部发到了网上！网上现在被传的到处都是。"

季忆心里嗡的一声："设计图是怎么泄露的？"

"现在还不确定，我已经赶到公司了。"

"立刻排查。"季忆挂掉电话，开始上网搜索。PIKO 秘密武器"美好娃娃"还未上市真容便遭泄露的新闻已经登上了热搜榜首。网民的评论五花八门，有的说"PIKO 看来是抢了别人蛋糕被搞了"，有的说"没准是自家在炒作"，还有的说"好奇他们公司会怎样公关"……其他人也都在关注着这个消息。赵慧臣刚把摩托车开到公司楼下，他摘下头盔，难以置信地看着手机上的新闻。另一边，拍摄杂志封面间隙的李星儿，匆匆接过经纪人的手机，刷着热搜。谁都没想到，原以为会顺利打入市场的新款盲盒会横生枝节，眼看着前期的大量心血就要付之一炬。

季忆把车开进地下停车场，车内的气氛有些凝重。

"一会儿的会议我去不了了，作为接触过设计图的核心人员，我还要配合人事部的调查。"梅好说。

"知道了。"

季忆点头，梅好刚要握住他的手，对方已经开门下了车。梅好的手停顿在半路又收回，心中不免失落。

季忆走进公司会议室时，各部门负责人已经到齐。

物业安保经理先做了解释："季总，根据规定，监控室每隔两个月会进行一次统一调试，当晚全部监控会在夜里 11 点到次日早上 7

点之间进行关闭，整幢大楼里的公司都是如此，所以我们这边无法提供任何影像方面的证据。"

一位部门负责人说："这么看来，那人很了解咱们公司内部情况，所以顺利钻了空子，没准就是出了内贼。"

季忆语气严肃："眼下最重要的是如何度过这次危机，在此之前，我们的新款手办保密工作一直做得很好，除了核心团队，其他人都不知道产品的最新造型。现在 3D 设计图被曝光，可以预见的是，不出一周，各种仿款会层出不穷，这将对我们还未正式投入生产的正品产生特别大的影响。PIKO 正面临着有史以来最大的市场危机，我不管大家接下来用什么办法，各部门都必须拿出行之有效的措施，特殊时期里还想要浑水摸鱼、但求无功无过的一经发现，马上走人。"

这时，人事部有人拧门走了进来，从他急切复杂的神色中，便知有事发生。

"有结果了吗？"季忆问。

那人上前，附在季忆耳边小声道："设计图全部是经过梅助理的电脑上传的。"

季忆闻言，心里咯噔一声。

就在几分钟前，凡是有新款手办设计图的备份的人员，都在接受内部排查。营销部内，同事们的目光都聚集在梅好的工位上。梅好打开电脑，输入密码，然后起身让位给技术人员。对方一番快速翻找，突然惊叫道："这是什么？"

梅好的心猛地下沉：自己电脑中竟然有不明账号的使用痕迹，而且账户名就是上传 3D 设计图的那个！

面对众人围堵的目光，梅好一时竟说不出话来。她默默看着技术人员在电脑上做了各种拍照取证，脑中一片茫然。球球看不下去了，对那人说："大家都是同事，差不多得了。"

"就是啊，真要是我们梅好干的，她会傻到留下账号登录痕迹吗？"艾琳达也说。

芳姐刚想说点什么安慰她，梅好忽然转身走了。

梅好来到总裁办公室门口，推门走了进去。

季忆正在跟领羊资本的郑总通电话，对方对这次 PIKO 突发的危机深感顾虑，如果不做好应对措施，PIKO 的新款销售额绝对不会超越世德，届时领羊资本会继续选择跟世德方面合作。季忆向对方做出承诺，一定会顺利解决这次事件，不让 PIKO 推出的新款受任何影响。挂掉电话，季忆长长吁了口气，此刻他的压力排山倒海袭来。

梅好上前，犹豫着还是说了心里话："对不起，我也不知道为什么会发生这种事。"

她以为他会说两句宽慰自己的话，哪怕就是一句简单的"我相信你"。

但是没有，季忆有些冷淡："眼下不是说这些的时候。"

梅好的心忽地冷了一下。

"我还有事，你先出去吧。"他又说。她恍然觉得又回到两人初识的阶段，他同样的疏离冷漠，现在似乎又新夹杂了一点厌恶烦躁。她希望是自己多想了，一定是眼下的压力让他无暇顾及太多她的感受。

魏佳桥看着网上铺天盖地关于 PIKO 的报道，脸上浮现出得意神色。业内都说季忆是出了名的为达目的不择手段，殊不知他才是这句话真正意义上的践行者。这样的性格让他多年来难逢敌手，不管用什么方式打败了对手，只要最后面向所有人微笑的是他就可以，这是他的人生哲学，一将功成万骨枯的血泪经验。

瘦助理一脸喜色："魏总，现在 PIKO 那边一团糟，到现在还没有具体的解决方案。"

魏佳桥将了将小胡子："哪那么容易，临近下厂开模的时候出了这种事，够他们忙活几天了。眼下肯定有很多小作坊开始跟进造假，到时候 PIKO 的处境会更加被动，我倒要看看季忆还怎么翻身。"

"魏总，那咱们的经典款还是如期上市？"

"当然，没有比较就分不出优劣，这次世德会好好发力，顺便也给领羊资本看看，谁才是这一行的老大。"

助理陪笑："这回他做得不错，您没白费心栽培。"

魏佳桥脸色立刻阴沉下来，瞪着他："别乱说，嘴巴给我严一点。"

助理吓坏了："知道了。"

魏佳桥重又刷起了平板电脑上的新闻，眼神老辣阴翳，像一只隐身在暗夜中的怪兽，伺机就要将敌人啃得骨头都不剩。

一整天，季忆都忙公司的事。晚上梅好独自回家，随便吃了点东西，想给他发条微信，又不忍打扰，于是坐在客厅里边看电视边等。83版的《射雕英雄传》，奄奄一息的蓉儿对郭靖说："我死后，准你为我立一个坟，但不准你带着华筝一起来祭拜我，因为我始终还是个小气鬼。我死后，准你为我伤心一段时间，但不准一直意志消沉。"梅好看了，无端觉得有些难过，这人世凉薄，能遇见爱的人已是万幸，至于又能走多远全凭造化，由不得你我。

临近凌晨，她发过去一条微信，问季忆几时回来。过了一会儿，季忆回她：今晚不回来了。她看着寥寥几字回复，愣愣出神，原本还想嘱咐几句，终于还是什么都没再说。

公司内，季忆轻轻将手机放回桌上。整幢写字楼里，只有他的窗户还亮着灯，在逐渐沉寂的夜里像一块小小的马赛克，挣扎着不肯熄灭。秋天的尾巴悬在窗外，远处的街道上滚动着片片枯叶，如行将结束旅途的人生，等待它们的是粉碎，是泥土，是下一个轮回。此刻，他的心里没有烦乱，没有不安，反倒生出一种久违的安宁———一切皆因为他刚刚在心里做出的那个决定。

今夜，他注定要在此处枯坐到天亮，感受人间留给自己不多的夜晚。他的目光再次落到手机上，屏保照片是他们的第一张自拍。那是他们刚在一起不久，两人之间还有些拘谨，有天梅好跑来告诉他，情侣间的自拍她也想拥有，季忆欣然同意。两人特意找了光线好的角落，拍下了这张照片，两人脸上是甜甜的笑容，眼里满满的都是对彼此的爱。

他强迫自己从回忆中抽离，手指在机身侧面一摁，屏幕黑了下去。

翌晨。

梅好一早便赶到了公司，刚进公司，就看见几个其他部门的女同事迎面走过。大家表面装作无事，刚一擦身几人便开始咬耳朵在背后指指点点，不用猜就知道那些议论有多嘴碎。

梅好无心理会,心里想着尽快见到季忆。她刚走进营销部,就看见里面吵作一团,两个人事部的人正打算将梅好工位上的电脑搬走,小东和钟旭跟他们推搡着,球球、艾琳达和芳姐在一旁齐心声讨。

见梅好进来,双方都停下了争执,其中一人对梅好说:"我们也是服从命令,搬走电脑总比贴个封条在上面强。"

"能告诉我,是谁下的命令吗?"梅好问。

另一个人表情耐人寻味:"季总。"

梅好像是被人从背后猛推了一把,身子摇摇欲坠,饶是如此她仍不肯信。

"干吗呢?"张发奎走过来,沉着脸对那两人说,"行了,走吧。"

两人像是打了胜仗,当即拔了网线,搬起电脑和主机便离开了。

"梅好,你跟我来一趟。"张发奎说。

梅好跟着他进了办公室,张发奎似乎有口难言:"助理的职务,从现在开始你就不要做了。"

"经理,这是什么意思?我不做这个做什么?"

"你没明白我的意思。"张发奎有些为难,于是将一份文件递给了她,上面写着"辞退通知",字字千斤,险些将她压倒。梅好难以置信地翻开,飞速看着上面的内容,在最下角的签字栏上赫然写着两个字:季忆。

他的字迹,她再熟悉不过,就算前面的种种她都可以不信,但是签名骗不了她的眼睛。曾经一度她最喜欢的时刻,就是看他在文件上挥笔签上名字。他握笔的姿势极好看,纤长的手指像在纸上敲出音符,字迹行云流水,隽美挺括,一个签名代表一个决定,为这个商业帝国添砖加瓦。而此时这二字却如同双刃,接连朝她刺来。

张发奎吐字艰难:"别怪我,当初是我招你进来的,现在还是由我来告诉你比较好。"

梅好没听他说完,转身就向外走去。

总裁办公室,季忆像是知道她会来一样,目光平静,等待她的诘问。

"告诉我,这不是真的……"梅好把辞退通知摆在他面前。

"是真的。"

说不清的委屈让她无法冷静："出事的时候我和你在一起，你知道我是被冤枉的。"

"可损失是实实在在的。事情发生了，就要有人承担后果。"他说。她忽然觉得眼前这个男人一下陌生起来。

梅好的语气软下来："季忆，我愿意配合公司调查，但是不要把我辞退。"她试图给对方突然的转变找到充足的理由："我知道，公司发生这样的事你必须给外界一个交代，我理解你。"

季忆眼中似有坚冰："对不起，虽然有些难以启齿，跟我的事业比起来，你一点都不重要。我们分手吧。"

他迎面看着她眼中因为错愕和伤心涌出的泪花，不为所动。

梅好轻轻抓住他的手，近乎哀求："我哪里做错了，你能不能告诉我？我可以做好的。"

他甩开她的手，神情透着厌恶，好似她是一尊瘟神，令他避之不及。

就在这时，门被推开，李星儿径直走了进来。她今天到访的目的，是想看看自己能不能在公司陷入麻烦时帮上什么忙，于是跟季忆约了在此见面。李星儿一推门，便见到这番架势，着实感到意外，她正犹豫着要不要回避，却见季忆上前紧走几步，伸手把李星儿拉了过来。

"你不是想知道为什么吗？因为我还爱着星儿。我选择跟你在一起，就是在跟她赌气，想证明自己可以忘了她。但是我发现我做不到，跟你在一起的分分秒秒，我都在想念着她。"

李星儿不明白眼前状况，刚想说点什么，手便被季忆用力攥了一下，她只得打住。梅好木然看着牵手的两人，她恍然觉得自己置身在无际的漆黑海面，怀中仅有的一截浮木也被巨浪冲走，等待她的命运只有下沉，沉入海底，一切都无声无息。

梅好凝住眼泪，呼吸都在发颤，抬手一巴掌扇在了他脸上。她满眼恨意，将目光从他身上移开，快步走了出去。

他没回头，背对着离开的梅好，脸上故作卑劣的表情慢慢隐去，紧握着李星儿的手颓然松开，他的嘴唇在微微颤抖，先前一直压抑的眼泪终于冲破封锁，大颗大颗地滚落而出。李星儿被他突然的变化吓坏了："你还好吗？"

她从未见过如此伤心脆弱的季忆，像个失去了心爱礼物的孩子，心里也跟着难受起来。季忆转身看着她，不停重复着："对不起，对不起……"

　　他的视线一点点被雾气遮蔽，也不知这话究竟是对谁说的。

　　梅好将自己的东西折进了小纸箱里，她没再过多解释，连同自己的沉默一并放进了里面。她没再哭，提醒自己要坚强，这个时候眼泪不值钱，最后的尊严才更可贵。她仓促跟同事们告别，拒绝了几人坚持送她到楼下的好意："你们都还要在这里工作，不要因为我影响到自己才好，大家保重。"

　　深深鞠躬后，她转身离开。因为怕看到大家难过的样子，她一次都没有回头。入职时，她还是个懵懂未经事的小职员、离开时却一身沧桑，伤痕累累。成长从来无关年龄，而是经历。

　　深秋的北京，总是大风的天气，地上快速翻动的枯叶泄露了风吹来的方向。梅好停下来，她脚下有一串掉落的栾树枝，梅好将它捡起来，随手捻开一个灯笼状的果实，表面已经乌黑的果实发出酥脆的声音，就在这里面，安稳地藏着两颗黑色的小豆子。它们从里面滑落，掉在地上后又迅速朝着相反的方向滚动，就此失散了。

　　梅好就近钻进一处地铁站，茫茫然又上了一辆不知方向的地铁。她不想在大街上持续游荡，不希望别人轻易就看穿了她的处境和心情。她需要去一个人多的地方，就像这拥挤的地铁车厢，顺利将内心汹涌的悲伤隐藏起来，化作车窗外呼啸的风声和穿过隧道时近乎永恒的黑暗。

　　晚上，梅好和丁鹿约在三里屯的一家酒吧见面，不大的舞台上，那支日本乐队唱着辉夜姬的《神田川》，如泣如诉，宛若旧日老友在耳边呢喃，嗟叹着回忆逝去的岁月。

　　丁鹿听完梅好的讲述，身子不受控制地从座位上站了起来，当即要去找季忆算账。梅好却不急不忙拉住她："你陪着我，现在比什么都重要。"

　　丁鹿只好忍气坐回来，继续听她说。

　　"刚在一起那会儿，我真开心呀，他说喜欢我的时候我都懵了，觉得这次是真的撞大运了，那么好看的男人竟然喜欢我。"梅好已有几分醉意，说起这些来，嘴角忍不住往上翘，好像那些情景近在眼前，看得见摸得着一样。她眼中的神采像是忽然受阻，又暗了下去："我其实早应该猜到的，他那么优秀怎么会看上我呢？我深刻地检讨自己，我就是色迷心窍，活该有今天的下场。李星儿那么美，性格也好，他们才是真正地登对，我往那一站，第三者都不像，跟个洗脚丫头似的，所以季忆不喜欢我是天经地义的，我要是他也只爱李星儿。"

丁鹿心疼她，可这时候除了倾听，不知还能为她做些什么，于是又在两人杯中倒了酒，端起来往梅好面前一放："今天你就放心喝，喝醉了住我家！"

梅好摆摆手："才不要，我今晚订了酒店，我哪里都不去！"

金束站在季忆家门口，用力地拍了几下门。

"你开门呀！"金束知道他在家里。

李忆仿佛没听到门外的动静，呆呆站在阳台上，家里没有开灯，他整个人都隐没在黑暗中。偶尔有路过的车灯扫，短暂地点亮他的五官，光线像一把利刀划过他的眼角眉梢、鼻峰和不见欢喜的嘴角，眼里的光亮如同一尾孤星，短暂地燃烧后又陷入寂灭。

清冷的桌子上，摆着那块陨石。它比黑夜还要黑，比黑夜还要沉默，像一个不动声色的记录者，冷眼观察着这个多情又可笑的世界。

这天夜里，梅好架着喝成烂泥的丁鹿，踉踉跄跄进了酒店房间。梅好把丁鹿扔到床上，给她脱了鞋子，刚要转身，忽听到丁鹿一声大喝："金束，小心我锁你的喉！"

随即她又笑嘻嘻道："开玩笑的，我怎么舍得。"

原来恋爱中的人，醉话也带着甜蜜。梅好为她盖好被子，刚站直身子，忽然感到一阵恶心，她慌忙跑进洗手间，对着马桶开始剧烈呕吐。一直吐到涕泪俱下，视线模糊，肝肠寸断，她才觉得腹中稍稍好受了一些。

伴着抽水的轰响，梅好瘫坐在了地上，她虚弱地背靠着浴池，将凌乱的头发束到耳后，长长地喘着粗气。她回想起今天临别的一幕，自己浑身颤抖着追问了季忆那个问题，他抬起眉眼，斩钉截铁地回了她："我从来都没有爱过你。"

于是伪装了一整天的坚强顷刻土崩瓦解，她开始大声地哭了起来。人生中，总会有这样的夜晚，所有人都沉沉睡去，唯独你是清醒的。你心灰意冷，百抓挠肝，恨不能明天不要来临，全世界陪着你绝望的情绪一起毁灭才好，于是你崩溃、抓狂，歇斯底里哭泣，你在意识逐渐模糊之际安慰自己，明天到来的时候痛苦就会离我远去……但你也明白，痛苦有增无减，你只是学会了隐藏。

sweet u

memory

× 28

　　季忆把车停在了公园南门外的街边。

　　这处公园已有上百年的历史，这些年翻修过许多次，亭台楼榭，雕花护栏，乍看上去古色古香，却在崭新中透着一股庸俗。

　　他有很多年不曾来这里，记忆里印象最深的是童年冬天，父母带他来结冰的湖面上滑冰，夕阳下光秃秃的柳条在寒风中拂动。一家三口手拉手在冰面上缓缓移动，只要一个人没站稳，另外两个准会跟着摔倒。季忆总是故意想要摔倒，父母就稳住身子用手扯住他，这是他关于父母相爱为数不多的记忆。

　　还未进公园，隔着大铁门就看见一群身着五颜六色民族服饰的人在空地上欢快跳着舞。跳舞的大都是中老年人，个个穿着艳丽的衣裙，跟着现场乐队的节奏跳着欢脱的舞步。季忆站在围观的人群中，欣赏着俏夕阳们的表演，他的目光很快锁定在一个跳舞的女人身上，她穿着一身鹅黄色的维吾尔族裙装，每一次转身都会让长裙在空中旋转出一朵好看的花来。

　　母亲也发现了季忆，眼中闪过惊喜。这时，一个叔叔凑过来，想邀请母亲共舞，母亲一个高冷表情就把对方拒绝了，接着母亲走出"舞池"，和季忆在不远处的长椅上坐了下来。

　　"在外面都能看到你们跳舞。"季忆说。

　　"这是公园吸引游客的方法，大家穿的五颜六色，谁看了都想进来瞧一瞧。你今天怎么有空来这里了？"

　　他原本想编一个类似"出来办事正好经过"这样的理由，可是看着母亲，他不想再去掩饰："想你了。"

母亲万没想到儿子会说肉麻至此的话，但看得出她很开心："油嘴滑舌。"

季忆笑着看她。母亲徒生感慨，儿子不知何时已长到了这个年纪，笑时眼角会生出细细的纹路，再不是当年那个被自己天天逼着抹泪练琴的小小男孩。

"梅好怎么没来，她不是你助理吗？"母亲问。

季忆表情有一瞬的不自然："她还有别的事情要做。"

"下次记得把她也叫上，你们去我那，我给你们包水饺吃！"母亲说。季忆了解母亲，她亦是不善表达的人，但是喜欢一个人的时候，就会下厨做好吃的给对方，这一点上，他跟母亲很像。

季忆含混地"嗯"了一声。

户外虽有些冷，上午的阳光却浓烈，从高处打下来包裹住人间，有种暖洋洋的感觉，叫人酥醉。母子俩坐着晒太阳，享受着独处的时光。

"知道我为什么老爱来这里跳舞吗？"母亲说。

"这里边同龄人多，比较热闹？"季忆猜测。

"才不是。"母亲指着不远处的湖边，"看到那棵大柳树没有？我跟你爸第一次见面就是在那棵树下面，你爸说喜欢我跳舞的样子。后来结婚了我们老吵架，我总是对生活有很高的期待，却忘了我们最初在一起的原因就是因为开心。说到底我是亏欠他的，这辈子是没机会补偿了。"

"妈，如果遇到合适的人就在一起吧？"

母亲没料到季忆会忽然说这样的话，诧异地看着他："我一个人早习惯了。"

"就算妈妈是个很坚强的人，也会有偶尔想不开的时候，偶尔会有难过的时候，有个人陪着你，我才放心。"他尽量让自己看上去没有情绪波动，"我想，爸爸也希望你可以幸福。"

母亲有些被触动："为什么会突然说这样的话？"

"因为最近我要出差，不能来看你了。"

听他这么说，母亲的防备松懈下来，毕竟出差对季忆来说是家常便饭："这次又是要去哪里？"

季忆稳住情绪，告诉她："要去一个很远很远的地方。"

"那你记得有时间了就和妈视频一下，妈只要知道你好好的就可以了。"母亲并不理解他话里的含义。

这时舞池里欢闹的音乐又响了起来，母亲起身："这首曲子我特喜欢，我去跳了！"

"去吧。"他含笑目送母亲朝人群中奔去。

"妈！"他又叫一声。

母亲回头，脸上挂着兴冲冲的喜悦。

"答应我，找个合适的人一起幸福地生活吧！"他大着声音说。

母亲笑了，神色生动又妩媚，一如多年前亭亭的少女，她转身隐入了那个色彩斑斓的世界。

季忆空坐在原地，脸上的笑容一点点消失掉，他想再多看一眼母亲的样子。

梅好没再回过和季忆同居的别墅，所有的东西都请搬家公司打包搬了出来。她在母校附近找了一套只有四十平方米的小房子住了进去。当她决定找房子时，心里第一个想到的居住区域就是大学附近，这个装修舒适的大开间被她一眼相中，从大大的飘窗朝外望去，视野开阔，可以看到大半个学校的风光。

她注册了自己的工作室，决心将"不吃香菜的猪小姐"这个账号做成同类 UP 主里最强大的那个。

她就这样彻底消失在了季忆的生活中，好像从未出现过一样。

早上，她起床后先是围着小区外的通惠河跑步，从小区一直跑到高碑店附近，再折返回来，然后吃下前一晚准备好的早餐。接下来就是长达一天的伏案剪辑，忙碌使她得到暂时的快乐。一个万籁俱寂的夜里，梅好忽然对北漂这个词有了新的理解：北漂就是在北京努力工作的漂亮人们。

她把所有的热情都投进了工作，许多上班时来不及实现的想法，现在终于可以一个一个剪辑出来。随着剪辑作品的高产，不吃香菜的猪小姐越来越受到欢迎，找上门来合作的商家也多了起来。

偶尔也会停下来休息，梅好便煲一锅靓汤，这还是同季忆在一起时留下的习惯。现在想来，当初她并非突然爱上了做饭，而是强烈地想要为某个人做一餐饭的心情。虽然恢复了一个人的生活，做饭的习惯还是保持了下来。一个人在你生命中出现过，总会留下些什么，改变你一点什么，这也许就是那个人曾出现在你生命中的意义。

　　日升日落，周而复始。

　　她还是会在某个瞬间想起季忆。有次她吃到一家好吃的炸鸡，就想季忆在身边的话，她会强迫他吃一口这油腻的食物，然后一脸期待地催问味道如何。季忆故意皱起的眉头忽然舒展："好吃！"

　　还有一次，她在咖啡馆里跟合作方聊工作，看到邻桌一个四五岁的小女孩特别可爱，一边吃东西一边打瞌睡，于是她下意识想要拍张照片分享给季忆，又忽地想起两人已经分开了，她连对方的微信都已经拉黑。他曾经说过，希望他们将来会有个可爱的孩子，现在想来那也许并非他的真心话，但她却被哄得开心。如此种种，曾一起畅想过未来的那个人，却已经在现实中离散。

　　天气越来越冷了，几场冷雨后，几乎是一夜之间人们都匆忙换上了冬装。街边的栾树上倔强地挂着些不肯坠落的枯萎果实，天空愈加深远莫测。下午 6 点钟刚过，天色便开始昏暗下来，于是夜晚就更加漫长。

　　这天，梅好没像往常一样直接回家，而是选择从另一个地铁口出去，一个人在学校附近漫无目的逛着。她又来到了那条商业街上，像是有某种引力，牵引着梅好的脚步。她站在了那"时光慢邮"的店铺门口，让她意外的是，这里已经改头换面成了一家宠物店。

　　梅好刚要进去，一个男人从里面走了出来，他戴着墨镜，嘴巴被围巾遮住，一转身朝另一边走去。梅好的目光不自觉被他吸引过去，不知为何，那男人的身影让她觉得似曾相识。从背影看去，这是个有些年纪的男人，背微微驼着，将自己包裹得严严实实，身体好像很虚弱。梅好愣愣看着对方萧条的背影渐渐走远，这才回过神，走进了店里。

　　梅好走进店里面，一个女孩正给刚洗完澡的小泰迪吹风，小家伙睁着圆溜溜黑溜溜的眼睛，打量着橱窗外的人类世界。

"你好。"梅好问女孩，"这里以前是不是一家叫'时光慢邮'的店？"

"是的，我们刚把这家店盘下来。"

"你有前任老板的联系方式吗？"

"不清楚，我就是打工的。我们老板开了很多家宠物店，这会儿也联系不上他，一家人在国外旅游呢。"女孩说，"这两天陆续有人来打听，我确实不知道。你进来之前，刚有个男的来打听过，问知不知道他寄存在这里的信件去了哪里。"

"大家都担心自己用心写下的信件最后收不到。"梅好说。

"那个人不一样。"女孩关掉电吹风，"他说他想把自己写过的那封信拿回去，真是个奇怪的大叔。"

"也许是遇到什么事情了吧。"

"我问了，他说想把信收回，因为不想让不能在一起的那个人再伤心了。"

"是这样啊。"梅好感慨。

梅好默默从店里走了出来，她回头打量着门店崭新的装修，那家"时光慢邮"好像没存在过一样，连同那封永不会收到的信一起烟消云散。才不过一段时间，已是沧海桑田。

夜色中的街头，季忆在踽踽独行。墨镜和围巾依然遮不住他一脸的憔悴，他已经在努力适应自己身体的变化，但老去的速度实在太快了，快到他已经放弃了照镜子的习惯，快到他已经听到生命时钟倒数的计时声。他已经挥别了这一生最爱的人，再没有什么可失去的了。

风刮过来，直往衣服里灌，他裹紧身上的大衣，毅然朝前走去。

季忆拎着一份宵夜回了家中，金束正坐在客厅里埋头查找资料，桌上和地板上堆着各种文件。季忆深知 3D 设计图遭到泄漏的事情跟世德脱不了干系，但眼下没有证据直指魏佳桥与这件事有关，他便不能贸然出击，于是让金束和自己一起搜集线索。

金束赶忙起身接过他手里的宵夜："你要吃什么告诉我，我给你买就是了！你现在不可以到处跑。"

"没关系，正好路过那家炸鸡店就买了。"

金束拆开包装，边吃边说："这种油炸食品，你以前都不吃的，总说对身体不好。"

季忆咬了一小口，味同嚼蜡："现在无所谓了。"

金束明白他的意思，气氛当下又沉重起来。

"有什么新发现吗？"季忆问。

"你分析得没错，魏佳桥这种老狐狸人际关系复杂，表面能查得到的人员都不可能是泄漏设计图的直接帮凶，所以我按照你的思路查找了他各种隐藏的人际关系。"金束抱过来一堆资料，"魏佳桥这些年对外宣传自己热衷慈善，救济了大批需要帮助的年轻人。就像你说的愿意为他做这种事的，一定是受过他恩惠的人，这些就是最近五年受过魏佳桥慈善基金帮助的人员资料。"

季忆拿过来翻看，当他翻到一个受资助者的资料时，感到惊讶不已。金束发现了他的异样："这人你认识？"

季忆目光深邃起来，缓缓说了两个字："内鬼。"

他把情况跟金束说了，金束听后感叹："真是想不到……"

"这事还没有直接证据，先不要打草惊蛇，接下来我会让张发奎和赵慧臣来搜集证据。"季忆安排。

"时间不早了，我该回去了，不然鹿鹿那边会怀疑的。"金束告辞。

送走金束后，季忆已是疲惫不堪，他靠在沙发上，能清楚感受到骨质疏松带来的身体脆响。不仅如此，最近他的视力也开始急剧下降，眼前经常会一片模糊，整个世界都摇摇晃晃。他对此已经见怪不怪了，坦然接受身体的衰败，内心就能平静一些。

公司的事务他已经交代给了张发奎和赵慧臣，两人正全力按照他给出的方案解决本次危机公关。赵慧臣没有离开公司，梅好走的那天，他在众目睽睽下冲进了总裁办公室，要季忆给他一个说法。季忆把门窗合上，神色平静地告诉他："我就快死了。"这话对赵慧臣的冲击太大了，以至于冲冠的怒火不知何时已全部消散。季忆把自己的事情告诉了他，赵慧臣沉默了一会儿，告诉季忆自己决定留下来。"我留下来，不是因为梅好，而是因为你。"他说。

季忆正回想着，又传来了敲门声。这个金束，总也改不了丢三落四的毛病，这回不知道又要回来找什么。季忆拖着沉重的身子，一点点挪到门口。

开门的一瞬，他愣住了。

母亲正站在门口，看着自己，眼里有疑惑和气愤交织，又有看到儿子变得如此病弱后的心疼。

"果然，你没出差……"她说。

"妈。"

母亲眼睛红红的："我不知道你到底怎么了，但我就是知道我的儿子遇到事情了，这是一个母亲的本能，就算我这个当妈的再不合格，也会第一个感受到儿子过的好不好。"

忍了许久的悲伤情绪再度涌上心头，季忆又叫了声："妈……"

"你很小的时候，每次难过了就会这样叫一声妈。那天你去见我的时候，也那样地叫过我。孩子不管多大了，在妈妈面前还是孩子。"母亲控制着自己的情绪，她不能崩溃，因为她的孩子已经很难过了，她要表现得更坚强才可以。母亲的视线忽然落到季忆遍布皱纹的两手上，她拉过来，静静地摩挲着，眼泪扑簌簌落下来。她再也忍不住了，哭出声："儿子，你这是怎么了啊？"

季忆张开双臂，紧紧地抱住了母亲。

这天晚上，梅好很晚才回到自己的房子里。明天她要参加一个产品商的线下活动，届时会有不少网红 UP 主参加，梅好决定睡前贴张面膜好让皮肤状态尽快回春。她想起前段时间咬牙花重金购入的面膜一直都没拆封，于是来到卧室里翻找，由于搬家仓促，很多东西还封在箱子里没来得及取出。梅好用美工刀割开胶带，在纸箱里翻找着，费了好大劲才找出了那盒面膜。

梅好刚要起身，余光瞥到了箱子里一件小物。她稍作停钝，还是把它拿了出来。

那块陨石还封在玻璃罩中，由于放置的关系玻璃上已经沾了薄薄一层灰尘。梅好把玻璃罩打开，取出了那块陨石，它周身那层黑色光泽，透着一种时间沉淀后的神秘睿智。梅好想，如果陨石也有灵魂的话，一定会瞧不起自己吧，它穿越无垠的宇宙，在洪荒的时间里旅行，而它的第一个目击者竟然还在为人世间的情爱所困，实在可笑。

　　季忆曾对自己说，这块陨石对他们来说有着特别的意义。言犹在耳，人已陌路，曾经甜如蜜糖的话，每次回想起来，心底都陡增一声叹息。

　　梅好起身，朝桌角的垃圾桶走去，准备将攥在手心的陨石丢掉。几乎是一瞬间，梅好身边的一切仿佛都消失了，她再次置身在巨大的屏幕前，看到那道长长的进度条。屏幕上出现了杂乱的影像，时间极短，几乎是一闪而过，梅好根本看不清楚。进度条忽然停了下来，开始顺序播放：雨夜里，梅好和季忆站在阳台上看着外面的风景。

　　梅好很快便认了出来，这是他们和丁鹿、金束聚餐后返回家中后的场景。梅好对季忆说："等你跟我求婚的时候，一定要提前告诉我，我好有所准备。也不要直接告诉我，委婉一点，不然我就一点惊喜都没有了，好不好？"季忆却转移了话题，问她厨房的牛奶有没有煮好。这件事现在回看起来特别讽刺，梅好在心里苦笑：他当然不会正面回应自己，因为他的心里满满的都是另一个女人。自己满心欢喜对他说这些话时，他心里或许早已对自己厌弃到了极点。再多看一眼这些画面，都是在对自己处刑。

　　到此，梅好心中又生出满腹的懊恼和羞愤，想要中断这段影像的放映，却发现自己无能为力。陨石被她越攥越紧，她几乎是被困在了眼前的影像中。千钧之际，她忽然想到第一次看到季忆过去时的情形：自己可以用意念控制眼前影像。于是梅好心里念着：快点离开这里，去房子外面！

　　下一秒，梅好眼前就出现了屋外下着雨的夜景。此刻，季忆已经不在她视线范围内了，那种极度不舒适的感觉再次缠上了梅好。时间每过去一秒，她身上的沉重感就会增加一点，呼吸也更加急促紊乱，随即影像戛然而止，梅好瞬间回到了现实中！

　　她的头开始剧烈疼痛起来，像一把利刃在密集的神经上肆意狂斩，痛感比上一次经历这种情形时还要强烈。梅好双手摁住太阳穴，拼命地想要减轻这种疼痛。许久之后，这种极度不适的症状才渐渐消失。梅好重新把那块陨石捡了回来，封在玻璃罩中。为什么她会看到刚才的那一幕？是不是有什么特别的意义？

陨石安静地隔着玻璃罩与她对视着，沉默不语。

就在刚刚，只要她再晚一点在心里做出"离开当场"的决定，就会在随后的影像中看到自己端来了两杯热牛奶，当她把其中一杯递给季忆时，季忆伸出的手猛地收了回去，地上顿时一片狼藉，她就会注意到季忆手腕上突然闪现的衰老迹象。

只差一点点，她就会发现这所有的秘密。

× 29

会场入口聚集了大批粉丝。

梅好手持邀请函，在主办方的安排下匆匆走了进去。

某大牌化妆品的灵芝系列发布会，邀请了一批同梅好一样的知名自媒体，来参加这场盛会。她在第三排的媒体席上看到了自己的名字，牌子上写着"不吃香菜的猪小姐"，这也是她第一次出现在公开活动上。跟身边诸多特立独行娇气冲天的美妆博主和时尚大 V 比起来，梅好对这样的名利场还是有些不太适应。

开场后，主持人对品牌亚太区负责人和总监进行了介绍，随后又郑重请出了品牌最新全线代言人。只见全场灯光暗下，一辆贴满高级水钻的豪车缓缓驶到台上，随后一道光柱将车子笼住。车门打开，一条美腿率先从车上迈下，随着现场掀翻屋顶的尖叫声，梅好看到光彩照人的李星儿从车内走了出来。她穿着一席渐变紫色长裙，袅袅娜娜地走到了台前，整个人美得像是在发光。

梅好在台下心情复杂，她从不吝表达对李星儿美貌的赞叹，却因为一个男人，对方的美成了一把利器，越闪耀就越刺痛梅好。她愤怒的是自己，她连与李星儿同场较量的资格都没有，因为她一生都不可能拥有李星儿的成就，也不可能拥有李星儿所拥有的爱情。现场进行到某个环节时，李星儿忽然看到了媒体席上的梅好，她思想有一瞬间的抽离。梅好的目光与她对上了，又迅速掐断，装作不经意地转向别处，舞台高处的流苏水晶灯晃得她眼睛难受。

好不容易捱到发布会圆满结束，同来的那些大 V 们在经纪人的安排下争先恐后地和李星儿合影。以前总听人说起明星和网红之间是有壁的，这样看来果然不假，一个个和李星儿站在一起顿时黯然失色。

梅好没打算久留，在和活动负责人打过招呼后，告诉对方自己将不会参加后续的酒会。刚从侧门出来，梅好便被从后面追出来的李星儿叫住了。

"有事吗？"梅好无法也不想掩饰自己的介怀。

"真没想到会在活动上见到你，你跟季忆还好吗？"

对方这么一问，梅好的火彻底被拱着："好不好你不是都看到了吗？李星儿，你已经很成功了，就不要在我这种小人物的身上找优越感了。"

"你们之间到底发生了什么，我真的不知道。而且我已经有段时间联系不上季忆了。"李星儿有些着急。

梅好怔了怔："我和他已经分手了，你联系不上他，和我没关系。知道我为什么参加活动吗？"

梅好从手袋里取出了邀请函，在对方眼前一亮："就是想告诉你，我就是不吃香菜的猪小姐，你的头号黑粉。"

在李星儿错愕的目光里，梅好转身离开了。就在刚才，她几乎用了此生最恶毒的话来攻击对方，为的就是发泄心里郁积的委屈和怨愤。有时近乎偏执地说了伤人的话以后，心里未必会好受，而是当时当刻不得不去做的选择。实际上品牌方保密甚严，梅好压根并不知道代言人是李星儿，如果知道的话，以她的性格，更可能会避开这次的见面。

……

一周后，PIKO 正式推出了美好娃娃，像是有意如此，世德盲盒也在同一天推出了准备已久的经典新款手办。张发奎带领营销部对接各大电商平台，接连搞了多场极具诱惑力的预售活动，预售额一度飙升至历史最高点。很快，社交平台上就爆出了一条大新闻：李星儿免费代言了 PIKO 的美好娃娃系列，并且陆续有她在机场、餐厅等场所随身携带美好娃娃的照片。一时间，网上各种关于李星儿和 PIKO 老板季忆谈恋爱的消息到处都是。

尽管如此，美好娃娃的销售情况还是受了之前事件的影响，在实时销售数据上始终跟世德存在差距，照这个趋势下去注定惨败。

这天上午，丁鹿专门请了假陪梅好出来逛街。

名义上是逛街，其实是丁鹿担心梅好的状态。虽然梅好看上去还像以前一样说说笑笑，甚至更坚强了，但丁鹿确定她受了内伤，表面上越是不露痕迹内心就越难过。丁鹿之前一直嚷着要搬过来和梅好住一段时间，都被她拒绝了。丁鹿知道她怎么想的，夜里是人最脆弱的时候，崩溃的情绪让好朋友见了除了增担忧，并不起任何作用。有些事，注定只能自己一个人慢慢消化，这是一道坎，不论多么难都要迈过去。迈过去了，在以后的人生中就再难被感情所伤，也不会再轻易付出感情，于是人就成熟了长大了，也现实了认命了，不复从前的执着。然而就算是那些过来人，也难说清这样的人生到底是幸还是不幸。

虽说是工作日，商场里人却不少。丁鹿拉着梅好一家店一家店挨个逛，还坚持要送她一件毛呢大衣。梅好一翻价签转身就走，丁鹿拉住她：“今天你跟我提钱我就跟你急。”

“这衣服太贵了。”

丁鹿笑笑，把手机付款码朝店员一伸，对她说：“我啊，不心疼钱，我只心疼你。”

得闺蜜如此，夫复何求，梅好心里一阵感动。就在这时手机响了起来，梅好扫了一眼，是个陌生号码，她原本想要挂掉的，犹豫过后却点了接听。听着电话里那个男人的声音，梅好只觉得惊讶。

半小时后，梅好和丁鹿在商场楼下见到了“时光慢邮”的老板。他戴着一顶可爱的帽子，上面印着店铺的logo，比上回见时沧桑了些。他见了梅好也很高兴，立刻便认出了她。

“你的店铺关了。”梅好说。

老板解释：“当时家里出了急事，就把店盘了出去，不过客人们的信还是要按时送达的。”

他说着从背包里小心翼翼取出一封信来，郑重交到梅好手上。信封表面的火漆印依旧完好，四角不见半点折损。

"谢谢。"梅好说，随即又在确认表上签了自己名字。

老板脸上带着喜悦，像是完成了一件光荣任务。他挺直腰板认真又正式地说："感谢使用时光慢邮，您的信件已签收，祝您幸福！"

"什么呀？"对方刚走，丁鹿就凑过来要看。

"没什么。"梅好把邮件塞进手袋，挽起丁鹿的胳膊，"我们去吃东西。"

两人从电梯上去，拐弯时猝不及防就撞见了一家 PIKO 门店。玻璃橱窗内正摆放着美好娃娃系列盲盒，一个个整齐有序地陈列在最醒目的地方，如同只需要一声咒语，就立刻会活动起来。梅好的目光逐个扫过它们，心里有种很奇妙的感触：这些小东西身上曾倾注了许多她的时间和热爱，在最难的时光里，她曾不止一次想象过美好娃娃上市后她会如何庆祝，谁又想到最后压根都没有任何庆祝，一切都悄无声息，世事实在难料。

丁鹿看出了她此刻的心绪，拉着她便走："哎呀你快点，我都饿死啦！"

梅好只好随她离开，眼睛再次扫过那些美好娃娃，再望它们一眼。两人在楼上一家甜品店坐下来，丁鹿要了杯桃肉特饮，梅好点了牛油果西芹汁，然后共享一份抹茶蛋糕。丁鹿看看杯上的标签，乐了："我这个叫蜜桃多多，一看名字我就想到蜜桃臀，那段时间我还老是催你练。"

梅好恍惚又回到了那天的喧闹中，静止中的季忆在 PIKO 运动会上抱着她，梅好使出浑身气力将重心凝聚到臀部后用力一坠，两人顺势摔倒然后亲在了一起。她仰视着他，能看得见他眼中浩瀚的星海。

"一切都是从那时候开始的。"梅好感叹一句。

"什么开始啊？"丁鹿没懂，梅好勉强一笑。

丁鹿挖一口蛋糕送进嘴里："还是跟姐妹出来玩比较爽，我们家那位最近天天忙，微信回的都比以前慢了。男人都半斤八两，得到了就不珍惜，你说我是不是当初答应他太早了？"

梅好似乎没听到丁鹿在说什么，目光不对焦地望着远处。

"梅好？"丁鹿伸手在她眼前晃晃。梅好的思绪被拉扯回来，她低头喝了口果汁，忽然对丁鹿说："还记得我跟你说过吗？第一次看到季忆过去的时候，我发现我可以通过意念看到同一时间段的其他场景，但如果那个场景中没有季忆我就会产生很严重的窒息感。"

丁鹿点头："那回你差点就没命了，怎么突然提起这茬了？"

梅好没接她的话："就在前几天，我本来打算把那块陨石扔掉的，结果无意中又看到了他的过去。当时我想结束眼前的画面却停止不了，于是我再次通过意念，让画面切换到了房子的外面。"

"于是我发现一个规律，我所能看到的季忆的过去，都是对他来说很重要的人生片段，比如他爸的去世。但是上一次我看到的过去片段，似乎很普通，无论如何都说不上是季忆人生中的重要时刻。直到刚才我忽然想到一件事，同天晚上有人闯入公司，打开我的电脑将3D设计图上传了网络，导致PIKO一夜间陷入有史以来最大的危机，所以那个时间点对季忆来说也是一个重要的时刻。"

丁鹿越听越不对劲："你到底想说什么？"

梅好将目光收回来："我想再试一次回到那天晚上，看看公司里到底发生了什么。"

"不行！"丁鹿一口否决，"你还要不要命了？明知道危险你还要去做，你是不是有病啊！再说了你们都分手了，你还管他干吗？要是好聚好散那还另说，他都那样对你了，你还想帮他？"

"我不是在帮他，我是在帮我自己。有些事，为的不是回报，而是为了心安。鹿鹿，这次你就站在我这边好不好？况且我因为这件事被迫离职，也想还自己一个清白。"

"你今天就是把大天儿说破了也不行，我不能眼睁睁看着你去做傻事。"丁鹿态度坚决。

"那我们打个赌。"梅好眼中光一闪。这段时间以来，丁鹿总觉得梅好的眼中一潭死水，现在微澜乍起，自己的心也跟着被搅动起来。

"什么赌？"她话还没说完，梅好起身拉着她便走。

丁鹿就这么一路被拉着又来到了楼下，等她反应过来两人已经站到了PIKO门店前。色彩明快的店内装潢，像出现在前方的一道光，梅好大步走了进去。梅好来到美好娃娃的专门货架前，四周围满了在挑选盲盒的顾客。有人把盲盒放在手上掂，有人拿在手上摇晃，还有的凑近耳朵仔细听里面的声响。

"你带我来这干吗？"丁鹿打量着眼花缭乱的盲盒。

"PIKO盲盒抽到隐藏款的概率是144:1，我们打赌，如果我能抽到隐藏款就按我的决定去做。"梅好说。

"我不跟你打赌。"

"那就看天意吧。"梅好深吸一口气，随手抓起了一只盲盒，手法麻利地拆开纸盒，撕袋。

丁鹿叫道："你还没付钱呢……"

一个汉服打扮的美好娃娃出现在眼前。

梅好仿佛又看到夏日街头那抹迎风飘动的青色襦裙，轻轻柔柔地撩动着心绪。她的眼睛有些湿润了，她无论如何都没想到，会以这样的形式再次回忆起初遇那天的情形。

丁鹿从盒子里抽出身份卡，忽然惊讶地说："真的是隐藏款……"

梅好想哭又想笑，冲她点了点头。

冬日午后，阳光阴冷，不咸不淡地洒进窗来，细碎的尘埃在房间里肆意舞蹈。两人围坐在地板上，陨石就摆在两人的中间。

丁鹿已经不见了先前的坚决，却依旧充满担忧："你真的决定了？"

梅好拉着她的手，脸上是安慰对方的浅浅笑容，丁鹿放弃了最后的劝说："那开始吧。"

梅好伸手将陨石从玻璃罩中取了出来，攥在了手心里，又紧紧地闭上了自己的眼睛。

下一秒，她眼前开始出现快速倒放的画面，速度极快完全看不清楚。画面终于止住，开始正常播放，还是那个雨夜，梅好和季忆在阳台边赏雨的片段，那时的他们，还不知道生活将发生怎样的巨变。

梅好集中精力，用意念下达指令：她要看到此时公司里的情形。

瞬间，梅好眼前出现了公司楼下的夜景！一片漆黑的大楼矗立在磅礴雨幕中，在一圈路灯的围绕下，像随时会嚣叫升空的巨型飞船，有种令人恐慌的末世感，很快那种视野中没有了季忆所带来的窒息感席卷而来。

现实中，丁鹿紧张地观察着梅好的变化，只见梅好身体微微颤抖，额头开始渗出细密的汗珠。

　　梅好集中精神，再次用意念发出指令：她要看到营销部的情景！

　　唰——画面再次切换到了营销部。

　　光线昏暗的室内，一片死寂，没有任何声响。梅好太熟悉这里了，即便在黑暗中也迅速辨出了具体方位：眼前是她和同事们的工位，稍远处的独立房间是经理办公室。

　　忽然，她听到了一声响动——是玻璃门开启的声音！梅好所有的寒毛都竖了起来，那声音在漆黑中有种骇人的恐怖。紧接着是轻微的脚步声，有人出现在了画面中！

　　梅好盯着迎面走来的人，对方一身黑色打扮，帽檐拉得很低，根本看不清他的样子。黑衣人打量了一下内部环境，随即朝着梅好的工位走了过来，整个过程未见丝毫迟疑。黑衣人先是拉上了百叶窗，接着打开电脑，迅速输入密码。电脑的荧光亮起，照亮了黑衣人的侧脸，梅好暗叫糟糕——那家伙居然还戴了口罩！黑衣人熟练地将电脑中的3D设计图进行了上传，看着上传进度条一点一点变化。梅好只能眼睁睁看着，却无能为力。很快她又发现，黑衣人不光将设计图上传了网络，还拿出了一个U盘，将一整套3D设计图拷了进去。

　　她呼吸困难，头上像是套了只塑料袋，只觉得空气越来越稀薄。丁鹿看到她满头大汗脸色煞白的样子，更是揪心。

　　一系列操作之后，黑衣人迅速撤离。梅好已经快要支撑不住了，眼前的影像开始模糊，她极力让自己振作起来，视线又紧追着黑衣人回到了办公区。黑衣人朝外走去，梅好望着对方的背影感到了绝望，她已经没有多余的体力和意志再跟下去了。就在这时，黑衣人忽然停了下来，他好像发现了什么，转身来到了一张工位前，伸手将桌面上的几份资料摆放整齐。

　　梅好脑中如同引爆了一颗炸弹，轰然巨响中她回想起几个熟悉的画面——是钟旭！

　　梅好发觉自己的意志力已经到了极限，她想结束眼前的画面，手却不听使唤，那块陨石被越攥越紧，几乎要嵌进皮肉。最终还是丁鹿发现了不对劲，强行掰开她的手掌，把陨石取了出来。眼前的画面戛然消失了，梅好身子虚脱倒在了丁鹿怀里。

　　"快告诉季忆，泄漏视频的人是钟旭！证据很可能还在他的 U 盘里……"说完梅好只觉得眼前一黑，身子随即轻飘起来，后面的事她就什么都不知道了。

　　公司里，钟旭本来正在对接某平台的双十二活动，忽然看见经理张发奎和设计部的赵慧臣走了过来，身后还跟着两位警察。当警察亮出证物袋中的 U 盘时，钟旭便知道自己这下彻底完了。

　　他从小地方来，自小成绩优异，奈何家贫。大一那年开始，他便接受了魏佳桥基金会的扶持，他也曾立志，将来毕业后好好报答自己的恩人，但绝没想到会以进入对家公司的方式来报答。他犹豫过，也打算放弃过，但魏佳桥太了解人性，直接给了他一笔丰厚酬金。那是他这种穷小子几年也赚不到的财富，有了它，自己再不用过寒酸的生活，父母也不用四处艰难讨生活，于是他妥协了。

　　钟旭当场承认了自己的所作所为，这一天他等了许久，此刻未尝不是一种解脱。眼见平日里朝夕相处的同事竟然是商业探子，同事们又惊又叹，好半天都缓不过神来。

　　艾琳达走到钟旭身边，眼中满是难过："真的是你？"

　　钟旭看着她，用眼睛做了回答。

　　艾琳达明白了，告诉他："本来还有一周时间，你就可以转正了。"

　　他无言以对。

　　张发奎愤怒之余觉得痛心，他跟赵慧臣已经暗中调查钟旭有段时间了，虽然摸清了他与魏佳桥的关系，却一直苦于找不到证据，直到丁鹿辗转通过金束联系上了他们。

　　张发奎问他："我想问你件事情，为什么将设计图上传网络后，又往 U 盘里拷贝了一份？"

　　钟旭惨笑："就想留个纪念，这真是个坏习惯。"

　　……

　　光线有些刺眼，鼻腔中涌动着消毒水的味道，白色的天花板慢慢在视野中变得清晰起来。

　　梅好睁开了眼睛。

她挣扎着从医院的病床上坐起来，丁鹿赶忙扶起她，金束将枕头垫在她的背后。这时梅好才发现病房里还有一个人，李星儿。

　　"你醒啦！"李星儿上前。

　　梅好没应声。

　　丁鹿在一旁化解尴尬："梅好，你晕倒以后恰巧李星儿小姐的电话打进来，多亏了她派车及时把你送来医院。你昏迷的这段时间，人家一直在这儿守着呢。"

　　"梅好，有些事情还是说清楚比较好，我并没跟季忆在一起。"李星儿说。

　　"你们的事，我不感兴趣。"梅好说。

　　李星儿思忖片刻："我是说，季忆并不爱我。"

　　梅好像是猝不及防遭了重击，将目光移向对方，以李星儿的身份地位，让她当众宣告一个男人不爱自己，是件过于困难的事。

　　"我曾经一度想要挽回他，但是失败了，后来他告诉我他爱上了你。我其实早该猜到的，每次聊到你的时候，他的话总会多起来，脸上的表情随着你们的关系而阴晴不定。他就是那样的人，一旦陷入爱情，你就是他的全部，他会毫无保留倾其所有。我不知道你们之间发生了什么，那天在办公室里他突然拉我演了那场戏，对你说了狠心的话。但是我确定他是在骗你，季忆他很爱很爱你。"

　　梅好的心揪起来，呼吸仿佛也跟着停滞下来。

　　"你走后，他一边哭，一边跟我说着对不起，但我知道他也是在对你说。我从没见过他这样伤心的时刻，那么善于隐藏自己情绪的一个人，当着我的面哭成了那个样子。"李星儿的眼里泛着泪光。

　　梅好心里又萌生出了希望，季忆一直爱着自己！可他为什么要骗她呢？又为什么借着公司危机让她离开？梅好急于寻求答案，她把目光急急转向一旁的金束。

　　"金束，你是他最好的朋友，你一定知道发生了什么。"

　　金束眼神躲避，不敢正视梅好的眼睛。丁鹿急了："好呀，我就说嘛，你最近找各种理由躲着不见梅好，原来是心虚！"

　　金束快要崩溃了："你们以为我想这样啊！我夹在中间整个人都快疯了！"

"季忆到底怎么了？"梅好近乎哀求。

金束一抹眼泪："季忆快要死了。"

梅好设想过很多种原因，唯独没想到生死的事情。她脑中嗡声一片，身子踉跄了一下，呆呆地问道："你说什么？"

"陨石坠落后，从你许愿开始，季忆身上发生了倍速事件，这也导致了他身体机能的紊乱。一开始他还只是心肺问题，但很快全身的器官都在迅速衰竭。不止这样，他的身体开始迅速衰老，皮肤变得松弛丑陋。他了解你的性格，一旦知道事情是自己导致的，你这一生都会活在愧疚和痛苦中。他不想你这样，他说你的人生才刚开始，你一定要过得幸福。他不想让你看到他衰老难看的样子，他希望在你的记忆里自己一直都是年轻帅气的模样……"

梅好从床上下来，站直身子，诚心诚意地给李星儿鞠了一躬。

她深呼吸，尽量让自己的声音听上去不至于过分颤抖。

"我要去见他。"

靠近香山的这家疗养院环境清幽，占地面积巨大，人一进到这里会立刻感受到宁静闲适的氛围，连说话时都会不自觉地降低声调。

一侧的草地上，有人正坐着晒太阳，还有人在护工的陪伴下进行康复训练。每个人看上去都心平气和，与世无争。梅好绕过巨大的假山喷泉，走进了里面，一名工作人员微笑着迎上前："小姐，请问您找谁？"

"季忆。"她说。

"请稍等。"另一位工作人员低头打了电话，挂了电话后对梅好说，"不好意思，我们这里没有您要找的人。"

对方的眼神出卖了自己，梅好没再多话，打量一下四周，然后朝左侧走廊狂奔过去。工作人员马上制止："小姐，您不能进去！"随即她开始打电话，呼叫值班的保安。

走廊干净，墙壁洁白，地板瓷砖都是令人心静的米色，梅好透过玻璃打量着每个房间内的样子，希望发现那个她想见到的人。她从逃生通道爬上去，开始一层一层扫楼，像个望眼欲穿的疯子。闯到五楼的时候，她马上被从电梯里窜出来的几名保安抓住了，她像只狂躁的动物般不顾一切要挣脱束缚。人们很快聚拢过来，冲着梅好指指点点。

忽然，梅好不再反抗，冲着一个正要离开的女人叫道："阿姨！"

季忆母亲装作没听见，梅好又喊了声："阿姨，我是梅好啊！"

季忆母亲到底是不忍心，缓缓折回身走到保安跟前："我认识她。"

保安一听，便不再执意将梅好扭送下楼，嘱咐几句后便离开了。走廊很快只剩下她们两人，梅好央求她："阿姨，我都知道了，让我见见他。"

季忆母亲苍老了些，眼里满是心疼，但很快她又狠下心来："你回去吧。"

"我哪都不去，他在哪，我就在哪。"

季忆母亲一声叹息："孩子，听阿姨的话回去吧，把他忘了。世上的好男孩很多，个个都比他好。"

梅好鼻子一酸："阿姨，你觉得我能忘吗？"

季忆母亲不忍心再难为她，红着眼抬手指向前面某个房间。梅好绕过她，顺着她指的方向走了过去。每个房间里都住着一个动人的故事，她视线扫过房间内部，白色窗帘被风鼓起，窗台上摆着一盆紫色蝴蝶兰，看着有些孤单，一位老人面朝窗外，安静地坐在轮椅上。

梅好经过了那个房间，很快，她又返了回来。

她静静看着那个背影，然后拧门走了进去。

她从身后慢慢走上前，当她看到对方苍老的手和尚没有被侵蚀的侧脸后，用手捂住了嘴巴，她不敢哭出声，眼泪一颗一颗地蹦出来又顺着指缝蜿蜒而下。她不敢相信，那个意气风发、身型偶傥的季忆，在分别的这段时间里竟然衰老成这个样子。他那发颤的手如同枯枝，原本合身的衣衫如今宽松地裹在他单薄的身子上，除了那张脸依旧是年轻的模样，已经找不出任何昔日的风采。

像每一个迟暮的人，听力衰退的他意识到房间不知何时有人走了进来，于是缓慢抬头望过来。只一眼，他便把头转了回去，又重重压低。

他暴露的手蜷缩着，在颤抖。

梅好稳住情绪："我在找一个人，他是我男朋友，也是我老板。

那时候我特别讨厌他，觉得这人老是跟我过不去，但我太想留在公司了，只好继续忍受他的怪脾气。我慢慢发现，他虽然对人总是冷冷的，但却细心，会提醒担心受到陨石辐射的我去做体检，会提前给自己的员工发奖金，会为了送老人回家不让对方有心理负担而说正好顺路，会装作不经意地为我做一桌降三高的饭菜，会对工作中没什么存在感的我说'感谢你为公司做出的贡献'……后来因为一个被我一直隐瞒的秘密，他发了脾气。我陷入被辞退的境地，我很难过，不是因为可能要离开公司了，而是怕再也见不到他，我已经爱上了这个男人。

"再后来，我们在一起了。那段时间是我一生中最快乐的时候，我们在事业上共同努力闯过难关，偶尔会在公司会议上瞒过所有人的目光眉来眼去，会一起去我的母校散步，一起去郊县爬山，我们牵手、拥抱、亲吻彼此，在每一个甜蜜的瞬间。我迷恋他身上的味道，清冽温柔，像雨后初歇刮过广场的一阵风。我熟悉他眼角微笑时浮现的纹路，我感受得到他爱我时的心跳。我以为人生的剧本就此变得顺遂，我和他的电影会有个甜蜜的结尾，但忽然有天剧情急转直下，他选择了离开。我从未觉得自己是因为幸运才遇上这个男人，在这之前我已经熬过了太多独自一人的时光，这是命运对我的嘉奖。但此刻我觉得自己不幸，并非因为他与我分开，这世上每天有太多的人离散，我们并不特殊，我不幸的原因，是我知道他分手后还在爱着我，一刻都未曾停歇。"

他只肯留背影给她，却依然让她看得难过。

"季忆。"她泪眼婆娑中轻声唤他的名字。

"你认错人了。"他声音变得沙哑衰弱，脸藏在暗影中。

"我已经什么都知道了。"她说。

他薄薄又无血色的嘴唇微微翕动了一下。她俯下身，想触碰他的手，他却猛地把手抽了回去，整个人背对着她，突然的动作让他呼吸都急促起来，听上去粗重又让人心碎。他拼尽力气转动轮椅，想要离开这里，却像湖中央的一艘小船，摇摇晃晃又飘飘荡荡。

梅好立在原地，从手袋里翻动抽出了那封信。她撕开信封，从里面取出一张信纸来，深吸一口气读道："亲爱的梅好。"

正奋力想要离开的季忆忽然停下了。

"我写这封信的时候，你正坐在我的对面，温柔地看着我，而我的心里充满了甜蜜。这样深深陷入爱情的我，在以前的我看来，实在无可想象。

"人们都说孤独终老是种诅咒，那时候我却不这么认为，一个人工作，一个人吃饭，一个人看电影，对我来说恰恰是种享受。长久以来，我都做好了独自面对这个世界的准备。所以当你闯入我的生活时，我是多么地慌乱无措，我装作脾气很坏的样子，你会觉得我讨厌你并且难以接近，其实我在生自己的气——因为我已经爱上你了，却不想被你看透这样的心思。

"还是要谢谢你没有放弃我，没有被这样奇怪的我吓退，用你元气满满的爱来温暖逃避人间情感的我。你慢慢改变了我，我会试着去与人亲近，偶尔会吃油腻的食物，偶尔会情绪失控，有时会变得很凶，在你遇到危险的时候，会变的爱吃醋，在别的男人对你示好的时候。这一切的改变我想都是因为爱你的缘故。

"很难说这些改变是不是让我变的更好，但有一点我很确定，和你在一起令我感到幸福。原来两个人一起工作，两个人一起吃饭，两个人一起看电影，更让我觉得舒服。和你在一起的时光，是我这辈子最开心的时候。你叫梅好，我叫季忆，我们合起来就是美好记忆，而我希望，我们永远是彼此的美好记忆。

"亲爱的梅好，现在我已经品尝到了爱情的滋味，所以再也回不到过去独自一人的生活了，请你用余生的时间都来和我相爱，好吗？

爱你的季忆。"

梅好颤声读完最后的落款，望向身前的季忆。他瘦削的肩膀在颤抖着，发出声声的呜咽——他在哭，泪流满面。

梅好走到他身前，蹲下来。他终于不再躲闪，泪眼中看向他心爱的女人。他颤巍巍伸出手，轻轻触摸她的脸，指尖很快被一滴泪湿透。

"我好想你。"他喑哑着嗓子呜咽，"我真的好想你……"

梅好再也控制不住自己，紧紧地抱住了他。季忆的手缓缓绕上来，箍紧她的背，两人就这么贴近着彼此，在盛大的夕阳余晖里。

风侵雨袭的日子里，无须惊惧，一切都会过去，时间会为每一份真正的爱情加冕。

× 30

魏佳桥因为涉嫌商业犯罪，已经被警方立案调查。世德盲盒的声誉在短短几小时内遭遇了网民前所未有的恶评，全网规模的抵制活动闹得沸沸扬扬。这突如其来的局面逆转，让 PIKO 的产品销量激增。光是美好娃娃系列便在不到一周时间内打破了行业销售纪录，一举成为公司历史上最吸金的爆款，领羊资本也如约兑现当初的承诺，选择投资 PIKO。

风水轮转，盲盒产业链上新的行业老大就此诞生。

一周后。

天空晴好，一改连日阴霾。这城市像个少年，永远鲜衣怒马，生机勃勃，承载了太多太多人的心事和梦想。他们在这里跌倒又成长，对这里又爱又恨，说过狠心的话，做过揪心的挣扎，却终究舍不得离开。

她面前是一扇紧闭的大门。

她穿着白色婚纱，裙摆逶迤一直拖到地板上，像一朵巨大的花。从后面看去，玲珑腰身被勾勒出完美的线条，头纱下白皙修长的脖子若隐若现，仿若油画中的女人。她久久地看着眼前那扇门，思绪回到了前一天的早上。

两人站在家中阳台上，清晨的阳光耀目，有鸟儿在枝丫间停歇，啁啾吵闹。此时如果有镜头正巧记录下这一幕，焦点只会放在他们始终相携的手上。

"决定了？"他问。

"决定了。"她答。

"我可没有时间让你后悔了。"

"从来就没有后悔过。"她说，"谢谢你。"

"什么？"

"给了我那么那么多的爱，让我知道被人全心全意地爱着是怎样的感受。"

他更攥紧她的手。

"你在想什么？"他又问。

"在想以后怎么跟人介绍你。"他们已经可以坦然谈论这些问题。

"说说看。"

"一个爱了我一辈子的男人。"她说。

当初分开时，她曾哭着独行在街口，任血肉之躯被寒风肆意宰割，也不及那颗心疼痛的亿万分之一。他也曾咬牙泅渡过一个又一个思念至极的无尽长夜……如今想起依然有落泪的冲动，好在那些日子已经过去，再悲伤的记忆因着此刻的幸福也变得温柔可爱起来。她知道，此生他们再也不会弄丢彼此，人生的美好和苦难面前他们会手挽着手一起撑住，直到岁月的尽头。不，直到尽头的尽头，直到宇宙间都磨灭了你我的痕迹，而我依然爱你。

爱人啊，你是我最初的劫数，也是我最后的定数。

那扇门豁然被打开了，有些刺眼的光线将梅好从思绪中拉了回来。她端直身子，从容伸手挽住了父亲的胳膊，再回头，两个可爱的小花童正在后面抬起她的裙摆。一切就绪，她在舒缓神圣的音乐中步入了婚礼现场。

顶棚倒吊着几十个巨大的花苞，由豆沙色的蕾丝薄纱包裹，外面缀满钻石般闪烁的碎灯，仰头看去恰好组成一朵繁花的形状，花瓣之间都有长长的流苏水晶灯垂下，梦幻如仙境。

梅好缓步穿过了七彩的鲜花拱门，她看见季忆远远等候在红毯的尽头。他穿了西装，坚持不肯坐轮椅并尽量让自己站得笔挺，虽然这会消耗大量的体力，但他在所不惜。他今天看上去精神很好，这样的日子终归是叫人喜悦的，他回顾这些年来，还从未有一件事叫他像此刻这样紧张。

他恍然想起来，曾经跟梅好讨论过关于陨石的事情，它看似普通平常，实则深邃，让人永远琢磨不透，更难测凶险，辨其好坏。两人因它结缘，有过欢聚的时光，也即将迎来告别。现在他明白了，这陨石所代表的不就是命运吗？一生的起起伏伏，全由它操控，半点不由人。命运让两人在无边浩瀚的宇宙中一个小小的星球上相遇，给了片刻欢愉，又让彼此分离。天意饶是如此，可他偏偏不信命，哪怕只剩一天时间他也会抗争，为他爱的女人寻获一线生机。命运纵然可以不费吹灰之力摧毁他的肉体，却无法撼动他们的爱一丝一毫。这才是最后的结局，早在他们爱上彼此的时候就注定了。

梅好继续朝前走着，巨大的纸艺千纸鹤和鲜花中，围坐着众多来宾。她看见营销部的同事们都到齐了：张发奎今天穿的很帅气，球球和小东不知什么时候在一起的，两人手牵手坐在一起，芳姐还是那么温柔，艾琳达捂着嘴巴眼泪一直在打转，她最近老跟人说："我做梦都想不到，我磕的CP要结婚了。"

丁鹿一边用手机录像一边忍不住掉眼泪，金束在一旁心疼地给她递来纸巾。赵慧臣跟两人坐在一桌，安静地看着台上的梅好，嘴角含笑，真心地为这个姑娘送上祝福和掌声。

李星儿站在会场的角落，她今天特意来参加两人的婚礼。她总觉得自己不再年轻了，眼窝越来越浅，她叮嘱自己不能哭，她可是巨星，于是巨星戴上墨镜，潇洒地转身离去。

再向前走，梅好还看见季忆母亲和自己的母亲抓着彼此的手，老姐俩一边欣慰笑着，一边又都强忍热泪。

裙摆在红毯上摇曳过后，终于停下来，梅好看着面前的新郎，两人凝视着彼此，眼神交汇犹如海天相接，早已浑然一处。

父亲将女儿托付给了季忆。

两人从首饰盒中取出婚戒，为对方戴在了指上。

在舒缓的音乐中，在大家的温暖注视下，他轻轻捧住她的双肩，附身亲了下来。光柱打在两人身上，无数的花瓣从上面飘落，将他们围绕。她闭上眼睛，感受着他双唇的柔软和温度，她想这就是爱了，属于她和他，一生中只有一次的爱。

······

"你决定了？"

"决定了。"

酒店的一个套房里，还未来得及脱去婚纱的梅好在和丁鹿交谈着。

梅好笑笑："你这次没有反对我。"

丁鹿总有千言万语，也只得一声轻叹："我当然想反对，但是我知道有些事你必须去做。"

"谢谢你。"梅好拉起她的手。

"这块陨石真的能让时间回到过去吗？"

"不知道。"梅好没任何把握。

"就算回到了过去，你还能拥有现在的记忆吗？如果没有的话，还怎么找出让季忆免遭衰老命运的办法。"丁鹿忧心忡忡。

"眼下已经没有别的办法。"梅好告诉她。

说完，她再次从玻璃罩中取出了那块陨石。她将陨石放了展开的手心上，手指慢慢朝掌心蜷过来，然后五指突然握紧。梅好看着它，心中念道："陨石啊，带我回到和他初遇的那天……"

梅好看到四周的一切在迅速坍塌，像奶油一样化开流逝，自己好像进入了一个通道，通道的尽头是一束光。

耳边传来了此起彼伏的鸣笛声，梅好再睁开眼，发现自己正坐在一辆出租车的后座上。外面是堵车的长龙，空中骄阳高照，道路边缘树成荫，正是炎夏时节。她向下打量，看见自己身上正穿着那件苹果绿色的汉服——她回到了过去！

梅好快速回忆着，脑中出现了各种自己的画面：她躲在公司天台上假装接电话，受气包一样抱着那个二十多斤重的限量哼哼猪手办，PIKO运动会上踌躇满志的自己，在总裁办公室里心酸道别的自己，顾客刁难时被及时搭救的自己，体育场外莽撞告白的自己，陷入爱情的自己……穿上婚纱的自己。

仿佛一股电流导过身体，梅好惊觉自己还拥有之前的记忆。

短暂信息过后她想到了丁鹿，拿起不知什么时候掉在车座上的手机拨了过去。

"喂，少女怎么啦？"丁鹿大咧咧的声音传过来。

梅好试着问："鹿鹿，你男朋友是谁？"

那边停顿一下，便说："你是不是被昨晚掉下来的那块陨石烧坏了脑子？我男朋友没有，老公倒是有好几个，我跟你安利一下他们最近的电视剧好了——"

梅好挂了电话，顺便吐了口气，这时又有电话打进来，来自赵慧臣。

"喂？"

"梅好，上次你说的那个慈善音乐会是哪天啊？"

"那个不重要，你要是忙就别来了。"梅好告诉他。

对方显然觉得意外："你没事吧？"

"我很好，咱俩以后就做好朋友吧，至于别的你就不要想了。"

"你真的没事吗？"

"对了，记得把画我的那些画发我，我早点拿去PIKO，你的设计他们会很喜欢，你以后会是很了不起的设计师。我再说一遍，我的时间很宝贵，我这次回来有更重要的事情要做。"

讲完梅好挂了电话："师傅，下车。"

她打开车门，热浪瞬间涌入，梅好开始在明晃晃的阳光下奔跑。一抹果绿迎风盛放，带给这热气蒸腾的世界一份清凉。随着第一声鸣笛，像是某种助阵，一辆车接一辆车，梅好所经之处都会陆续响起一声有节奏的鸣响，一路簇拥着她前行。

梅好气喘吁吁地跑到了商场门口，抬头，集英百货四个大字熠熠生辉。

她跑进里面，一直来到电梯口。

就要见到他了。她在心里想着，心跳开始控制不住地加速，望眼欲穿，看着显示屏上不断上升的楼层数。

1楼灯亮。

电梯缓缓打开，里面站着一对情侣，见梅好犹豫，女孩翻个白眼，将电梯门关上了。

电梯门再打开，是两个高中生模样的少年。

……

第7次是个挎了铂金包的贵妇。

梅好的眼睛像无法再反射光照的星，希冀的光逐渐暗淡下去，看来即便是回到过去，剧情也不全是一模一样。

正想着，电梯门再度打开。

一双黑色不染纤尘的高档皮鞋，再往上是暗条纹西裤，还有那合身的白色衬衣，衬出他精壮的身材，帅气的脸蛋没有多余的表情，那双眼睛却分外勾人——梅好痴痴看着眼前的男人，心绪开始沸腾般翻涌。

季忆见电梯外这个陌生女孩迟迟没有动作，便伸手摁了按钮。梅好这才反应过来，慌忙朝里面挤了进去。电梯门关上的一瞬，她正好扑到了对方的身上，两手结结实实摁在他的胸上。

被袭胸的季忆花容失色，两人就这么眼对眼僵在那里。接着，梅好又祭出了曾经的台词："请问现在是什么时间？"

季忆皱着眉刚要回答，梅好抢先自问自答："公元 2021 年。"

然后她又不等对方开口，又用力在季忆的胸上揉了两下："我摸够了！"

季忆痛得嘴角一抽，他固然生气，更觉得好奇，感觉自己要说的话总是被对方抢先说了出来，于是问她："你是谁？"

梅好看着他，眼神丝毫不闪躲："我是你老婆。"

嘻，挺可爱一姑娘，可惜是个疯子。季忆身子警惕地往后靠了靠。最近公司内部出现高层以权谋私的事情，他正好借着今天新款盲盒上架的机会来巡店，哪想到会被一个女神经病堵在了电梯里。她的目光热烈滚烫，好像他是一道美味，会随时把他一口吃掉。想到这，季忆忽然有种不好的预感。

果然，"女神经病"凑了过来，季忆已然退无可退只得颤声说："你、你想干吗？这里可是有监控的！"她一手轻轻扯了他的领子，踮起脚尖吻了上来。他那么大的个子，像只小宠物一样被逼在角落里瑟瑟发抖，眼睛瞪得大大的，短时间内发生的一切简直让他怀疑人生。

梅好意犹未尽抽离他的双唇，脚跟缓缓落地，她看着他，眼里是无尽的爱意。

电梯门开了。

她转身步出轿厢，把还在一脸惊愕无措的季忆留在了身后。梅好快步走着，脸上慢慢又露出了久违的笑容。"季忆，我们又见面了，我又看到了年轻又健康的你，这真是一件让人高兴的事情。那么稍后见了。"她轻声说着，心里充满了希望。

sweet w

番外 一 我进度条上的男朋友

memory

打烊后的万鹤城像个蒙了面纱的女王，朱唇抹去，睡眼惺忪，白日的璀璨风华都统统收了回去。

一层的空地上不时有敲打声响起，工作人员还在忙碌着，场地搭建已经初具规模。明天，那几个巨型盲盒玩偶就会从上海会场运抵这里，三天后，PIKO 运动会就要正式举行。

梅好布置好 VIP 接待室后走到了空地上，她仰头，两肩稍稍往后收拢，胸腔便发出一声细微的脆响。视线回落之际，她瞥见二楼的拐角处有灯光亮着，朦朦胧胧的，在一片暗淡中很是显眼。

梅好决定过去看看。

踩着已经停了的扶梯上到二楼，经过几个经营表类和钢笔的柜台，她来到了发出光的角落。

只见巨大的橱窗内灯光温柔，像一块温润膨胀的方形奶油布丁，Q 弹地嵌在墙上。这里是 PIKO 的门店，估计是为了配合楼下的活动，所以橱窗也进行了同期改造。里面原本单一的展示柜被拿掉了，取而代之的是一个极富创意的场景：浪漫星河中，一个大型盲盒玩偶侧躺在其中，它的身上站着各种造型的新系列小玩偶。

工作了一晚上，疲惫不堪的梅好被这突如其来的梦幻场景瞬间治愈了。她正看得愣神，就见一个身影从橱窗后面走了出来。那女孩长得高挑，眼睛大而灵动，看上去跟梅好年龄相仿，小心翼翼在"星河"上又撒了一层亮片，眼神里满是怡然自得的小小幸福。

两人隔着玻璃看到了彼此，短暂的诧异后，都看着对方笑了。

女孩介绍自己叫丁小柔，是个橱窗设计师，这次能接到 PIKO 的订单简直受宠若惊，因此加班加点也要完成这个作品。

梅好没接触过这个行业，觉得新奇，又因为都在为 PIKO 工作，话题便多了起来。

"你等下。"梅好去旁边的饮料机取了两罐饮料，两人背靠橱窗席地而坐。

"能说说关于这个的创意吗？"梅好用手指了指身后橱窗。

"这个呀。"丁小柔的眼神亮起来，是藏都藏不住的欢快，"跟我喜欢的男孩子有关。"

猜对了。梅好心想。

"我爱幻想，每个小玩偶都代表一个我，他就像下面的大玩偶，像一条船，载着我漫游这个世界。他是民生节目的出镜记者，因为一次撞车我们认识了。他是个有追求的人，努力向上，而我就有点犯迷糊，长这么大好像都没什么特别值得骄傲的事，总之就是很普通的一个人。就是这样一个我，却喜欢上了他。"

"他知道吗？"

"或许吧……"丁小柔犹豫一下，又说，"我跟闺蜜飒飒和明珠讨论过，她们都觉得他在利用我，是为了工作才接近我的。"

"利用你？"梅好不解。

这样的深夜，这样没有预兆的相见，都透着人生的不可捉摸，许多话在丁小柔心里已经憋了许久，此时此刻，她需要一个这样的陌生朋友来倾吐心声。

她灌了口饮料，继续道："许多年前我被一个孕妇诅咒了，她诅咒我永远都得不到幸福。后来我谈的男朋友都跟我分手了，并且无一例外都在分手后很快就找到了一生挚爱。这其实是我的伤疤，在别人看来却是猎奇的新闻事件。我喜欢的男孩为了挖掘这个新闻，最近一直跟我走得很近。他以为我不知道，其实我什么都知道，但我还是控制不住想每天都见到他。"

梅好听得入神，又听到对方说："你肯定觉得我脑子有病吧？这种事太扯了。"

"我信。"

丁小柔看着梅好，确认对方的眼睛里没有一丁点的戏谑和嘲讽。

"谢谢你啊。"她有点激动，都快哭了。总会有人选择相信她，这也许就是她们相遇的意义。

梅好忽然想到了什么，"你是不是叫丁——"她一时想不起。

"丁小柔。"

"啊，对！"梅好说，难怪她从一开始就觉得对方有点眼熟。

"你认识我？"丁小柔觉得不可思议。

"我在电视上看到过你，你参加了咱们本地的一档真人访谈节目，只不过当天的造型跟现在不太一样，所以我一时没认出你。"梅好解释。

丁小柔更加困惑："你认错人了，我长这么大从来没去过电视台那种地方呢。"

梅好心里咯噔一下，她知道自己又把时空记忆搞混了。

在之前的时空里，她记得有个新闻火到出圈：一个号称被诅咒的女孩接受了电视台访谈。

梅好知道眼前的丁小柔有点受到了惊吓。

"你知道我为什么愿意相信你吗？"梅好转而问道。

丁小柔没说话，眼睛里满满的问号。

"因为我相信这个世界的奇妙，远不止我们看到的这些。"梅好看着她，"接下来我说的话，你可能无论如何都不会相信。"

"什么？"

"我来自未来。"

梅好心情格外好。

自从她向陌生女孩倾吐了心声后，连日来背负的压力仿佛减轻了许多。对于自己的来历，她从未对任何人说起过，哪怕是丁鹿她都没有透露。

她选择从未来回到这里，就是想找出阻止季忆衰老的方法，只可惜一段时间过去了，她仍没有头绪。

今天上班后，部门来了个新人，男孩自我介绍叫钟旭，看上去是只人畜无害的小奶狗。梅好一见他，眉头就皱了起来，直接跑去跟领导张发奎说，能不能把新入职的换掉。张发奎让她给个理由。梅好只好说："我瞅着他面相不太好。"张发奎回她："就这面相还不好？梅好你真可惜了，年纪轻轻眼就瞎了。"

好话不出门，坏话传千里。很快事情就传到了老板季忆那里，梅好被叫去了办公室。

"你对新同事有意见？"季忆扫她一眼。

梅好不知道怎么回复对方。

"你这么做，容易让同事对你有意见。"季忆告诫她。

季忆话说了一半，不只是同事，包括他自己都对梅好有意见。这段时间以来，这个女孩称得上是他的噩梦，先是第一次见面就在电梯里强吻了他，随后又阴差阳错进了他的公司。

季忆发现梅好对工作并不怎么上心，她的关注点似乎总在他身上。比如那次跟大春老师谈完合作，梅好说什么也不让他开车，硬是拉着他上了滴滴，结果车子路上出故障，梅好为此还受了点伤；再比如参加部门聚会后，她无论如何不让自己从那条小路穿过去，说是有坏人，结果他走了另外一条路，还是被那个卖假陨石的骗子袭击了。

"梅好，我希望你把精力更多地放在工作上，而不是……"季忆停顿一下，到底没把那个"我"字说出口，"而不是别的地方。"

梅好轻轻"哦"了一声，代表她已经领会了老板话里隐藏的信息。即便明白这只是过程，不重要，但那样的话从季忆嘴里说出来，还是让她觉得有些难过。因为知晓上个时空的事情，她想尽办法避免季忆再遇上麻烦，可是她慢慢发现，就算自己暂时改变了他的行动轨迹，换一辆车坐，换一条路走，到最后该发生的还是会发生，人生的轨迹没有丝毫的改变！

挫败感突然袭来，她身心俱疲。

"季总，我在入职前往您的私人邮箱里发过一封邮件，您看了也许就相信我说的话了。"梅好说完走了出去。

丁小柔把那晚的事当成趣事讲给了迟信。

当时两人正在丁小柔家附近吃早餐，之所以选在这里，不仅是因为老板的胡辣汤搭配小油条堪称一绝，还因为这条小街妈妈和舅舅都不常来，免去了碰面后被误会的尴尬。

"我本来觉得我已经够疯了，没想到那个小姐姐比我更疯，说自己来自未来。"丁小柔撕下一小块油条，塞进嘴里嚼着。

"哈，那你没让她给你说说未来发生的事？"迟信拿过辣椒油，"要不要辣？"

丁小柔摆摆手，继续说："说啦，她说看到我上电视了。我去参加了你们电视台的访谈节目，说你也在场，你前女友也在，主持人是那个佟亮。"

迟信的脑子嗡的就炸开了，手臂上的汗毛立了起来。

主任昨天才跟自己说了想做一期"被诅咒女孩"这个特别节目的想法，今早竟然就从丁小柔嘴里说了出来，他无法形容自己此刻的震惊。

"她还说什么了？"迟信追问。

丁小柔犹豫了一下，不过还是说了："她说我向你表白了。"

迟信多少有点尴尬，脸上却不显山露水："然后呢？"

丁小柔声音轻飘飘的："你拒绝了我。"

不知是代入感太强，还是别的什么原因，丁小柔说完竟然眼眶跟着一红，强忍着眼泪，她自己都没想到会是这种反应，有点措手不及。

见她这样，迟信又慌又急，赶忙声明："她简直是胡说，我、我才不是那种人呢！"

这话一下让气氛暧昧起来，两人都闷头吃起各自的东西。

"小柔。"

"嗯？"

"我想跟你那个朋友见个面。"迟信说。

中午，梅好跟丁小柔、迟信约在公司附近的一家餐厅里。

"我就随便这么一说，还当真啦？"梅好不想节外生枝，她此行的目的只为了季忆。

迟信固然是想要揭穿对方的谎言，其次也带着猎奇心理，从业多年，新闻事件的真假他很快就能做出专业判断，唯独这次他觉得棘手，毕竟梅好所说的访谈节目细节跟主任说得简直如出一辙，为此他还特意问了主任，梅好是不是他家亲戚。主任说关于节目的想法他甚至没来得及弄成书面文字，绝对不会被第三个人知道，除非梅好是主任肚子里的蛔虫。

所以当梅好主动承认自己是在瞎说之后，迟信一下子有种空落落的感觉。

"我就说吧，人家梅小姐是在跟你开玩笑呢。"迟信说。他觉得今天也算没白来，至少打消了小柔心里的疑虑，虽然按照主任的剧本设计，他确实要拒绝小柔，再跟前女友蒋媛复合，以此坐实丁小柔"被诅咒女孩"的标签。但这也只是剧本，自己什么都没做，不代表就一定会发生。

梅好似乎发现了什么，笑道："小柔，迟记者很在乎你的感受啊。"

丁小柔脸一红。

迟信也秒变播音腔："哪有！"

话一出口，迟信恨不能给自己一巴掌，这是不打自招啊。

所谓旁观者清，打从两人对面坐下，梅好就看出来他们心里绝对有彼此，再等到坐下来聊天，这一唱一和的默契，也不是随便哪对男女就有的。

梅好虽然看好他们，可一想到过去时空那场电视访谈，还是为两人的今后感到揪心，毕竟迟信在丁小柔向他表白后拒绝了是实实在在发生过的。

当时这个节目在微博和抖音上热搜霸榜，自己和丁鹿还专门讨论过，梅好觉得迟信和丁小柔都动了真感情，只是迟信更加现实。丁鹿却不这么认为，她觉得从迟信做出选择的那刻起，他就失去了爱丁小柔的资格。

"这回你放心啦？"迟信对丁小柔说。

"是你放心了吧。"梅好心想。

"我其实就没相信过，我只是……只是不喜欢这个结局而已。"丁小柔说。

迟信又拿起手机，点开相册："我还准备了最后一道考验。"

"这是十五张照片，请你从这里面选出我的前任。"迟信说，"如果你真的看过那场访谈，应该认得出她才对。"

梅好接过来，挨个看了一遍，最后翻到甄正的照片。

"这怎么还有个男的？"梅好笑。

迟信赶忙解释："这个是意外。"

"没想到啊，甄正也在你的选项里。"丁小柔笑他。

"别闹……"

梅好又翻了遍照片，心里哼道：这里边压根就没迟信的前任。

但是她还不能说破，于是假装很认真地看过照片后，艰难地随便挑了一张，"她？"

看了照片，迟信和丁小柔都松了口气。

迟信给了丁小柔一个眼神，意思大概是：我就说嘛，她就是在开玩笑！

就在这时，梅好的视线越过两人，投向餐厅门口，逆光中一个好看的女人走了进来，然后独自落座。

迟信顺着梅好的目光望过去，他忽然想到什么，又转身吃惊地看着梅好，很快，他就从她的眼神中解读到了所有的信息。

刚进来的女人就是迟信的前任蒋媛。

迟信此刻顾不得别的，他嘴巴微微张开，不可思议地看着梅好，又用肯定的语气说："你真的，来自未来……"

公司天台，有风吹过，远处传来鸽哨声。

梅好上来的时候，季忆已经等在这里，目光落在很远很远的地方。

梅好走出办公室前留下的那句话，总是不时从他脑海中蹦出来，起初他并没把这当回事，但那句话像是个咒语，让他着了魔一样不停回想，于是找了个空闲终于登陆了自己的邮箱。

他从垃圾邮箱里找回了那封来自梅好的邮件。上面清楚地写了不久之后，会有一个叫钟旭的人加入公司，还写了许多公司会面临的问题，让他惊奇的是，邮件里所列的每件事都一一应验了，而这些全部是梅好入职前就写好的。

"你到底是谁？"季忆问身边的梅好。

"我是梅好啊。"

季忆无语："我知道你叫什么，可你到底是什么人？为什么知道很多还没发生的事情？"

听季忆这么说，梅好就知道他一定是看了自己的那封邮件。

"现在你知道钟旭的底细了吧？"

"嗯。"季忆说，"我让人查了。"

"我就说吧，他有问题。"

"他没任何问题。"季忆说。

梅好差点以为自己听错了。

"他跟世德盲盒的魏佳桥有往来，学生时代长期接受其资助，是对方派来我们 PIKO 的商业探子！"

季忆微微一怔："钟旭的家境很好，根本没有任何被资助的记录，而且他高中起便在国外生活，跟世德那边没任何关系。"

梅好懵了，喃喃自语："以前不是这样的，你是不是弄错了？"

"什么以前？这个我是不会弄错的。"

梅好不知道怎么跟对方解释。

仿佛有段紧凑的节奏敲在梅好的心坎上，事情开始变化了，不再按照之前自己所知道的那样进行。钟旭不再是之前时空里的坏人角色，这就预示着整个故事都悄然改变了。

想到这梅好甚至有些欣慰，她觉得艾琳达如果知道的话会很开心，但事实上钟旭没有走上歧途并没有让艾琳达多开心，钟旭似乎更喜欢跟小东腻歪在一起……这下球球要当心了……实际上还是梅好多虑了，艾琳达并没有因此变得不开心，很快她就开始暗戳戳地磕起了 CP……啊，这混乱的办公室关系！

梅好缩起脖子，悄咪咪转身想要溜走，却被对方叫住了。

"不管你是谁，我都要谢谢你。"季忆说，"还有，如果有什么关于我的事情，请记得告诉我，我们一起想办法，不可以一个人冒险。"

梅好心里喜滋滋："等我准备好了，就会告诉你我的秘密。现在还不行，我有我的苦衷。"

"我还有最后一个问题。"

"你问题真的很多哎!"梅好想。

"说吧!"

"第一次在电梯见面就亲我,也是有什么苦衷吗?"

飒飒勾了勾丁小柔的下巴:"行啊,你小妞儿!"

丁小柔脸上是遮都遮不住的笑意。

"谁先告白的?"

"他约我去了那颗银杏树底下,本来我想趁机表白的,结果一激动又睡了过去。等我醒来的时候就在他车上了,我还没说话呢,他就亲了我,然后就跟我告白了。"

"那他怎么说的?"

"他说丁小柔,我不能阻止你的猝睡,但我能让你以后每次醒来看到的人都是我。"

"这话一套套的!"飒飒摸脸,发烫。

"这叫小情话好不好……"丁小柔纠正。

"那个,我有个问题,肯定好多人都想知道。"

"你问。"

"照你俩这架势,肯定是奔着结婚去的,说到婚后生活——"

"你到底想问什么啊?"小柔着急。

飒飒坏笑:"你这猝睡症,你俩那个的时候你会不会兴奋到睡过去啊?那怎么办啊?"

"你滚!"丁小柔吼她。

"OK,知道了,我去问迟信。"飒飒说。

"啊!死女人!"丁小柔快疯了。

这时咖啡店的风铃被撞响,就见梅好和丁鹿热热闹闹走了进来。

一番介绍后,飒飒很快就和丁鹿熟悉起来,并邀请她去楼上参加最新一期的"我不能恋爱的原因"小组聚会。飒飒对丁鹿一见如故,说:"我给你介绍个男朋友吧!人帅还是个富二代。"丁鹿一看郑泽的照片,很感动,当即决定回个礼:"我有个朋友叫金束,搞科研的,我把他微信推给你啊!"

"好啊，他做过手术吗？没做过可以来找我。"飒飒说。

······

现在一层安静了下来，梅好和丁小柔在聊天。

"事情就是从我们两个认识以后发生改变的。"

"所以，这代表着什么？"丁小柔专心听着。

"代表着我一直寻找的事情出现了转机。"梅好打了个帅气的响指。

"我还是不太明白呢。"

"打个比方，我回到这个时空，所有事情如果还是按照之前那样发展，我很可能到最后也找不出拯救季忆的办法。而你的出现，直接打破了局面，就像游戏中加入的新角色，会带来全新的剧情，蝴蝶效应般牵一发动全身，从而改变整个故事。"

"你是说，从现在开始，你就有可能慢慢找出拯救季忆的办法？"

"对！"梅好拉起丁小柔的手，轻轻握着。

"可是······"丁小柔似乎有些顾虑，"这是不是也意味着，最后的结局也许会改变？"

梅好很快就明白了，她说的这个结局，指的是梅好和季忆的结局，也是丁小柔和迟信的结局。

"有这个可能。"梅好不打算骗她，"但是我相信，相爱的人最后还是会在一起的。假如我们的人生是别人笔下的一段故事，那我们的故事就属于典型的小甜文，作者肯定会给我们安排一个甜甜的happy ending（大团圆结局）。"

"嗯，真要是这样的话，我希望作者是个可爱的男孩子，他或许经历过一些人生的际遇，有的美好，有的不尽如人意，但最后他还是愿意把最大的善意留在自己的故事里。"丁小柔笑。

梅好感慨："又或者作者的人生也是别人所写的故事呢？他又何尝不是个陷在爱情里的角色。"

"我现在突然觉得恋爱的过程也很重要，开心的、不开心的都是命运递来的礼物，敞开胸怀照单全收的人生才足够尽兴呀。总之，从现在开始，我要好好生活，好好工作，好好爱他！"丁小柔大声宣布，少女的脸上有好看的红晕。

梅好想到了季忆，进而又想到一句自己爱了很多年的歌词：任未来存在哪个可能，和你亦是最后那对变更。

"我也是。"她说。